Die Wahrheit über Alice

Rebecca James

Die Wahrheit über Alice

ROMAN

Deutsch von Ulrike Wasel und Klaus Timmermann

Weltbild

Die Originalausgabe erschien 2010 unter dem Titel
Beautiful Malice bei Bantam, Australien.

Besuchen Sie uns im Internet:
www.weltbild.de

Genehmigte Lizenzausgabe für Verlagsgruppe Weltbild GmbH,
Steinerne Furt, 86167 Augsburg

Übersetzung: Ulrike Wasel und Klaus Timmermann
Umschlaggestaltung: Atelier Seidel – Verlagsgrafik, Teising
Umschlagmotiv: Getty Images, München
Gesamtherstellung: GGP Media GmbH, Pößneck
Printed in the EU
ISBN 978-3-86800-881-4

2014 2013 2012 2011
Die letzte Jahreszahl gibt die aktuelle Lizenzausgabe an.

Für Hilary

Teil eins

Ich war nicht auf Alice' Beerdigung. Ich war damals schwanger. Wahnsinnig und rasend vor Trauer. Aber ich trauerte nicht um Alice. Nein. Da hasste ich Alice schon und war froh, dass sie tot war. Denn Alice hatte mir das angetan, Alice hatte mein Leben zerstört, mir das Beste genommen, was ich je hatte, und es in Millionen Scherben zerschlagen. Ich weinte nicht *um* Alice, sondern *wegen* Alice.

Erst jetzt, vier Jahre später und eine Ewigkeit glücklicher, endlich angekommen in einem geborgenen und ruhigen Leben mit meiner Tochter Sarah (meiner süßen, ach so ernsten kleinen Sarah), wünsche ich manchmal, ich wäre doch zu Alice' Beerdigung gegangen.

Weil ich Alice nämlich überall sehe – im Supermarkt, am Eingang von Sarahs Kindergarten, in dem Club, wo Sarah und ich manchmal preiswert essen. Da sehe ich plötzlich aus den Augenwinkeln Alice' glänzendes weizenblondes Haar, ihre Modelfigur, ihre auffälligen Klamotten, und ich bleibe mit pochendem Herzen stehen und starre. Es dauert nicht lange, dann fällt mir wieder ein, dass sie tot und begraben ist, dass sie es unmöglich sein kann, aber dennoch muss ich mich zwingen, näher ranzugehen und mich zu vergewissern, dass ihr Geist mich nicht verfolgt. Von nahem sehen diese Frauen Alice manchmal ähnlich, aber sie sind nie, niemals so schön wie sie. Oft haben sie, aus der Nähe betrachtet, nicht mal die geringste Ähnlichkeit mit ihr.

Dann wende ich mich ab und mache weiter mit dem, was ich zuvor getan habe, aber alle Wärme ist mir aus Gesicht und Lippen gewichen, und der Adrenalinstoß lässt meine Fingerspitzen unangenehm kribbeln. Mein Tag ist unweigerlich ruiniert.

Ich hätte zu ihrer Beerdigung gehen sollen. Ich hätte nicht weinen oder Trauer heucheln müssen. Ich hätte verbittert lachen und in die Grube spucken können. Wen hätte das gekümmert? Wenn ich nur gesehen hätte, wie sie ihren Sarg hinabließen, wenn ich zugeschaut hätte, wie sie die Erde darauf warfen, dann wäre ich mir jetzt sicherer, dass sie wirklich tot und begraben ist.

Und ich wüsste tief in meinem Inneren, dass Alice für immer fort ist.

1

»Hast du Lust zu kommen?« Alice Parrie lächelt zu mir herunter. Es ist Mittagspause, ich sitze unter einem Baum, allein, und lese ein Buch.

»Hä?« Ich schirme die Augen ab und sehe hoch. »Wohin kommen?«

Alice reicht mir ein Blatt Papier.

Ich nehme es und werfe einen Blick darauf. Es ist die knallbunte Fotokopie einer Einladung zu Alice' 18. Geburtstag. *Kommt alle!! Bringt eure Freunde mit!!* steht da. *Sekt gratis! Essen gratis!* Nur jemand, der so beliebt und selbstbewusst ist wie Alice Parrie, kann eine derartige Einladung verteilen. Jeder Normalsterbliche würde wirken, als bettelte er um Gäste. *Wieso ich?*, frage ich mich. Ich kenne Alice, jeder kennt sie, aber ich habe bisher noch nie ein Wort mit ihr gewechselt. Sie ist etwas Besonderes – schön, beliebt, unübersehbar.

Ich falte die Einladung in der Mitte und nicke. »Ich versuch's. Klingt gut«, lüge ich.

Alice schaut mich ein paar Sekunden lang unverwandt an. Dann seufzt sie und lässt sich neben mir auf den Rasen plumpsen, so nah, dass eins ihrer Knie schwer gegen meines drückt.

»Du kommst nicht.« Sie grinst.

Ich spüre, wie meine Wangen rot werden. Obwohl mir mein ganzes Leben manchmal vorkommt wie eine Fassade, wie eine

Mauer aus Geheimnissen, bin ich keine gute Lügnerin. Ich blicke nach unten auf meinen Schoß. »Wahrscheinlich nicht.«

»Aber du musst kommen, Katherine«, sagt sie. »Das wär mir wirklich total wichtig.«

Ich bin erstaunt, dass Alice überhaupt meinen Namen kennt, aber noch erstaunlicher – ja, geradezu unglaublich – ist, dass sie mich auf ihrer Party dabeihaben will. An der Drummond High School kennt mich praktisch keiner, und ich bin mit niemandem befreundet. Ich komme und gehe unauffällig, allein, und lerne vor mich hin. Ich versuche, möglichst keine Aufmerksamkeit auf mich zu ziehen. Ich komme ganz gut klar, aber meine Noten sind nicht berauschend. Ich bin in keiner Schulsportmannschaft, in keiner AG. Und obwohl ich weiß, dass ich nicht immer so weitermachen, nicht ewig ein Schattendasein führen kann, ist es vorläufig richtig so für mich. Ich verstecke mich, das weiß ich, ich verhalte mich feige, aber im Augenblick muss ich unscheinbar sein, langweilig. Damit keiner erfährt, wer ich wirklich bin oder was passiert ist.

Ich klappe das Buch zu und fange an, meinen Lunch wegzupacken.

»Moment.« Alice legt eine Hand auf mein Knie. Ich blicke sie so kalt an, wie ich kann, und sie zieht sie wieder zurück. »Ich meine es ernst. Ich möchte wirklich, dass du kommst. Und ich finde es super, was du letzte Woche zu Dan gesagt hast. Ich wäre echt froh, wenn mir auch mal so was einfallen würde, aber so schlagfertig bin ich einfach nicht. Und ehrlich, ich hätte nie im Leben dran gedacht, wie das für die Frau gewesen sein muss. Das ist mir erst klargeworden, als ich mitgekriegt habe, wie du Dan zur Schnecke gemacht hast. Ich meine, du warst toll, was du gesagt hast, war total richtig. Du hast ihn als den Idioten bloßgestellt, der er ist.«

Ich weiß sofort, wovon Alice spricht – das einzige Mal, wo ich nicht aufgepasst, mich einen Augenblick lang vergessen habe. Ich lege mich nicht mehr mit anderen an. Im Gegenteil, ich gebe mir alle Mühe, das in meinem täglichen Leben zu vermeiden. Aber das Benehmen von Dan Johnson und seinen Freunden vor einer Woche fand ich derart widerlich, dass ich mich nicht mehr beherrschen konnte.

Unsere Schule hatte eine Berufsberaterin eingeladen, die uns etwas über unsere Chancen auf dem Arbeitsmarkt und über die Zulassungsbedingungen für die Uni erzählen sollte. Zugegeben, der Vortrag war langweilig, wir hatten das alles schon zigmal gehört, und die Frau war nervös, stotterte herum und redete konfuses Zeug. Je lauter und unruhiger ihre Zuhörer wurden, desto mehr geriet sie aus dem Konzept. Aber Dan Johnson und seine fiese Clique nutzten das aus. Sie führten sich dermaßen gemein und respektlos auf, dass die Frau schließlich in Tränen ausbrach und gedemütigt das Weite suchte. Nach der Veranstaltung tippte ich Dan im Flur von hinten auf die Schulter.

Dan drehte sich mit einem blasierten, selbstgefälligen Gesichtsausdruck um. Er erwartete offensichtlich Bewunderung für sein Benehmen.

»Ist dir eigentlich klar«, begann ich mit überraschend lauter, zorniger Stimme, »wie sehr du diese Frau verletzt hast? Das ist ihr Leben, Daniel, ihr Beruf, ihr berufliches Ansehen. Mit deinem erbärmlichen Schrei nach Aufmerksamkeit hast du sie zutiefst gedemütigt. Du tust mir leid, Daniel, du musst dich schon verdammt traurig und winzig fühlen, wenn du das Bedürfnis hast, jemanden so niederzumachen, jemanden, den du nicht mal kennst.«

»Du warst super«, fährt Alice fort. »Und ich war ehrlich gesagt total überrascht. Echt, ich glaube, alle waren das. Niemand redet so mit Dan.« Sie schüttelt den Kopf. »Niemand.«

Tja, ich schon, denke ich bei mir. Zumindest mein wahres Ich.

»Es war großartig. Mutig.«

Und das Wort gibt schließlich den Ausschlag. »Mutig.« Ich wäre so furchtbar gern mutig. Ich möchte den Feigling in mir so wahnsinnig gern auslöschen und zerquetschen und vernichten, dass ich Alice nicht länger widerstehen kann.

Ich stehe auf und hänge mir meine Tasche über die Schulter. »Okay«, sage ich zu meiner eigenen Verblüffung – »okay, ich komme.«

2

Alice besteht darauf, dass wir uns gemeinsam für die Party hübsch machen. Als der große Tag gekommen ist, holt sie mich am frühen Nachmittag mit ihrem klapprigen alten VW ab, und wir fahren zu ihr nach Hause. Sie wechselt ständig die Spur und fährt viel schneller, als es einer Anfängerin mit Führerschein auf Probe erlaubt ist, und dabei erzählt sie mir, dass sie allein lebt, in einer Einzimmerwohnung in der Innenstadt. Das überrascht mich, es erstaunt mich sogar. Ich hätte gedacht, dass jemand wie Alice in einem schicken Haus in einer Vorortsiedlung bei ihren treusorgenden Eltern wohnt. Ich hätte gedacht, dass sie verwöhnt, umhegt, verhätschelt wird (genau wie ich früher), und die Tatsache, dass sie allein lebt, macht sie plötzlich irgendwie interessanter. Sie ist offenbar komplexer, als ich ihr zugetraut hätte. Alice und ich haben mehr gemeinsam, als ich dachte.

Ich möchte ihr tausend Fragen stellen – Wo sind ihre Eltern? Wie kann sie sich eine Wohnung leisten? Hat sie je Angst? Ist sie einsam? –, aber ich halte mich zurück. Ich habe selbst Geheimnisse, und ich habe gelernt, dass ich, wenn ich Fragen stelle, nur Gefahr laufe, selbst ausgefragt zu werden. Es ist sicherer, bei anderen nicht zu neugierig zu sein, sicherer, nichts zu fragen.

Ihre Wohnung liegt in einem spießigen, durchschnittlich aussehenden Mietsblock. Das Treppenhaus ist dunkel und nicht besonders einladend, aber nachdem wir vier Etagen hochgetrabt sind und atemlos an ihrer Wohnung ankommen, öffnet sie die Tür zu einem Zimmer voller Farbe und Wärme.

Die Wände sind in einem satten dunklen Orange gestrichen und mit großen, knalligen abstrakten Bildern behängt. Burgunderrote Überwürfe und farbenfrohe Kissen im Ethno-Look verschönern zwei wuchtige, weich aussehende Sofas. Auf jeder freien Fläche stehen Kerzen.

»*Voilà!* Mein bescheidenes Heim.« Alice zieht mich herein und beobachtet gespannt mein Gesicht. Ich sehe mich im Raum um. »Wie findest du's? Ich hab alles selbst gemacht, weißt du. Du hättest mal sehen sollen, wie's hier aussah, als ich eingezogen bin, total öde und langweilig. Aber du glaubst nicht, wie ein bisschen Farbe einen Raum verändern kann. Eigentlich braucht man nur ein paar Ideen und einen Eimer knallige Farbe.«

»Ich find's echt cool«, sage ich. Und bin unwillkürlich ein wenig neidisch. Alice' Zimmer ist richtig abgefahren, so viel jünger als die moderne, minimalistische Wohnung, in der ich lebe.

»Ehrlich? Es gefällt dir wirklich?«

»Ja«, sage ich und lache. »Ganz ehrlich.«

»Da bin ich echt froh. Du sollst dich hier nämlich genauso wohl fühlen wie ich, weil ich vorhabe, ganz oft mit dir zusammen zu sein. Und ich kann mir richtig vorstellen, wie wir hier in diesem Zimmer ganz viel Zeit miteinander verbringen, wie wir quatschen und quatschen und quatschen und uns bis tief in die Nacht gegenseitig unsere Geheimnisse anvertrauen.«

Es heißt, charmante, beeindruckende Menschen verstünden es, einem das Gefühl zu geben, man wäre der einzige Mensch auf der Welt, und jetzt wird mir klar, was damit gemeint ist. Ich bin nicht ganz sicher, was sie da macht oder wie sie es macht – jemand anders hätte aufdringlich oder sogar unterwürfig gewirkt –, aber wenn Alice mir so vorbehaltlos ihre Aufmerksamkeit widmet, fühle ich mich kostbar, von der Gewissheit erwärmt, wirklich verstanden zu werden.

Einen kurzen, verrückten Moment lang stelle ich mir vor, wie ich ihr mein Geheimnis verrate. Ich habe alles ganz deutlich vor Augen. Alice und ich in diesem Zimmer, wir sind beide ein bisschen beschwipst, kicherig und fröhlich und ein ganz klein wenig verlegen, wie man es eben ist, wenn man das Gefühl hat, eine neue Freundin gefunden zu haben, eine besondere Freundin. Ich lege meine Hand auf ihr Knie, damit sie still und leise wird, damit sie weiß, dass ich etwas Wichtiges sagen will, und dann erzähle ich es ihr. Ich erzähle es ihr schnell, ohne zu stocken, ohne ihr in die Augen zu schauen. Und wenn ich geendet habe, ist sie warmherzig und nachsichtig und verständnisvoll, genau wie ich es mir erhofft habe. Sie umarmt mich. Alles ist gut, und ich fühle mich leichter, weil ich es erzählt habe. Ich bin endlich frei.

Aber das ist alles bloß ein Traum. Ein irres Hirngespinst. Ich erzähle ihr nichts.

Ich trage meine übliche Kluft – Jeans, Stiefel und Bluse – und habe etwas Make-up dabei, um mich für die Party anzuhübschen, doch Alice besteht darauf, dass ich ein Kleid anziehe. Ihr Schrank ist prall gefüllt mit Kleidern in allen möglichen Farben und Längen und Schnitten. Es müssen mindestens hundert sein, und an manchen hängen noch die Preisschilder. Ich frage mich, woher sie das Geld hat, wie sie sich so viele Klamotten leisten kann, und schon wieder bin ich versucht zu fragen.

»Ich hab einen kleinen Klamottenfimmel.« Sie grinst.

»Tatsache?«, witzele ich. »Wär ich nie drauf gekommen.«

Alice greift in den Schrank und fängt an, Kleider herauszuziehen. Sie wirft sie aufs Bett. »Da. Such dir eins aus. Die meisten davon hab ich noch kein einziges Mal getragen.« Sie hält ein blaues hoch. »Gefällt's dir?«

Es ist hübsch, aber ich habe mein Traumkleid bereits entdeckt. Es ist rot mit Paisleymuster, ein Wickelkleid mit Gürtel, offensichtlich aus irgendeinem Stretchmaterial. Solche Kleider hat meine Mutter in den Siebzigern getragen, und es würde gut zu den hohen Stiefeln passen, die ich anhabe.

Alice beobachtet mich. Sie lacht und greift nach dem roten Kleid. »Das hier?«

Ich nicke.

»Es ist toll, nicht?« Sie hält es vor sich und schaut in den Spiegel. »Und teuer. Es ist von Pakbelle und Kanon. Du hast einen guten Geschmack.«

»Es ist wunderschön. Warum ziehst du es nicht selbst an? Das Etikett ist noch dran, du hast es noch kein Mal getragen. Wahrscheinlich hast du's dir für einen besonderen Anlass aufgespart.«

»Nein. Ich zieh was anderes an. Etwas Besonderes.« Alice hält es vor mich. »Probier's an.«

Das Kleid sitzt perfekt und passt wirklich gut zu meinen Stiefeln. Das Rot bringt meinen dunklen Teint und die dunklen Haare zur Geltung, und ich lächle Alice glücklich im Spiegel an. Ich bin begeistert und froh, dass ich ihre Einladung angenommen habe.

Alice geht in die Küche und holt eine Flasche aus dem Kühlschrank. Es ist Sekt. Er ist rosé.

»Mhm, lecker«, sagt sie und küsst die Flasche. »Meine einzig wahre Liebe. Und hey, seit gestern bin ich volljährig.«

Sie öffnet die Flasche, lässt den Korken gegen die Decke knallen und gießt uns beiden ein Glas ein, ohne vorher zu fragen, ob ich auch was will. Sie geht mit ihrem ins Bad, um zu duschen und sich zurechtzumachen, und als sie verschwunden ist, hebe ich mein Glas und nehme einen kleinen Schluck. Seit der Nacht, in der meine Familie zerstört wurde, habe ich keinen Alkohol mehr getrunken. Nicht einen Tropfen. Aber andererseits habe ich mich seitdem auch nicht mehr mit einer Freundin amüsiert, und so setze ich das Glas wieder an den Mund und genieße das Gefühl der perlenden Flüssigkeit an den Lippen, auf der Zunge. Ich lasse einen weiteren kleinen Schluck durch die Kehle gleiten und bilde mir ein, die Wirkung unmittelbar zu spüren, zu fühlen, wie der Alkohol mir durch die Adern strömt, meine Lippen zum Prickeln bringt, mir zu Kopf steigt. Der Sekt ist süß und süffig wie Likör, und ich muss mich zwingen, nicht alles auf einmal herunterzukippen.

Ich koste jeden Mundvoll aus und genieße es, wie sich mein Körper mit jedem Schluck mehr und mehr entspannt. Als das Glas leer ist, bin ich fröhlicher, heiterer, unbeschwerter – fast eine normale Siebzehnjährige –, und ich lasse mich auf Alice' buntes Sofa fallen und kichere einfach so ohne Grund. Und ich sitze noch immer so da, lächle, genieße die angenehme Schwere meines Körpers auf dem Sofa, als Alice wieder ins Zimmer kommt.

»Wahnsinn. Alice. Du siehst …« Ich zucke die Achseln, finde einfach nicht das passende Wort. »Du siehst umwerfend aus!«

Sie hebt die Arme und dreht sich auf den Zehenspitzen. »Na, vielen Dank, Miss Katherine«, sagt sie.

Alice ist schön, atemberaubend schön. Sie ist groß, mit vollen Brüsten und langen, wohlgeformten Beinen, und ihr Gesicht ist ein Bild der Vollkommenheit: die Augen strahlend tiefblau, die Haut golden schimmernd.

Ich bin auch nicht gerade hässlich, aber neben Alice komme ich mir total reizlos vor.

Während wir auf das Taxi warten, geht Alice mit unseren leeren Gläsern in die Küche und schenkt Sekt nach. Als ich aufstehe, um mein Glas zu holen, merke ich, dass mir leicht schwindelig wird. Es fühlt sich nicht unangenehm an – im Gegenteil, es macht mich leicht und locker und entspannt. Und plötzlich kommt mir dieses Gefühl, diese benommene Glückseligkeit, dieser Eindruck, dass die Welt ein gütiger und freundlicher Ort ist, so furchtbar vertraut vor, und ich merke, wie sehr es mir Angst macht. Alkohol trickst deinen Verstand aus, er lässt dich unvorsichtig werden, wiegt dich in dem Glauben, dass irgendwer schon auf dich aufpassen wird – aber ich weiß, dass das nur eine gefährliche Illusion ist. Alkohol bringt dich dazu, Risiken einzugehen, die du normalerweise nicht eingehen würdest, Alkohol lässt dich dumme Entscheidungen treffen. Und ich weiß besser als jeder andere, wie verheerend die Folgen einer einzigen schlechten Entscheidung sein können. Ich lebe jeden Tag damit.

Ich nehme das Glas, tu aber nur so, als würde ich einen Schluck trinken, und als das Taxi kommt, schütte ich den Rest in die Spüle.

Alice hat den Festsaal oben im Lion Hotel gemietet. Der Saal ist riesig und elegant, mit hohen Holzfenstern und einem herrlichen Ausblick auf die Stadt. Es gibt weiße Luftballons, weiße Tischdecken und eine Band. Es gibt Caterer, die Sektgläser polieren, und Servierplatten mit teuer aussehenden Häppchen. Und weil es eine geschlossene Gesellschaft ist, verlangt niemand, dass wir unsere Ausweise vorzeigen, als Alice für uns beide ein Glas Sekt holt.

»Das ist ja sagenhaft.« Ich blicke Alice neugierig an. »Haben deine Eltern dir das alles spendiert?«

»Nein.« Alice schnaubt verächtlich. »Die könnten nicht mal ein Grillfest geben, schon gar nicht so eine Party wie die hier.«

»Leben sie in Sydney?«, frage ich.

»Wer?« Sie runzelt die Stirn.

»Deine Eltern.«

»Nein. Nein, Gott sei Dank nicht. Die leben im Norden.«

Ich frage mich, wie Alice es sich leisten kann, in Sydney zu leben, wie sie ihre Miete bezahlt und das hier. Ich hatte angenommen, ihre Eltern würden sie unterstützen, aber das hier hört sich nicht so an.

»Egal«, sage ich. »Es ist supernett von dir, so eine große Party für deine Freunde zu schmeißen. Ich glaube, so großzügig wäre ich nie. Ich würde das Geld lieber für mich ausgeben. Für Reisen oder irgendwas anderes Tolles.«

»Großzügig? Findest du?« Alice zuckt die Achseln. »Finde ich eigentlich nicht. Ich liebe Partys. Besonders wenn ich die Hauptperson bin. Was Besseres kann ich mir gar nicht vorstellen. Und Reisen interessiert mich sowieso nicht.«

»Im Ernst?«

»Was soll ich in anderen Ländern? Da kenne ich kein Schwein, und kein Schwein kennt mich. Also was soll's?«

»Oh.« Ich lache und frage mich, ob sie einen Witz macht. »Mir fällt da so einiges ein. Im Mittelmeer schwimmen, den Eiffelturm sehen, die Chinesische Mauer, die Freiheitsstatue ... und kein Schwein kennen. Stell dir mal vor, wie befreiend das sein muss.« Ich merke, dass Alice mich skeptisch ansieht. »Interessierst du dich wirklich nicht fürs Reisen?«

»Nicht die Bohne. Mir gefällt's hier. Ich mag meine Freunde. Ich liebe mein Leben. Wieso sollte ich da woandershin wollen?«

»Weil –« Ich will ihr erzählen, wie ungeheuer neugierig ich auf den Rest der Welt bin, wie stark mich fremde Sprachen und Lebensarten faszinieren, die Geschichte der Menschheit, doch wir werden unterbrochen, weil die ersten Gäste kommen.

»Alice, Alice!«, rufen sie, und unversehens ist sie umringt von Leuten. Einige kenne ich von der Schule, andere sind älter, und ich habe sie noch nie gesehen. Manche sind sehr festlich gekleidet, in langen Kleidern oder Anzug und Krawatte, andere salopp in Jeans und T-Shirt. Doch eines haben sie alle miteinander gemein: Sie wollen ein Stück von Alice haben, einen Augenblick von ihrer Zeit, sie wollen im Zentrum ihrer Aufmerksamkeit stehen, sie zum Lachen bringen. Sie wollen alle von ihr gemocht werden, ohne Ausnahme.

Und Alice kümmert sich um alle. Sie schafft es, dass ihre Gäste sich rundum wohl fühlen. Aus irgendeinem Grund weicht sie mir trotzdem den ganzen Abend kaum von der Seite. Sie hakt sich immer wieder bei mir unter, führt mich von einer Gruppe zur nächsten und bezieht mich in jede Unterhaltung mit ein. Wir tanzen zusammen und lästern darüber, wie manche sich angezogen haben, mit wem sie flirten, wer wen anscheinend attraktiv findet. Ich amüsiere mich köstlich und habe so viel Spaß wie schon seit Jahren nicht mehr. Und die ganze Zeit denke ich kein einziges Mal an meine Schwester oder an meine gebrochenen Eltern. Ich tanze und lache und flirte. Ich vergesse für eine Weile die Nacht, in der ich die schreckliche Wahrheit über mich selbst erkannte. Ich vergesse die Nacht, in der ich den beschämenden, schäbigen Feigling auf dem Grund meiner Seele entdeckte.

3

Nach Alice' Party ist man an der Schule spürbar freundlicher zu mir. Schüler, die ich noch nie gesehen habe, lächeln mich auf dem Flur an oder nicken mir zu, und einige sagen sogar Hey, Katherine! Sie kennen erstaunlicherweise meinen Namen. Und in der Mittagspause setzt sich Alice neben mich und bringt mich mit Geschichten über andere Schüler zum Lachen, Klatsch und Tratsch über Leute, die ich kaum kenne. Es ist lustig, und ich freue mich richtig über ihre Gesellschaft. Ich bin froh, nicht mehr allein zu sein.

Ich denke nicht zu viel darüber nach, warum sie den Kontakt zu mir sucht. Schließlich war ich selbst auch mal beliebt und bin es gewohnt, gemocht zu werden. Alice sagt, sie will meine Freundin sein. Sie ist anscheinend gern mit mir zusammen, und sie hört bei allem, was ich sage, aufmerksam zu. Daher bin ich dankbar und geschmeichelt und erfreut. Und zum ersten Mal seit Rachels Tod empfinde ich so etwas wie Glück.

Am Donnerstag nach der Party rufe ich Alice an und lade sie für Samstagabend zu mir nach Hause ein. Ich wohne bei meiner Tante Vivien, der Schwester meines Vaters. Vivien ist warmherzig und locker, und ich wohne gern bei ihr. Ich bin froh, nicht mehr in Melbourne zu sein und die Highschool irgendwo abschließen zu können, wo niemand von Rachel und den Boydell-Schwestern gehört hat. Weil Vivien oft beruflich unterwegs ist, bin ich unter der Woche viel allein, und wenn sie am Wochenende frei hat, trifft sie sich meistens mit Freunden. Sie ermuntert mich häufig, doch mal jemanden einzuladen, und findet es offenbar komisch, dass ich nie unter Leute gehe, aber ich habe mich an das Alleinsein gewöhnt und genieße es, selbst entscheiden zu können, was ich esse, was ich im Fernsehen gucke, was für Musik ich höre.

»Ich mach uns was zum Abendessen«, sage ich.

»Cool«, sagt Alice. »Ich hoffe, du kannst kochen.«

»Kann ich. Das ist eines meiner geheimen Talente.«

»Geheim, hmm?« Alice schweigt einen Augenblick. »Geheimnisse hast du wohl reichlich, was?«

Ich lache, als wäre der Gedanke absurd.

Am Samstag gehe ich einkaufen. Früher, vor Rachels Tod, als wir noch eine Familie waren, habe ich oft gekocht, daher kenne ich mich aus und weiß, was ich brauche. Ich kaufe Hähnchenschenkel, Kardamom, Joghurt, Kreuzkümmel, gemahlenen Koriander und Basmatireis ein, um mein Lieblingscurry zu kochen. So kann ich alles rechtzeitig vorbereiten, bevor Alice kommt, und wenn sie da ist, kann ich es einfach weiterköcheln und noch mehr Geschmack entfalten lassen, während wir plaudern.

Ich habe mich inzwischen so daran gewöhnt, stets auf der Hut zu sein, alles für mich zu behalten und niemanden an mich heranzulassen, dass ich erstaunt bin, wie sehr ich mich auf Alice freue. Ich weiß nicht, wann oder wie der Gedanke an Freundschaft und Nähe für mich so reizvoll geworden ist, doch mit einem Mal finde ich die Vorstellung, Spaß zu haben und jemand Neues kennenzulernen, geradezu unwiderstehlich. Obwohl ich noch immer Angst davor habe, zu viel preiszugeben, und noch immer weiß, dass Freundschaft Risiken birgt, kann ich die aufgeregte Vorfreude nicht unterdrücken.

Zu Hause angekommen, bereite ich das Curry zu, dann dusche ich und ziehe mich an. Ich habe noch eine Stunde Zeit, bis Alice eintrifft, also rufe ich meine Eltern an. Mum und Dad und ich sind vor gut einem Jahr aus Melbourne weggezogen. Dort kannten uns zu viele Leute, und alle wussten, was mit Rachel passiert war. Irgendwann wurden uns die mitleidigen oder neugierigen Blicke und die unüberhörbaren Tuscheleien zu viel, die uns überall begleiteten. Ich bin zu Vivien gezogen, um an der Drummond High, einer der größten Highschools in New South Wales, die Schule zu Ende zu bringen. Sie ist so groß, dass ich hier gut für mich bleiben kann, anonym. Meine Eltern haben zwei Fahrtstunden weiter nördlich ein Haus, in Newcastle, nicht weit vom Strand. Sie wollten mich natürlich mitnehmen und sagten, ich sei noch zu jung, um von zu Hause auszuziehen. Aber ich finde ihre Traurigkeit immer unerträglicher und ihre Gegenwart geradezu erstickend. Schließlich konnte ich sie davon überzeugen, dass die Drummond High genau die richtige Schule für mich ist, ja, dass mein Glück davon abhängt, dorthin zu gehen. Allein.

»Boydell«, meldet sich meine Mutter am Telefon. Ich habe meinen Nachnamen abgelegt, als ich wegzog, und benutze jetzt den Mädchennamen meiner Großmutter, Patterson. Es war verblüffend leicht, mich von meinem alten Namen zu trennen. Es ist so leicht, ein neuer Mensch zu werden, zumindest auf dem Papier. Manchmal vermisse ich meinen alten Namen. Aber er gehört zu meinem alten Ich, dem glücklichen, sorglosen, geselligen Ich. Katherine Patterson passt zu der neuen, stilleren Version. Katie Boydell gibt es nicht mehr. Rachel und Katie Boydell, die berüchtigten Boydell-Schwestern. Sie sind beide tot.

»Mum.«

»Schätzchen. Ich wollte dich gerade anrufen. Daddy und ich haben über dein Auto gesprochen.«

»Aha?«

»Ja. Jetzt widersprich nicht gleich, Kleines, bitte. Aber wir haben beschlossen, dir ein neues zu kaufen. Die modernen sind viel sicherer, mit Airbags und so weiter. Wir haben das Geld, und wir finden es einfach albern, dich in dieser alten Klapperkiste rumfahren zu lassen.«

»Der Wagen ist erst acht Jahre alt, Mum.« Ich fahre ihren Volvo, was für jemanden in meinem Alter immerhin schon ein sehr neues und vernünftiges Auto ist.

Sie redet weiter, als hätte sie mich gar nicht gehört. »Und wir haben da so einen hübschen Peugeot gefunden. Der ist schön kompakt, ein richtig süßes Auto, wirklich, aber das Allerbeste ist, er hat bei sämtlichen Sicherheitstests erstaunlich gut abgeschnitten. Er wäre ideal für dich in der Stadt.«

Es hat keinen Sinn, dagegen zu reden, ich will sie nicht aufregen oder unnötig Theater machen. Seit Rachels Tod sind meine Eltern geradezu besessen davon, für meine Sicherheit zu sorgen, alles Menschenmögliche zu tun, damit ich am Leben bleibe, und ich habe keine andere Wahl, als ihre Geschenke und ihre Fürsorge zu akzeptieren.

»Klingt toll, Mum«, sage ich. »Danke.«

»Was macht die Schule? Sind deine Noten etwas besser geworden?«

»Ja«, lüge ich. »Viel besser.«

»Ich hab was über das Medizinstudium an der Uni hier in Newcastle gelesen. Die Fakultät ist ziemlich fortschrittlich, weißt du, und hat genauso einen guten Ruf wie die in Sydney. Ja, ich glaube sogar, sie ist ziemlich angesagt. Und unter den Dozenten sind hervorragende Ärzte. Bitte, denk wenigstens drüber nach, Schätzchen. Mir zuliebe. Wohnen könntest du bei uns. Du weißt, wie sehr Daddy sich darüber freuen würde, und du könntest dich voll und ganz auf dein Studium konzentrieren, ohne dir Gedanken über die Miete oder über Rechnungen oder das

Essen machen zu müssen. Wir könnten uns um dich kümmern und dir alles erleichtern.«

»Ich weiß nicht, Mum, ich weiß nicht. Im Augenblick mag ich am liebsten englische Literatur, und auch Geschichte, überhaupt Lesen ... Naturwissenschaften liegen mir nicht so ... jedenfalls, ich dachte, ich studiere vielleicht irgendwas mit Geisteswissenschaften oder so. Und, Mum, ich lebe total gern in Sydney, wirklich.«

»Oh, natürlich, klar. Bei Vivien zu wohnen, ist ja auch ideal, und ich weiß, sie freut sich riesig, wenn du bleibst. Und ein geisteswissenschaftliches Studium ist ein wunderbarer Anfang. Aber eben nur ein Anfang, bis zum Bachelor, Schätzchen. Du wirst wieder nach vorne schauen müssen. Irgendwann. Wenn du so weit bist.«

Nach vorne schauen. Wenn du so weit bist. Konkreter geht Mom nie darauf ein, was mit Rachel passiert ist, was wir verloren haben, welches Leben wir führten, bevor sie starb. Ich war in der Zehnten und sehr gut in der Schule – die Beste meines Jahrgangs. Ich hatte gehofft, zwei Jahre später einen so guten Abschluss zu machen, dass ich Medizin studieren könnte. Ich wollte Gynäkologin werden, ich hatte alles genau geplant. Doch als Rachel starb, lösten sich meine Pläne in Luft auf. Ihr Tod warf mich völlig aus der Bahn. Mir war, als hätte man mir den Boden unter den Füßen weggezogen, als befände ich mich im freien Fall.

Und in dieser furchtbaren Zeit stellte ich fest, dass Naturwissenschaften und Mathematik, das ganze konkrete Zeugs, für das ich mich so begeistert hatte, völlig nutzlos war, wenn es darum ging, Trauer zu begreifen und mit Schuld fertigzuwerden.

Jetzt kann ich mir nicht vorstellen, je wieder zu meinem alten Leben und meinen alten Vorlieben zurückzufinden. Ich habe inzwischen einen anderen Kurs eingeschlagen, nehme ganz, ganz langsam wieder Fahrt auf, und ich glaube nicht, ihn noch einmal ändern zu können oder es auch nur zu wollen.

»Ich denke drüber nach.«

»Gut. Ich schicke dir ein paar Broschüren.« Dann lacht sie, doch ich höre das leise Beben in ihrer Stimme. Ein Zeichen dafür, dass ihr durch unser Gespräch zum Weinen zumute ist. »Ich hab inzwischen einen ordentlichen Stapel gesammelt.«

Ich berühre die Sprechmuschel, als könnte ich ihr dadurch etwas Trost spenden. Obwohl sie doch untröstlich ist. Sie lebt ihr Leben nur in graduell unterschiedlichen Schmerzstufen.

»Das kann ich mir vorstellen«, sage ich, so herzlich wie möglich.

»Oh.« Ihre Stimme ist jetzt wieder resolut und geschäftsmäßig, sämtliche Emotionen sind unter Kontrolle. »Entschuldige, du denkst sicher, ich nehme dich hier in Beschlag, wo du doch bestimmt auch noch mit Daddy sprechen willst, nicht? Er ist gerade nicht da, Schätzchen, aber ich sag ihm, er soll dich später anrufen.«

»Schon gut. Ich krieg Besuch von einer Freundin. Ich melde mich dann morgen nochmal.«

»Oh, ich bin so froh, dass du Spaß hast.« Wieder höre ich das Beben, dann ein rasches Husten, um ihre Stimme wieder in den Griff zu bekommen. »Mach dir einen schönen Abend. Ich sag Daddy, er soll dich morgen anrufen. Ruf du nicht an. Wir sind wieder dran mit Zahlen.«

Als ich auflege, fühle ich mich leer, meine ganze Vorfreude auf den Abend ist verflogen. Ich hätte nicht anrufen sollen. Es hat mich nicht froh gemacht, und ich bin sicher, dass Mum sich jetzt nur noch elender fühlt. Es ist in letzter Zeit ständig so mit ihr. Sie redet immerzu, plant immerzu, ist immerzu voller Ideen und pragmatischer Themen. Sie kann es nicht ertragen, still zu sein oder sich einen Augenblick Ruhe zu gönnen. Auf diese

Weise lässt sie sich keinen Platz für Erinnerungen, keinen Raum für Gedanken an das, was sie verloren hat. Und sie macht es auch ihrem Gegenüber unmöglich, zu Wort zu kommen, über etwas zu reden, worüber sie nicht reden will, oder Rachel auch nur zu erwähnen.

Die moderne Art der Trauer, die angeblich richtige Art, ist die, über den Verlust zu reden, zu weinen, zu toben und zu wehklagen. Mein Therapeut hat gesagt, wir müssen reden. Und in jenem endlos langen Jahr, nachdem Rachel getötet worden war, habe ich versucht, über das Geschehene zu reden, meine Traurigkeit zum Ausdruck zu bringen, unseren Verlust in Worte zu fassen, mich meiner Verzweiflung zu stellen. Aber Dad weigerte sich zuzuhören, und Mum fiel mir ins Wort, wechselte das Thema, und wenn ich nicht locker ließ, fing sie an zu weinen und verließ den Raum.

Also gab ich auf. Ich hatte das Gefühl, sie zu quälen, und ich hatte mich irgendwann selbst gründlich satt, mich und meine Bedürftigkeit. Indem ich darüber redete, hatte ich mir Absolution erhofft, die Beruhigung, dass Mum und Dad mir keine Schuld gaben. Aber ich hatte das Unmögliche verlangt, wie ich irgendwann begriff. Natürlich gaben sie mir die Schuld. Weil ich feige gewesen war, weil ich geflohen war, weil ich gelogen hatte. Wenn schon eine ihrer Töchter sterben musste, dann hätte es mich treffen sollen.

Und ich glaube nicht mehr daran, dass es eine sichere Methode gibt, mit dem Verlust eines geliebten Menschen fertigzuwerden. Es gibt einfach nur diesen gigantischen Schmerz, eine ständige und furchtbare Last, die man mit sich rumschleppt, und sie verschwindet nicht und wird auch nicht leichter, wenn man darüber redet. Rachel starb auf die grässlichste Weise, die man sich nur vorstellen kann. Gegen diese brutale Wahrheit sind alle Worte machtlos. Rachel ist tot. Sie ist für immer fort, und wir werden nie wieder ihr hübsches Gesicht sehen, nie wieder ihre Musik hören. Sie ist tot.

Wieso wir das Bedürfnis verspüren sollten, uns in dieser Realität zu suhlen, alles wieder und wieder durchzukauen, darin herumzuwühlen und es uns anzusehen, bis uns die Augen bluten, bis das Entsetzen und die unfassbare Traurigkeit uns das Herz zermalmen, ist mir unbegreiflich. Das kann unmöglich helfen. Nichts kann helfen. Wenn Mum es nötig hat, stoisch zu sein, so zu tun, als gehe es ihr gut, ihre Verzweiflung hinter einem durchsichtigen Schleier aus forschem Tatendrang und sachlichem Plauderton zu verbergen, dann soll es mir recht sein. Es ist eine Art, um mit ihrem beschädigten Leben weiterzumachen, nicht besser und nicht schlechter als alle anderen.

Ich drücke den Zeigefinger auf die kleine kreisrunde Narbe über meinem Knie. Sie ist mein einziger greifbarer Beweis für die Nacht, in der Rachel getötet wurde, die einzige körperliche Verletzung, die ich erlitten habe. An jenem grauenhaften Tag in Melbourne starb das falsche Mädchen. Und obwohl ich mir nicht wirklich wünschen kann, statt Rachel gestorben zu sein, denn ich habe nun mal nicht das Zeug zur Märtyrerin, ist mir absolut bewusst, dass die bessere Schwester gestorben ist.

4

Rachel betrat die Bühne, und das Publikum verstummte augenblicklich. Sie sah wunderschön aus, groß und hinreißend. Ihr rotes Samtkleid – für das Mum und Dad ein kleines Vermögen bezahlt hatten – betonte ihre Größe und ihre Figur. Sie war erst vierzehn, aber auf der Bühne wirkte sie wie eine Frau über zwanzig.

Mum drückte aufgeregt meine Hand, und ich sah sie an und lächelte. Selbstvergessen betrachtete sie Rachel auf der Bühne, die Lippen gespitzt zu der lustigen Miene, die sie aufsetzte, wenn sie mit aller Kraft versuchte, ein strahlendes Lächeln zu unterdrücken, die Augen feucht von glücklichen, zärtlichen Tränen. An ihrer anderen Seite wandte Dad den Kopf, um Mums Blick aufzufangen, doch stattdessen trafen sich unsere Blicke. Wir lächelten uns an – amüsiert über Mums Gesichtsausdruck – und platzten beide vor Stolz auf unsere Familie.

Rachel setzte sich ans Klavier, den Rock ihres Kleides elegant über die Beine drapiert, und fing an zu spielen. Ihr erstes Stück war eine Mozartsonate – anmutig, zart, mit einer Melodie, die mir so vertraut war, dass ich jede Note, jedes Fortissimo und Crescendo kannte. Ich beobachtete sie, wie immer gebannt von ihrer Musik, aber auch von der Wandlung, die sich vollzog, wenn sie vor Publikum spielte. Auf der Bühne waren Rachels Scheu und Verlegenheit wie weggeblasen. Auf der Bühne war sie majestätisch und souverän, so von ihrem Spiel und der Musik in

Anspruch genommen, dass sie sich selbst vergaß. Wenn sie so am Klavier saß, konnte man sich gar nicht vorstellen, dass sie schüchtern und unsicher sein konnte, dass sie noch ein junges Mädchen war.

Während des ganzen Konzerts, das über eine Stunde dauerte, wandte Mum nicht eine Sekunde die Augen von Rachel ab. Wenn Mum Rachel spielen hörte, war sie völlig versunken, vergaß Zeit und Raum und jeden, mit dem sie zusammen war. Sie verfiel in einen tranceähnlichen Zustand.

Auch ich spielte Klavier. In technischer Hinsicht war ich gar nicht so schlecht, hatte ein Jahr zuvor die Prüfung für die Siebte bestanden und schnitt bei schulischen und städtischen Musikwettbewerben häufig als Beste ab. Aber Rachel hatte echtes Talent, und man hatte ihr schon drei verschiedene internationale Stipendien angeboten. Wochenlang hatten wir bei uns zu Hause fast nur darüber debattiert, ob sie zum Studium nach Berlin, London oder Boston gehen sollte, um ihren Traum von einer Karriere als Konzertpianistin zu verfolgen. Für mich war das Klavier bloß ein nettes Hobby, und ich hatte keine Lust, täglich stundenlang zu üben. Aber für Rachel war es die große Liebe, ihre Leidenschaft, und sie arbeitete unermüdlich daran.

Rachel war achtzehn Monate jünger als ich, und obwohl es heißt, das älteste Kind sei immer besonders erfolgsorientiert, war es bei uns umgekehrt. Rachel hatte Elan und Ehrgeiz. Ich interessierte mich weit mehr für Jungs und Partys und traf mich lieber mit Freunden, als irgendwelche akademischen oder musikalischen Höhen anzustreben.

Mum und Dad sprachen unaufhörlich über Rachels Zukunft als Konzertpianistin. Diesem Ziel hatten sie sich voll und ganz verschrieben. Ich weiß, dass andere Leute manchmal richtig schockiert waren, weil sie den Eindruck hatten, unsere Eltern würden Rachel bevorzugen, sie vergöttern und sich weniger für mich interessieren. Ganz sicher tat ich einigen sogar leid, weil sie glaubten, ich würde mich vernachlässigt fühlen. Aber ich empfand das nicht so, hatte auch keinen Grund dazu – Rachel und ich hatten schon immer ganz unterschiedliche Wünsche. Von mir aus konnte Rachel ruhig die begabte Schwester sein. Ich wusste, wie schwer sie dafür arbeitete, ein Wunderkind zu sein, und das schreckte mich eher ab. Ich wollte lieber mit meinen Freunden zusammen sein und meine Freizeit genießen. Rachel mochte ja ein Genie sein, aber ich hatte wesentlich mehr Spaß – und wie auch immer es von außen wirken mochte, ich hatte immer das Gefühl, dass man mir die besseren Karten zugeteilt hatte.

Rachel war ganz anders. Sie schien Freunde nicht so zu brauchen, wie die meisten Menschen das tun. Das bedeutet nicht, dass sie kalt war oder Menschen nicht mochte, im Gegenteil. Die Menschen, die ihr wichtig waren, mochte sie sehr und war ihnen gegenüber großherzig und zutiefst loyal. Aber sie war schüchtern. Gruppen machten sie verlegen, und sie fühlte sich unwohl, und sie konnte beim besten Willen keine Konversation machen. Manchmal war sie so still und in sich gekehrt, dass sie auf Leute, die sie nicht gut kannten, sogar unnahbar oder desinteressiert wirkte. Aber wenn es einem dennoch gelang, sie in ein Gespräch zu verwickeln, stellte sich meistens heraus, dass sie sehr wohl alles mitbekommen hatte. Sie besaß eine sanfte und einfühlsame Klugheit, die für ihr Alter ungewöhnlich war, und fast jeder, der sich die Mühe machte, sie besser kennenzulernen, bewunderte sie. Sie war der einzige Mensch, den ich je gekannt habe, der völlig frei von Neid, Gier oder Arglist war, der einzige Mensch, den ich je mit einem Engel vergleichen würde.

Und deshalb habe ich trotz allem, was die Zeitungen schrieben, nachdem sie getötet worden war, trotz all der schmerzhaften Spekulationen und törichten Mutmaßungen über unser Verhältnis zueinander, nie vergessen, wie ich wirklich empfand. Ich habe Rachel verehrt, zu ihren Lebzeiten ebenso wie auch nach ihrem Tod. Ich war ihr allergrößter Fan und werde es immer sein.

5

Alice erscheint pünktlich zum Abendessen und ist so gut gelaunt und voller Energie, dass ich mich in der Sekunde besser fühle, in der sie hereinkommt und losplappert.

»Ach, du Schande«, sagt sie mit leiser Stimme und sieht sich in Viviens Wohnung um. »Das ist ja voll schick hier. Deine Eltern sind wohl echt supermodern.«

»Nein.« Ich schüttele den Kopf. »Nein. Die Wohnung gehört nicht meinen Eltern. Ich wohne bei meiner Tante. Sie ist übers Wochenende weg.«

»Dann hast du also sturmfreie Bude?«

Ich nicke, und Alice springt in die Luft und jauchzt vor Freude.

»Wahnsinn. Mensch, Katherine, bin ich froh. Ich dachte schon, deine Eltern wären hier. Ich dachte, jetzt kommt die große Darf-ich-dich-meinen-Eltern-vorstellen-Nummer.« Sie verdreht die Augen. »Wir wollen ja schließlich nicht heiraten oder so. Gott sei Dank.« Sie kickt ihre Schuhe von den Füßen und schlendert durchs Zimmer, sieht sich einzelne Gegenstände an, lässt alles auf sich wirken.

Ich habe mir schon eine Erklärung zurechtgelegt, warum ich bei meiner Tante lebe statt bei meinen Eltern, irgendwas über den Ruf und die Qualität der Drummond High im Vergleich zu den Schulen in Newcastle, was auch nicht ganz unwahr ist. Aber sie interessiert sich offenbar mehr für die Wohnung als dafür, wieso ich darin wohne.

»Muss ja toll sein, so elegant zu wohnen«, sagt sie, geht dann den Flur hinunter und späht in die Zimmer hinein. Ihre Stimme ist laut und hallt durch die Diele, als sie ruft: »Hast du hier schon mal eine Party gefeiert? Ich wette, nicht, oder? Komm, wir feiern eine. Das wäre doch super. Ich kenn haufenweise Leute, die wir einladen könnten.«

»Ooh«, entfährt es ihr plötzlich. »Sieh dir das an!« Und sie greift nach oben in Viviens Regal und nimmt eine edel aussehende Flasche herunter. »Irish Whiskey. Mhm, lecker. Den liebe ich. Los, wir trinken was.«

»Das ist nicht meiner«, sage ich. »Der gehört Vivien.«

»Na und? Wir kaufen ihr eine neue Flasche. Deine Tante wird nichts merken.« Und sie geht mit der Flasche in die Küche, findet den Schrank mit den Gläsern, nimmt zwei heraus und gießt großzügig ein. »Hast du Cola?«

»Tut mir leid.« Ich schüttele den Kopf.

»Wasser tut's auch.« Sie geht an die Spüle, füllt die Gläser mit Wasser auf und reicht mir eins. Ich nehme einen winzigen Schluck. Der Whiskey riecht widerlich und schmeckt noch schlimmer – bitter und herb und sehr stark –, und ich weiß, ich werde das Glas nicht austrinken können.

Alkohol hatte nicht zu meinem Plan für heute Abend gehört, ich hatte nicht mal dran gedacht. Aber Alice' Lust darauf, etwas zu trinken, macht mir klar, wie realitätsfremd ich im Grunde bin. Nicht jeder hat so große Angst vor der Welt wie ich. Nicht jeder ist ein gebranntes Kind.

Wir nehmen unsere Gläser mit auf den Balkon und blicken über die Stadt. Die meiste Zeit redet Alice, doch ich bin zufrieden damit, einfach zuzuhören und ihre Energie zu spüren, ihre Lebensfreude. Und ich versuche, mich daran zu erinnern, wie es ist, sich mit jemand Gleichaltrigem zu amüsieren. Ich versuche, mich wieder mit einer anderen Version von mir vertraut zu machen, einer jüngeren, fröhlicheren Version, dem Mädchen, für das es selbstverständlich war, dass das Leben so sein konnte wie jetzt, dass es so sein sollte: frei und leicht und voller Freude.

»Hallo, Welt!«, ruft Alice und beugt sich über das Geländer. Ihre Stimme hallt um uns herum. »Hallo, Welt!«

Sie wendet sich wieder mir zu und lehnt sich gegen das Geländer, den Kopf zur Seite geneigt. »Wenn ich älter bin, will ich auch so eine Wohnung haben. Nur noch größer. Schicker. Alle meine Freunde können kommen und bei mir übernachten. Und ich werde auch jede Menge Hilfe haben.« Sie hebt die Nase in die Luft und spricht mit affektierter Stimme. »Ich werde Personal haben, Darling. Haushälterinnen. Privattrainer. Butler. Das volle Programm. Und jeden Abend kommt extra jemand, bloß um mir Champagner einzuschenken.«

»Klar«, sage ich. »Du könntest dir ja sonst einen Fingernagel abbrechen. Oder ins Schwitzen kommen.«

»*Quelle horreur!*« Sie reißt mit gespielter Besorgnis die Augen auf und blickt auf ihre Hände »Die Beschäftigung mit profanen Dingen steckt voller Gefahren. Ich beabsichtige, mich nicht mehr damit abzugeben.«

Ich lache. »Du brauchst auch einen privaten Barista. Der dir morgens den Kaffee macht.«

»Und einen Sternekoch.«

»Und deinen eigenen Masseur.«

»Eine Friseurin.«

»Eine Stylistin, die für dich die Klamotten aussucht.«

»Einen Gärtner.«

»Einen Chauffeur.«

»Ja.« Sie setzt sich in den Korbsessel neben mich und seufzt verträumt. »Ich werde nie wieder einen Finger krumm machen müssen. Ich werde mich nicht wie meine Mutter jeden Tag von morgens bis abends über die Hausarbeit beschweren. Ich mache einfach keine. Ich werde mir nicht mal selbst ein Bad einlaufen lassen müssen.«

»Und wenn du's irgendwann leid bist? Ständig die ganzen Leute um dich rum zu haben. Vielleicht sehnst du dich danach, mal allein zu sein.«

»Quatsch«, sagt sie. »Wieso denn? Allein sein ist langweilig. Ich hasse es, allein zu sein. Ich hasse es. Mein Leben soll nicht ernst und langweilig sein. Es soll lustig sein. Eine Party. Eine riesige, endlose, lebenslange Party.«

Ich denke, dass Alice genau der Mensch ist, mit dem ich zusammen sein muss. Sie lebt für die Gegenwart und interessiert sich nicht für die Vergangenheit, was mir sehr entgegenkommt.

Als Alice einige Gläser Whiskey intus hat – und ich noch immer vorsichtig an meinem ersten nippe –, verkündet sie, dass sie Hunger hat, und wir gehen rein. Alice gießt sich einen weiteren Drink ein und bietet mir auch einen an, doch ich hebe mein noch volles Glas hoch und schüttele den Kopf. Alice legt die Stirn in Falten.

»Schmeckt er dir nicht?«

»Doch, doch.« Ich lächle, nehme einen kleinen Schluck und versuche, nicht das Gesicht zu verziehen. Ich könnte meine Furcht vor Alkohol erklären, sie als Entschuldigung nutzen, aber ich würde mich bloß wie eine nörgelnde Mutter anhören, übertrieben prüde.

Alice mustert mich einen Moment lang, als würde sie über irgendwas nachdenken, doch dann stellt sie die Flasche hin und zuckt die Achseln.

»Dann bleibt eben mehr für mich«, sagt sie.

Wir häufen uns jeder einen Teller mit Curry voll und setzen uns an den Tisch. Alice' Begeisterung für das Essen tut mir gut.

»Köstlich!«, sagt sie und schüttelt fassungslos den Kopf. »Du bist sagenhaft. Du könntest ein eigenes indisches Restaurant aufmachen.«

Ich widerspreche geschmeichelt und muss unwillkürlich lächeln. Meine Laune hat sich drastisch gebessert. Die gedrückte Stimmung nach dem Telefonat mit meiner Mutter ist gänzlich verflogen.

»Also.« Alice klopft mit der Rückseite ihrer Gabel auf ihren Teller. »Was machen wir nach dem Essen?«

»Wir könnten was spielen. Ich hab Scrabble. Und Trivial Pursuit.«

Alice schüttelt den Kopf. »Langweilig. Ich kann mich nicht länger als eine Sekunde auf Scrabble konzentrieren. Erinnert mich zu sehr an Schularbeit. Wie wär's mit Pictionary oder Scharade? Was Lustiges.«

»Aber solche Spiele gehen nur mit mehreren.«

Alice überlegt einen Moment, dann blickt sie mich an und lächelt. »Ich kenne da jemanden, der herkommen könnte. Uns ein bisschen unterhalten.«

»Echt?« Ich ringe mir ein Lächeln ab, aber ich bin enttäuscht. Ich habe mich so wohl gefühlt mit ihr und finde nicht, dass wir jemanden zur Unterhaltung brauchen. Ich komme mir langweilig vor, weil Alice jemand anders dazuholen will. »So spät am Abend?«

»Es ist neun Uhr am Samstagabend! Um diese Zeit haben noch nicht mal die Clubs aufgemacht.«

Ich zucke die Achseln. »Wen denn?«

»Robbie.«

»Und?«

»Und was?«

»Wer ist Robbie?«

»Ein Freund von mir. Er arbeitet als Kellner in einem piekfeinen Restaurant. Und er ist zum Schreien komisch. Du wirst begeistert sein.«

Alice holt ihr Handy hervor und fängt schon an zu wählen, ehe ich dazu komme, noch mehr Fragen zu stellen. Ich höre, wie sie ihn mit selbstbewusster und tiefer, koketter Stimme einlädt. Ob sie wohl jemals schüchtern war oder sich unsicher gefühlt hat? Schwer vorstellbar.

»Er macht sich gleich auf den Weg.« Sie steht auf, streckt sich und reibt sich zufrieden den Bauch. »Das war echt eine gute Idee, Katie. Superleckeres Essen, nette Gesellschaft, und der Abend hat erst angefangen.«

»Katherine«, sage ich. »Nicht Katie. Ich heiße Katherine.«

Alice legt den Kopf schief und blickt mich fragend an. »Aber du siehst aus wie eine Katie. Im Ernst. Du bist doch nicht immer Katherine genannt worden, oder? Als du jünger warst? So ein großer, reifer Name für ein kleines Mädchen. Und Katie ist süß. Witzig. Passt zu dir.«

»Nein«, sage ich. »Ich heiße Katherine. Nur Katherine.« Ich bemühe mich um einen unbeschwerten und freundlichen Ton, aber meine Stimme klingt barsch, eine Überreaktion. Ich komme mir verklemmt und zickig vor. Es war mir immer egal, wie man mich rief – Kat, Katie, Kathy, Kate, mir hat alles gefallen –, aber ich kann keine Kurzformen meines Namens mehr ertragen. Das gekürzte, unbekümmerte Mädchen gibt es nicht mehr. Ich bin jetzt Katherine Patterson, durch und durch.

Alice' Miene verfinstert sich leicht, und sie starrt mich beinahe kalt an, doch gleich darauf hellt sich ihr Gesicht wieder auf, sie zuckt die Achseln, lächelt und nickt. »Klar. Katherine ist sowieso vornehmer. Wie die alte Schauspielerin, wie heißt sie noch gleich, du weißt schon, der Filmstar … Katharine Hepburn. Und ein längerer Name passt auch besser zu deinem geheimnisvollen Flair.«

»Geheimnisvolles Flair?« Ich pruste los, froh, den unangenehmen Wortwechsel mit einem Lachen beenden zu können. »Wohl kaum.«

»Doch, hast du.« Alice beugt sich vor. »Alle an der Schule wundern sich über dich. So hübsch und klug. So still und reserviert und in sich gekehrt, aber nicht weil du schüchtern bist oder verängstigt oder so was. Nein, einfach nur, weil du dich auf nichts und niemanden einlassen willst. Als ob du, keine Ahnung, irgendein großes, dunkles Geheimnis hast und dich mit niemandem anfreunden willst, damit es keiner herausfindet. Alle sind von dir fasziniert und eingeschüchtert zugleich. Manche halten dich sogar für versnobt.«

»Versnobt? Im Ernst? Na, da liegen sie aber ganz falsch. Ich bin überhaupt nicht versnobt.« Ich stehe auf und fange an, den Tisch abzuräumen. Dabei weiche ich Alice' Blick aus. Das Gespräch wird mir allmählich unangenehm – es kommt der Wahrheit zu nahe. Ich habe tatsächlich ein Geheimnis. Ein großes, dunkles Geheimnis, wie Alice es ausgedrückt hat. Und obwohl ich nicht versnobt bin, stimmt es, dass ich mich aus allem raushalte und mich tunlichst mit niemandem anfreunden will, genau aus diesem Grund. Offenbar bin ich doch nicht so unauffällig, wie ich gehofft hatte.

Aber Alice lacht. »He, reg dich nicht auf. Na, komm. Ich will dich bloß ärgern. Ich find's cool, so geheimnisvoll zu sein. Mir gefällt das. Du bist unnahbar. Und ich bin wahrscheinlich nur neidisch. Ich wäre selbst auch gern ein bisschen mehr so.« Sie legt sich die Hände auf die Brust und schließt die Augen. »Eine geheimnisvolle Frau mit einer tragischen Vergangenheit.«

Es erstaunt mich, wie nahe Alice der Wahrheit gekommen ist. Ich fühle mich entlarvt und beklommen und muss den Impuls unterdrücken, wegzulaufen und mich irgendwo zu verkriechen. Um mein Geheimnis sicher zu bewahren. Ich fürchte schon, dass Alice bei dem Thema bleiben und mich weiter ausfragen wird, bis sie alles weiß, doch stattdessen zuckt sie die Achseln, schaut sich im Zimmer um und schüttelt den Kopf.

»Mann, deine Wohnung ist der Hammer. Wir müssen hier unbedingt eine Party schmeißen.« Sie steht auf und nimmt mir die Teller aus der Hand. »Du hast gekocht. Ich spüle. Setz dich. Nimm noch einen …« Sie blickt auf mein Glas und schüttelt den Kopf, »ein Minischlückchen oder zwei von deinem Drink.«

Alice füllt das Becken mit heißem Seifenwasser, fängt an zu spülen, kommt dann wieder zum Tisch, um weiter zu plaudern und mir noch was zu erzählen. Es klopft an der Wohnungstür.

»Das ist Robbie!« Alice klatscht fröhlich in die Hände und eilt in die Diele.

Ich höre, wie sie jemanden begrüßt, kichert und auflacht. Ich höre das tiefe Grollen seiner Antwort. Und dann ist er in der Küche.

Er ist groß und blond und auf eine sportliche, gesunde Art sehr attraktiv. Er grinst mich an und schüttelt mir die Hand.

»Katherine. Hi. Ich bin Robbie.«

»Hi.«

Sein Händedruck ist fest und warm und trocken. Sein Lächeln ist offen und schön, und zum ersten Mal seit gefühlten hundert Jahren spüre ich eine leichte, aber eindeutige Anziehung. Ich spüre, wie ich rot werde. Ich wende mich ab und beschäftige mich mit dem Geschirr, das noch größtenteils chaotisch neben der Spüle gestapelt ist.

»Ich spül das hier eben zu Ende. Dauert nicht lange.«

»Nichts da.« Alice fasst mich an den Schultern und zieht mich weg. »Ich mach das später. Versprochen. Komm, wir amüsieren uns.«

Es ist noch reichlich Curry übrig, und Alice besteht darauf, dass Robbie was isst.

»Ist das in Ordnung?« Er sieht mich entschuldigend an, während sie ihm eine ordentliche Portion auf einen Teller schaufelt.

»Ja, klar. Kein Problem«, sage ich und meine es auch so. Ich habe viel zu viel gekocht. Genug für mindestens sechs.

Alice fragt Robbie, ob er gern was Alkoholisches trinken würde, doch er schüttelt den Kopf, sagt irgendwas von Fußballtraining und gießt sich stattdessen ein Glas Wasser ein. Er sieht, wie Alice sich noch einen Drink einschenkt.

»Whiskey?«, fragt er. »Ganz schön heftig, oder?«

»Ja.« Sie zwinkert anzüglich. »Echt heftig. Genau wie ich.«

Wir drei gehen nach draußen auf den Balkon, und Robbie macht sich begeistert über sein Curry her. Ich bin zunächst ein wenig verlegen, aber so freundlich und nett, wie er meine Kochkünste lobt, und so amüsant, wie er erzählen kann, dauert es nicht lange, bis ich mich für ihn erwärme. Robbie ist zwanzig, und er kellnert in irgendeinem noblen Restaurant. Im Nu lache ich unbekümmert über die Geschichten, die er von all den unausstehlichen Gästen erzählt, mit denen er sich rumschlagen muss.

Als es zu kalt wird, gehen wir wieder rein und setzen uns im Wohnzimmer auf den Fußboden. Der viele Whiskey, den Alice getrunken hat, zeigt Wirkung. Ihre Wangen sind gerötet und ihre Augen blutunterlaufen. Sie lallt merklich, spricht viel zu laut und fällt Robbie ständig ins Wort, um seine Geschichten zu Ende zu erzählen. Das scheint ihm nichts auszumachen, denn er lächelt nachsichtig, wenn sie ihn unterbricht, und lässt sie reden.

Er ist in sie verliebt, folgere ich. Die Art, wie er sie ansieht, und die Tatsache, dass er an einem Samstagabend so kurzfristig kommen konnte. Er ist bis über beide Ohren in sie verliebt.

Alice steht auf und geht zum Sideboard, um Viviens CD-Sammlung durchzusehen.

»Ach, du Schande!«, sagt sie. »Ich hätte meinen iPod mitbringen sollen. Das ist alles uralt. Achtziger Jahre!« Aber schließlich wählt sie ein Prince-Album aus und legt die CD ein.

»Meine Mum steht total auf diesen Song«, sagt sie. »Sie tanzt ständig dazu. Du solltest sie mal tanzen sehen, Katherine. Sie ist unglaublich. Sie sieht aus wie ein Filmstar. Und sie ist total schön, wenn sie tanzt.« Und dann dreht sie die Lautstärke auf und fängt an, verführerisch die Hüften zu schwingen.

Alice lächelt mit geschlossenen Augen, und ich wundere mich unwillkürlich über dieses plötzliche Eingeständnis der Bewunderung und Zuneigung für ihre Mutter. Die wenigen Male, die sich Alice bislang in meiner Gegenwart über ihre Eltern geäußert hat, klang es abschätzig, verächtlich, fast so, als würde sie sie hassen.

Robbie und ich bleiben sitzen und schauen Alice beim Tanzen zu. Sie tanzt gut, geschmeidig und sexy, und Robbie blickt lächelnd zu ihr hoch. Er wirkt völlig vernarrt in sie, und ich denke bei mir, wie schön es wäre, so geliebt zu werden, wie aufregend, wenn jemand ein romantisches Interesse an mir hätte. Und zum ersten Mal seit Rachels Tod, seit Will, erlaube ich mir die Phantasie, dass ich vielleicht eines Tages so jemanden wie Robbie habe, den ich lieben kann. Jemand, der schön ist und sanft und klug. Jemand, der mich auch liebt – ungeachtet dessen, wer ich bin und was ich getan habe.

6

Als der erste Song zu Ende ist, fängt ein neuer an, einer, der fetziger ist, und Robbie springt auf, streckt die Hand nach mir aus und zieht mich hoch. Und dann tanzen wir miteinander, wir drei, locker und ungeniert. Wir tanzen eng, unsere Körper berühren sich, Hüften und Schenkel stoßen aneinander, die Arme verschlungen. Robbie legt die Arme um Alice. Er küsst sie, und ich beobachte die beiden, wie sie sich aneinanderschmiegen. Sie sind beide so schön, sie passen perfekt zusammen. Alice bemerkt meine Blicke und lächelt, dann flüstert sie Robbie etwas ins Ohr. Robbie lässt Alice los und schlingt die Arme um mich, drückt mich ganz fest, dann legt er die Hände an meine Wangen, beugt den Kopf und drückt seine Lippen auf meine. Es ist ein keuscher Kuss, fast brüderlich, aber trotzdem prickelnd. Alice lächelt, stupst mich an und kichert. Und dann umarmen wir drei uns wieder und lachen, und ich bin überglücklich. Ich fühle mich angenommen. Ich fühle mich attraktiv. Ich fühle mich wieder jung.

Und als sich die kleine Stimme in meinem Kopf meldet – die Stimme, die mir sagt, dass ich das Glück nicht verdient habe, dass ich mir nicht nehmen sollte, was Rachel nicht mehr haben kann –, höre ich einfach nicht hin. Ich beschließe, zumindest für heute Nacht, die Seite von mir zu ignorieren, die alles missbilligt, was ich mir wünsche. Ich bin ausgelassen und unbekümmert. Ich bin Katie Boydell. Bloß für eine Nacht. Jung und glücklich und ungestüm. Katie. Lustig und draufgängerisch. Katie. Bloß für diesen einen Abend ist Katherine verschwunden, und ich kann ich sein.

Und so kichern wir und tanzen und umarmen uns von Song zu Song, bis unsere Gesichter vor Schweiß glänzen und wir Durst kriegen und in die Küche gehen müssen, um Wasser zu trinken. Als wir nicht mehr tanzen mögen, ziehen wir die Polster vom Sofa und bauen uns ein Bett aus Kissen und Decken und lassen uns darauf fallen. Wir reden bis drei Uhr morgens – und unser Schlaf ist der Schlaf der Erschöpften, schwer und tief und reglos, wir drei eng zusammen, Beine ineinander verschlungen, Gesichter aneinandergeschmiegt.

Als ich wach werde, hat sich Alice neben mir klein zusammengerollt. Sie liegt auf der Seite in Embryonalhaltung, die Hände vor dem Gesicht zu Fäusten geballt. Sie sieht aus wie ein schlafender Engel, der sich zum Kampf bereit macht, ein seltsam unschuldiger kleiner Boxer. Sie atmet schnell und flach, und ich kann ein kleines hohes Piepsen aus ihrer Nase hören, wenn die Luft ein und ausströmt. Ihre Augenlider flattern, und ich sehe, wie sich ihre Augäpfel unter den Lidern bewegen. REM-Schlaf. Träume.

Ich stehe langsam und so leise ich kann auf. Ich trage noch Rock und T-Shirt. Ich gehe schnurstracks ins Bad und dusche.

Anschließend ziehe ich mich wieder an und gehe in die Küche.

Robbie steht schon an der Spüle und macht den Abwasch. Er ist fast fertig mit dem restlichen Stapel vom Abend zuvor – mit dem Chaos, das Alice versprochen hatte zu beseitigen.

»Hey«, sage ich. »Danke. Aber das musst du wirklich nicht.«

»Guten Morgen.« Er schaut auf und grinst, und trotz der zerzausten Haare und blutunterlaufenen Augen sieht er noch immer unglaublich gut aus. »Kein Problem. Macht mir nichts aus.

Ich spül sogar ganz gern. Als Kind hab ich meiner Mutter oft dabei zugesehen. Ich fand das immer lustig. Die vielen Seifenblasen. Das Wasser.« Er hebt eine Seifenblase mit der flachen Hand hoch, bläst auf sie, und sie fällt zurück in die Schüssel. »Wie fühlst du dich? Bist du müde? Wir haben höchstens vier Stunden geschlafen.«

»Ja, ich weiß. Ich bin ein bisschen angeschlagen. Wie geht's dir?«

»Fabelhaft. Fit für einen Tag mit Fußballtraining und einen langen Abend im Restaurant, um Arschlöcher zu bedienen.«

»Du Ärmster. Leg dich lieber nochmal hin.«

»Nein, nein.« Er zuckt die Achseln. »Ich bin das gewohnt. Tasse Tee? Ich hab Wasser aufgesetzt.«

»Furchtbar gern. Aber den mach ich. Ich bin sehr pingelig in Sachen Tee.«

»Ach ja?«

»Ich trinke nur richtigen, also mit losem Tee in der Kanne und so. Deshalb halten mich viele für verrückt. Meine Pingeligkeit nervt alle. Deshalb mach ich ihn lieber selbst, das ist einfacher.«

»Cool. Ich finde losen Tee auch viel besser. Hat mehr Aroma. Meine Mum konnte Teebeutel nicht ausstehen. Die hat auch nur losen Tee getrunken.«

»Hat?«

»Sie ist gestorben.« Er blickt nach unten auf seine Hände, die ins Wasser getaucht sind. »Vor etwas mehr als einem Jahr.«

»Oh, Robbie. Das tut mir leid. Das wusste ich nicht.«

»Nein«, sagt er. »Natürlich nicht.«

Ich könnte es dabei bewenden lassen, das Thema wechseln und über etwas Angenehmeres sprechen, etwas weniger Intensives, aber genau das haben immer alle getan, als Rachel starb. Ich weiß noch, wie seltsam und schmerzlich es war, wenn das

Thema ihres Todes einfach beiseitegeschoben und verworfen wurde, als hätte es keine größere Wichtigkeit als ein Gespräch über das Wetter. Daher wechsele ich das Thema nicht.

»Sie fehlt dir bestimmt sehr, was?«

»Ja.« Er blickt auf, und seine Augen sind tränennass. Er lächelt traurig. »Ja, sehr.«

»Und dein Vater? Wie kommt der klar?«

»Ganz gut, glaube ich. Aber genau weiß ich es ehrlich gesagt nicht. Ich meine, ich will ihn nicht direkt fragen.«

»Wieso nicht?«

»Weil, was ist, wenn es ihm nicht gutgeht? Was dann? Was könnte ich schon dagegen machen?«

Ich hüte mich, irgendwelche banalen Floskeln von mir zu geben, ihm mit der Lüge zu kommen, Worte könnten heilen. Weil ich weiß, dass das nicht stimmt, sie können nicht heilen. Worte sind bloß Worte, Ansammlungen von Lauten, die machtlos sind gegen die Wucht von realem Schmerz, realem Leid.

»Nichts«, sage ich. »Du kannst nichts machen. Gar nichts.«

»Genau. Und wenn man sich gegenseitig die Wahrheit sagt, wie traurig man ist, dann fühlt man sich noch schlechter, weil man sich dann auch noch mit dem Schmerz von dem anderen armen Teufel rumschlagen muss, zusätzlich zum eigenen.«

»Stimmt.« Ich zucke die Achseln. »Wahrscheinlich ist es besser, jeder kümmert sich allein um sein eigenes Unglück, auf seine Art. Und wenn man Glück hat, wird es dann irgendwann erträglicher. Beschäftigt einen nicht jeden Tag aufs Neue.«

Robbie nickt zustimmend. Und dann schweigen wir einen langen Augenblick. Ich warte und überlasse es Robbie, ob er das Gespräch fortsetzen oder das Thema wechseln will. Seine nächsten Worte sprudeln nur so aus ihm heraus, in einem atemlosen Strom. »Ich war drauf und dran, von zu Hause auszuziehen, als sie ernsthaft krank wurde, aber ich bin geblieben, weil ich helfen und bei ihr sein wollte. Ich hatte vor, möglichst viel Zeit mit ihr zu verbringen, bevor sie starb … weil wir da schon wussten, dass sie mit Sicherheit sterben würde, die Frage war nur noch, wann. Aber das ist zwei Jahre her. Und ich bin immer noch nicht ausgezogen. Ich bin zwanzig Jahre alt und wohne noch zu Hause, weil mein alter Herr mir leid tut. Aber das Bescheuerte ist, ich weiß nicht mal, ob er das überhaupt will. Er hätte es wahrscheinlich gern, dass ich endlich ausziehe, damit er allein sein kann, damit er sich in Ruhe in seinem Elend suhlen kann. Er denkt wahrscheinlich, *ich* will nicht allein sein. Das Ganze ist einfach … na … total verkorkst.«

»Dann ist dein Dad also noch ziemlich traurig?«

»Überwiegend geht's ihm gut. Zumindest tut er so. Überwiegend ist er stark und will unbedingt nach vorn schauen, dafür sorgen, dass zu Hause alles bestens ist, sauber, der Kühlschrank voll, so was eben. Dauernd haben wir Besuch von irgendwelchen Freunden, Pizza-und-Bier-Abende, als wäre alles Friede, Freude, Eierkuchen, als könnte das Leben nicht besser sein ohne eine Frau im Haus. Aber neulich Abend, vor ungefähr einer Woche, bin ich zu seinem Zimmer gegangen, um ihm etwas zu sagen. Und da bin ich draußen vor seiner Tür stehen geblieben, keine Ahnung warum, vielleicht … jedenfalls … ich bin stehen geblieben und hab gehört, wie er geweint hat. So richtig geweint, meine ich, herzzerreißend, laut und schluchzend. Es war echt furchtbar. Klar, ich weiß, er hat Mum wirklich geliebt, ich weiß, sie fehlt ihm, aber er hat so … so hilflos geklungen. Wie ein Kind. Als hätte er sich absolut nicht mehr im Griff. Als wäre diese ganze Heiterkeitsnummer bloß Theater. Reine Fassade für mich. Und ich wusste nicht, was ich machen soll, also bin ich einfach einen Moment lang da stehen geblieben und habe gehofft, dass er aufhört, dass er verdammt nochmal aufhört. Es war gruselig. Das Schlimmste war, dass ich nicht die Spur Mitleid hatte. Ich hab ihn dafür gehasst, dass er es mir nicht erspart hat, dass er nicht weiterhin so getan hat, als käme er gut klar.«

»Ich weiß, was du meinst. Wenn man seine Eltern so erlebt, wird man erwachsen, dann begreift man, dass sie in Wahrheit gar keine Kontrolle über diese große beängstigende Welt haben. Und wenn die Eltern so verletzlich sind, wenn sie gar nichts kontrollieren können, worauf kann man sich dann noch verlassen?« Die Worte fließen mir über die Lippen, ehe ich realisiere, was ich da preisgebe.

»Genau.« Robbie schaut mich plötzlich erschrocken an. »Ach, du Scheiße. Deine Mum ist doch nicht etwa auch gestorben oder so?«

»O nein.« Ich schüttele den Kopf und lache, als wäre allein der Gedanke, ich könnte irgendwelche Erfahrungen mit dem Tod haben, absurd. »Sie ist quicklebendig. Ich denke bloß über diesen ganzen Kram nach. Und ich hab ein paar Bücher von meinem Dad über Themen wie Verlust und Trauer gelesen. Ich bin wahrscheinlich morbide. Verrückt.«

»Na, jedenfalls hast du das Gefühl perfekt ausgedrückt. Die meisten flippen aus, wenn ich sage, dass meine Mum tot ist. Sie reagieren bestürzt oder verlegen und wechseln das Thema. Und meine Therapeutin ist auch Zeitverschwendung. Sie fragt ständig, was ich fühle und wie es mir damit geht. Und dann sagt sie, meine Gefühle seien völlig berechtigt, aber dabei will sie eigentlich sagen, ich solle ernsthaft versuchen, etwas völlig anderes zu fühlen. Ich könnte genauso gut mit einer Rolle Klopapier sprechen.«

Ich will gerade etwas erwidern, als Alice sich nebenan meldet.

»Guten Morgen!«, ruft sie, mit einer tiefen Reibeisenstimme

von letzter Nacht. »Leute? Wo seid ihr? Ich fühle mich allmählich sehr einsam hier.«

Robbie und ich lächeln einander an, zucken mit den Schultern und beenden unser Gespräch. Wir nehmen die Teekanne und die Milch, den Zucker und die Tassen und gehen zu Alice ins Wohnzimmer.

7

Ich hole Sarah heute früher als sonst aus dem Kindergarten ab. Ich beobachte sie einen Moment lang durchs Fenster, ehe sie mich entdeckt, und sehe erfreut, wie fröhlich sie wirkt. Sie spielt mit einem Klumpen knallgrüner Knete, allein, völlig versunken darin, ihn platt zu klopfen. Sie ist eine kleine Einzelgängerin; sie fühlt sich unwohl mit anderen, genau wie Rachel früher, und so froh ich über ihre Zurückhaltung bin, mache ich mir gleichzeitig Sorgen, sie könnte es später schwer haben. Schließlich muss sie mit anderen klarkommen, ob sie will oder nicht.

Es ist komisch, weil ich Rachels Scheu nie als Nachteil gesehen habe. Ich fand diesen Zug an ihr sogar liebenswert. Doch bei meiner Tochter soll alles perfekt sein. Ich möchte, dass sie von allen geliebt wird. Ich möchte, dass bei ihr alles möglichst leicht und glücklich und glatt verläuft.

Ich bekomme oft zu hören, ich sei eine Glucke, ich müsse Sarah loslassen, ihr Freiraum geben, damit sie ihren eigenen Weg in der Welt findet, aber ich glaube nicht, dass Eltern ihre Kinder überhaupt zu sehr behüten können. Die Leute, die so was sagen, würde ich am liebsten am Arm packen und schreien: Es lauern überall Gefahren, ihr Idioten! Glaubt ihr, ihr seid sicher, glaubt ihr, andere Menschen sind vertrauenswürdig? Nett? Macht die Augen auf und seht euch um! Aber sie würden mich bloß für verrückt halten. Sie sind naiv, leichtgläubig, ahnungslos, dass die Welt voll mit Leuten ist, die einem übelwollen, und ich bin immer wieder erstaunt, wie man so blind sein kann.

Mutter sein ist schwierig, widersprüchlich, unmöglich. Ich möchte, dass Sarah glücklich ist, Freundschaften schließt, lacht und fröhlich ist. Sie soll nicht durch Furcht und Angst gelähmt werden. Aber sie soll auch auf der Hut sein, mit offenen Augen durch diese gefährliche Welt gehen.

Ich öffne die Tür zum Spielzimmer, trete ein und stelle mich hinter sie, warte ab, bis sie meine Gegenwart spürt und sich umdreht. Ich liebe den Moment, in dem sie mich erkennt, diesen Ausdruck reiner Freude, der über ihr Gesicht gleitet. Sie vergisst dann schlagartig, womit sie gerade noch beschäftigt war, und wirft sich in meine Arme. Sie geht nur an zwei Nachmittagen die Woche in den Kindergarten, mittwochs und freitags. Das sind immer quälend lange, öde Nachmittage für mich, und ich bin jedes Mal erleichtert, wenn ich sie am späten Freitagnachmittag abhole, froh, dass wieder eine Woche vorbei ist, dass wir vier ganze Tage zusammen sein können, ehe ich sie wieder abgeben muss.

Heute hole ich sie früher ab, weil unser jährlicher Ausflug ansteht. Ich fahre mit ihr nach Jindabyne, in den Schnee, und ich freue mich wie ein Kind auf Sarahs Begeisterung, die sie sicher zeigen wird, wenn sie zum ersten Mal die weiße Pracht sieht. Wir können einen Schneemann bauen, Schneeballschlachten machen, vielleicht rodeln gehen. Wir können heißen Kakao am Kamin trinken und die Kälte genießen, uns freuen, dass wir ein wenig Zeit für uns allein haben, ohne meine Eltern.

»Mummy!«, ruft sie, als sie mich sieht. Sie springt so schnell auf, dass ihr Hocker umkippt, läuft zu mir und schlingt die Arme um meinen Hals. »Fahren wir?«

»Von mir aus kann's losgehen.«

»Hast du auch meine Sachen eingepackt?«

»Ja klar.«

»Meinen Teddy?«

»Natürlich.«

»Aber was ist mit Nana und Pop?« Sie weiß, wie abhängig meine Eltern von ihr sind, und es macht mich traurig, dass sie sich schon in ihrem Alter um sie sorgt.

»Die machen sich auch ein schönes Wochenende. Sie kriegen Besuch von Freunden zum Essen und so.«

Ihr Gesicht hellt sich auf. »Freuen sie sich darauf?«

»Sehr. Sie freuen sich fast so sehr wie wir.«

Ich bücke mich und hebe sie hoch, hole ihre Taschen, verabschiede mich von den Erzieherinnen und gehe zum Auto. Die Fahrt aus Sydney heraus geht schnell und reibungslos, bis zur freitäglichen Rushhour ist es noch lange hin. Im Auto ist Sarah ganz still. Sie sitzt da und starrt zum Fenster hinaus, den Daumen im Mund, in sich zusammengesunken und entspannt, wie in Trance. Sie war schon immer so bei Autofahrten, und wenn sie als Baby nicht einschlafen wollte oder weinte, habe ich sie mit dem Auto herumkutschiert, und sie wurde sofort ruhig.

Ich bin vorsichtig auf dem Highway unterwegs und halte mich so weit wie möglich von anderen Autos fern. Ich beherzige die Lektionen meines Vaters über defensives Fahren. Dad wollte mir diesen Ausflug ausreden. Auf den Straßen wird die Hölle los sein, sagte er, die schlimmsten Fahrer, die größten Idioten fahren am Wochenende da runter. Und du bist es nicht gewohnt, unter solchen Bedingungen zu fahren. Er sprach ganz abgehackt dabei: Sei nicht so dumm. Aber ich sah die Tränen in seinen Augen, seine zitternden Hände.

Ich verstehe seine Panik – es kommen jeden Tag Menschen auf den Straßen um. Ein kleiner Fehler, eine falsche Entscheidung, eine Sekunde unkonzentriert – und schon kann es passieren, dass man einem der vielen rasenden Trucks in die Quere kommt, von denen es auf diesem Highway nur so wimmelt. Zwei Menschenleben mehr ausgelöscht, eine bereits beschädigte Familie zerstört. Mein Vater weiß besser als die meisten, dass das Unvorstellbare passiert. Er weiß, dass Albträume nicht nur eine Möglichkeit, sondern auch Realität sind.

Also halte ich seinetwegen die Augen stur auf die Straße gerichtet, die Hände fest am Lenkrad, voll konzentriert. Es sind die Ängste meines Vaters, die mich davon abhalten, das Gaspedal durchzutreten.

8

Nein nein nein nein nein. Nicht Coffs Harbour. Kommt nicht in Frage.« Alice schüttelt den Kopf. »Es ist absolut ätzend da, nur fette Leute. Und keine vernünftigen Restaurants.«

»Fette Leute?« Robbie schüttelt den Kopf. »Du kannst manchmal ganz schön gemein sein, Alice.«

»Das ist nur die Wahrheit. Es ist ein Kaff. Und wenn du Strandurlaub machen willst, ist Coffs sowieso nicht die beste Adresse. Da gibt's ja nicht mal Unterkünfte direkt am Wasser. Zwischen den Häusern und dem Strand läuft eine Bahnlinie. Es ist echt beknackt da. Glaubt mir. In Coffs Harbour wimmelt es von Idioten, von Leuten, die Margarine essen statt Butter und die sich Falten in die Jeans bügeln. Meine Eltern fanden es immer toll da. Das sollte uns Abschreckung genug sein.«

Alice hat mir kaum was über ihre Eltern erzählt, und ich frage mich, wie ihr Verhältnis zu ihnen sein mag. Hin und wieder spricht sie mit deutlich spürbarer Liebe und Bewunderung von ihrer Mutter, und dann wieder ist sie verächtlich, fast grausam. Wenn sie sich über ihre Eltern lustig macht – ihre Armut, ihren schlechten Geschmack, ihre Dummheit –, entsetzt es mich immer, wie herzlos sie über ihr eigen Fleisch und Blut spricht.

Wir drei planen einen gemeinsamen Wochenendtrip. Ich freue mich drauf und stelle mir ein paar Tage mit Schwimmen und Essen und Quatschen vor. Aber wir können uns nicht einigen, wohin es gehen soll – und wir haben ein kleines Budget, was es noch schwieriger macht, dass Alice so wählerisch ist.

Ich habe ein schlechtes Gewissen, weil meine Eltern ein Haus in den Blue Mountains haben, in das sie ab und zu übers Wochenende fahren. Es ist ein schönes Haus, modern, mit viel hellem Holz und Edelstahl, einem offenen Wohnbereich und einer atemberaubenden Aussicht auf die Berge. Mein Vater hat es entworfen und dabei alles berücksichtigt, was ihm bei Häusern wichtig ist: Komfort und Stil, klare, gerade Linien und vor allen Dingen sehr viel Licht und Luft. Außerdem gibt es einen Swimmingpool und einen Tennisplatz, sodass man sich nie langweilt, und das über zwei Hektar große Grundstück, auf dem das Haus steht, ist durch eine dichte Wand aus Koniferen vor fremden Blicken geschützt.

Meine Eltern wären froh, wenn ich es benutzen würde. Sie schlagen oft vor, ich solle doch mit Freunden übers Wochenende hinfahren. Ich weiß, sie wären begeistert von der Vorstellung, dass ich es mir dort gutgehen lasse. Aber ich glaube, ich könnte es nicht ertragen. Ich war nur einmal dort, seit Rachel gestorben ist – ein paar Monate nach ihrem Tod, als Mum und Dad und ich noch unter Schock standen und uns verhielten wie die ziellosen, verlorenen Seelen, die wir auch waren. Und es war so unglaublich schmerzhaft, ohne Rachel in dem Haus zu sein. Ihre Abwesenheit war wie eine Art bösartiges Vakuum, das ihm alle Freude und Schönheit aussaugte. Seitdem war ich nicht mehr da.

Damals, davor, fuhren wir oft in den Schulferien von Melbourne aus hin und blieben eine Woche, manchmal auch zwei. Rachel hatte dort alle Ruhe, die sie zum Üben brauchte. Der Flügel bildete den Mittelpunkt des Wohnbereichs, und wenn Rachel spielte, saßen Mum und Dad und ich auf der Veranda und lauschten. Abgesehen von Rachels Musik waren es ausgesprochen stille Urlaube. Wir hatten dort weder Fernseher noch Radio, und auch die Umgebung bot keinerlei Unterhaltungsmöglichkeiten, und so gingen wir tagsüber spazieren oder schwimmen und spielten abends Scrabble oder Schach.

Jetzt finde ich es unvorstellbar, dass ich mich so oft gelangweilt habe, wenn wir dort waren. Mich quält die Erinnerung daran, dass ich mich manchmal nur wegwünschte: Ich vermisste meine Freunde, mein Sozialleben, den Jungen, in den ich gerade verknallt war, und ich konnte es meistens kaum erwarten, wieder nach Hause zu kommen. Heute wünschte ich, ich wäre aufmerksamer gewesen, gegenwärtiger. Ich wünschte, ich hätte begriffen, wie zerbrechlich das alles war. Wenn mir bewusst gewesen wäre, wie leicht alles zerstört werden kann, hätte ich es nicht als selbstverständlich hingenommen. Im Nachhinein sehe ich glasklar, dass wir wirklich vom Glück gesegnet waren. Im Nachhinein schäme ich mich dafür, dermaßen ahnungslos gewesen zu sein.

Daher erwähne ich das Haus in den Bergen mit keinem Wort, obwohl es so praktisch für uns wäre. Stattdessen schlage ich vor, in den Süden zu fahren.

»Aber im Süden ist das Wasser so kalt. Ich will nach Norden, da ist es wärmer«, wendet Alice ein.

»Den Unterschied merkst du doch gar nicht. Und im Süden ist es nicht so überlaufen. Und billiger.« Robbie lächelt mich an, reißt die Augen gespielt auf, er zeigt seine liebevolle Belustigung über Alice. »Eine ganz ausgezeichnete Idee, Katherine.«

»Hey.« Alice starrt erst mich an und dann Robbie. »Ich hab den Blick genau gesehen, den ihr euch zugeworfen habt. Eine kleine Verschwörung, was? Etwa gegen mich?« Sie lächelt, aber ihre Stimme klingt gereizt, und die Augen funkeln kalt. »Vergesst bloß nicht, mit wem hier alles steht und fällt. Ohne mich wärt ihr doch aufgeschmissen. Ihr würdet euch nicht mal kennen, wenn ich nicht wäre.«

»Halt mal die Klappe, Alice.« Robbie verdreht die Augen und hält seine leere Tasse hoch. »Ich brauch noch Kaffee. Sei eine gute Gastgeberin und hol uns Nachschub.«

Alice schiebt ihr Gesicht dicht vor Robbies, und einen erschrockenen Moment lang weiß ich nicht, was sie tun wird. Sie sieht wütend aus, und ich frage mich, ob sie ihn anschreien oder ihm sagen wird, er soll verschwinden, und einen Moment lang halte ich es sogar für möglich, dass sie ihn beißt. Stattdessen presst sie ihre Lippen fest auf seine und öffnet den Mund. Sie zwingt ihre Zunge zwischen seine Lippen. Genauso unvermittelt weicht sie zurück, sammelt unsere leeren Tassen ein und steht auf.

»Noch einen Kaffee? Noch ein bisschen Tee, Katherine?« Sie blickt auf uns hinab und lächelt vergnügt.

»Klingt gut. Danke.«

Robbie sieht ihr nach, als sie den Raum verlässt.

»Hat sie das ernst gemeint?«, frage ich.

Er sieht mich verdutzt an, als hätte er kurz vergessen, dass ich da bin. »Ernst?« Und dann nickt er. »O ja. Du meinst, dass sich alles um sie dreht? Sehr ernst. Sie ist eine Narzisstin, wie sie im Buche steht. Sie interessiert sich wirklich nur für sich selbst.«

Ich denke, dass Robbie übertreibt. Er liebt sie schließlich, daher kann er das nicht völlig ernst meinen. Alice ist ein wenig egoistisch, ein wenig von sich eingenommen, das ist mir natürlich auch schon aufgefallen. Aber was soll's? Sie kann auch unheimlich großzügig und nett sein. Außerdem kann sie erstaunlich gut zuhören und anderen das Gefühl geben, etwas Besonderes zu sein.

»Aber du liebst sie trotzdem?«

»Sie ist wie eine Droge. Ich krieg einfach nicht genug von ihr.« Plötzlich sieht er traurig aus. »Ich weiß, sie ist schlecht für mich, ich weiß, ich werde nie glücklich mit ihr sein, aber ich kann nicht anders. Egal, was sie mir antut, ich komme immer wieder angekrochen.« Er zuckt die Achseln und wendet den Blick ab. »Ich bin süchtig. Alice-süchtig.«

»Aber was –?« Ich will ihn gerade fragen, was genau sie ihm denn antut, warum er glaubt, sie sei schlecht für ihn, als Alice mit dampfenden Tassen wieder hereinkommt.

»Danke.« Robbie streckt die Hand aus, um seine Tasse zu nehmen, und Alice bückt sich und küsst ihn zärtlich.

»Du bist ein Engel, Robbie. Ein Stern«, sagt sie. Robbie verdreht die Augen, aber er freut sich über ihre Zärtlichkeit, das sehe ich in seinem Gesicht.

Sie reicht mir meine Tasse. »Und Sie, Miss Katherine. Sie sind sagenhaft.«

Ich lächle und nippe an meinem Tee.

Alice setzt sich, beugt sich vor, das Gesicht voller Leben. »Vorhin in der Küche hab ich nachgedacht. Ich hab gedacht, wie cool es ist, dass wir drei uns gefunden haben. Ich meine, ich weiß, es klingt wahrscheinlich kitschig, aber wir kommen doch richtig gut miteinander aus, oder? Ich meine, wir passen einfach irgendwie zusammen, wie … ach, keine Ahnung … wie Puzzleteilchen. Wir verstehen uns total.« Sie lächelt und blickt plötzlich verlegen nach unten. »Das wollte ich bloß sagen. Und auch, dass ihr beide mir ehrlich wichtig seid. Meine besten Freunde auf der Welt.«

Es tritt einen Augenblick Stille ein, dann schlägt Robbie sich mit einer Hand klatschend aufs Knie und prustet los. »Puzzleteilchen? Hab ich das richtig gehört? Hast du das wirklich gesagt?« Er sieht mich an, und in seinem Gesicht spiegelt sich jetzt pure Freude, der Kummer von vorhin ist wie weggeblasen. »Hat sie?«

»Sie hat.« Ich nicke. »Ich glaube, sie hat.«

»O Gott.« Alice versteckt ihr Lächeln hinter einer Hand.

»Okay, ich hab's gesagt. Aber zu meiner Verteidigung, ich wurde von einer Mutter großgezogen, die Schnulzen wie *Zeit der Sehnsucht* zum Frühstück, zum Mittag- und zum Abendessen verschlungen hat. Ich kann nichts dafür, dass ich ein wandelndes Klischee bin. Es ist borniert und gemein, wenn du deshalb über mich lachst, Robbie, und dabei wirfst du mir das ständig vor. Du Heuchler!«

»Pech!« Robbie schüttelt den Kopf. »So viel Schmalz hat kein Pardon verdient. Absolut keins!«

»Okay«, sagt Alice und lacht jetzt. »Okay. Ihr habt mein schmutziges Geheimnis entdeckt. Ich bin ein Coffs-Mädchen, durch und durch. Kann nichts dafür. Deshalb will ich auch nicht dahin. Ich versuche, mich der Macht zu entziehen, die das Kaff über mich hat.«

»Hab ich's doch gewusst. Du bist ein heimlicher Margarine-Fan, nicht?«, sagt Robbie.

Und wir drei lachen, bis wir nicht mehr können, und dann noch mehr.

»Ehrlich gesagt –«, Alice lässt den Kopf hängen und spielt die Verlegene, »ich bügele auch für mein Leben gern Falten in meine Jeans. Ich muss mich zwingen, es nicht zu tun. Es ist schwer, aber ich mache Fortschritte. So langsam komme ich dagegen an.«

Und wir foppen uns gegenseitig und lachen und schmieden Pläne für unseren Wochenendtrip. Ich vergesse, was Robbie über Alice gesagt hat. Ich denke nicht mehr daran, ihn noch einmal danach zu fragen. Alice hat eben ein paar Macken. Haben wir die nicht alle? Ich bin einfach zu glücklich, um mir deshalb Gedanken zu machen. Ich amüsiere mich viel zu sehr, um auf die winzig kleine warnende Stimme zu hören, die sich in meinem Kopf meldet.

9

Und was ist dann passiert?« Carly beugte sich vor, die Augen vor Neugier weit aufgerissen. »Los. Du kannst doch jetzt nicht aufhören.«

Aber da tauchte Rachel in der Tür auf. Ihr Pyjama war zerknittert und ihr Gesicht rot und fleckig. Ich sah ihr an, dass sie geweint hatte.

»Rach?« Ich streckte den Arm aus. »Was ist denn?«

»Ich hatte wieder einen bösen Traum.«

»O Mann. Komm her. Komm, setz dich zu uns.« Ich lächelte Carly entschuldigend an. Ich war dabei gewesen, ihr von dem Abend zuvor zu erzählen, den ich mit meinem Freund Will verbracht hatte. Wir hatten uns geküsst und gestreichelt und hätten fast miteinander geschlafen. Carly hatte jede Einzelheit hören wollen.

Carly war meine beste Freundin. Sie war laut und direkt und lustig. Als sie auf unsere Schule gekommen war, fand ich sie auf Anhieb unausstehlich. Ich hielt sie für eine Angeberin und fand ihre Witze lahm. Sie konnte mich am Anfang auch nicht besonders leiden und erzählte mir später, dass sie mich für eine, wie sie es ausdrückte, schnöselige, hochnäsige Ziege gehalten hatte.

Freundinnen waren Carly und ich erst im Schulcamp in der Siebten geworden, als wir eine grässliche Woche Kälte, Nässe, Hunger und Unbehagen aushalten mussten, die uns dabei helfen sollte, »zu uns selbst zu finden«. Carly und ich wurden gemeinsam zum Küchendienst verdonnert, und während wir uns jeden Abend abmühten, aus sehr kargen Zutaten etwas Essbares herzustellen und das ständige, lautstarke Gemecker unserer Klassenkameradinnen zu ertragen, schmiedeten wir eine eiserne Freundschaft. Ich war beeindruckt von Carlys Begabung, über alles witzeln zu können, und Carly erzählte mir später, sie hätte immer meine unerschütterliche Entschlossenheit bewundert, das Beste aus dem wenigen zu machen, was wir hatten. Seitdem waren wir unzertrennlich.

Rachel setzte sich neben mir auf den Fußboden, und ich legte ihr einen Arm um die Schultern.

»Wieder derselbe Traum?«, fragte ich.

»Ja.«

»Rachel hat seit einiger Zeit einen echt schrecklichen Traum«, erklärte ich Carly. »Sie sieht ein Mädchen, das ihr bekannt vorkommt, und das Mädchen lächelt, und deshalb geht sie auf sie zu.«

»Und je näher ich komme«, fuhr Rachel fort, »desto bekannter kommt mir ihr Gesicht vor. Zuerst bin ich froh und glücklich, sie zu sehen, ich hab das ganz starke Gefühl, dass ich sie gernhab, als würde ich sie von irgendwoher kennen. Aber wenn ich dann näher herangehe, denke ich auf einmal, dass das Mädchen vielleicht doch nicht so freundlich ist, wie es aussieht. Sie hat irgendwas richtig Böses an sich. Und dann, wenn ich direkt vor ihr stehe, sehe ich, dass ich das ja selbst bin, dass sie mein Gesicht hat, und dann weiß ich auf einmal, was das bedeutet, mein Gesicht so zu sehen. Es bedeutet, dass ich sterben werde, und ich kriege plötzlich totale Panik … und ich will mich umdrehen und vor ihr weglaufen … aber dann lächelt sie, so ein richtig grausiges, böses Lächeln. Ich versuche zu laufen, und sie fängt an zu lachen, wie verrückt, und natürlich schaffe ich es nicht, wegzulaufen. Und dann wache ich immer auf.« Rachel schaute Carly an. »Es ist echt gruselig. Ich weiß, es hört sich nicht so schlimm an, aber es ist schrecklich. Dieses Mädchen, dieses Ich-Mädchen, ist so was wie ein Todesbote.«

»Igitt, das hört sich ja wirklich total unheimlich an.« Carly schauderte. »Kein Wunder, dass du Muffe kriegst.«

»Komm, leg dich ein bisschen in mein Bett«, sagte ich zu Rachel. »Versuch, wieder zu schlafen. Du hast morgen eine wichtige Probe. Da musst du ausgeruht sein.«

Rachel gehorchte. Ich deckte sie zu und setzte mich wieder neben Carly auf den Boden.

»Also?« Carly stupste mich an. »Erzähl weiter.«

Ich schüttelte den Kopf. »Noch nicht«, flüsterte ich. »Erst wenn Rachel eingeschlafen ist.«

»Ich weiß, worüber ihr redet«, sagte Rachel vom Bett aus. »Ihr redet über Jungs und so. Ich hab euch gehört, als ich reingekommen bin. Ihr braucht meinetwegen nicht aufzuhören. Stört mich nicht. Ehrlich. Ich hör nicht mal hin.«

Carly hob die Augenbrauen, als wollte sie sagen: Siehst du? Kein Problem.

»Versprichst du's?«, fragte ich. »Versprichst du, dass du nicht zuhörst, Rach?«

»Ich kann kaum noch die Augen aufhalten«, sagte sie. »Ich bin bestimmt eingeschlafen, bevor du auch nur zwei Worte gesagt hast. Und ich will sowieso nicht hören, was du mit Will so alles machst, glaub mir. Das ist eklig.«

Und so erzählte ich Carly, was zwischen Will und mir passiert war. Ich erzählte ihr fast alles, hastig und leise, damit Rachel nichts verstand. Das heißt, ich erzählte ihr die körperlichen Sachen, aber ich ließ aus, was wir alles zueinander gesagt hatten. Ich erzählte ihr nicht, dass wir vor Erstaunen und Freude gelacht hatten, dass wir uns zärtliche Worte zugeflüstert und versprochen hatten, treu zu sein. Die liebevollen Dinge, die wir uns gesagt hatten, waren heilig, und ich behielt sie für mich.

Am nächsten Tag holten Carly und ich Rachel nach ihrer Klavierprobe ab. Wir hatten uns neuerdings angewöhnt, Kaffee zu trinken, und fanden nichts schöner, als in ein Café zu gehen und bei einem Cappuccino so lange wie möglich am Tisch zu hocken, die anderen Gäste zu beobachten und über unsere Klassenkameradinnen zu lästern. Wir fühlten uns dabei irgendwie erwachsen, aber im Gegensatz zu den meisten anderen Sachen, die uns jetzt ebenfalls Spaß machten – Partys und Alkohol und Jungs –, war es sicher und gemütlich. Es hatte nichts Heimliches oder Verstecktes, und es gab niemanden dabei, dem wir imponieren wollten. Wir konnten einfach wir selbst sein.

Wir nahmen Rachel mit ins Café, und sie erzählte, wie aufgeregt sie wegen ihres bevorstehenden Konzerts war. Die anderen Musiker seien großartig, sagte sie, und sie seien sich alle völlig einig, wie das Stück interpretiert werden müsse. Ich sprach gern über Musik, und ich kannte die Leute, von denen Rachel sprach, deshalb hörte ich interessiert zu, aber nach einer Weile merkte ich, dass Carly sich langweilte. Sie ließ die Augen schweifen und fing an, ungeduldig mit den Fingern auf die Tischplatte zu trommeln.

»Carly«, sagte ich. »Hallo? Langweilen wir dich zu Tode?«

»Sorry.« Rachel hob die Hände an ihre geröteten Wangen. »Ich quassel euch hier die Ohren voll, nicht? Aber ich bin einfach so aufgeregt. Tut mir leid. Los, reden wir über was anderes.«

Carly überging Rachels Entschuldigung mit einem Kopfschütteln. »Wie spät müsst ihr zu Hause sein?«, fragte sie.

»Ich zu keiner bestimmten Zeit.« Ich sah Rachel an. »Aber du musst noch üben.«

Rachel sah auf die Uhr. »Ja, aber es ist kurz nach vier. Ich hab noch massenweise Zeit.«

»Du kennst doch Jake und Ross und die anderen Jungs?« Carly sah mich an, und ich sah an ihrem Lächeln, dass sie etwas vorhatte, bei dem ich Rachel nicht gern dabeihaben würde.

»Ja.« Ich kannte sie vom Sehen. Sie waren auf der Jungenschule und eine Klasse über Carly und mir. Sie spielten in einer Band und galten als sehr wild und sehr beliebt.

»Die proben heute Nachmittag mit der Band. In der alten Scheune. Na ja, ich glaub, eigentlich wollten sie proben, aber jetzt ist daraus mehr eine Party geworden. Anscheinend wollen eine ganze Menge Leute hingehen. Leute aus der Elften und Zwölften. Das heißt: Musik, ein paar Bierchen und so. Könnte lustig werden.«

»Klingt super«, sagte ich.

»Eine Bandprobe?«, fragte Rachel. »Wie cool. Das würd ich mir gern anhören. Kann ich mitkommen?«

»Die sind alle aus der Oberstufe, Rach. Da wird Alkohol getrunken und so. Du würdest dich völlig fehl am Platz fühlen.«

»Wenn die Musik gut ist, bestimmt nicht.«

»Nein. Ausgeschlossen. Sei nicht albern. Du musst nach Hause und üben.«

»Ach, komm schon, Katie. Bitte. Wie wär's, wenn ich mitkomme, ein bisschen zugucke und dann gleich nach Hause gehe? Ich weiß, du hältst mich noch für ein Baby, aber das stimmt nicht. Ich will auch mal ein bisschen Spaß haben. Ich muss in den nächsten Wochen jede freie Minute üben. Die Musik wird mich inspirieren. Bitte.«

»Dich inspirieren?« Ich verdrehte die Augen. »Ja klar. Grunge Rock von einer Amateurband? Träum weiter.«

»Bitte, Katie. Bitte. Nur für eine Stunde.«

»Nein.«

»Ach, verdammt nochmal«, sagte Carly und sah mich gereizt

an. »Jetzt lass sie doch mitkommen. Was soll's? Wir verlieren bloß Zeit mit dem ganzen Palaver hier.«

Ich hatte eigentlich keinen Grund, so stur zu sein. Wir könnten für eine Stunde hingehen und wären noch vor Mum und Dad zu Hause, und Rachel hätte noch reichlich Zeit zum Üben. Aber ich wollte sie einfach nicht mitnehmen müssen. Wenn ich das sagte, würde Rachel anfangen zu weinen, und wenn sie weinte, würde sie alles vermasseln – ich würde sie nach Hause bringen, mich um sie kümmern, ihr die Rotznase abwischen müssen. Auch wenn sie das anders sah: Manchmal war sie doch nur ein großes Baby.

»Also schön, von mir aus.« Ich sprach bewusst mit unterkühlter Stimme. »Du darfst mitkommen. Aber gib hinterher nicht mir die Schuld, wenn Mum und Dad Stress machen.«

10

Vivien versucht, es zu überspielen, aber ich sehe ihr an, wie überrascht sie ist, als ich sage, dass ich mit Alice und Robbie übers Wochenende wegfahre. Sie drückt mich ganz fest, bevor sie zur Arbeit geht.

»Viel Spaß, junge Dame«, sagt sie.

Wir haben uns für den Süden entschieden, und wir nehmen mein Auto, den neuen Peugeot, weil er am schnellsten und am bequemsten ist. Wir fahren am Freitagmorgen los. Alice und ich müssten eigentlich zur Schule, aber mit uns Zwölftklässlern sind die Lehrer einigermaßen nachsichtig. Wahrscheinlich verlieren sie nicht mal ein Wort darüber, dass wir schwänzen. Ich habe auf alle Fälle meinen »Hamlet« eingepackt und fest vor, ihn noch einmal zu lesen, wenn wir faul am Strand in der Sonne liegen. Robbie hat sich das Wochenende freigenommen, was in seinem Restaurant nur selten geht, und er sitzt am Steuer, weil er von uns als Einziger schneller als 80 km/h fahren darf. Wir drei sind aufgekratzt und bester Laune und lachen und witzeln fast die ganze vierstündige Fahrt von Sydney nach Merimbula. Als wir ankommen, decken wir uns als Erstes in einem Supermarkt mit Vorräten für die nächsten Tage ein. Alice füllt den Einkaufswagen mit Schokolade und anderen Süßigkeiten, Robbie und ich kümmern uns um die praktischeren Dinge – Eier und Milch und Brot und Klopapier. Wir laden unsere Einkäufe in den Kofferraum, werfen noch einen Blick auf die Karte und folgen dann in östlicher Richtung der kleinen Straße zum Strand.

Wir haben übers Internet ein altes Holzcottage mit zwei Schlafzimmern gemietet, und obwohl man es sich auf ein paar Fotos von innen ansehen konnte, zumindest die Küche und das Esszimmer, sind wir nicht sicher, was wir vorfinden werden. Daher sind wir begeistert und erleichtert zugleich, als wir ankommen und uns ein bezauberndes, weißgestrichenes Cottage mit einer Holzveranda erwartet.

Wir stürmen hinein und laufen durchs Haus, lachen und rufen.

»Das ist ja super.«

»Ich fass es nicht. Seht euch mal das riesige alte Badezimmer an.«

»Und seht euch den Ausblick an. Man kann in jedem Zimmer das Meer hören. Wahnsinn. Es ist einfach traumhaft.«

»Menschenskinder, kommt her und seht euch die Schlafzimmer an. Diese Betten. Sagenhaft.«

Wir ziehen uns Schwimmsachen an und laufen zum Strand. Wir laufen einfach schnurstracks ins Wasser, ohne vorher die Temperatur zu testen, und hechten in die Wellen. Das Wasser ist eisig, aber es macht mir nicht das Geringste aus, so glücklich, wie ich bin, so berauscht vom Leben und von unserer Freundschaft und von dem Wissen, dass noch ganze drei Tage voller Spaß vor mir liegen. Alice und Robbie spritzen sich nass und umarmen sich und lachen. Alice läuft lachend vor ihm weg und strauchelt. Er fängt sie ein, aber sie reißt sich los, und dabei rutscht ihr ein Träger des Bikinioberteils von der Schulter. Eine Brust ist jetzt entblößt. Sie muss noch lauter lachen, und sie wirbelt herum und kreischt wie ein aufgeregtes Kind und zieht auch noch den anderen Träger herunter. Jetzt sind beide Brüste nackt. Sie nimmt sie in die Hände, hebt sie an und drückt sie, sodass die Brustwarzen auf Robbie zeigen.

»Peng, peng, du bist tot«, sagt sie.

»Oh. Aaaaah.« Robbie greift sich ans Herz und kippt rückwärts ins Wasser.

Alice dreht sich zu mir um und zielt mit den Brustwarzen auf mich.

»Nein, nein«, sage ich lachend. »Bitte. Hab Erbarmen.«

Aus den Augenwinkeln nehme ich eine Bewegung wahr, und als ich den Kopf wende, sehe ich einen Mann und eine Frau mittleren Alters. Sie gehen rasch vorbei und starren uns dabei missbilligend an, die Gesichter ganz hart vor Ekel.

Alice folgt meinem Blick und sieht sie. Vor meinen Augen verwandelt sich ihre lachende, vergnügte Miene in eine zornige. Jäh dreht sie sich ganz zu dem Paar um. Sie greift hinter sich und löst die Kordel ihres Oberteils, sodass es gleich darauf lose in ihrer Hand schwingt. Dann fasst sie mit der anderen Hand den Bund ihrer Bikinihose und zieht sie herunter, steigt aus ihr heraus und richtet sich auf. Sie schaut das Paar an, nackt und trotzig, ein kaltes, herausforderndes Lächeln im Gesicht.

Der Mann und die Frau gehen hastig weiter, rot im Gesicht. Sie murren und schütteln die Köpfe.

Alice sieht ihnen nach, legt dann den Kopf in den Nacken und lacht.

Am Abend holen wir uns Bratfisch mit Pommes von einem Imbiss. Die Pommes sind knusprig, der Fisch frisch und lecker, und wir essen, bis wir nicht mehr können. Dann hauen wir uns auf die Sofas im Wohnzimmer und plaudern träge miteinander.

»Gott, wie ich solche Leute hasse«, sagt Alice unvermittelt.

»Was für Leute?«

»Na, diese kleinkarierten, konservativen Provinzspießer, die wir heute am Strand gesehen haben.«

»Kleinkariert? Im Ernst? Das hast du so schnell durchschaut?« Robbie blickt sie neugierig an. »Obwohl du sie höchstens fünf Sekunden gesehen hast?«

»Ja, ich glaub, das erkenn ich auf Anhieb. Mickriges Leben, schlechte Frisur und grässliche Klamotten. Fett und hässlich obendrein. Die Sorte Leute, die konservativ wählt und Schwule hasst. Die Sorte Leute, die Sachen sagt wie …« Alice verfällt in einen breiten australischen Akzent: »Sie ist ein nettes Mädchen, obwohl sie schwarz ist. Aber ich würde nicht so weit gehen, sie zum Abendessen zu mir einzuladen.«

Ich lache über Alice' böse Satire. Sie macht ja nur einen Scherz. Aber Robbie lacht nicht. Er schaut Alice an und schüttelt den Kopf. »Du kannst manchmal ein richtiges Biest sein.«

»Mag ja sein, aber was die beiden vom Strand betrifft, liege ich wahrscheinlich richtig.« Sie zeigt mit dem Finger auf ihn. »Du bist einfach zu nett für diese Welt.«

»Ich bin nicht nett. Du bist bloß unfair. Du bist bloß –«

Alice unterbricht ihn mit einem lauten Gähnen und reckt die Arme über den Kopf. »Vielleicht bin ich unfair. Aber wen juckt's? Die ganze Welt ist unfair, Robbie. Und glaub mir, ich kenne solche Typen. Ich kenne diesen Menschenschlag. Die sind genau wie meine Eltern. Traurig. Verbittert. Hässlich. Und sie achten ständig darauf, was die anderen tun, weil ihr eigenes erbärmliches Leben so öde und langweilig ist. Das seh ich ihnen doch an den Augen an. Ich kann ihren Gestank auf hundert Kilometer riechen.« Sie steht auf und reckt sich wieder, sodass ihr T-Shirt hochrutscht und ihr sonnengebräunter Bauch mit dem Nabelpiercing zum Vorschein kommt. »Jedenfalls, dieses Thema langweilt mich. Wir hatten die Diskussion schon x-mal und müssen uns einfach damit abfinden, dass wir da unterschiedlicher Meinung sind. Ich bin jetzt übrigens hundemüde.« Sie wirft uns beiden eine Kusshand zu und verlässt den Raum.

Robbie und ich lächeln einander an, wir lauschen, wie Alice vor sich hin brummelt, während sie sich auszieht, und hören das Bett quietschen, als sie sich reinlegt.

»Macht bloß keine unanständigen Sachen ohne mich«, ruft sie noch von nebenan. »Gute Nacht, Kinder. Seid schön brav.«

»Nacht, Alice.«

»Sollen wir uns noch ein bisschen raussetzen? Auf die Veranda?«, sagt Robbie nach einer Weile.

»Gern.«

Sein Gesichtsausdruck, während er die Korbsessel für uns zurechtrückt, und die Art, wie er wartet, bis ich mich setze, verraten mir, dass ihm irgendetwas auf der Seele brennt.

»Ich möchte dich was fragen«, sagt er.

»Okay.«

Er seufzt. »Ich hasse solche Fragen. Und ich verstehe vollkommen, wenn du nicht antworten möchtest. Also sag ruhig, ich soll die Klappe halten.«

»Okay.« Ich lache. »Halt die Klappe.«

»Lass mich wenigstens vorher die Frage stellen.«

»Sorry. Schieß los.«

Er wirft einen Blick Richtung Verandatür, ehe er mit der Sprache rausrückt. »Erzählt Alice dir manchmal vertrauliche Sachen? Über mich? Ich meine, hat sie mal gesagt, was sie für mich empfindet?«

»Nein, nicht direkt.«

»Nicht direkt?« Robbie blickt mich erwartungsvoll an. Er hofft, dass ich ausführlicher werde.

Aber die Wahrheit ist, dass Alice ihn kaum erwähnt, wenn sie mit mir allein ist. Klar, wenn wir zu dritt etwas unternehmen wollen, fällt öfter sein Name, aber sie hat nie über ihre Gefühle für ihn gesprochen. Ich habe sie mal gefragt, ob sie ihn liebt, ob sie sich in einer Partnerschaft mit ihm sieht, aber sie hat nur abschätzig gelacht, den Kopf geschüttelt und gesagt, sie wäre nun mal kein Beziehungstyp. Und obwohl Robbie das mit Alice eindeutig nicht so locker sieht – er ist ihr völlig verfallen –, bin ich bislang immer davon ausgegangen, dass sie diesbezüglich irgendeine Art von Übereinkunft haben.

Aber Robbie würde mir eine solche Frage nicht stellen, wenn er genau wüsste, wo er steht. Er erhofft sich offensichtlich mehr von Alice, als sie bereit ist zu geben. Ich verspüre plötzlich den Impuls, ihm zu sagen, er solle sich schützen, sein Herz stählen, sich eine andere Freundin suchen, wenn er was Ernstes möchte. Aber ich tue es nicht, ich kann es nicht. Im Grunde weiß ich nicht, was Alice über ihre Beziehung zu Robbie denkt – vielleicht liebt sie ihn tatsächlich, scheut sich aber, es sich einzugestehen, vielleicht hat sie Angst, verletzt zu werden –, und ich finde, es steht mir nicht zu, Ratschläge zu geben oder Warnungen auszusprechen, zumal ich genauso im Dunkeln tappe wie er.

»Ich kenne sie erst seit drei Monaten, Robbie«, sage ich.

»Aber euer Verhältnis ist sehr eng, ihr macht so viel zusammen«, sagt er. »Du musst doch ungefähr wissen, was sie denkt. Auch wenn sie's nicht direkt ausspricht.«

»Aber sie hat mir nichts gesagt. Ehrlich. Und deshalb: Nein, ich weiß nicht mehr als du.« Dann fällt mir etwas ein. »Überhaupt, hast du nicht gesagt, Alice wäre schlecht für dich? Du hast sie mit einer ungesunden Sucht verglichen. Ich dachte, du …« Ich stocke, suche nach den richtigen Worten, »ähm, keine Ahnung, du hättest in dieser Sache die Augen weit offen.«

»Ich hab eher das Herz weit offen, glaube ich.« Er lächelt traurig. »Manchmal sehe ich das mit ihr ganz rational und kann mich mit dem begnügen, was sie mir bietet. Manchmal kann ich mich auf all das konzentrieren, was schlecht ist an unserer Beziehung, und mir einreden, dass etwas Ernstes mit Alice mich nur unglücklich machen würde. Zumindest schaffe ich es einigermaßen, mir das vorzumachen. Aber die Wahrheit ist: Ich will mehr.«

Er seufzt. »Entschuldige. Ich hätte dich nicht so ausfragen dürfen. Es gibt nichts Langweiligeres als Leute, die mit einer dritten Person über ihre Beziehung reden wollen, nicht? Ich kann das auch nicht ab.«

»Keine Sorge. Ich find's nicht langweilig. Nicht die Spur. Ich habe bloß keine Antworten.«

»Vielleicht sollte ich mal zu jemandem gehen, der die Zukunft vorhersagen kann. Zu so was wie einem Hellseher. Wie heißen die noch?«

»Meinst du ein Medium?«

»Ja, genau. Ein Medium.«

»Frag doch einfach Alice. Sprich ein ernstes Wort mit ihr und frag sie, was sie will.«

»Hab ich schon versucht. Ich frage sie ständig, was sie empfindet, was sie will. Sie beherrscht es meisterhaft, den Fragen auszuweichen, das hast du sicher auch schon gemerkt. Ich sage ihr, dass ich sie liebe, und sie lacht und wechselt das Thema. Wenn ich zu ernst werde, reagiert sie genervt und sagt, ich soll still sein.«

»Vielleicht musst du noch direkter sein?« Ich lächle, lege meine Hand auf sein Knie und drücke es freundschaftlich. »Frag sie, ob sie dich heiraten und mit dir Kinder haben und glücklich leben will bis ans Ende eurer Tage«, witzele ich.

»Ich würde sie ja heiraten, das ist das Traurige daran. Die Wahrheit ist, ich würde sie heiraten und sie schwängern und sechs wunderhübsche Kinder mit ihr haben und ein Haus kaufen und sie alle mit einem öden Job ernähren für immer und ewig. Das volle Programm. Ohne zu überlegen. Mit dem größten Vergnügen.« Er seufzt wieder. »Ich liebe sie. Alice ist einfach einmalig, nicht? Sie ist schön, witzig, intelligent … und sie sprüht vor Lebenslust. Vor Begeisterung. Das Langweiligste auf der Welt kann einem bei ihr wie der größte Spaß vorkommen. Sie kann einen ganz gewöhnlichen Tag in eine Party verwandeln. Im Vergleich dazu erscheinen mir alle anderen einfach, wie soll ich sagen, irgendwie leblos und leer.«

»Oh, tausend Dank.«

»Scheiße. Tut mir leid. Dich hab ich natürlich nicht gemeint.«

»Schon gut. War nur ein Witz.« Ich lache. »Hört sich aber ganz so an, als wärst du wirklich verliebt.«

»Ja. Total jämmerlich, lächerlich verliebt. In eine Frau mit Bindungsangst.«

Ich frage mich, ob er recht hat. Wenn jemand früher sagte, er hätte Angst, sich zu binden, habe ich das immer bloß für einen bequemen Weg aus einer ungewollten Beziehung gehalten. Eine Möglichkeit, jemanden auf die sanfte Tour abzuservieren, ohne das Ego des Ärmsten zu zerstören. Es liegt an mir, nicht an dir, ich kann mich einfach nicht binden, das ist sicher eine nicht ganz so bittere Pille wie: Hör mal, ich mag dich einfach nicht genug. Mach's gut. Aber vielleicht hat Robbie ja recht, was Alice betrifft – sie hat zweifellos irgendwas an sich, etwas Geheimes und Verschlossenes, und trotz ihrer ganzen Herzlichkeit und Offenheit bleibt dieser Teil von ihr verborgen, unerreichbar.

»Hat sie das gesagt?«, frage ich.

Robbie starrt Richtung Strand, tief in Gedanken.

»Robbie?«

»Hä?«, sagt er. »Ob sie was gesagt hat?«

»Hat Alice dir ausdrücklich gesagt, dass sie Angst hat, sich zu binden? Oder glaubst du das nur?«

»Nicht ausdrücklich. Himmel.« Er lacht. »Kannst du dir ernsthaft vorstellen, dass Alice so was sagt? Nein. Sie hat es nicht gesagt, aber es liegt irgendwie auf der Hand, und es würde Sinn ergeben, meinst du nicht?«

»Ich weiß nicht. Ich weiß nicht, woran man so was erkennt.«

»Ich meine, wegen ihrer Mum und so«, sagt er. »Ihrer richtigen Mum. Die ganze Ablehnung. Kein Wunder, dass sie in Liebesdingen misstrauisch ist.«

»Ihre richtige Mum? Was soll das heißen?«

»Ach, du Scheiße.« Er schaut mich an. »Hat sie dir das nicht erzählt?«

»Nein. Sie hat mir gar nichts erzählt. Was denn? Ist sie adoptiert oder so?«

»Ja. Verdammt. Ich sollte lieber nichts mehr dazu sagen. Das sollte sie dir lieber selbst erzählen, wenn sie es möchte.«

»Du hast es mir jetzt ja praktisch schon erzählt«, sage ich. »Ihre Mutter hat sie abgelehnt, und sie wurde adoptiert. Ich weiß schon, dass sie die Leute, die sie adoptiert haben, nicht leiden kann. Das heißt, ich vermute, das sind die Leute, die sie ihre Eltern nennt.«

»Ja, sie hasst sie.«

»Jetzt ergibt das alles etwas mehr Sinn. Ich habe das vorher nicht verstanden. Ich habe mich immer gewundert, wie sie so scheußliche Sachen über ihre Eltern sagen kann. Dass sie fett und blöd und so sind. Und wie sie im nächsten Atemzug etwas total Nettes über ihre Mutter sagt. Jetzt ist es mir klar warum: weil es zwei verschiedene Menschen sind. Sie hat zwei Mütter.«

»Genau. Ihre richtige, ihre leibliche Mutter heißt Jo-Jo.«

»Jo-Jo?«

»Ja. Die Hippieversion für Joanne. Sie ist ein hoffnungsloser alter Junkie. Eine Egozentrikerin par excellence.«

»Aber Alice –«

»Liebt sie total«, fällt er mir ins Wort. »Vergöttert sie. Und Joanne ist stinkreich. Sie hat von ihren Eltern einen Haufen Knete geerbt. Jetzt überschüttet sie Alice damit. Kauft ihr, was sie haben will. Und das Schräge dabei ist: Sie macht so richtig einen auf vornehm-arrogant. Obwohl Jo-Jo ein Junkie ist, verachtet sie die Leute, die Alice adoptiert haben. Und Alice macht den ganzen Scheiß auch noch mit.«

»Deshalb also hat sie den Schrank voll mit teuren Klamotten, und deshalb muss sie nicht jobben«, sage ich. »Jo-Jo gibt ihr Geld.«

»Genau. Um ihr schlechtes Gewissen zu beruhigen, schätze ich. Sie war viel zu verkorkst, um Alice und ihren kleinen Bruder zu versorgen, als sie klein waren, also stopft sie ihnen als Wiedergutmachung die Kohle vorne und hinten rein.«

»Bruder? Alice hat einen Bruder?«

»Ja.«

»Einen Bruder.« Ich schüttele den Kopf, völlig baff. »Wow. Ich hatte keine Ahnung. Sie hat ihn noch nie erwähnt. Wie heißt er?«

Robbie runzelt die Stirn. »Weiß ich ehrlich gesagt gar nicht. Alice benimmt sich immer ganz komisch, wenn sie über ihn spricht. Regt sich auf und so. Sie nennt ihn nur ihren kleinen Bruder. Ich weiß, dass er mal Ärger mit der Polizei hatte, irgendeine große Sache, aber ich weiß nichts Genaues. Drogen vermutlich, wie bei seiner Mutter.«

Ich bin erstaunt zu erfahren, dass Alice einen Bruder hat, dass sie adoptiert ist, dass sie Geheimnisse hat, die fast so katastrophal sind wie meine. Alice und ich haben mehr gemeinsam, als ich dachte, und ich bin mir sicher, dass dieser Zufall einfach zu ungewöhnlich ist und sich nur als eine Art Zeichen erklären lässt: ein Zeichen, dass Alice und ich vom Schicksal dazu bestimmt waren, uns kennenzulernen und Freundinnen zu werden.

»Was für ein Fiasko.«

»Kann man wohl sagen.«

»Das Leben kann manchmal ganz schön ätzend sein«, sage

ich. »Die arme Alice.« Aber eigentlich meine ich, wir Armen. Wir alle drei haben schreckliche Sachen erlebt – Mord, Krebs, Verlassenwerden –, und zum ersten Mal bin ich versucht, Robbie von Rachel zu erzählen. Ich bin nicht auf Mitgefühl aus, sondern es geht mir um die Glaubwürdigkeit, die man erst erwirbt, wenn man etwas Tragisches erlebt und durchgestanden hat. Ich kann sagen, dass ich es verstehe, und das stimmt auch, aber für Robbie und Alice, die nichts über meine Vergangenheit wissen, müssen meine Worte hohl klingen. Wie die tröstlichen, aber verständnislosen Worte aller vom Schicksal Verschonten.

Aber ich habe Angst, eine solche Unbesonnenheit am nächsten Morgen zu bereuen. Also sage ich nichts.

Am nächsten Tag werde ich früh wach, und obwohl es am Abend zuvor spät geworden ist, fühle ich mich frisch und unbeschwert. Die Sonne fällt durchs Fenster auf mein Bett, und ich liege eine Weile einfach so da, nur mit einem Laken bedeckt, und genieße das warme Sonnenlicht auf der Haut. Ich kann das tiefe Grollen des Ozeans hören, und ich höre, wie Robbie und Alice in ihrem Zimmer leise reden und lachen.

Ich stehe auf, ziehe meinen Bademantel über und gehe in die Küche. Ich mache mir eine Tasse Tee und nehme sie mit auf die Veranda. Ich beuge mich über die Balustrade und blicke hinaus auf den Strand. Das Meer ist herrlich, helltürkis, und die Wellen brechen sich sanft am Strand. Mit der Tasse in den Händen steige ich von der Veranda und gehe bis ans Wasser. Ich trinke den Tee aus, stelle die leere Tasse auf den Sand, blicke dann zurück zum Haus und den Strand rauf und runter, um sicherzugehen, dass mich niemand beobachtet. Ich öffne meinen Bademantel und lasse ihn zu Boden gleiten, dann laufe ich ins Wasser, und als ich weit genug drin bin, tauche ich in die Wellen.

Das Wasser ist so ruhig, dass ich mich sanft auf dem Rücken

treiben lassen und mühelos auf und ab schwimmen kann. Als ich eine Weile geschwommen bin, steige ich müde und erfrischt zugleich aus dem Wasser, ziehe wieder meinen Bademantel über und gehe zurück zum Haus.

»Katherine?«, ruft Alice, als ich hereinkomme. »Was machst du?«

Ich gehe zu ihrem Zimmer und bleibe in der Tür stehen. Robbie und Alice sitzen aufrecht im Bett, die Beine ineinander verschlungen. Als er mich sieht, deckt Robbie sich zu und lächelt verlegen. Ich grinse sie fröhlich an. »Es ist ein herrlicher Morgen«, sage ich. »Einfach phantastisch. Ich war schwimmen, und das Wasser ist perfekt. Ihr zwei solltet euch auch in die Wellen stürzen. Ich mach in der Zwischenzeit Frühstück. Eier Benedict, wenn ihr wollt.«

»Bei deinen Kochkünsten werde ich noch richtig fett.« Alice gähnt und reckt die Arme über den Kopf. »Fett wie meine Monster-Adoptiveltern.« Sie blickt mich an und hebt die Augenbrauen. »Apropos …«

»Ja«, sage ich, und aus irgendeinem Grund werde ich verlegen, als wäre ich bei irgendwas Verbotenem ertappt worden. Ich glaube, es liegt daran, wie Alice mich ansieht – wie eine Mutter, die darauf wartet, dass ihr Kind ein Vergehen gesteht, von dem sie bereits weiß. Also spreche ich es lieber selbst aus. »Robbie hat mir erzählt … dass du adoptiert bist. Dass du einen Bruder hast. Ich hoffe, du bist deshalb nicht böse.«

Aber der kalte Ausdruck ist aus ihrem Gesicht verschwunden, und ich bin nicht sicher, ob ich ihn mir nur eingebildet habe. Sie zuckt gleichgültig mit den Schultern und gähnt wieder. »Es ist schließlich kein großes Geheimnis. Ich hätte es dir schon noch erzählt. Ist ja eigentlich auch unwichtig. Kaum der Rede wert.«

Ich sehe, wie Robbie kurz die Stirn runzelt und seine Lippen fast unmerklich schmaler werden. Er seufzt und verdreht die

Augen. »Ja klar. Völlig unwichtig. Wie dir alles andere auch unwichtig ist, was, Alice? Unwichtig. Unwichtig, unwichtig, unwichtig. Dein Lieblingswort.«

»Hör mal, Robbie«, sagt Alice mit einer jetzt sehr harten und kalten Stimme, das Gesicht zornverzerrt, »wenn es dir nicht passt, wie ich mein Leben lebe, wenn du was daran auszusetzen hast, wie oder was ich denke, was machst du dann hier? He? Robbie? Was genau machst du dann eigentlich hier?«

»Ich habe nichts daran auszusetzen, wie oder was du denkst. Das hab ich nicht gesagt. Ich finde es nur bescheuert, wie du alles Emotionale beiseiteschiebst, als wäre nichts von Bedeutung. Das ist irgend so eine obercoole Nummer. Irgendwas mit Selbstschutz – und ich halte es für ungesund.«

»Was?« Sie starrt ihn fassungslos an, schlüpft aus dem Bett und baut sich daneben auf. Sie stemmt die Hände in die Hüften. Sie trägt ein weißes Nachthemd, das keusch und hübsch aussieht, fast kindlich, und auf jeder ihrer Wangen erscheint ein roter Fleck. Ihre Augen leuchten vor Wut. Sie sieht unschuldig und schön und gefährlich aus, alles auf einmal, und es ist schwer, sie nicht anzustarren. Sie schüttelt den Kopf und lächelt verbittert. »Was soll das, Robbie? Wovon redest du?«

»Ich rede von dir, Alice. Deiner Familie. Deiner Mutter und deinem Bruder. Ich weiß nicht mal, wie dein Bruder heißt. Katie wusste nicht mal, dass du einen Bruder hast. Findest du das nicht ein bisschen merkwürdig? Du erzählst nie was von ihm. Du erzählst nie was von deinen Eltern oder deiner Kindheit. Du erzählst nie irgendwas.«

»Und wieso sollte ich, Robbie? Nur weil du das für richtig hältst? Wieso bist du überhaupt so versessen darauf, was zu erfahren? Was für ein schmutziges kleines Detail interessiert dich denn noch? He? Du weißt doch schon, dass Jo-Jo an der Nadel hängt. Du weißt doch schon, dass ich adoptiert bin. Ich erzähle nichts von meinem Bruder, weil ich ihn kaum zu Gesicht kriege. Weil er ja nun nicht gerade zur Verfügung steht, oder? Ich erzähle nichts von ihm, weil wir nicht zusammen aufgewachsen sind, weil er von zwei anderen bescheuerten Arschlöchern adoptiert wurde und er ein beschissenes Leben hatte und jetzt im Knast sitzt, okay? Ich erzähle nichts von ihm, weil Leute wie du sowieso nicht kapieren könnten, was er durchgemacht hat.«

Ich stehe da und beobachte die beiden. Es ist schwer, sich davon loszureißen und nicht zuzuhören. Alice hat Geheimnisse. Genau wie ich. Wieso auch nicht? Ich würde Robbie am liebsten sagen, er soll sie in Ruhe und die Sache auf sich beruhen lassen, aber ich habe nichts mit dem Streit zu tun. Ich drehe mich um und will schon zurück in die Küche, als Alice meinen Namen ruft.

»Lauf nicht weg«, sagt sie.

Ihr Ton ist kalt und anmaßend, und das ärgert mich. Als ich reagiere, klinge ich genauso kalt. »Ich laufe nicht weg«, sage ich. »Ich gehe Frühstück machen. Ich habe Hunger.«

»Ich will bloß deine Meinung hören«, fährt sie fort, als hätte ich nichts gesagt. »Findest du nicht, dass ich das Recht habe, selbst zu entscheiden, was ich erzählen oder nicht erzählen will? Oder ist es falsch von mir, Dinge für mich zu behalten?« Sie funkelt Robbie an, wendet sich dann mir zu und hebt die Augenbrauen. »Oder sollten sich Freunde alles erzählen? Alles, was ihnen je passiert ist?«

»Nein«, sage ich leise. »Natürlich nicht.« Natürlich kannst du Geheimnisse haben, denke ich, ich habe schließlich auch welche. Wir sollten sie ganz tief vergraben und mit aller Kraft versuchen, sie zu vergessen, und nie wieder darüber sprechen. Nie wieder.

Aber ich komme nicht dazu, noch mehr zu sagen, weil Robbie wieder das Wort ergreift. »Halten wir Katherine da raus. Das ist eine Sache zwischen uns beiden.«

»Tja, sie steht aber da und hört sich alles an, als wäre es auch ihre Sache.«

»Tu ich nicht«, sage ich, plötzlich defensiv und verlegen. »Ich wollte gehen. Du hast mich nach meiner Meinung gefragt.« Und ich bremse mich gerade noch rechtzeitig, ehe ich mich anhöre wie ein bockiges Kind. »Wie auch immer«, sage ich und zucke mit den Schultern, »ich hab Hunger. Ich mache jetzt Frühstück.«

Ich drehe mich um und gehe in die Küche. Hinter mir fällt die Tür ins Schloss. Ich höre Robbie laut etwas sagen und dann Alice' wütende Erwiderung. Alice' aggressive Art hat mich verletzt, und es beschämt mich, für aufdringlich und neugierig gehalten zu werden. Ich nehme die Zutaten aus dem Kühlschrank – Eier, Schinkenspeck, Zitrone, Schnittlauch, Butter –, lege alles auf die Arbeitsplatte und knalle wütend die Tür zu.

Als Erstes mache ich die Sauce hollandaise. Ich schlage die Eier auf und trenne sorgfältig Eigelb von Eiweiß. Ich kann noch immer das Gemurmel von Robbies und Alice' Stimmen aus dem Zimmer hören. Beide sind jetzt deutlich leiser und klingen ruhiger, als würden sie sich wieder vertragen. Und während ich das Eigelb verquirle, die Schüssel mit einem Arm gegen den Bauch gedrückt, während mein anderer Arm sich rasch im Kreis dreht, merke ich, dass ich lächle. Wir hätten einen Streit, denke ich, einen richtigen Streit. Unseren ersten.

Wie das zwischen Freundinnen vorkommt.

11

Sarah und ich kommen vor fünf in Jindabyne an. Ich liebe Jindabyne, die gemächliche, entspannte Lebensart dort, die kühle, knackige Luft und den herrlichen Stausee. Wir waren als Kinder oft hier. Der Ort ist heute mit seinen Cafés und schicken Restaurants entlang der Hauptstraße wesentlich moderner als früher, aber er hat sein verschlafenes ländliches Flair nicht verloren. Ich glaube, das liegt an den breiten Straßen, dem gemächlichen Verkehr, der leicht verwaisten Atmosphäre nach dem Hochbetrieb in der Wintersaison.

Ich habe ein Häuschen am See in einer Ferienanlage mit dem einfallslosen Namen »Lake Cabins« gebucht, aber ich bin angenehm überrascht, als wir ankommen. Die Hütte ist warm, weil der Eigentümer netterweise schon mal die Heizung für uns angemacht hat, und sie hat eine kleine Holzveranda mit Blick auf den See.

»Aber wo ist denn der Schnee?« Sarah läuft zum Fenster und blickt hinaus.

»Hier liegt keiner, Schätzchen. Aber morgen fahren wir mit einem besonderen Zug rauf auf den Berg, und da liegt dann jede Menge Schnee.«

»Ist es ein Zauberzug?«

»Ich glaube ja«, sage ich.

»Ein Zauberschneezug?«

»Ganz genau.« Ich nicke.

»Darf ich raus, spielen?«

»Aber nur ein bisschen«, sage ich. »Es wird schon dunkel.«

Ich helfe Sarah beim Anziehen ihrer Fleecejacke und Gummistiefel, und sie läuft vor Freude quietschend nach draußen. Sie ist ganz aus dem Häuschen über diese neue Umgebung.

»Du gehst aber nicht ohne Mummy ans Wasser«, ermahne ich sie.

Ich hole den Karton mit den Lebensmitteln – Milch, Tee, Zucker, Frühstücksflocken – aus dem Kofferraum und trage ihn ins Haus. Ich kann Sarah von der Küche aus sehen, und während ich auspacke und dann anfange, das Abendessen zu machen, schaue ich zu, wie sie mit einem Stock in der Erde gräbt, fröhlich mit sich selbst spricht und vor sich hin singt. Ich habe auch Basilikum, Knoblauch und Pinienkerne gekauft und was man sonst noch braucht, um Spaghetti mit Pesto zu kochen. Außerdem habe ich einen Kopfsalat und eine Avocado sowie etwas Balsamicoessig für das Dressing besorgt.

Als das Pesto und der Salat fertig sind und ich einen großen Topf Nudelwasser aufgesetzt habe, ziehe ich meine Jacke über und gehe nach draußen. Ich setze mich auf die Veranda und schaue Sarah beim Spielen zu.

»Mummy?«, sagt sie nach einer Weile, ohne vom Spielen aufzublicken.

»Ja?«

»Mummy. Bist du glücklich?«

»Natürlich bin ich das.« Die Ernsthaftigkeit in ihrer Stimme lässt mich stutzen. »Ich hab ja dich, und deshalb bin ich sehr, sehr, sehr glücklich. Ich bin die glücklichste Mummy auf der Welt. Das weißt du.«

»Ich weiß.« Sie nickt ernst. »Ich weiß, dass du deshalb glücklich bist. Aber bist du traurig, weil du keinen Daddy hast?«

»Aber ich hab doch einen Daddy. Grandpa ist mein Daddy.«

Sie überlegt einen Moment. Dann blickt sie mich an, die Stirn nachdenklich gerunzelt. »Nein, ich meine einen Daddy für mich. Bist du traurig, dass du keinen Daddy für mich hast?«

»Ich bin ein bisschen traurig.« Instinktiv möchte ich zu Sarah gehen, sie hochheben und knuddeln und kitzeln und abküssen. Ich würde alle traurigen Themen am liebsten vermeiden, weil ich finde, dass sie für ein kleines Mädchen zu intensiv, zu schmerzhaft sind. Aber ich weiß aus Erfahrung, dass sie diese Fragen beantwortet haben will und weiter und weiter fragen wird, bis sie zufrieden ist. »Ich vermisse deinen Daddy, und ich wünschte, er wäre nicht gestorben. Aber weil du mich so, so glücklich machst, bin ich viel glücklicher als traurig.«

Sie lächelt, ein kleines, zaghaftes Lächeln der Erleichterung.

Und ich frage mich, ob es stimmt. Glück lässt sich nur schwer messen. Es gibt Augenblicke, in denen ich glücklich bin, keine Frage, Augenblicke mit Sarah, in denen ich vergesse, wer ich bin und was passiert ist, Augenblicke, in denen ich die Gegenwart genießen kann. Aber es liegt eine Last auf mir, eine tiefe Traurigkeit, eine Enttäuschung über die Unberechenbarkeit des Lebens, und das Gefühl kann ich schwer abschütteln. Mitunter wird mir bewusst, dass Tage und Wochen vergangen sind, ohne dass ich sie wirklich registriert habe, so als wäre ich irgendwie gar nicht da gewesen oder hätte auf Autopilot gelebt. Manchmal fühle ich mich wie ein Roboter, der nur darauf programmiert ist, für Sarah zu sorgen, dafür verantwortlich, dass in ihrem Leben alles reibungslos läuft, außerstande, mir irgendetwas für mich selbst zu wünschen. Meine größte Hoffnung auf Glück ist jetzt Sarah. Wenn es ihr gutgeht, wenn sie im Leben von Tragödien und Herzeleid verschont bleibt, dann bin ich zufrieden. Aber das ist das Höchste, was ich für mich selbst erwarten kann und will: Sarahs Zufriedenheit. Die Liebe zu ihr ist die einzige Emotion, die ich bereit bin, in das Leben zu investieren.

12

Dann sehen wir uns also Freitagabend?«, sagt Mum.

»Ja.«

Ich will mich schon verabschieden und auflegen, als sie fragt: »Wie wär's, wenn du deine neue Freundin mitbringst? Ehrlich, bring Alice ruhig mit. Wir würden sie gerne mal kennenlernen.«

Ich kann mir nicht vorstellen, dass Mum und Dad Alice wirklich kennenlernen wollen. Sie scheinen keine Freude an geselligen Kontakten mehr zu haben. Es ist anstrengend, zu lachen und zu lächeln und Konversation zu machen, wenn du die ganze Zeit eigentlich nur an den Tod deines Kindes denken kannst, ein Thema, das du tunlichst meiden solltest, wenn du niemanden verschrecken willst. Aber ich bin ihr dankbar, dass sie sich meinetwegen einen Ruck gibt, damit mein Leben so normal wie möglich verläuft.

Ich habe selbst schon mit dem Gedanken gespielt, Alice meinen Eltern vorzustellen, mich aber jedes Mal dagegen entschieden. Mum und Dad sind so traurig, so still, dass andere manchmal nicht mehr wissen, wie sie sich verhalten sollen. Und ich habe Alice noch nichts von Rachel erzählt. Daher würde sie den intensiven Ernst meiner Eltern, ihr Unvermögen, unbekümmert zu lachen, ziemlich beunruhigend finden.

»Ich weiß nicht, Mum«, sage ich, »wahrscheinlich hat sie gar keine Zeit.«

»Ach, bitte, Schätzchen. Bitte frag sie doch wenigstens. Ich weiß, wir sind langweilig, und wir sind auch nicht gerade Stimmungskanonen, aber es wäre wirklich schön, mal ein neues Gesicht zu sehen. Und es würde deinem Vater ungemein guttun, wenn er sieht, dass du fröhlich bist und eine Freundin in deinem Alter hast.«

Weil Mum mich so selten um irgendwas bittet und so klingt, als würde sie sich wirklich freuen, wenn ich Alice mitbringe, verspreche ich, zu fragen und ihr am nächsten Tag Bescheid zu sagen, ob Alice mitkommt oder nicht, damit sie Zeit hat, entsprechend einzukaufen.

Alice sagt ja, sie würde gern mitkommen, und sie lacht und sagt, sie hätte schon darauf gewartet, dass ich das mal vorschlage.

Unweigerlich fällt gleich am ersten Abend bei meinen Eltern Rachels Name. Doch es gelingt mir, rasch das Thema zu wechseln und es zu vermeiden, Alice unter den neugierigen Blicken von Mum und Dad zu erzählen, was passiert ist. Die beiden würden sich bestimmt fragen, warum ich es Alice verschwiegen habe.

Aber ich weiß, ich komme nicht drum herum, es ihr zu erzählen. Nie im Leben schaffen wir das ganze Wochenende, ohne dass Rachel noch einmal erwähnt wird. Daher bitte ich Alice, als wir meinen Eltern gute Nacht gesagt haben und nach oben gegangen sind, noch kurz mit in mein Zimmer zu kommen.

»Wieso?«, flüstert sie kichernd. »Hast du dadrin einen geheimen Drogenvorrat?«

»Ich will dir bloß was erzählen.«

Alice sieht mich mit großen Augen an, offenbar verblüfft über den ernsten Ton meiner Stimme. »Okay«, sagt sie. »Ich muss nur noch eben pinkeln gehen. Bis gleich.«

Als sie in mein Zimmer kommt, setzen wir uns einander gegenüber im Schneidersitz aufs Bett.

»Ich hatte eine Schwester«, sage ich sachlich. »Rachel. Sie wurde ermordet.«

Alice beugt sich vor und runzelt die Stirn. »Was hast du gesagt?«

Ich warte. Ich weiß, dass sie mich verstanden hat und nur noch etwas Zeit braucht, um die Informationen zu verarbeiten. Es ist immer so, wenn man so etwas zum ersten Mal erfährt. Man will es zunächst kaum glauben.

»Erzähl«, sagt sie schließlich.

Und ich fange an zu reden, und während ich rede, schluchze ich leise. Ich erzähle Alice alles. Die ganze Geschichte, angefangen von dem Augenblick vor zwei Jahren, als Carly, Rachel und ich zusammen in dem Café saßen, von dem Augenblick, als ich beschloss, Rachel mit auf die Party zu nehmen. Und ich weine vor Entsetzen, als ich die Erinnerung zulasse, aber auch vor Erleichterung, weil ich es endlich jemandem erzähle, und ich rede und rede und weine noch etwas mehr. Und Alice hört ausnahmsweise einfach mal zu. Sie sagt kein Wort und stellt auch keine Fragen, aber sie lässt die ganze Zeit ihre Hand auf meinem Knie.

»O Gott«, sagt sie, als ich schließlich fertig bin. »Du armes Ding. Deine armen Eltern. Deine arme Familie. Wieso hast du mir das nicht schon vorher erzählt? O Gott. Die arme Rachel.«

»Ja«, nicke ich. »Arme Rachel. Arme Mum und armer Dad. Es ist wirklich ätzend. Es hat alles kaputt gemacht.«

Alice schlingt die Arme um mich und hält mich, während ich weine. Dann, als ich völlig erschöpft bin und mir der Kopf wehtut, als der Wecker zwei Uhr anzeigt, hilft sie mir ins Bett und legt sich neben mich, streicht mir übers Haar, bis ich eingeschlafen bin.

Als ich am nächsten Morgen aufwache, steht Alice neben meinem Bett, eine dampfende Tasse Tee in der Hand. »Hier, für dich.« Sie stellt die Tasse auf den Nachttisch und setzt sich aufs Bett. »Bist du einigermaßen ausgeschlafen?«

Alice ist fertig angezogen. Ihr Haar ist an den Enden feucht, und ich kann den Zitrusduft ihres Shampoos riechen. Ich setze mich auf, fühle mich zerknittert und müde und wie gerädert. Ich nehme die Tasse und trinke einen Schluck Tee. Er ist heiß und stark und süß, köstlich in meinem trockenen Mund.

»Wie geht's dir?«, frage ich, nachdem ich die halbe Tasse getrunken habe und mich so klar fühle, dass ich sprechen kann. »Wann bist du denn aufgestanden? Du musst doch hundemüde sein.«

»Nein. Ich fühl mich super. Ich bin früh aus den Federn und habe mit Helen auf der Terrasse gefrühstückt.«

Ich frage mich, wieso Alice meine Mutter plötzlich beim Vornamen nennt. Meine Eltern sind eigentlich die Mr-und-Mrs-Sorte.

»Wir haben über Rachel gesprochen«, sagt Alice.

»Oh.« Ich bin geschockt. Ich kann mir nicht vorstellen, was sie zueinander gesagt haben könnten. Mum hat normalerweise einen solchen Widerwillen dagegen, mit Leuten, die sie kaum kennt, über Rachel zu sprechen, und eine solche Angst davor, das Leben und den Tod ihrer Jüngsten auf eine Geschichte zu reduzieren. »Wie ist … ich meine, wie ging's Mum dabei? Ist sie … hat sie wirklich was gesagt?«

»Ob sie was gesagt hat? Mann, Katherine, sie hat kaum Luft geholt. Ich glaube, sie hat das wirklich gebraucht. Es war für sie … äh, wie heißt das Wort … kathartisch, glaube ich. Helen ist eine großartige, tapfere, starke Frau, aber sie braucht, ich weiß nicht … sie braucht einfach eine Art Ventil. Sie hat das alles in sich reingefressen, ihre ganze Wut und ihre Trauer so lange verdrängt. Ich meine, versteh mich nicht falsch, das heute Morgen war total aufreibend, total emotional für uns beide. Wir haben gelacht und geweint und uns umarmt. Wir haben sogar einen Schuss Rum in unseren Kaffee getan, weil wir beide so aufgewühlt waren. Sie hat sich heute Morgen vollkommen geöffnet, mir den ganzen Kram erzählt … Sachen, die sie, glaub ich, noch keinem Menschen vorher erzählt hat.« Alice legt den Kopf schief und lächelt verträumt. »Und ich hab ihr eine andere Perspektive aufgezeigt. Eine neue Sichtweise. Eine mitfühlendere und tolerantere Sicht der ganzen Situation. Ich glaube, ich hab ihr wirklich geholfen, echt. Ich hab ihr geholfen, den Mist, den sie in sich angestaut hat, zum Teil loszulassen.«

»Den Mist?«, sage ich. Ich bin gereizt, ohne zu wissen warum. »Was für ein Mist soll das sein?«

»Oh.« Alice blinzelt und schaut mich dann misstrauisch an. »Alles in Ordnung? Du bist doch nicht sauer oder so, oder? Es ist einfach passiert. Ich kann nicht mal genau sagen, wer mit dem Thema angefangen hat. Ich meine, ich glaube, ich war's … aber ich konnte doch nicht einfach da zusammen mit Helen sitzen und kein Wort über Rachel sagen. Ich hab mich irgendwie falsch gefühlt oder verlogen oder so. Aber ich sag dir, kaum hatte ich Rachels Namen ausgesprochen, da gab es kein Halten mehr. Helen hat geredet wie ein Wasserfall.«

Dass Alice meine Mutter »Helen« nennt, ärgert mich, und jedes Mal, wenn sie den Namen in den Mund nimmt, muss ich den Drang unterdrücken, ihr zu sagen, sie soll die Klappe halten.

»Ich seh mal nach, ob es ihr wirklich gutgeht.« Ich seufze. Ich schlage die Decke zurück, stehe auf und meide dabei den Blickkontakt mit Alice. Dann ziehe ich mir den Bademantel über. »Nach Rachels Tod hat sie gelernt, ihre wahren Gefühle zu verbergen. Wer sie nicht sehr gut kennt, kommt kaum dahinter, was sie wirklich denkt. Und sie kann manchmal lächerlich höflich sein. Beinahe selbstzerstörerisch höflich.«

Ich verlasse das Zimmer, ohne Alice die Chance zu geben, noch etwas zu sagen. Ich weiß, ich benehme mich rüde und wahrscheinlich übertrieben dramatisch, aber ich bin sicher, dass Alice alles völlig falsch verstanden hat. Ich bin überzeugt, dass Mum das Gespräch über Rachel an die Nieren gegangen ist. Und die Art, wie Alice die Sache erzählt hat, kommt mir irgendwie selbstgefällig vor. Nervig und eingebildet.

Mum ist in der Küche. Sie steht an der Arbeitsplatte in der Mitte und knetet Teig. Die Platte ist voller Mehl, und ein wenig davon hat sie auch an der Wange. Sie summt vor sich hin.

»Oh. Schätzchen.« Sie lächelt und hebt eine Hand an die Brust. »Du hast mich aber erschreckt.«

»Wie geht's dir?« Ich mustere sie genau.

»Oh! Ich fühle mich ganz …« Sie berührt geistesabwesend ihre Lippe und hinterlässt auch dort einen Fleck Mehl. Ihre Augen werden feucht, und ich glaube schon, dass sie gleich anfängt zu weinen, aber dann lächelt sie. »Ich fühle mich gut, ja. Alice und ich haben uns heute Morgen prima unterhalten. Wir hatten ein wirklich gutes, aufrichtiges Gespräch über Rachel. Es war, na ja, es war richtig … richtig befreiend, das alles mal auszusprechen.« Dann lacht sie und schüttelt den Kopf. »Ich hab geflucht wie ein Kesselflicker. Und noch dazu Rum getrunken.«

»Rum? So früh?« Ich werfe einen Blick auf die Küchenuhr. »Es ist erst kurz nach zehn!«

»Ich weiß. Ganz schön gewagt, was? Deine Freundin Alice«, Mum schüttelt den Kopf und lächelt versonnen, »sie ist was Besonderes, nicht? Und sehr lustig.«

»Kann sein.« Ich öffne den Kühlschrank und tue so, als würde ich darin etwas suchen. »Und du hast geflucht? Tust du doch sonst nie.« Ich kann nichts dagegen machen, ich klinge schroff und missbilligend.

»Ja, hab ich aber.« Falls Mum meine Stimmung bemerkt hat, lässt sie sich jedenfalls nichts anmerken. Sie bleibt weiter fröhlich und gut gelaunt. »Diese armen Männer. Denen klingeln bestimmt noch die Ohren.«

»Arme Männer? Was für arme Männer?« Ich schließe den Kühlschrank und starre sie an.

»Na, eigentlich Jungen, keine Männer. Die Jungen, die Rachel getötet haben.«

»Arm? Das würde ich nicht sagen. Immerhin sind sie noch am Leben.«

»Stimmt. Das sind sie. Und sie werden mit dem, was sie getan haben, für alle Zeit leben müssen.«

»Gut so«, sage ich heftig. »Sollen sie auch, verdammt nochmal.«

»Ja.« Mum schaut mich an und lächelt. »Es ist in Ordnung. Lass es raus. Fluch ruhig, wenn du willst.«

»Mensch, Mum, das hab ich doch alles längst getan.«

»Gut. Na, das ist doch gut. Das freut mich«, sagt sie lachend. »Es tut gut, wütend zu werden, nicht? Es tut manchmal gut, sich schlecht zu benehmen.«

»Ich würde es nicht ›sich schlecht benehmen‹ nennen. Ich würde es ›sich benehmen wie ein normaler Mensch‹ nennen.«

»Natürlich. Du hast vollkommen recht. Das sieht Alice auch so.«

»Und dir geht's gut?« Ich weiß nicht, warum ich nicht erleichtert bin. Aber irgendein seltsamer und beschämender Teil von mir ist enttäuscht, sie so heiter zu sehen. Vermutlich bin ich ein bisschen eifersüchtig auf Alice, weil *sie* diese Stimmung bei ihr bewirkt hat, nicht ich. »Du bist nicht aufgewühlt?«

»Aufgewühlt? Doch, natürlich bin ich aufgewühlt, Liebes. Meine Tochter wurde ermordet. Aber es ist einfach ein gutes Gefühl, mir … mir einzugestehen, wie gottverdammt wütend ich wirklich bin. Ein wenig von dieser Wut rauszulassen.« Sie zuckt die Achseln und knetet ihren Teig weiter. Sie stößt grimmig die Fäuste hinein. »Es tut einfach so gut, es auszusprechen. Ich war so zornig auf diese Männer, diese Jungen, diese Schweine, dass sie mir schon fast leidtaten.«

»Oh. Na ja. Das ist –« Ich verstumme und wende mich ab. Dann gehe ich zum Kessel und beschäftige mich damit, den Zucker zu suchen, eine Tasse aus dem Schrank zu nehmen, Tee in die Kanne zu löffeln. Ich habe meine Mutter noch nie fluchen hören. Niemals. In fast achtzehn Jahren. Und statt mich darüber zu freuen, dass sie von diesem gesunden Zorn endlich etwas herauslässt, statt froh darüber zu sein, dass sie ein wenig aus sich herausgeht, bin ich den Tränen nahe. Ich bin verletzt. Ich habe so oft versucht, sie dazu zu bringen, über Rachel zu sprechen, ihre Wut zu zeigen, zu schreien und zu weinen und darüber zu fluchen, wie ungerecht das alles ist, aber sie war immer wie versteinert und stoisch, schmallippig und in keiner Weise bereit, sich von ihren Gefühlen überwältigen zu lassen.

Wo ich gescheitert bin, hatte Alice Erfolg – und das so mühelos und schnell!

Ich mache stumm meinen Tee fertig, und als ich die Küche verlassen und wieder nach oben in mein Zimmer gehen will, um ihn in gekränkter Einsamkeit zu trinken, kommt Mum auf mich zu. Sie stellt sich direkt vor mich, legt eine Hand auf meine Schulter und drückt sie. »Sie ist ein nettes Mädchen, deine Alice. Ich bin froh, dass du sie mitgebracht hast.«

Ich nicke und ringe mir ein Lächeln ab.

»Und sie hält große Stücke auf dich«, sagt Mum. »Sie hat dich in den höchsten Tönen gelobt. Ich bin richtig froh, dass ihr zwei Freundinnen geworden seid.« Und dann beugt sie sich vor und gibt mir einen Kuss auf die Wange. Sie lächelt, und es ist das glücklichste, echteste Lächeln, das ich seit Rachels Tod in ihrem Gesicht gesehen habe. Mum breitet die Arme aus, und ich stelle meinen Tee ab und umarme sie. Wir drücken uns fest, ganz,

ganz lange, und als wir uns wieder voneinander lösen, ist meine ganze Wut auf Alice verflogen. Sie hat Mum glücklich gemacht, und statt kindisch eifersüchtig zu sein, sollte ich dankbar dafür sein. Ich war ungerecht und ichbezogen und kleinlich. Und als ich die Treppe hochgehe, nehme ich mir vor, Alice gegenüber in Zukunft großzügiger und verständnisvoller zu sein. Schließlich hat sie die besten Absichten. Sie ist eine gute Freundin, eine liebenswürdige und großzügige Freundin, und sie hat das Herz auf dem rechten Fleck.

13

Rachel, Carly und ich legten auf dem Weg zur Party noch einen Zwischenstopp bei Carly zu Hause ein. Carly zog ihre Schuluniform aus und schlüpfte in eine Jeans, ein enges, ärmelloses Top und ein Paar flache, goldfarbene Sandalen. Sie bot uns auch etwas zum Anziehen an, und ich suchte mir eine Jeans und ein gestreiftes T-Shirt aus, doch für Rachel waren Carlys Klamotten alle zu groß.

»Dann musst du eben so gehen«, sagte ich.

»Ich werd so was von uncool aussehen«, jammerte Rachel und schaute an sich hinunter. Sie hatte die Krawatte bereits abgenommen und die Bluse aus dem Rock gezogen, damit die Uniform möglichst salopp aussah, aber an der Länge des Rocks war nun mal nichts zu ändern – lang und grün und steif hing er ihr bis über die Knie, wie bei Privatschulen üblich. »Ich werde total auffallen.«

»Na und?«, sagte ich. »Du wirst sowieso auffallen. Du wirst die Jüngste sein, die einzige Vierzehnjährige weit und breit.«

»Aber ich –«

»Rach«, unterbrach ich sie. »Hör auf zu maulen. Vergiss nicht, du hast da eigentlich gar nichts zu suchen. Das sind meine Freunde, nicht deine.«

Rachel und ich lösten unsere Haare und ließen sie herabhängen – Rachels lang und glatt und golden, meine braun und wild gelockt. Wir borgten uns Carlys Lipgloss und schminkten uns die Augen dunkel mit Mascara und Eyeliner.

Carly nahm ihr Handy aus der Schultasche und schaltete es aus. Sie legte es auf ihr Bett. »Wenn ihr nicht von euren Eltern angerufen werden wollt«, sagte sie, »lasst eure lieber auch hier. Ich geb sie euch morgen in der Schule zurück.«

Rachel sah mich unsicher an. Sie wartete darauf, dass ich die Entscheidung traf. Ich zuckte die Achseln, zog mein Handy aus der Tasche, schaltete es aus und warf es auf Carlys Bett. Rachel tat es mir rasch nach.

Nachdem wir uns noch mit einem teuer aussehenden Parfum von Carlys Mutter besprüht hatten – auf ihrer Kommode drängelten sich die Fläschchen und Flakons –, zogen wir los. Wir hatten nicht genug Geld für ein Taxi, also beschlossen wir, zu Fuß zu gehen. Wir waren kaum fünf Minuten unterwegs und unterhielten uns munter darüber, welches der Häuser, an denen wir vorbeikamen, uns am besten gefiel, als Carly in ihre Umhängetasche griff und eine Plastiktrinkflasche hervorholte.

»Moment«, sagte sie. Sie blieb stehen, schraubte den Verschluss von der Flasche und nahm einen Schluck. Ihre tränenden Augen und ihr Keuchen, als sie die Flasche wieder senkte, ließen keinen Zweifel daran, dass sie kein Wasser trank.

»Wodka.« Sie hielt mir die Flasche hin. »Mit ein bisschen Limo. Willst du?«

Ich schüttelte amüsiert und ungläubig den Kopf, nahm die Flasche aber trotzdem. Ich hätte mir denken können, dass Carly nicht ohne Alkohol zu der Party gehen würde. Sie hatte als erstes Mädchen an unserer Schule angefangen Alkohol zu trinken, und kannte immer jemanden, der älter war und Hochprozentiges für uns kaufte, wenn wir was brauchten.

Ich hob die Flasche an den Mund und trank einen vorsichtigen Schluck. Es schmeckte stark, deutlich mehr Wodka als Limo.

»Mensch, Carly, das Zeug ist hammerhart«, sagte ich, als ich die Flasche zurückgab.

»Rach?« Carly hielt Rachel die Flasche hin und hob fragend die Augenbrauen. Rachel sah mich an, als wartete sie auf meine Erlaubnis.

»Von mir aus.« Ich zuckte die Achseln. »Aber du wirst es nicht mögen. Beim ersten Mal schmeckt es wie Benzin.«

Rachel nahm einen kleinen Schluck, und wie ich vermutet hatte, kniff sie die Lippen zu und verzog angewidert das Gesicht.

»Igitt. Das ist ja ekelhaft«, sagte sie.

»Ist nur Mittel zum Zweck.« Carly schüttelte den Kopf, als Rachel ihr die Flasche wiedergeben wollte, und schob Rachels Hand zurück. »Nimm noch einen Schluck. Je mehr du trinkst, desto leichter wird's. Du wirst lockerer und kannst dich besser amüsieren.«

Rachel gehorchte, hob die Flasche erneut und trank noch einen Schluck.

»Eigentlich gar nicht so schlecht«, sagte sie, obwohl sie wieder eine Grimasse zog. »Aber ich glaube, normale Limo schmeckt mir doch besser.«

Carly lachte. »Aber mit normaler Limo wird's nicht so lustig. Glaub mir.«

Ich weiß nicht, wieso es mich nicht beunruhigte, dass Rachel davon trank. Ich weiß nicht, wieso ich nicht besser auf sie aufpasste und darauf achtete, wie viel sie trank. Ich hätte dafür sorgen müssen, dass sie halbwegs nüchtern blieb. Ich schätze, der Wodka zeigte auch bei mir seine Wirkung – bei uns allen. Wir ließen die Flasche kreisen und setzten dabei unseren Weg fort, wir tranken jede etliche Schlucke, und je mehr sich unsere Sinne an den Alkohol gewöhnten, desto besser schmeckte er und desto größer wurden die Schlucke, die wir nahmen.

Als die Flasche leer war, blieb Carly stehen.

»Wartet mal kurz.« Sie stellte ihre Tasche auf die Erde, zog eine große Glasflasche heraus und drehte sie so, dass wir das Etikett sehen konnten: Stolichnaya Vodka. »Ihr habt doch nicht gedacht, dass ich uns auf dem Trockenen sitzenlasse, was?« Sie grinste uns an. »Wir müssen ihn jetzt pur trinken. Limo ist alle.« Sie füllte die Trinkflasche und hielt sie Rachel hin. »Du zuerst. Am Anfang schmeckt es wieder wie Feuer. Aber du gewöhnst dich dran.«

Rachel setzte die Flasche an die Lippen und trank einen kräftigen Zug. Als sie sich schüttelte und das Gesicht verzog, mussten wir lachen.

Wir brauchten für die Strecke ungefähr vierzig Minuten, und als wir ankamen, waren wir ganz schön beschwipst. Rachel hatte auf beiden Wangen je einen kreisrunden roten Fleck und im Gesicht ein breites Grinsen. Sie sah hübsch und unschuldig und sehr jung aus.

»Wie fühlst du dich?« Ich nahm ihre Hand und lächelte. Der Wodka hatte meine anfängliche Gereiztheit vertrieben und mich milde gestimmt. Ich war nicht mehr sauer auf sie, weil sie unbedingt hatte mitkommen wollen. Es war einfach nicht mehr wichtig. »Alles okay?«

Wir hatten die Scheune noch nicht betreten, aber wir konnten die Musik hören, den dumpfen Bassrhythmus, das Stimmengewirr und Gelächter. Junge Leute, die sich amüsierten. Junge Leute unter sich, ohne Erwachsene.

Rachel schaute mich nur an, noch immer lächelnd, und nickte. Sie fing an, ihren Körper im Takt der Musik zu bewegen. Sie hob die Augenbrauen und legte den Kopf schief, als würde sie genau auf die Noten achten.

»Los!« Carly, die hinter uns stand, gab uns einen sanften Schubs. »Wir wollen hier schließlich keine Wurzeln schlagen. So lieb ich euch auch hab, ich bin nicht das ganze Stück gelatscht, bloß um mit euch beiden hier draußen herumzulungern.«

Als wir uns dem Eingang der Scheune näherten, kam mir kurz der Gedanke, dass ich die ganze Sache nicht besonders gründlich durchdacht hatte. Wir hatten geplant, bloß für eine Stunde mitzukommen. Wir hatten geplant, dass Rachel spätestens um fünf zu Hause sein sollte, damit sie noch genug Zeit zum Klavierüben hatte. Aber wir waren gut zehn Minuten bei Carly gewesen, und der Fußmarsch hatte nochmal vierzig Minuten gedauert. Und als ich Rachel jetzt hineingehen sah, mit rhythmisch hüpfenden Schritten, wurde mir klar, dass wir zu spät zu Hause sein würden. Wäre Rachel einfach nach Hause gegangen, wäre alles in Ordnung gewesen. Ich hätte Mum und Dad später anrufen können und mir irgendeine Ausrede einfallen lassen, hätte sagen können, dass ich noch bei Carly an einem Referat arbeitete. Sie wären zwar verärgert gewesen, aber nicht so wütend, wie sie es jetzt sein würden, jetzt, wo Rachel mit im Spiel war. Dass Rachel zu spät kam, wäre richtig schlimm. Sie war erst vierzehn und ließ das Klavierüben ausfallen, und schon das allein war immer eine kapitale Sünde. Und ich hatte keinen Schimmer, wie wir den Wodkageruch kaschieren sollten. Eines stand fest: Wir würden Ärger kriegen, Riesenärger.

Wenn das so war, sollte ich mich vorher wenigstens noch ordentlich amüsieren, dachte ich, als ich Rachel in die Scheune folgte.

14

Alice geht vor uns her, nur knapp zwei Schritte, aber das reicht, um eine Unterhaltung mit ihr schwierig zu machen. Sie will uns zeigen, dass sie nicht in Plauderlaune ist. Ich glaube nicht, dass sie unglücklich oder sauer oder verstimmt ist – im Gegenteil, sie ist guter Laune und glüht förmlich vor Energie und Schönheit, sichtlich begeistert, an einem so herrlichen Herbstabend auszugehen und noch einmal das warme Wetter zu genießen, bevor es kälter wird.

Aber manchmal ist sie eben so, gedankenverloren und wortkarg. Robbie und ich kennen das an ihr und fragen uns nicht mehr, ob sie wegen irgendwas verärgert oder beleidigt ist. Wir wissen, dass sie sich manchmal einfach lieber nicht an einem Gespräch beteiligt. Robbie hat einmal sogar einen Witz darüber gemacht. Robbie und ich unterhielten uns angeregt über unsere gemeinsame Leidenschaft für Musik – alles von Rock über Pop bis hin zur Oper –, als wir merkten, dass Alice auf der Couch eingenickt war. Wir hatten keine Ahnung, wie lange sie schon schlief. Wir hatten pausenlos geredet, ohne auf die Zeit zu achten, und es waren Stunden vergangen. »Ich schätze, sie ist unser ständiges Gequatsche leid, Katherine«, hatte Robbie lachend gesagt. »Wir reden ihr wohl zu viel. Wir langweilen sie zu Tode.« Und er hat vermutlich recht. Robbie und mir geht einfach nie der Gesprächsstoff aus – wir können uns stundenlang unterhalten. Endlos.

Robbie und ich reden so viel miteinander und verstehen uns so gut, dass ich mich schon gefragt habe, ob Alice das gegen den Strich gehen könnte. Ich habe mich gefragt, ob sie nicht vielleicht eifersüchtig ist. Aber als ich von ihr wissen wollte, ob es ihr was ausmacht, dass ich so viel mit Robbie rede, ob es ihr lieber wäre, wenn ich mich etwas zurückhalten würde, hat sie den Kopf geschüttelt und mich fragend angesehen.

»Wieso? Ich find's toll, dass ihr euch so gut versteht. Meine zwei liebsten Menschen auf der Welt. Ist doch super, wenn ihr so viele gemeinsame Themen habt«, sagte sie.

»Dann ist ja gut. Ich hatte befürchtet, du könntest … na ja, dich auf den Schlips getreten fühlen, eifersüchtig sein.«

»Eifersüchtig?«, Alice schüttelte den Kopf, und ihr Blick wurde nachdenklich. »Ich bin noch nie eifersüchtig gewesen. Auf niemanden. Auf nichts. Ich kann ehrlich behaupten, dass ich diese Emotion gar nicht kenne.« Und dann zuckte sie mit den Schultern. »Ich finde, Eifersucht ist eine bescheuerte, unnütze und kleinliche Empfindung, wenn du mich fragst.«

Es ist Freitagabend, die Abschlussprüfungen gehen in ein paar Wochen los, und es wäre wahrscheinlich besser, zu Hause zu bleiben und zu lernen. Aber ich habe die ganze Woche fleißig gebüffelt, und Robbie und Alice haben mich praktisch angefleht, doch mitzukommen. Die Prüfungen sind wichtig, klar, aber im Augenblick hat meine Freundschaft zu Alice und Robbie Vorrang. Spaß zu haben, so zu leben, wie ich es mir selbst lange Zeit versagt habe, ist mir im Augenblick mehr als wichtig. Es ist überlebenswichtig.

Robbie und ich reden über Skilaufen. Robbie läuft begeistert Ski und schlägt vor, wir drei sollten im nächsten Winter in den Schnee fahren.

»Ich bin aber nicht besonders gut«, sage ich. »Ich wäre für

euch wahrscheinlich nur ein Klotz am Bein und würde euch den Urlaub vermiesen.«

»Ich bring's dir bei«, sagt Robbie. »Dann kannst du's im Handumdrehen richtig gut.«

»Ganz schön arrogant.« Ich lache. »Du hast ja keine Ahnung, wie schlecht ich bin. Um aus mir eine gute Skiläuferin zu machen, müsstest du zaubern können.«

»Mir hat er's auch beigebracht.« Alice dreht sich jetzt um, verlangsamt ihre Schritte und drängt Robbie und mich auseinander, sodass sie in der Mitte gehen kann. »Ich konnte auf Skiern nicht mal gerade stehen, als wir letztes Jahr in den Schnee gefahren sind, aber eine Woche später bin ich wie ein Champion die Pisten runtergebrettert.« Sie hakt sich bei Robbie ein und lächelt zu ihm hoch. »Und du siehst so verdammt sexy aus, wenn du Ski läufst.« Sie sieht mich an. »Er ist auf Skiern einfach unheimlich sicher, richtig gut. Total hinreißend.«

Robbie bleibt unvermittelt stehen und blickt Alice an. Er runzelt die Stirn. »Hinreißend, was? Vielleicht hast du mir ja was vorgemacht. Aber ich hatte nicht unbedingt den Eindruck, dass du mich hinreißend fandest, als wir da waren.«

Alice lacht und schmiegt sich an Robbie. »Du Dummkopf«, sagt sie. »Dann verstehst du mich anscheinend nicht.«

Robbie reagiert auf Alice' Zuneigungsbeweise nicht so wie sonst, sondern schüttelt stattdessen gereizt den Kopf. »Da wären wir«, sagt er, entzieht Alice seinen Arm und geht ein paar Schritte vor. Er deutet mit dem Kinn auf die Tür eines Lokals, auf der »Out of Africa« steht. »Das ist es.«

Er zieht die Tür auf und tritt zur Seite, um Alice und mir den Vortritt zu lassen. Ich lächle ihn im Vorbeigehen an, doch obwohl seine Mundwinkel sich nach oben ziehen, erreicht das Lächeln nicht seine Augen. Und ich merke an seiner stocksteifen Körperhaltung, dass er aufgebracht ist oder sauer oder beides.

Drinnen ist es dunkel. Die einzigen Lichtquellen sind kleine Lampen an den Wänden und Kerzen auf den Tischen. Meine Augen brauchen einen Moment, um sich an die Dämmerung zu gewöhnen, doch schließlich erkenne ich, dass die Wände tiefrot sind und auf den Stühlen farbenfrohe, marokkanisch aussehende Kissen liegen.

»Ich hol uns an der Bar was zu trinken«, sagt Robbie.

»Super Idee«, sagt Alice. »Ich möchte eine Flasche Champagner.«

»Eine ganze Flasche?« Robbie schaut sie erstaunt an. »Findest du das nicht ein bisschen –«

»Nein«, fällt Alice ihm ins Wort. »Ich finde es gerade richtig. Eine Flasche. Danke.«

Robbie schüttelt den Kopf und sieht mich an. »Katherine?«

»Eine Sprite, bitte.«

Alice verdreht die Augen. »Eine Sprite, bitte.« Sie äfft mich in hoher, spöttischer Stimme nach. »Keinen Alkohol für unser braves Mädchen.«

»Ich darf nicht, Alice. Ich bin noch minderjährig.«

»Du musst dich nicht entschuldigen, Katherine«, sagt Robbie. »Ich nehme auch nur eine Cola. Ich hab morgen Fußball. Alice wird allein trinken müssen.«

»Na toll.« Alice seufzt. »Mit euch lebt man ja so richtig wild und gefährlich. Hab ich ein Schwein.«

Robbie starrt sie finster an, die Lippen zusammengepresst, die Augen kalt, ehe er sich abwendet und zur Bar geht.

Alice schaut ihm nach. »Ich glaube, er ist sauer auf mich«, sagt sie achselzuckend. Sie sieht sich im Raum um und mustert die anderen Gäste ungeniert.

Ich schaue zu Robbie hinüber, der an der Bar steht und auf die Getränke wartet. Er starrt stur geradeaus, mit ausdruckslosem Gesicht. Er wirkt unglücklich.

»Was ist denn los?«, sage ich. »Warum ist er auf einmal so wütend?«

»Ach, ich glaube, ich hab ihn an was erinnert, vorhin, als ich von unserem Skiurlaub erzählt hab. Er hat sich ziemlich aufgeregt, als wir zusammen da waren. Ich hab ein bisschen mit einem von den Skilehrern rumgemacht. Bloß eine Nacht. Das fand Robbie nicht so gut.«

»Rumgemacht? Eine Nacht? Wie meinst du das?«

Alice sieht mich nicht an. Sie starrt ein Pärchen an, das an einem Tisch seitlich von uns sitzt. »Ich meine es genau so, wie ich's gesagt hab.« Sie seufzt und spricht mit klarer, bedächtiger Stimme weiter, als hätte ich was an den Ohren oder wäre schwer von Begriff. »Bloß eine Nacht. Mit einem anderen Mann. In seinem Zimmer. Ich muss ja wohl nicht ins Detail gehen, oder? Robbie war nicht begeistert. Er hat anscheinend irgendwelche unangemessenen Besitzansprüche an mich.«

Ich bin so schockiert, dass es mir die Sprache verschlägt, und ich sitze einen Moment lang blöde da, eine Hand vor dem Mund. Ich wusste, dass Alice ihre Beziehung zu Robbie ziemlich locker sieht, ich wusste, dass sie sich weniger an ihn gebunden fühlt als er sich an sie, aber dass sie auf einem gemeinsamen Skiurlaub mit Robbie die Nacht mit einem anderen verbringt, haut mich doch um. Entweder war das ein Akt unsäglicher und bewusster Grausamkeit oder, und das wäre ebenso schockierend, der Beweis für Alice' groteske Unfähigkeit, sich vorzustellen, wie ein derartiges Verhalten auf Robbie wirken muss.

Ehe ich dazu komme, meine Gedanken zu sortieren und irgendetwas Intelligentes zu erwidern, springt Alice auf und wedelt mit den Armen.

»Ben!«, ruft sie und steuert prompt auf das Pärchen zu, das sie in den letzten Minuten beobachtet hat. »Ben Dewberry! Du bist es wirklich. Du kamst mir gleich so bekannt vor. Ich hab dich die ganze Zeit angestarrt, und dann hab ich deinen Akzent gehört. Da ist dann der Groschen gefallen.«

Alice ist so laut, dass es einen Moment lang still wird im Restaurant, weil alle anderen Gäste verstummen und zuhören. Ben und seine Begleiterin – eine großgewachsene junge Frau mit langer roter Haarmähne und blasser Haut – starren Alice stumm an, als sie auf sie zukommt. Ben wirkt entsetzt, fast verängstigt.

»Alice.« Er steht auf und streckt den Arm aus, als wollte er Alice die Hand geben, doch sie ignoriert die Geste und tritt näher, um ihn zu umarmen. Sie küsst ihn hart und lange auf den Mund. Als sie zurückweicht, sind Bens Wangen gerötet. Er wirkt unsicher und verlegen. »Mensch, was machst du denn hier?« Er hat einen amerikanischen Akzent.

»Was essen, natürlich, du Dummkopf. Genau wie ihr.« Alice nimmt Bens Hand und dreht sich in genau dem Moment zu unserem Tisch um, als Robbie mit den Getränken kommt. »Robbie, Katherine. Das ist Ben. Ben Dewberry, die erste große Liebe meines Lebens.«

Ben wirft seiner Begleiterin über Alice' Schulter einen Blick zu und zuckt die Achseln. Er will etwas sagen, doch Alice, die Bens Freundin den Rücken zuwendet, zieht Ben am Arm.

»Komm, setzt euch zu uns«, sagt sie. »Na los. Zusammen ist es lustiger.«

»Oh. Ich glaube, das ist nicht …« Ben schaut zu seiner Freundin hinüber. »Philippa und ich …«

Alice wirbelt auf dem Absatz herum und blickt Philippa an. »Hallo. Ich bin Alice.« Sie lässt Ben los und streckt Philippa die Hand hin. Bei ihrem Händedruck lächelt Alice, und Philippa nickt förmlich.

»Ihr kommt doch zu uns an den Tisch, nicht?«, sagt Alice. »Wenigstens ein Weilchen. Ben und ich haben uns seit Jahren nicht gesehen. Wir haben uns bestimmt jede Menge zu erzählen.«

Philippa und Ben willigen ein, und während sie ihre Sachen zusammensuchen, wirft Robbie mir einen Blick zu. Seine Miene drückt eine Mischung aus Verärgerung und Fassungslosigkeit aus, und er verdreht die Augen. Die Kellnerin hilft uns, einen zweiten Tisch an unseren zu rücken, damit wir zu fünft Platz haben.

Bis auf Alice, die gar nicht zu realisieren scheint, wie beklommen uns anderen zumute ist, und munter drauflosplaudert, sind wir alle ausgesprochen still und verhalten, während wir an unseren Getränken nippen. Alice erzählt von dem Sommer, als sie mit Ben zusammen war. Ben fühlt sich sichtlich unwohl in seiner Haut und lächelt Philippa jedes Mal entschuldigend an, wenn Alice erwähnt, wie toll sie es fand, einen amerikanischen Freund zu haben, und wie gut ihr sein Akzent gefiel.

»Los, Leute, wir bestellen was zu essen«, sagte Alice plötzlich. »Ich sterbe vor Hunger. Du bestellst für uns, ja, Robbs? Du warst doch schon mal hier und weißt, was gut ist, oder?«

»Oh.« Philippa schüttelt den Kopf und wirft Ben einen panischen Blick zu. »Nein. Wir gehen lieber wieder an unseren Tisch.«

»Sei nicht albern.« Alice greift über den Tisch und legt ihre Hand auf Philippas. »Wir freuen uns alle so, euch getroffen zu haben. Bitte bleibt und esst mit uns. Wir drei waren nämlich total gelangweilt und gereizt, bevor ihr zwei dazugekommen seid. Wir gehen uns gegenseitig ganz schön auf den Senkel.« Alice wirft den Kopf in den Nacken und lacht. »Wir sind in letzter Zeit einfach zu viel zusammen und können uns kaum noch ertragen.«

Alice lacht weiter, doch alle anderen schweigen. Ich blicke

nach unten auf meinen Schoß und versuche, meine glühenden Wangen zu verbergen. Ich fühle mich gedemütigt und bin wütend. Ich habe die Zeit mit Alice und Robbie so genossen und war so glücklich darüber, wieder gute Freunde zu haben, dass ich mir durch Alice' Bemerkung, ihre offenbare Geringschätzung all dessen, was für mich inzwischen so kostbar geworden ist, lächerlich vorkomme und zutiefst gekränkt bin.

Ich bin sicher, dass Robbie gleichermaßen aufgebracht ist, weshalb ich es nicht fertigbringe, ihn anzusehen. Meine Demütigung in seinen Augen gespiegelt zu sehen, wäre für mich unerträglich.

Ben sagt: »Klar essen wir mit euch. Schön, dass wir uns getroffen haben.« Seine Stimme klingt laut und übertrieben begeistert. »Stimmt doch, nicht, Philippa?«

»Großartig. Wunderbar.« Alice lässt die Hand triumphierend auf den Tisch klatschen. Ihre Champagnerflasche ist leer, und sie wirkt leicht angetrunken mit ihren roten Wangen und glänzenden Augen. Sie bekommt die Anspannung am Tisch überhaupt nicht mit. »Wir brauchen noch was zu trinken«, sagt sie. »Wir sitzen ja schon auf dem Trockenen. Robbie, was empfiehlst du als Nächstes?«

Robbie räuspert sich. »Ich nehme noch eine Cola.« Er lächelt Philippa und Ben gezwungen und verkrampft an. »Was wollt ihr?«

»Mehr Wasser?« Philippa hebt eine leere Karaffe hoch. »Wenn alle einverstanden sind?«

»Ben nimmt ein Bier«, sagt Alice und stupst ihn grinsend an. »Was, Ben? He? Du bist keine Spaßbremse.«

»Klar.« Er nickt. »Gern. Ein Bier wäre prima.«

»Und mehr Champagner«, sagt Alice und wirft Robbie einen Hundert-Dollar-Schein hin. »Noch eine Flasche.«

»Kommst du mit und hilfst mir tragen, Katherine?«, fragt

Robbie, als er das Geld nimmt. Seine Stimme ist hölzern und beherrscht. Er sieht böse aus.

»Klar.« Ich beobachte Alice, als ich aufstehe. Sie ist seltsam streitlustig, seit wir hier sind, und ich fürchte schon eine weitere aggressive Bemerkung, weil ich Robbie zur Bar begleite. Aber sie hebt nur die Augenbrauen, beugt sich zu Philippa vor und würdigt uns nicht mal eines Blickes, als wir gehen.

Robbie und ich schweigen auf dem Weg zu Bar. Dort angekommen, schaut Robbie zurück zu unserem Tisch.

»Verdammte Alice«, sagt er. »Sie hat heute irgendwas vor. Der Abend wird noch in Tränen enden.«

»Wie meinst du das?« Ich spüre, wie sich eine üble Vorahnung in meiner Magengrube festsetzt. Ich will nicht, dass irgendetwas Unangenehmes passiert. Ich will nicht, dass Alice sich danebenbenimmt, sich Gemeinheiten leistet. Ich will nicht, dass Robbie und Alice sich trennen oder dass Alice irgendwas Schreckliches tut, was mich zwingen könnte, meine Freundschaft zu ihr in Frage zu stellen. Die Vorstellung, das alles könnte vorbei sein, ist einfach zu beängstigend, um sie zuzulassen, und ich muss die aufsteigende Panik niederringen, die mich bei dem Gedanken an eine Zukunft ohne meine Freundschaft zu Robbie und Alice erfasst, eine unerträgliche Zukunft, weil sie viel zu einsam und trostlos und unglücklich wäre. »Komm, wir essen was, und dann schaffen wir sie hier raus. Bringen wir sie nach Hause und ins Bett.«

Robbie sieht mich an. »Du hast sie vorher noch nie so erlebt, nicht?«

»So wie jetzt? Ich weiß nicht. Ich hab sie noch nie so bewusst unfreundlich erlebt, wenn du das meinst.«

Er schüttelt den Kopf. »Das hier ist anders. Ich habe sie schon ein paarmal so erlebt. Es ist richtig unheimlich. Und beängstigend. Sie ist auf einem Selbstzerstörungstrip. Wir werden es heute Abend auf gar keinen Fall schaffen, zu ihr durchzudringen. Sie wird nicht zuhören. Weder dir noch mir, noch Ben oder Philippa. Und ich gehe jede Wette ein, dass sie es richtig krachenlassen will. Und sie wird Philippa und Ben mit reinziehen, wart's ab.« Er lacht bitter. »Sie kann ganz schön fordernd sein, wenn sie so ist.«

Mir ist nicht klar, was Robbie eigentlich genau befürchtet. Ich kann ihm nicht richtig folgen, aber ich habe trotzdem Angst. »Dann ziehen wir am besten mit ihr los und amüsieren uns. Gehen tanzen oder so. Wir können doch auf sie aufpassen, oder? Wir können dafür sorgen, dass nichts Schlimmes passiert.«

»Wenn ich du wäre, würde ich jetzt abhauen, ehe es zu spät ist. Ich würde selbst auch am liebsten verschwinden, aber irgendwer muss sich ja darum kümmern, dass sie lebendig nach Hause kommt. Sie ist betrunken oder high oder sonst was.« Er wirft wieder einen Blick zum Tisch hinüber. »Oder sie ist in irgendeinem psychotischen Zustand.«

Alice redet auf Philippa ein. Philippa hat die Arme abwehrend vor der Brust verschränkt und sich zurückgelehnt, möglichst weit weg von Alice. Sie lächelt nicht.

Wir nehmen die Getränke, und als wir auf dem Weg zurück zum Tisch sind, springt Philippa auf. Sie eilt mit gesenktem Kopf in Richtung Toiletten.

»Ist alles in Ordnung mit Philippa?«, frage ich Ben, während wir die Getränke hinstellen.

»Ich …« Er sieht Alice an. »Ich glaube, sie könnte …«

»Sie ist stinkig, weil ich was über Ben und mich erzählt habe.« Alice lacht. »Menschenskind, Ben. Diesmal hast du dir aber eine ganz schön Verklemmte geangelt. Wenn du jemanden gesucht hast, der ganz anders ist als ich, dann bist du echt fündig geworden.«

Ben lacht unsicher. Ich bin fassungslos, dass er einfach sitzen bleibt, und will gerade fragen, ob ich mal nach Philippa sehen soll, als Robbie aufsteht.

»Ich hab das Wasser vergessen«, sagt er und geht zurück zur Bar.

Und dann sehe ich, warum Ben es nicht eilig hat, Philippa hinterherzulaufen. Als Robbie sich abwendet, schiebt Alice eine Hand unter den Tisch. Sie legt sie auf Bens Oberschenkel, ganz weit oben, und dann bewegt sie den Arm, sodass ihre Hand direkt auf seinem Schritt liegt.

Ich stehe abrupt auf. Alice lächelt mich an, ein Lächeln ohne jede Wärme, und ich bin sicher, dass sie weiß, was ich soeben gesehen habe, und dass sie sich freut.

»Ich geh mal zur Toilette.« Ich bugsiere mich so unbeholfen zwischen dem Tisch und meinem Stuhl hindurch, dass der Stuhl nach hinten kippt. »Scheiße«, sage ich und kann ihn noch gerade rechtzeitig an der Rückenlehne auffangen. »Scheiße.«

»Entspann dich, Katherine«, sagt Alice. »Was ist denn los mit dir? Du siehst aus, als hättest du einen Geist gesehen.«

Ich richte mich kerzengerade auf und funkele sie an, und dann sehe ich Ben an, der wenigstens den Anstand hat, verlegen aus der Wäsche zu gucken. »Ich geh zur Toilette«, sage ich, so kalt und so ruhig, wie ich kann. »Um nach Philippa zu sehen.«

Alice zuckt gleichgültig die Achseln. Ich wende mich ab und gehe zu den Toiletten. Ich frage mich, ob Robbie, wenn er zurückkommt, auch sehen wird, was ich soeben gesehen habe, oder ob er, wenn er es nicht sieht, zumindest spürt, dass irgendwas äußerst Seltsames im Busch ist. Ich wünsche mir eigentlich wirklich nicht, dass Robbie Alice' Hand zwischen Bens Beinen sieht. Es tut mir in der Seele weh, mir seinen Schmerz und seine Demütigung vorzustellen, und mir graut davor, dass der Abend dramatisch mit Tränen und gegenseitigen wütenden Beschuldigungen endet. Aber Alice demütigt Robbie, und das hat er nicht verdient, und ein Teil von mir will, dass Alice dafür bestraft wird. Dieser Teil von mir will mit ansehen, wie Robbie ihr eine knallt und sie für immer abserviert. Und dennoch hege ich die kleine und lächerliche (aber hartnäckige) Hoffnung, dass sich alles wie durch ein Wunder zum Guten wendet, dass Alice wieder zur Vernunft kommt, aufhört, sich so verrückt aufzuführen, und sich entschuldigt, damit wir drei fröhlich und lachend nach Hause gehen können. Damit wir zur Normalität zurückkehren.

Doch selbst wenn Robbie sieht, wie Alice Ben berührt, muss das nicht unbedingt das Ende ihrer Beziehung bedeuten. Immerhin habe ich vorhin erfahren, dass Alice mit einem anderen Mann ins Bett gestiegen ist, während sie mit Robbie Urlaub machte, und trotzdem möchte Robbie weiter mit ihr zusammen sein. Ich habe wirklich keine Ahnung, wie viel Robbie sich von Alice gefallen lassen würde, aber der Gedanke, mein Verhältnis zu Alice könnte sich unwiderruflich verändert haben, beunruhigt mich und macht mich ganz schön traurig. So lieblos, wie sie heute den ganzen Abend war, so absichtlich gemein zu mir und Robbie und auch zu Philippa, kann ich mir nicht vorstellen, ihr je wieder zu vertrauen. Jedenfalls nicht so blind, so bedingungslos. Im Augenblick bin ich nicht mal mehr sicher, ob ich sie überhaupt noch mag.

Auf der Toilette ist die Tür einer der Kabinen verschlossen, und ich nehme an, dass Philippa sich darin verkrochen hat.

»Philippa?« Ich klopfe leise an die Tür.

Es kommt keine Antwort, aber ich spüre, dass sie dahinter versteinert. Es ist ganz still.

»Philippa. Ich bin's, Katherine. Ich wollte nur nachsehen, ob alles in Ordnung ist.«

»Katherine?« Ich sehe, wie sich unter der Tür ein Schatten bewegt, dann schließt sie auf und kommt heraus. »Gott sei Dank, du bist das«, sagt sie. »Ich dachte schon, es sei Alice.«

Ihre Augen sind blutunterlaufen, und sie hat rote Flecken auf den Wangen. Sie sieht aus, als hätte sie geweint.

»Alles okay mit dir?«, frage ich.

»Ja.« Sie hebt eine Hand vor den Mund und senkt den Blick. Als sie sich wieder im Griff hat, blickt sie auf und lächelt. »Mir geht's gut. Danke.«

Sie geht zum Waschbecken und wäscht sich die Hände. Dann fängt sie meinen Blick im Spiegel auf.

»Und, was läuft da draußen so?«, fragt sie.

»Ach.« Ich schaue weg. »Wir quatschen bloß, warten aufs Essen, nichts Aufregendes.« Ich bin mir nicht sicher, was sie gesehen hat, und weiß nicht, wie mitgenommen sie ist.

»Dann treiben Alice und Ben es also noch nicht auf dem Tisch?«, fragt sie.

»Was?«

Sie lacht kurz auf, mustert ihr Gesicht im Spiegel und bringt ihr Haar in Ordnung. »Von mir aus sollen sie ruhig, ehrlich. Das ist mir so was von egal. Ben ist ein Widerling. Ich kenne ihn kaum. Wir sind erst zum zweiten Mal zusammen essen.«

»Tatsache?« Ich starre sie an. »Dann ist er nicht dein Freund?«

»Quatsch.« Sie schüttelt den Kopf. »Gott, nein. So verzweifelt kann ich gar nicht sein.«

Ich lächle jetzt, erleichtert und belustigt zugleich.

Sie grinst mich an, dann wirft sie den Kopf in den Nacken und lacht fröhlich zur Decke. Sie lacht laut und glücklich. Es klingt nach Erleichterung, so als hätte sie sich die ganze Zeit beherrscht, und ich begreife, dass sie vorhin in der Kabine vielleicht gar nicht geweint hat. »Alice hatte die Hand auf Bens Oberschenkel. Er hat gedacht, ich könnte es nicht sehen. Sie wusste, dass ich es sehen konnte. Es war so gottverdammt unangenehm, dazusitzen und bei ihren perversen kleinen Psychospielchen mitzumachen. Absolut surreal … ich wünschte, ich hätte was gesagt. Aber ich war noch nie besonders geistesgegenwärtig, in solchen Situationen fällt mir nie was Witziges oder Intelligentes ein. Ich bin einfach nicht der schlagfertige Typ.« Sie hält einen Moment inne und sieht mich dann ernster an. »Was ist bloß los mit der? Mit dieser Alice? Tut mir leid, sie ist deine Freundin, aber wieso legt sie irgendeinem Widerling, der mit einer anderen Frau essen ist, ihre Hand aufs Bein? Und warum um alles in der Welt macht sie das, obwohl sie einen so netten Typen wie diesen Robbie bei sich hat? Die beiden sind zusammen, nicht? Sollte man nicht meinen. Erst recht, wenn sie in seinem Beisein so heftig mit Ben flirtet. Aber er scheint richtig nett zu sein. Robbie, meine ich, nicht Ben. Ben ist ungefähr so nett wie eine Badewanne voll Blutegel.«

»Robbie ist wirklich nett. Er ist sogar richtig lieb«, sage ich rasch. »Und ich weiß nicht. Ich weiß nicht, was mit Alice heute Abend los ist. Aber ehrlich, sie ist sonst nicht so. Sie ist eigentlich gar nicht so furchtbar.« Doch noch während ich das sage, merke ich, wie hohl und unwahr mir meine eigenen Worte in den Ohren klingen. So schlimm wie heute habe ich Alice wirklich noch nicht erlebt, aber irgendwie habe ich das Gefühl, dass sie schlimmer geworden ist, seit ich sie kenne. Je näher ich sie kenne, desto mehr Seiten entdecke ich an ihr, die mir nicht gefallen. Ich zucke die Achseln. »Tut mir leid. Sie war wirklich unangenehm. Dafür gibt's keine Entschuldigung.«

»Unangenehm?« Philippa starrt mich ungläubig an. »Unangenehm? Entschuldige, aber unangenehm ist was anderes. Unangenehm ist ein heißer Westwind oder jemand, der schlecht gelaunt ist. Auf deine Freundin trifft das Wort nun wirklich nicht zu. Das richtige Wort wäre grausam. Oder bösartig. Oder gehässig. Oder alle drei zusammen.«

Und obwohl ich mich allmählich frage, ob Philippa nicht vielleicht recht hat, spüre ich auch einen Anflug von Entrüstung. Alice ist schließlich meine Freundin, und es ist nicht fair von Philippa, sie so hart zu verurteilen, und das auch noch so schnell.

»So schlimm ist sie auch wieder nicht«, sage ich. »Sie hat auch ein paar tolle Seiten. Sie kann unglaublich großzügig und charmant sein, wenn sie will. Und total lustig.«

»Das konnte Adolf Hitler auch«, sagt sie trocken. »Hör mal, ich will dich nicht kränken. Und ich sollte so was auch lieber nicht sagen, das weiß ich. Ich handele mir ständig Ärger ein, weil ich den Mund nicht halten kann. Aber so bin ich nun mal, ich kann mich einfach nicht bremsen. Wie auch immer, deine Freundin ist ein richtiges Miststück. Und ich glaube nicht, dass das heilbar ist.«

»Was?« Ich klinge überraschter und gekränkter, als mir zumute ist.

»Jawohl. Und ich weiß absolut, wovon ich rede. Ich studiere Psychologie.« Sie zuckt die Achseln. »Ich bin praktisch schon fertige Psychologin, daher kann ich auch eine Diagnose stellen: Alice ist ein Miststück. Ich glaube, sie hat psychische Probleme. Und du scheinst das bisher nicht erkannt zu haben.«

Ich stehe da, stumm, perplex.

Philippa beobachtet mein Gesicht und prustet dann los. »Okay. Sorry. Das war bloß ein blöder Witz. Ich meine, Alice ist auf jeden Fall ein Miststück, und ich studiere wirklich Psychologie, aber dass ich in der Lage bin, Diagnosen zu stellen, war natürlich Quatsch. Ich meine, dass sie kein guter Mensch ist, merkt jeder. Ich wollte es bloß irgendwie lustig rüberbringen. Dich aufheitern. Du siehst so ernst und durcheinander aus.«

Ich wende mich ab, schaue geflissentlich in den Spiegel und bringe mein Haar in Ordnung. Ich bin durcheinander, da hat Philippa ganz recht, aber sie soll nicht merken, wie schlecht ich mich fühle, und ich will auf keinen Fall in ihrem Beisein weinen. Ich müsste wütend sein und Alice in Schutz nehmen, aber sie hat sich heute Abend so unmöglich benommen, dass ich es Philippa kaum verübeln kann, so zu denken.

»Ich bezweifele stark, dass du jemanden, den du gerade mal eine halbe Stunde kennst, auch nur annähernd richtig einschätzen kannst«, sage ich daher, aber ich klinge nicht überzeugend. »Sie hat einfach einen schlechten Tag.«

»Ich kenne sie genau genommen schon fast anderthalb Stunden.« Sie beugt sich direkt neben mir zum Spiegel und zwingt mich so, ihr in die Augen zu sehen. »Und ich weiß ja nicht, wie das bei dir ist, aber ich hatte auch schon oft schlechte Tage, und ich hab mich noch nie so benommen. Genauso wenig wie du, darauf würde ich wetten.«

Ich will gerade erwidern, dass Philippa Blödsinn redet, dass Alice exzentrisch sein mag und ein bisschen egomanisch, aber dass sie kein schlechter Mensch und auch nicht krank ist. Und Robbie und ich sind auch keine naiven Idioten. Doch genau in diesem Moment geht quietschend die Tür auf, und Alice kommt herein.

»Was treibt ihr zwei denn hier?«, fragt sie, als sie an uns vorbei in eine Kabine geht. Sie lässt die Tür offen, hebt den Rock, zieht die Unterhose runter, setzt sich aufs Klo und fängt an, geräuschvoll zu pinkeln. »Das Essen ist da. Und es schmeckt göttlich. Ihr solltet euch beeilen, sonst haben wir alles weggefuttert, wenn ihr wiederkommt.« Sie erhebt sich und betätigt die Spülung, geht ans Waschbecken, um sich die Hände zu waschen, und sieht erst Philippa und dann mich im Spiegel an. »Und wisst ihr was? Anschließend gehen wir alle zu mir. Und mixen uns Margaritas. Und wir trinken alle einen. Auch du, Katherine. Das ist beschlossene Sache.«

Wir gehen zurück zum Tisch und essen, und es schmeckt

wirklich köstlich, genau wie Alice gesagt hat. Alice widmet ihre ganze Aufmerksamkeit jetzt Philippa und stellt ihr plötzlich interessiert persönliche Fragen. Philippa antwortet höflich, aber kurz angebunden, ohne ausführlicher zu werden oder sie zu einem Gespräch zu ermuntern, und zwischendurch wirft sie mir immer mal wieder unauffällig Blicke zu.

Abgesehen davon, dass Philippa Ben offensichtlich die kalte Schulter zeigt, verläuft das Essen ohne weitere Zwischenfälle, und als wir das Restaurant verlassen und die Straße hoch in Richtung von Alice' Wohnung gehen, stelle ich erstaunt fest, dass mein Unbehagen verflogen ist. Ja, ich fühle mich richtig entspannt, ich amüsiere mich fast. Es sind viele Leute zu Fuß unterwegs, sie lachen und plaudern, und in der Luft liegt etwas Prickelndes, das ansteckend ist. Es ist Freitagabend, und alle sind voller Erwartung und Schwung, überall sieht man unbeschwerte Leute in flippigen Klamotten, es herrscht Lärm und Gelächter. Na schön, Alice ist leicht betrunken und hat sich ein bisschen danebenbenommen. Na und? Es gibt Schlimmeres. Das ist weiß Gott kein Weltuntergang.

Wir kommen an einem Getränkeladen vorbei und kaufen Tequila für die Margaritas. In dem kleinen Lebensmittelladen an der Ecke von Alice' Straße kaufen wir eine Handvoll Zitronen. Und als wir in Alice' Wohnung sind, sind schon bald alle gut gelaunt mit irgendwas beschäftigt. Wir suchen Cocktailgläser, pressen Zitronen aus, mixen die bittersüßen Getränke. Alice legt Musik auf, und wir singen lauthals mit, während wir in der heißen, engen Küche hantieren. Und mit einem Mal sind wir alle bester Stimmung und genießen es, zusammen zu sein. Eine Zeitlang vergesse ich sogar, wie Alice sich im Restaurant benommen hat, ich vergesse meine Befürchtung, der Abend könnte in einer Katastrophe enden.

»Lasst uns was spielen«, sagt Alice, als jeder von uns einen riesigen, eisgekühlten Cocktail in der Hand hat. Ich habe nicht vor, meinen zu trinken, aber ich werde daran nippen, um Alice bei Laune zu halten, und ihn auskippen, wenn sie nicht hinschaut. Ich werde stocknüchtern bleiben. Wachsam.

»Ja«, sage ich. Ich schaue Robbie an und lächle, und das Lächeln sagt: Siehst du, alles wird gut. Wir amüsieren uns alle prächtig.

Robbie erwidert das Lächeln zögerlich. Er ist noch immer unsicher.

»Wahrheit oder Pflicht.« Alice reibt sich freudig die Hände und geht ins Wohnzimmer. »Kommt schon. Ich finde das Spiel toll. So lernt man sich gegenseitig am besten kennen.«

Wir folgen ihr und setzen uns im Schneidersitz um den Couchtisch herum. Irgendwer dreht die Musik leiser.

»Ich zuerst?« Alice streckt Robbie die Zunge raus. »Und du darfst mich fragen. Wo du doch glaubst, mich so gut zu kennen. Vielleicht findest du ja noch was Überraschendes raus.«

»Wahrheit oder Pflicht?«, fragt Robbie.

»Wahrheit.«

»Also dann.« Robbie nimmt einen Schluck von seinem Drink und sieht einen Moment lang nachdenklich aus. Dann schaut er Alice ernst an. »Bereust du manchmal was? Dinge, die du gesagt oder getan hast?«

Alice blickt ihn eine Sekunde lang an. Dann verdreht sie die Augen. »Herrje, Robbie. Das Spiel soll Spaß machen.« Dann seufzt sie. »Ob ich irgendwas bereue … hm, lass mich nachdenken.« Sie schüttelt entschieden den Kopf. »Nein. Tu ich nicht. Ich bereue nichts. Reue ist was für Versager und Unsichere. Und ich gehöre weder zur ersten noch zur zweiten Kategorie. Okay, danke für den langweiligen Beitrag, Robbie.« Sie lächelt in die Runde. »Wen soll ich mir als Nächstes ausgucken?« Und dann schaut sie gezielt Ben an. »Mein lieber Ben. Du könntest mir helfen, das Spiel richtig in Fahrt zu bringen. Schön versaut und lustig, so wie es sein soll. Wahrheit oder Pflicht? Und antworte schnell, sonst schlaf ich noch ein.«

»Wahrheit.«

»Gut. Genau das hab ich gehofft. Und ich hab auch schon eine Frage für dich parat.« Alice hebt die Augenbrauen und beugt sich vor. »Also, mein lieber Ben, was war der spannendste Ort, an dem du je Sex hattest? Und du musst antworten, sonst darf ich dir eine Aufgabe stellen. Und das wird keine angenehme sein.«

Ben lacht nervös und schaut nach unten auf seinen Cocktail. »Ähm, also, da fällt mir eine Sache ein, ist aber schon ein paar Jährchen her. Als ich gerade frisch in Australien war, da hab ich dieses total wilde Mädchen kennengelernt. Und sie hat mich total angemacht. Richtig heiß war die. Und Gott, hatte die einen Körper, der Wahnsinn, also hab ich mich auch nicht lange bitten lassen. Jedenfalls, eines Abends waren wir bei einem Freund zu Hause, und dieses Mädchen schleppt mich plötzlich ab ins Elternschlafzimmer. Und wir machen gerade ordentlich rum auf dem Ehebett, als die Eltern kommen, und wir schaffen es ganz knapp, uns in den Wandschrank zu verziehen, so ein riesiges Ding, eher ein Ankleideraum, und jedenfalls, es ist hübsch dunkel und gemütlich da drin, und wir machen einfach weiter, wo wir aufgehört haben.« Er verstummt, blickt Alice an und grinst. Alice erwidert seinen Blick, lächelnd, aufmunternd, und plötzlich ist sonnenklar, dass das Mädchen, von dem er erzählt, Alice ist. Robbie starrt ausdruckslos Ben an, doch ich sehe, dass er eine Hand im Schoß zur Faust geballt hat. Und wieder überkommt mich Panik, das überwältigende Verlangen, dass das alles aufhört. Zurückgespult wird. Bis an den Anfang. Der Abend wird doch furchtbar enden. Robbie hatte recht.

Aber Ben merkt gar nichts, und ich frage mich, ob er überhaupt begriffen hat, dass Alice und Robbie zusammen sind.

Alice ist es jedenfalls bestens gelungen, so zu tun, als würde Robbie ihr nichts bedeuten.

»Aber es kommt noch besser«, fährt Ben fort. »Richtig abgefahren war –«

»Danke, Ben«, unterbricht Robbie ihn mit einer Stimme, die laut und kalt und beißend sarkastisch klingt. »Vielen herzlichen Dank. Ich glaube, wir haben genug gehört. Und danke, Alice, für die überaus intelligente Frage. Denn ich fand's total interessant, war richtig toll, das zu hören. Ich wusste es gar nicht, aber jetzt weiß ich es, dass zotige Sexgeschichten so ein Spiel erst richtig lustig machen. Super. Schönen, lieben Dank, Ben. Ich werde mir alle Mühe geben, genauso … ähm, unfein zu sein, wenn ich an die Reihe komme.«

Ben läuft dunkelrot an und schlürft hektisch an seinem Cocktail, und Philippa erstickt ein erschrockenes, verlegenes Lachen mit der Hand.

»Ich bin dran, ich bin dran«, sage ich mit falscher Heiterkeit. Ich schaue Philippa erwartungsvoll an und hoffe, dass sie mir hilft, die Situation möglichst zu entschärfen. »Philippa? Wahrheit oder Pflicht?«

»Wahrheit«, sagt Philippa entgegenkommend. »Ich finde Wahrheit tausendmal besser als Pflicht. Ihr nicht auch? Da sind die Antworten manchmal rasend komisch. Man kann ein paar tolle Geheimnisse über andere rausfinden. Und die Fragen sind auch hochinteressant. Sie verraten oft wesentlich mehr über die Fragenden als über die Gefragten, findet ihr nicht?«

Ich lächle Philippa an, dankbar für ihr Geplapper. Doch es fällt mir keine Frage für sie ein, und ich denke einen Moment schweigend nach.

»Katherine«, sagt Alice lachend. »Du hast dir noch gar keine Frage überlegt, stimmt's? Lass mich nochmal. Ja? Noch eine einzige. Ich frage dich.«

»Aber du warst schon dran«, sagt Robbie. »Lass Katherine jetzt.«

»Wir spielen doch sowieso nicht richtig. Eigentlich wäre Ben jetzt dran. Also ist es doch wohl egal, oder?«, sagt Alice. Jetzt ist ihr deutlich anzumerken, wie betrunken sie ist. Sie spricht langsam, vorsichtig, bemüht, jedes Wort zu artikulieren, aber sie lallt trotzdem leicht. »Und seit wann nimmst du es mit den Regeln so genau, Robbie? Seit wann bist du so eine langweilige Spaßbremse?«

»Spaßbremse?« Robbie lacht. »Hier gibt's nicht viel Spaß, den man bremsen könnte, Alice.«

Alice beachtet ihn nicht und sieht mich an.

»Wahrheit oder Pflicht?«, fragt sie.

Ich zögere mit der Entscheidung. Ich habe so viele Geheimnisse, so vieles, was ich nicht preisgeben möchte. Aber es ist ja nur ein Spiel, nur ein bisschen Spaß. Und wenn ich Pflicht sage, wird Alice mir ganz bestimmt keine leichte Aufgabe stellen. »Wahrheit«, sage ich schließlich. »Immer noch besser, als mich von dir heute Abend splitternackt auf die Oxford Street schicken zu lassen.«

»Wahrheit«, sagt sie langsam. Sie zieht die Silben in die Länge, als koste sie den Klang des Wortes in vollen Zügen aus. »Bist du sicher? Bist du sicher, dass du ganz ehrlich sein kannst?«

»Ich denke ja. Schieß los.«

»Okay.« Und dann sieht sie mich neugierig an. »Also. Warst du froh, tief in deinem Innersten? Warst du froh, sie losgeworden zu sein? Deine perfekte Schwester? Warst du insgeheim froh, als sie getötet wurde?«

Und mit einem Mal ist mir, als würde alles in Zeitlupe auf mich zukommen, durch einen verschwommenen Nebel. Ich höre, wie Robbie entrüstet seufzt und zu Alice sagt, sie solle mit der idiotischen Nummer aufhören. Ich spüre, wie Philippa mich ansieht und sich fragt, was los ist, ob Alice das wirklich ernst gemeint haben kann. Dann spüre ich Philippas Hand auf meinem Arm, die Besorgnis in ihrer Berührung.

Aber ich sehe nur Alice' Augen. Sie sind kalt, taxierend, und ihre übergroßen schwarzen Pupillen saugen mich ein. Hart und unerbittlich. Tief. Skrupellos. Schwarz.

15

Ich werde so früh wach, dass es draußen noch dunkel ist. Sarah ist aus ihrem Bett aufgestanden und in meins gekrochen, während ich geschlafen habe, und ihr warmer, kleiner Körper ist eng an mich geschmiegt. Ihr Kopf liegt auf meinem Kissen, und ich bin dicht an den Rand gerutscht, sodass die ganze andere Seite, über die Hälfte des Bettes, leer ist.

Ich gleite langsam und behutsam aus dem Bett, um sie nicht zu wecken, und angele mir meinen dicken Wollpullover vom Stuhl. Es ist kalt, und ich gehe schnurstracks in den Wohnbereich und mache den Gasofen an. Er füllt den Raum mit einem behaglichen, goldenen Licht, und es wird im Nu warm. Ich koche mir eine Kanne Tee und nehme sie mit zur Couch, wo ich mich in eine Ecke setze, die Beine angezogen.

Das frühe Wachwerden hat angefangen, als Sarah ganz klein war, und seitdem kann ich nicht mehr lange schlafen. Manchmal nutze ich die Zeit, in der Sarah noch schläft, zum Putzen, dafür, das Mittagessen vorzubereiten oder für Sarah Sachen zum Anziehen herauszulegen, aber meistens sitze ich nur so da und trinke Tee. Ich genieße die Zeit, die ich für mich habe. Ich denke über nichts Besonderes nach, es gelingt mir inzwischen sehr gut, das Denken abzuschalten. Ich vermeide es, unnütze Pläne für eine ungewisse Zukunft zu schmieden, und vor allen Dingen vermeide ich es möglichst, mich an die Vergangenheit zu erinnern. Daher verfalle ich in einen nahezu meditativen Zustand: der Verstand leer, die Gedanken allein auf den Geschmack meines Tees konzentriert oder auf mein regelmäßiges Ein- und Ausatmen. Und oft, wenn Sarah gegen sieben Uhr wach wird und zu mir kommt, zerknautscht und warm und nach Schlaf duftend, bin ich überrascht, wie schnell die zwei oder mehr Stunden vergangen sind.

Aber heute Morgen nehme ich mir zum gemütlichen Teetrinken nur weniger als eine Stunde Zeit. Ich freue mich auf den Tag und kann es kaum erwarten, dass Sarah den Schnee sieht, kann es kaum erwarten, ihr begeistertes Kreischen zu hören, wenn sie Schlitten fährt oder wir einen Schneemann bauen. Ich möchte, dass sie aufwacht und diese Vorfreude mit mir teilt, daher stehe ich um sechs von der Couch auf und bereite Sarahs Lieblingsfrühstück zu: French Toast mit Bananenscheiben und Ahornsirup und eine große Tasse heißen Kakao dazu. Ich stelle unsere Teller und Tassen auf den Tisch und gehe Sarah wecken.

»Fahren wir heute in den Schnee, Mummy?«, fragt Sarah, sobald sie die Augen aufschlägt. Sie setzt sich auf und ist gleich hellwach. »Müssen wir los?«

»Noch nicht.« Ich setze mich aufs Bett und umarme sie. »Aber ich habe French Toast gemacht, einen ganzen Berg, und heißen Kakao. Ich hoffe, du hast großen Hunger.«

»Oh, lecker.« Sie schiebt sich die Bettdecke von den Beinen, steht auf, läuft aus dem Zimmer und lässt mich zurück, allein auf dem Bett. Ich muss lächeln.

Ich folge ihr ins Esszimmer, wo sie auf ihrem Stuhl kniet und mit Appetit isst.

»Isst du auch welche, Mummy?«, sagt sie mit vollem Mund. »Es ist genug da für dich.«

»Das kann man wohl sagen.« Ich setze mich ihr gegenüber, nehme einen French Toast von dem Tablett zwischen uns und lege ihn auf meinen Teller. »Ich glaube, das würde sogar für zehn reichen.«

»Das glaube ich nicht«, sagt Sarah und schüttelt den Kopf. Dabei sieht sie mich ernst an. »Ich hab ganz viel Hunger. Ich brauche heute zehn für mich allein. French Toast mag ich am allerallerliebsten.«

Sie schafft es tatsächlich, eine erstaunliche Menge zu essen und zwischendurch ihren heißen Kakao zu trinken. Sobald sie fertig ist, klettert sie vom Stuhl.

»Ich geh mich jetzt anziehen«, sagt sie. »Ich glaube, wir werden einen ganz großen Tag haben.«

Ich muss darüber lachen, dass sie sich eine meiner Redensarten angeeignet hat. Sie klingt manchmal so erwachsen. »Und ob. Einen ganz großen Tag. Aber wir haben noch reichlich Zeit. Die Sonne geht gerade erst auf.«

»Ich will als Erste fertig sein«, sagt sie. »Ich will vor der Sonne fertig sein.«

16

Und ich höre es wieder. Das Klopfen, nicht laut, aber beharrlich. Wer auch immer das ist, er klopft seit über zehn Minuten, und ich bin es leid, es länger zu ignorieren. Ich bin es leid, so zu tun, als wäre ich nicht da.

Ich gehe zur Tür, mache aber nicht auf.

»Verschwinde«, sage ich. »Es ist mitten in der Nacht. Verschwinde.«

»Katherine. Ich bin's, Robbie.« Und seine Stimme ist so vertraut und tröstlich und so voller Wärme, dass mir fast wieder die Tränen kommen. »Und Philippa ist auch hier. Bitte lass uns rein.«

»Ist Alice bei euch?«

»Nein.«

Ich seufze und öffne die Tür einen Spalt. Dann drehe ich mich um und gehe die Diele hinunter, ohne Hallo zu sagen. Ich überlasse es ihnen, die Tür aufzuschieben. Ich weiß, dass sie es gut meinen, dass sie besorgt um mich sind, aber die Ereignisse des Abends und das Weinen haben mich erschöpft, und ich will in Ruhe gelassen werden. Nicht um zu schlafen – schlafen kann ich nicht –, sondern um mich allein in meinem Elend zu suhlen.

Ich gehe ins Wohnzimmer und setze mich aufs Sofa, wo ich die ganze letzte Stunde gekauert habe.

Philippa und Robbie folgen mir und nehmen auf dem Sofa gegenüber Platz.

»Alice hat es uns erzählt«, sagt Robbie sanft. »Das mit deiner Schwester.«

Ich nicke. Wenn ich etwas sage, fange ich nur wieder an zu weinen, also schweige ich weiter.

»Soll ich vielleicht lieber wieder gehen?« Philippa schaut Robbie und dann mich an. »Ich wollte nur sehen, ob du klarkommst, und mich vergewissern, dass Robbie bei dir ist. Aber ich will nicht aufdringlich sein.«

Ich blicke Philippa an und zucke die Achseln. Sie sieht schauderhaft aus. Ihre Haut ist blass, und sie hat tiefe Ringe unter den Augen, als stände sie nach den Ereignissen des Abends selbst unter Schock.

»Dann bleibe ich lieber, wenn du nichts dagegen hast«, seufzt sie. »Ich bin echt zu müde, um jetzt noch irgendwohin zu gehen.«

Es ist mir egal, ob sie da ist oder nicht, aber ich bin auf einmal heilfroh, dass Vivien übers Wochenende weggefahren ist und das alles hier nicht mitbekommt.

»Soll ich Tee machen?«, fragt Philippa unvermittelt und sieht froh aus, dass ihr so etwas Praktisches eingefallen ist.

»Ich hätte gern einen.« Robbie lächelt Philippa dankbar an. »Katherine?«

»Ja«, sage ich. »Aber ich –«

»Sie mag keine Teebeutel«, erklärt Robbie. »Kanne und Tee findest du auf dem Regal über dem Kessel.«

»Geht's einigermaßen?« Robbie legt mir eine Hand aufs Knie, als Philippa aus dem Zimmer ist.

Ich nicke und ringe mir ein Lächeln ab. »Was für ein Scheißabend. Ich hätte auf dich hören sollen. Ich hätte früher nach Hause gehen sollen, wie du gesagt hast.« Ich beuge mich vor und flüstere: »Philippa hält Alice für ein absolutes Miststück. Sie glaubt, sie hat psychische Probleme. Hat sie dir das erzählt?«

»Ich kann's ihr nicht verdenken.« Robbie zuckt die Achseln. »Sie hat sich heute Abend wirklich wie ein Miststück benommen. Und vielleicht stimmt ja wirklich was nicht mit ihr. Wer weiß? Aber was ändert das? Solche Sachen lassen sich nicht beheben. Vielleicht ist Alice ja einfach ein fieser Charakter.«

Er lehnt sich zurück und seufzt, blickt auf seine Knie und zupft an einem losen Faden seiner Jeans. Er sieht müde aus, erledigt und tief-, tieftraurig.

»Und du, Robbie? Wie geht's dir?«, frage ich. »Du siehst nicht besonders gut aus.«

»Mir geht's auch nicht gut.« Seine Augen, die bereits gerötet sind, füllen sich plötzlich mit Tränen, und er schüttelt genervt den Kopf, als wollte er sie dadurch loswerden. »Der ganze Abend war einfach total beschissen, nicht?« Er lacht verbittert.

»Ja.« Dem gibt es nichts hinzuzufügen. Philippa kommt zurück, und wir trinken unseren Tee, still, ohne zu reden, jeder in seinen eigenen Gedanken gefangen, seiner eigenen Müdigkeit, seinem eigenen Unglück.

Als wir den Tee getrunken haben, ist es vier Uhr morgens, und ich überrede Robbie und Philippa, bei mir zu übernachten. Ich hole Robbie eine Decke und ein Kissen, damit er auf dem Sofa schlafen kann, und frage Philippa, ob es ihr was ausmacht, mit mir das Bett zu teilen. Der ganze Abend hat uns emotional derart ausgelaugt, und Philippa und ich sind so erschöpft, dass wir ohne jedes Gefühl von Peinlichkeit nebeneinander unter einer Decke liegen können. Ich empfinde es als tröstlich, dass sie bei mir ist. Und ehe ich die Augen schließe, um zu schlafen, lächelt Philippa mich an und drückt mir die Hand.

»Schlaf gut«, sagt sie.

»Danke«, sage ich, als ich die Augen schließe. »Ich glaube, das werde ich.«

Als ich wach werde, scheint die Sonne hell in mein Zimmer,

und Philippa liegt nicht mehr neben mir. Aber ich kann das leise Gemurmel von Stimmen aus einem anderen Raum hören. Eine gehört ihr und eine Robbie, und ich bin froh, dass sie beide noch da sind, dass ich den Tag nicht allein angehen muss. Ich schließe wieder die Augen.

Als ich das nächste Mal aufwache, ist die Sonne an meinem Fenster vorbeigezogen, und ich erkenne an der Tönung des Lichts, dass es Nachmittag ist. Ich höre Robbie und Philippa nicht mehr, aber stattdessen Konservengelächter und blecherne Musik aus dem Fernseher. Ich stehe auf und gehe ins Wohnzimmer.

Philippa sitzt auf dem Sofa und guckt sich irgendeinen alten Schwarz-Weiß-Film an, und sie schaut auf, als ich komme. »Guten Morgen! Besser gesagt, Nachmittag. Ich wollte warten, bis du aufwachst. Ich hab mir diesen alten Film angesehen, *Alles über Eva*. Einfach genial! Könnte dir gefallen. Musst du dir mal auf DVD besorgen. Robbie und ich wussten nicht, ob du lieber allein sein willst oder nicht. Und er musste zur Arbeit. Aber er hat gesagt, er kommt später wieder.« Sie hält kurz inne, um Luft zu holen, und lächelt dann herzlich. »Wie geht's dir?«

»Ganz gut.« Ich setze mich neben sie aufs Sofa. »Danke, dass du geblieben bist.«

»Ach, nicht der Rede wert.« Sie nimmt die Fernbedienung und stellt den Fernseher stumm. »Hast du Hunger?«

»Ja.« Ich nicke. »Ich hab tatsächlich Hunger.«

»Gut. Ich hab Sachen für einen Salat eingekauft. Es ist ein herzhafter Salat, eigentlich eine volle Mahlzeit, mit Tomaten und Schinken und Spargel und gekochten Eiern und so, und ich hab auch frisches Brot besorgt. Schmeckt superlecker. Mein absoluter Lieblingssalat. Hast du Lust drauf? Soll ich ihn jetzt sofort machen?«

»Wow. Ja, bitte. Aber nur, wenn du wirklich willst. Du musst das nicht alles tun. Mir geht's wirklich gut. Ehrlich. Aber wenn du willst, wäre das super.«

»Gott sei Dank.« Sie springt auf. »Ich komm nämlich schon um vor Hunger.«

Ich biete ihr meine Hilfe an, aber Philippa lehnt ab und sagt, sie kann gemeinsames Kochen nicht leiden. Daher setze ich mich auf einen Hocker in der Küche und schaue zu, und als der Salat fertig ist, nehmen wir ihn mit nach draußen auf den Balkon. Und wir essen schnell, beide mit Heißhunger. Wir reden nicht über Alice, Gott sei Dank, oder Rachel oder über das, was am Abend zuvor passiert ist, aber Philippa ist von Natur aus so mitteilsam, dass kaum ein Augenblick Schweigen herrscht. Philippa ist dreiundzwanzig und macht gerade ihren Master in Psychologie. Sie erzählt mir von ihrem Fach, wie faszinierend sie es findet, etwas darüber zu erfahren, wie Menschen denken, und wie wenig wir noch immer über die menschliche Psyche wissen.

»Ich find's unglaublich, dass du erst siebzehn bist«, sagt sie. »Du wirkst älter, viel ernster als die meisten Siebzehnjährigen.«

»Das kriege ich oft zu hören.« Ich lächle. »Und ich weiß nie, ob ich das als Kompliment auffassen soll oder als Beleidigung.«

Sie erzählt mir von ihrem jüngeren Bruder Mick, dass er Drummer in einer Band ist, die sogar langsam von der Musikszene von Sydney ernst genommen wird.

»Die spielen Freitagabend im Basement. Sie sind absolut genial. Richtig talentiert. Hast du Lust, sie dir anzuhören? Mit mir? Fänd ich schön. Ich gebe gern mit ihnen an. Sie sind wirklich super.«

Ehe ich antworten kann, ehe ich auch nur darüber nachdenken kann, ob ich Ende der Woche möglicherweise Lust haben könnte, mir eine Band anzuhören, klopft es an der Tür.

»Robbie.« Philippa legt ihre Gabel hin und dreht sich um. »Er hat gesagt, er kommt nach der Arbeit wieder.«

Ich gehe zur Tür. Aber als ich sie öffnen will, als ich die Klinke schon gedrückt habe, klopft es wieder, lauter und hartnäckiger. Und plötzlich weiß ich, dass es nicht Robbie ist. Er wäre niemals so ungeduldig.

Aber es ist zu spät für einen Rückzieher, denn im selben Moment wird die Tür auch schon aufgedrückt. Es ist Alice.

Sie hat einen riesigen Strauß roter Rosen in der Hand und trägt ein schlichtes weißes T-Shirt und Jeans. Sie ist ungeschminkt, das Haar hat sie nach hinten aus dem Gesicht gebunden. Ihre Augen sind gerötet, als hätte sie geweint, doch davon abgesehen sieht sie so jung und frisch und unschuldig aus, dass ich sie kaum mit der Alice vom Vorabend in Verbindung bringen kann. Als ich sie jetzt so vor mir sehe, ist es nahezu unvorstellbar, dass sie bösartig sein und so viel Kummer verursachen kann.

»Es tut mir leid, Katherine.« Ihre Unterlippe fängt an zu beben, und ihre Augen füllen sich mit Tränen. »Es tut mir so schrecklich leid. Ich weiß einfach nicht, was da in mich gefahren ist.«

Sie reicht mir die Rosen, und ich nehme sie, sage aber kein Wort.

»Ich … manchmal da … ich weiß nicht.« Und jetzt schluchzt sie, die Hände vor dem Gesicht, mit zuckenden Schultern, ihre Stimme heiser und gebrochen. »Manchmal kommt irgendwas über mich, und ich verliere … ich werde einfach total – total wütend. Als würden alle mich, keine Ahnung, verurteilen oder so. Aber ich weiß, es ist verrückt, weil ich denke, sie verurteilen mich für das, was ich tun werde – was ich tun werde, das weiß ich –, noch bevor ich es überhaupt getan habe … und dann hab ich das Gefühl, dass ich es tun muss, um sie auf die Probe zu stellen, um zu sehen, ob ihnen wirklich was an mir liegt. Und ich weiß, es ist unfair, ich weiß, ich kann von anderen nicht erwarten, dass sie, na ja, sich so was gefallen lassen, aber ich kann mich nicht … ich meine, ich weiß, ich werde irgendwas total Furchtbares machen oder sagen, aber ich kann … ich kann mich nicht bremsen, und auf einmal will ich es auch. Als hätte ich so einen selbstzerstörerischen Zwang, andere zu verletzen – die Menschen, die mich gernhaben.«

Ich spüre, wie der harte Kern meines Zorns zu schmelzen beginnt. »Komm rein.« Ich fasse ihren Arm und ziehe sie sanft in die Wohnung.

Ich hole einen Teller für Alice. Sie setzt sich zu Philippa und mir auf den Balkon, und sie isst von dem Salat. Erst ist Philippa misstrauisch und unterkühlt und beobachtet Alice argwöhnisch. Doch Alice zeigt sich von ihrer gewohnt offenen, herzlichen und einnehmenden Seite. Sie entschuldigt sich überschwänglich für den Abend zuvor. Sie lacht über sich selbst und macht sich mit so erfrischender Selbstironie über ihr eigenes Verhalten lustig – sie ist zerknirscht und beschämt und amüsant zugleich –, dass es unmöglich ist, ihr nicht zu verzeihen. Und nach einer Weile merke ich, dass auch Philippa weich wird, dass sie trotz ihres Misstrauens Alice' Charme erliegt. Wir drei bleiben noch lange nach dem Essen auf dem Balkon und plaudern und lachen und gehen erst rein, als die Sonne untergeht und es draußen zu kühl wird.

»Wie wär's, wenn wir uns ein paar Filme ausleihen. Pizza bestellen«, schlägt Alice vor.

»Ach, ich weiß nicht«, sage ich. »Morgen ist Montag. Schule. Ich brauch echt Schlaf.«

»Es muss ja nicht spät werden«, sagt Alice. »Aber ich will einfach nicht, dass der Tag schon zu Ende geht. Es ist gerade so schön. Ich will nicht nach Hause und allein sein.« Sie geht zu

Philippa und umfasst ihren Arm mit beiden Händen. »Bitte, Philippa? Lass mich beweisen, dass ich in Wirklichkeit nicht dieses schreckliche Biest bin, das du gestern Abend kennengelernt hast. Ich geh die Filme besorgen. Und was zu essen. Ihr zwei müsst gar nichts machen. Auch keinen Cent ausgeben. Ich lade euch ein. Bitte?« Sie blickt flehend zwischen Philippa und mir hin und her. »Mir zuliebe? Bitte?«

Philippa sieht mich an. »Das muss Katherine entscheiden. Es ist ihre Wohnung. Wahrscheinlich hat sie uns langsam satt.«

»Nein, das klingt nicht schlecht.« Ich zucke die Achseln. »Ich hab tatsächlich schon wieder Hunger, nicht zu fassen. Und vor dem Fernseher abzuhängen und einen Film zu gucken, klingt gut.«

Wir suchen uns auf der Speisekarte von einer Pizzeria in der Nähe etwas aus. Sowohl Philippa als auch ich bieten Alice an, mitzukommen, ihr beim Tragen zu helfen, etwas Geld beizusteuern, doch sie lehnt kategorisch ab und besteht darauf, alles selbst zu bezahlen. Dann macht sie sich allein auf den Weg.

Sobald sie weg ist, gehen Philippa und ich in die Küche, um zu spülen.

»Sie ist nicht so verrückt, wie du dachtest, nicht?«, sage ich.

Philippa hat die Hände im Spülwasser und hält den Blick nach unten gerichtet. Dann sagt sie: »Sie kann sehr nett sein. Sehr sympathisch.«

»Ja.« Ich stupse sie leicht mit dem Ellbogen. »Aber das ist keine Antwort auf meine Frage. Es ging um das Wort verrückt.«

Ich komme mir ein bisschen treulos vor, weil ich mit jemandem, den ich gerade erst kennengelernt habe, über Alice spreche, die ich doch für meine beste Freundin halte. Aber Philippa ist so bodenständig und ehrlich, und ich würde wirklich gern hören, was sie denkt. Ich mag sie. Sie ist offensichtlich sehr intelligent, aber sie ist auch warmherzig und freundlich und faszinierend unkonventionell, und ich hoffe sehr, dass wir Freundinnen werden. Schon jetzt halte ich viel von ihrem Urteilsvermögen und schätze ihre Meinung.

Philippa seufzt, nimmt die Hände aus dem Wasser und wischt sie an ihrer Jeans ab. Sie sieht mich an und zuckt die Achseln. »Ich denke nach wie vor, dass sie ein wenig verrückt ist. Sie neigt zu Extremen. Mein Dad würde sagen, sie ist sehr anstrengend.«

»Aber das ist die Perspektive von Eltern.« Ich lache leicht, um die Wirkung dessen abzufedern, was ich sagen will. »Und es klingt ein bisschen kalt, nicht? Ein bisschen … na ja, sie ist ein Mensch. Sie verhält sich nicht immer so wie gestern. So hab ich sie vorher noch nie erlebt. Und sie ist meine Freundin. In vielerlei Hinsicht ist sie sogar eine phantastische Freundin. Ehrlich, du hast noch nicht erlebt, wie großzügig und nett sie sein kann. Also, soll ich sie wirklich einfach abservieren? Sie abservieren und machen, dass ich wegkomme, nur weil es anstrengend ist, so eine Freundin zu haben? Ich finde, das wäre doch ein bisschen … na ja, oberflächlich, einen Menschen so zu behandeln.«

»Oh.« Philippa lächelt mich an. Sie wirkt überrascht und traurig zugleich. »Du hast wahrscheinlich recht. Aber das ist eine sehr nette Art, die Dinge zu sehen. Ich bin eindeutig nicht so nett wie du, weil ich sie wahrscheinlich abservieren würde. Ich würde machen, dass ich wegkomme, möglichst schnell und so weit ich kann.«

Ihr bohrender Blick macht mich leicht verlegen, und um mir nichts anmerken zu lassen, räume ich Teller und Tassen weg. »Weißt du, ich kenne einfach dieses Gefühl, dass … dass andere nicht mit mir zusammen sein wollen, weil es zu schwer für sie ist. Nach Rachels Ermordung habe ich das oft so empfunden. Auch bei meinen engsten Freunden. Sie waren alle besorgt und nett, und sie haben sich echt Mühe gegeben … aber in Wirklichkeit waren alle anderen in Feierlaune. Die zehnte Klasse war zu

Ende, und es gab Abschlussbälle und Partys und so. Sie wollten einfach Spaß haben. Keiner hatte Lust, mit mir in meinem Zimmer zu hocken und zu weinen. Keiner wollte mich auf seiner Party haben, weil sich dann alle verpflichtet gefühlt hätten, auf mich einzugehen, sich um mich zu kümmern, mich irgendwie aufzuheitern. Ich wäre für sie nur ein Klotz am Bein gewesen. Und ich konnte es ihnen nicht mal übelnehmen. Ich wusste, dass ich eine Spaßbremse war. Ich wusste, dass keiner an Tod und Mord und Tragik denken wollte … aber ich musste es trotzdem tun. Es war mein Leben.« Ich zucke die Achseln und bin überrascht von meinen eigenen Worten. Ich habe vorher eigentlich nie so genau darüber nachgedacht, diese Gedanken kommen mir mehr oder weniger beim Sprechen. Aber sie fühlen sich echt an. Sie fühlen sich richtig an. »Ich glaube einfach, wahre Freunde müssen einander so nehmen, wie sie sind. In fröhlichen und in langweiligen Zeiten. In guten und in schlechten.«

»Ich verstehe, was du meinst. Ehrlich.« Philippa zieht den Stöpsel raus und wischt die Spüle ringsherum sauber. »Aber ich glaube trotzdem nicht, dass man mit Leuten befreundet sein sollte, die einem ständig mit irgendwelchem negativem Mist das Leben versauen. Ich würde das nicht mitmachen. Auf keinen Fall. Aber das muss jeder für sich entscheiden. Wir sind schließlich alle unterschiedlich. Und jeder muss seinen eigenen Weg in dieser verrückten Welt finden.« Ich merke ihr an, dass sie sich um einen freundlichen und friedfertigen Ton bemüht. Sie will genauso sehr wie ich, dass wir Freundinnen werden.

Schließlich kommt Alice zurück, und wir setzen uns an den Küchentisch und lassen es uns schmecken. Robbie taucht gegen acht auf, als wir drei gerade sauber machen, lachend und fröhlich. Zunächst ist er Alice gegenüber leicht unterkühlt und reserviert. Philippa und mir gegenüber verhält er sich ein bisschen vorwurfsvoll. Aber als wir ihm den Rest von der Pizza geben und einfach weiter angeregt plaudern, taut er irgendwann auf und lässt sich ins Gespräch hineinziehen. Er lächelt sogar. Alice ist so sanft und fürsorglich zu ihm, so liebevoll und aufmerksam, dass er einfach nicht länger wütend auf sie sein kann, das sehe ich ihm an.

Irgendwann landen wir dann alle im Wohnzimmer, bei gedämpftem Licht, ruhig und entspannt, satt und schlapp. Alice sucht eine DVD aus und geht zum Gerät, um sie einzulegen. Doch ehe sie Play drückt, dreht sie sich zu uns um.

»Ich möchte vorher noch kurz was sagen. Bevor wir alle einschlafen.« Sie lächelt zaghaft. »Zunächst einmal sollt ihr alle wissen –« sie blickt bewusst Philippa und dann Robbie an, »dass letzte Nacht zwischen mir und Ben nichts gelaufen ist. Er ist kurz nach euch gegangen. Und das ist die reine Wahrheit.« Robbie blickt auf seinen Schoß und versucht, es sich nicht anmerken zu lassen, aber es ist nicht zu übersehen, dass Alice' Erklärung ihn sehr glücklich macht.

Alice fährt fort. »Aber vor allen Dingen möchte ich Folgendes sagen: Ich hab mich gestern Abend scheußlich benommen, und dafür möchte ich mich offiziell entschuldigen. Bei euch allen dreien. Philippa, Robbie und besonders bei dir, Katherine.« Sie sieht mich mit großen, flehenden Augen an. »Was ich gestern gesagt habe, war unter aller Kanone. Vollkommen. Und ich glaube absolut nicht, dass es wahr ist. Nur weil ich an deiner Stelle so grässliche, böse Gedanken gehabt hätte, muss das noch lange nicht auf dich zutreffen. Das war von mir wohl eine, wie heißt das noch gleich, Übertragung? Ja. Ich habe meine Gefühle auf dich übertragen. Was gemein und lächerlich ist, und es tut mir unsäglich leid, und du kannst dir nicht mal ansatzweise vorstellen, wie sehr ich mich dafür hasse, dir wehgetan zu haben. Du bist immer so gut zu mir, und ich weiß, ich hab es nicht verdient, dass du mir verzeihst, aber wenn du mir verzeihen könntest, wäre ich wahnsinnig glücklich und dankbar.«

»Ach, Herrgott nochmal«, sage ich und hoffe, dass das schummrige Licht meine verlegene Röte kaschiert. »Setz dich endlich hin und sei still.«

»Mach ich gleich«, sagt sie und schaut auf ihre Füße. Ich höre ein Beben in ihrer Stimme und frage mich, ob sie weint. »Aber erst wollte ich noch sagen, wie sehr ich deine Freundschaft schätze. Du ahnst gar nicht, wie viel sie mir bedeutet. Was für ein besonderer Mensch du für mich bist. Du hast ja keine Ahnung.«

17

Drinnen war es viel dunkler als draußen. Statt richtiger Lampen hingen bloß Lichterketten an der Decke, die in der Finsternis aber kaum etwas ausrichten konnten. Man konnte kaum was erkennen, und die Blechwände der großen Scheune vibrierten und ließen die Geräusche widerhallen. Es herrschte so ein Krach aus Musik und Lachen und Rufen, dass es verwirrend und sogar ein wenig beängstigend war, sich durch den Raum zu bewegen. Rachel und ich hakten uns ein und blieben dicht beieinander.

Carly marschierte vorneweg, selbstbewusst und sicher, ganz in ihrem Element. Wir folgten ihr zu einer großen, alten freistehenden Badewanne, in der Bier- und Coladosen auf Eis lagen. Carly fischte drei Dosen Bier heraus und gab Rachel und mir je eine.

»Von wem sind die Getränke?«, fragte ich.

Carly schüttelte den Kopf, um mir zu verstehen zu geben, dass sie kein Wort verstand.

»Können wir uns einfach bedienen?«, schrie ich.

Carly zuckte die Achseln und sah sich um. »Scheint keiner was dagegen zu haben«, schrie sie zurück und grinste. »Los, kommt.«

Sie tauchte mitten hinein in das Gewimmel von Leuten, die vor der Bühne tanzten, und fing an, im Takt der Musik mit den Füßen zu stampfen und mit dem Kopf zu wippen. Sie hob ihre

Bierdose in unsere Richtung, zwinkerte und nahm einen großen Schluck, winkte uns dann mit dem anderen Arm zu sich.

Rachel sah mich fragend an, doch ich schüttelte den Kopf. Ich wollte noch nicht tanzen. Ich rechnete stark damit, dass mein Freund Will hier war, und ich wollte ihn suchen. Aber ich nahm Rachel das Bier aus der Hand, damit sie die Hände frei hatte, und signalisierte ihr mit einem Nicken, sie solle ruhig tanzen gehen.

Wenn Rachel tanzte, verlor sie sich genauso wie beim Klavierspielen. Ihre ganze Schüchternheit war wie weggeblasen, und sie bewegte sich geschmeidig und rhythmisch und völlig im Einklang mit der Musik. Sie schaute zu mir herüber, und als ich ihr breites, glückliches Grinsen sah, musste ich lachen. Ich war angenehm beschwipst von dem vielen Alkohol, schwindelig von den vielen Menschen und der Musik und berauscht von der ansteckend fieberhaften Erregung um mich herum. Ich war aufgeregt bei der Vorstellung, Will hier zu treffen. Und ich war ganz sicher, dass er sich ebenso freuen würde, mich zu sehen, wie ich mich freuen würde, ihn zu sehen.

Ich lehnte mich mit dem Rücken gegen die Wand, trank langsam von meinem Bier, das mir nicht besonders schmeckte, und sah Rachel und Carly zu. Ich wollte mich gerade auf die Suche nach Will machen, als er plötzlich vor mir stand.

Er hatte sein herrliches breites Grinsen aufgesetzt und schüttelte im Spaß den Kopf. Das sollte wohl missbilligend wirken. Ich lächelte ebenfalls, aber keiner von uns sagte ein Wort, wir gingen einfach aufeinander zu, bis wir uns aneinanderschmiegten und ich seinen Geruch wahrnehmen konnte – Gewürze und etwas Schokoladiges und einen schwachen Hauch Schweiß. Dann waren seine Lippen auf meinen, und wir erkundeten uns hungrig und mit offenen Mündern.

Wir küssten und umarmten uns und wichen dann voreinander zurück, damit wir uns ansehen konnten, wir lachten und pressten unsere Körper wieder aneinander. Wir waren beide so glücklich, uns gefunden zu haben, beide so elektrisiert von der Stimmung und unserem gegenseitigen Verlangen, dass wir ununterbrochen lächeln mussten. Selbst während wir uns küssten, spürte ich, wie Wills Lippen zu einem Lächeln nach oben gebogen waren.

Und als er sich gegen mich presste, konnte ich fühlen, dass er eine Erektion hatte. Zu wissen, dass ich das so schnell bei ihm bewirkte, dass er mich bloß sehen und berühren musste, damit sein Körper so reagierte, das war einfach beglückend. Ich spürte ein Ziehen und Beben als Antwort zwischen den Beinen, und ich wusste, dass ich mit ihm bis zum Äußersten gehen wollte. Mit ihm schlafen. Nicht heute Abend, aber bald. Sehr bald. Und ich drückte mich wieder gegen ihn. Als Versprechen.

Weil ich jetzt bei Will war, schmeckte das Bier auf einmal gut, und ich war plötzlich sehr froh über die Dunkelheit. Sie war beruhigend und romantisch. Ich fühlte mich wie in einem Kokon, als wären wir beide inmitten des Menschengedränges völlig allein.

18

Am Abend nach Alice' Entschuldigung sitze ich gemütlich im Pyjama auf dem Sofa vor dem Fernseher und zappe die Sender durch, als es an der Tür klopft.

Ich denke sofort, es könnte Alice sein, und überlege, ob ich den Fernseher ausschalten und so tun soll, als wäre ich nicht zu Hause. Nicht, weil ich noch wütend auf sie wäre, aber ich bin einfach müde, und schon der Gedanke an ihre endlose Energie erschöpft mich. Aber dann seufze ich, schalte den Fernseher aus und gehe zur Tür.

Es ist nicht Alice, es ist Robbie. Er grinst und hält einen Becher Schokoladeneis, eine Dose Trinkschokolade und eine Packung Schokokekse hoch.

»Ich komme nicht mit leeren Händen«, sagt er. »Schokolade, Schokolade und noch mehr Schokolade.«

Ich lache, öffne die Tür ganz und trete zurück, damit er hereinkommen kann.

»Ich wollte mit dir reden.« Robbie bleibt im Türrahmen stehen und blickt mich entschuldigend an. »Stör ich auch nicht? Aber wir waren gestern keine Sekunde allein. Und es gibt so viel zu besprechen. Ich meine, ich würde wirklich gern mit dir über deine Schwester und das alles reden. Und natürlich über Alice.« Er schüttelt den Kopf und spricht hastig weiter. »Aber du bist bestimmt todmüde und willst ins Bett, deshalb hab ich mir gedacht, wenn du zu müde zum Reden bist, mach ich dir einfach eine heiße Schokolade und pack dich ins Bett und lass dich in Ruhe und komm ein andermal wieder.« Er betrachtet meinen Pyjama. »Du wolltest gerade ins Bett, nicht? Tut mir leid. Ich –«

»Robbie«, falle ich ihm ins Wort. »Hör auf. Komm rein. So müde bin ich nicht. Ich hab mich nicht urplötzlich in eine gebrechliche alte Frau verwandelt. Außerdem wollte ich auch mit dir reden.« Ich nehme ihm den Becher Eiscreme aus den Händen, drehe mich um und gehe durch die Diele. »Und ich will was hiervon. Sofort.«

Wir gehen in die Küche, füllen zwei Schüsseln großzügig mit Eiscreme und nehmen sie mit ins Wohnzimmer.

Das Eis ist köstlich – schön schokoladig und durchzogen von noch schokoladigerer Sauce. Ich schmiere mir absichtlich was um die Lippen und lächle wie ein Clown.

»Schmeckt jammjamm«, sage ich.

Robbie lacht. »Spaßvogel.« Doch das Lächeln verschwindet zu schnell wieder aus seinem Gesicht. Er blickt in seine Schüssel und stochert mit dem Löffel darin herum, ohne etwas zu essen.

Ich lecke mir den Mund sauber und fahre mit dem Handrücken darüber. »Alles okay?«

»Ja.« Er zuckt die Achseln. »Ich bin nicht hergekommen, um über mich zu sprechen. Ehrlich.« Er sieht mich an. »Und du? Bei dir auch alles okay?«

»Ja.« Ich nicke. »Mir geht's gut.«

»Du hast mir das mit deiner Schwester nie erzählt. Du warst immer so tapfer. Und ich labere dich mit meinen Problemen voll. Du musst … ich meine …« Als er mich jetzt anschaut, sieht er verletzt und wütend zugleich aus, und er schlägt sich mit einer Hand auf den Oberschenkel. »Wieso hast du's mir nicht erzählt?«

Ich stelle meine Schüssel auf den Couchtisch, gehe vor ihm in die Hocke und lege meine Hände auf seine Knie. »Es tut mir sehr leid. Ich weiß, ich hab dich verletzt, weil ich es dir nicht erzählt habe. Ich weiß, du musst das Gefühl haben, ich hätte dir nicht genug vertraut oder so, aber das ist nicht der Grund. Ehrlich.«

Robbie sieht mich stumm an und wartet.

»Als Rachel starb, hat das einen großen, einen riesigen Medienrummel ausgelöst. Die Reporter haben uns regelrecht aufgelauert. Meinen Eltern auch. Und es war entsetzlich. Die haben so abscheuliche Sachen über unsere Familie und über mich gebracht, erfundene Sachen oder völlig Verzerrtes.« Schon bei der Erinnerung an die Zeit muss ich weinen. Ich wische mir die Augen, ziehe die Nase hoch und versuche, den Tränenfluss zu stoppen.

Robbie setzt sich neben mich auf den Fußboden und legt einen Arm um mich. »Ist ja gut.« Er klingt erschrocken, und ich weiß, dass ich ihm jetzt ein schlechtes Gewissen gemacht habe, dass er sich die Schuld für meine Tränen gibt. »Du musst es mir ja nicht erzählen. Ist nicht schlimm. Ich hab nicht nachgedacht. Gott, Katherine, ich bin ein Vollidiot, und irgendwie schaff ich es immer wieder, in irgendein Fettnäpfchen zu treten.«

Ich muss lachen, weil das eine geradezu absurd unzutreffende Beschreibung von Robbies Charakter ist. Ich sehe ihn an und wische mir über die Augen. »Du bist nicht schuld, dass ich weine. Ich weine jedes Mal, wenn ich an die Zeit damals denke. Und ich muss oft daran denken. Ich möchte dir bloß erklären, warum ich nichts gesagt habe.«

»Schon gut, wirklich, das musst du nicht.«

Ich schiebe seinen Arm von meinen Schultern, rutsche ein Stück weg und setze mich so, dass ich ihn direkt anschauen kann. »Aber ich möchte und werde es erklären. Also, sei mal einfach still und hör zu. Bitte.«

Er nickt.

»Mein richtiger Name ist nicht Patterson«, sage ich. »Sondern Boydell.«

Robbies Augen weiten sich, als ihm ein Licht aufgeht. Er hat von uns gehört, natürlich, er erinnert sich an die Boydell-Schwestern.

»Siehst du? Du weißt von uns. Jedenfalls weißt du, was die Zeitungen über uns geschrieben haben.«

»Ich erinnere mich an den Namen.« Er schüttelt den Kopf. »An viel mehr aber auch nicht. Ach ja, deine Schwester war so was wie ein Wunderkind. Stimmt doch, nicht?«

»Ja. Ja, das war sie.«

»Scheiße, Katherine.« Er schüttelt den Kopf. »Ich kann's nicht fassen. Die Sache ist so unvorstellbar.«

»Ich weiß.«

»Das war deine Schwester? Mein Gott. Was mit ihr passiert ist, war so pervers. Diese kranken Schweine, die das getan haben. Einfach unglaublich.«

»Ja. Und die Medien haben uns danach sozusagen berühmt gemacht. Auf richtig miese Art berühmt. Auf eine zerstörerische, übergriffige Art, die uns alle nur noch unglücklicher gemacht hat … als wäre es nicht schon unerträglich genug gewesen«, sage ich. »Und Psychologen und alle möglichen Leute haben wichtigtuerisches Zeug über uns verzapft, über unsere ganze Familie. Es war widerlich. Wir fühlten uns absolut … überrannt und missachtet.«

»Was denn so? Was haben sie denn von sich gegeben?«

»Richtig gemeines Zeug. In etlichen Artikeln hieß es, Mum und Dad hätten zu viel Druck auf Rachel ausgeübt und ihren Ehrgeiz geschürt. Und das stimmt natürlich auch irgendwie. Aber Rachel war ein Genie, ein Wunderkind. Ich meine, natürlich schafft es niemand zum Spitzenmusiker, wenn er nicht ehrgeizig ist, wenn er nicht wie wahnsinnig dafür arbeitet. Und als

Rachel noch am Leben war, wollten die Zeitungen dauernd was über sie bringen und sich in ihrem Glanz sonnen. Alle naselang gab es Artikel über ›Melbournes Wunderkind‹. Sie waren begeistert, solange Rachel am Leben war. Aber nach ihrer Ermordung änderte sich alles. Plötzlich fielen sie über uns her und wurden unsere Feinde. Wir waren nicht mehr die Familie, auf die Melbourne stolz war, nein, auf einmal waren wir die ruhmsüchtige, furchtbare, egoistische Familie, über die jeder gerne herzog. Sie haben nicht direkt Lügen verbreitet, aber sie rückten alles in ein ganz mieses Licht. Zum Beispiel schrieben sie, dass Rachel drei oder vier Stunden am Tag Klavier üben musste, und das stimmte auch, natürlich musste sie das. Aber in den Zeitungen klang es so, als hätten Mum und Dad sie dazu gezwungen. Alles, was sie schrieben, klang übel und furchtbar. Und es stimmte vorne und hinten nicht. Rachel liebte das Klavier, sie wollte üben, sie wollte die Beste auf der Welt werden, das hat sie immer gesagt. Und Mum und Dad haben Rachels Ehrgeiz gefördert, das stimmt, aber sie haben sie über alles geliebt. Sie waren gut zu ihr. Sie waren gut zu uns beiden. Wir waren eine glückliche Familie.« Meine Stimme zittert jetzt. Ich seufze, lege die Hände vors Gesicht und versuche, die Beherrschung zu wahren. »Wir waren glücklich.«

»Natürlich wart ihr das.«

»Und deshalb«, sage ich und hole tief Luft, »habe ich meinen Namen geändert, deshalb wurde aus Katie Boydell Katherine Patterson. Und deshalb bin ich nach Sydney gekommen. Und deshalb sind auch Mum und Dad weggezogen. Ich hab es dir nicht erzählt, ich hab es eigentlich niemandem erzählt außer Alice, weil ich einfach nicht mehr Katie Boydell sein wollte. Ich wollte nichts mehr mit diesem Mädchen zu tun haben. Ich wollte nicht, dass du das von mir erfährst, ehe du mich wirklich kennengelernt hast. Kannst du das irgendwie verstehen?«

Robbie nickt, legt seine Hand auf meine und drückt sie.

»Aber ich wollte es dir erzählen, Robbie. Ehrlich. Schon öfter. Vor allem als du mir das mit deiner Mum erzählt hast und du so offen und ehrlich warst. Da wollte ich dir unbedingt vermitteln, dass ich deine Gefühle verstehen kann.«

»Du hast auf mich damals so gewirkt, als hättest du dich besonders intensiv damit auseinandergesetzt. Als hättest du gründlich darüber nachgedacht oder so.« Er lächelt leicht spöttisch. »Und ich hab gedacht, du wärst Katherine die Superintelligente, Supersensible, dabei hast du in Wirklichkeit aus eigener Erfahrung gesprochen. Eine Erfahrung, die schlimmer und härter ist, als sie sich ein normaler Mensch auch nur vorstellen kann.«

Wir essen unser Eis auf, das inzwischen geschmolzen ist, und ich erzähle Robbie von dem Abend, an dem Rachel ermordet wurde. Und genau wie bei Alice weine und schluchze ich und haue vor wütender Frustration mit den Fäusten auf den Boden. Robbie umarmt mich und hört ruhig zu und schüttelt vor fassungslosem Entsetzen den Kopf. Er holt mir noch einen Nachschlag von der Eiscreme, hält meine Hand und stellt mir zig sanfte Fragen. Er weint mit mir, und wir trocknen uns gegenseitig die Tränen, lachen über unsere Rotznasen und geröteten Augen.

Um Mitternacht sage ich, dass ich erschöpft bin und ins Bett muss. Doch als er sich verabschieden will, bitte ich ihn zu bleiben. Neben mir zu schlafen. Nicht um Sex zu haben, sondern als Freund. Weil ich nicht allein sein will, weil ich Trost und Nähe brauche. Und er sagt ja, er würde gern bleiben, er sei froh, dass ich gefragt habe.

Ich gebe Robbie eine von meinen Ersatzzahnbürsten, und wir putzen uns Seite an Seite im Bad die Zähne, spucken den Schaum abwechselnd ins Waschbecken. Irgendwie sind wir uns dadurch, dass wir zusammen geweint und so viel von unserem Seelenleben preisgegeben haben, schlagartig nähergekommen. Wir gehen jetzt noch unverkrampfter miteinander um. Dann liegen wir nebeneinander auf dem Rücken unter der Decke. Es ist dunkel in meinem Zimmer, und ich lausche auf Robbies Atem und genieße die wohltuende Wärme seines Körpers neben mir.

»Normalerweise würde ich nicht mit dem Freund einer Freundin in einem Bett schlafen«, sage ich. »Auch wenn wir nichts machen, ist es doch ein bisschen komisch, oder? Aber irgendwie, aus irgendeinem Grund, gelten diese normalen Regeln bei Alice nicht.«

»Das liegt daran, dass Alice sich selbst nicht an die sogenannten normalen Regeln hält. Sie respektiert keine von diesen Grenzen, wieso also sollten andere das tun, mit Rücksicht auf sie? Das ist das Alice-Phänomen. Wer lange mit ihr zu tun hat, verhält sich irgendwann selbst mies. Ich meine, ich bitte dich.« Er lacht. »Was war das denn neulich Abend mit Ben und Philippa? Und was Alice über deine Schwester gesagt hat und wie sie mit Ben geflirtet hat? Sie behandelt kaum jemanden mit Respekt, oder? Da dürfen wir uns doch auch wohl mal ein bisschen mies verhalten, oder nicht?«

»Ja. Nein. Ich weiß nicht. Wie auch immer«, sage ich. »Ich glaube eigentlich nicht, dass wir uns mies verhalten. Indem wir hier zusammen im Bett liegen, meine ich. Wenn wir niemandem wehtun, spielt es doch vermutlich keine Rolle.« Ich schüttele im Dunkeln den Kopf. »Nein. Es kann keine Rolle spielen. Weil wir Freunde sind und wir uns umeinander kümmern und weil wir Alice nicht wehtun. Selbst wenn sie es wüsste, würde es sie wahrscheinlich nicht stören.«

»Und ob es sie stören würde. Aber nicht aus irgendeinem normalen Grund. Nicht, weil sie mich so liebt und den Gedanken nicht ertragen kann, dass ich einer anderen Frau nahe bin. Es würde sie stören, weil sie nicht dabei ist. Es würde sie stören, weil sie in der Situation nicht die Fäden in der Hand hält.«

Ich erwidere nichts, weil er offenbar davon ausgeht, dass Alice genauso viel Kontrolle über mich hat wie über ihn, und das gefällt mir nicht. Ich kann verstehen, dass Robbie sich ihr ausgeliefert fühlt, immerhin liebt er sie und lässt sich jede Menge Mist von ihr gefallen. Er ist auch stets zur Stelle, wenn Alice nur mit dem Finger schnippt. Aber ich bin bloß Alice' Freundin, und meine Wahrnehmung wird nicht durch sexuelles Verlangen verzerrt, ich bin nicht hoffnungslos in sie verliebt. Aber das will ich heute Abend nicht klarstellen. Ich möchte nichts sagen, wodurch Robbie sich noch elender fühlen könnte.

»Jedenfalls«, fährt er fort, »hast du das Wort Freund benutzt. Du hast gesagt, ich wäre Alice' Freund.« Er lacht, und es klingt trocken, bitter, freudlos. »Aber das bin ich in Wahrheit gar nicht, oder? Ich bin bloß jemand, den sie benutzt, wenn ihr danach zumute ist. Ich bin für sie bloß ein treues Hündchen, das sie herrufen und ausnutzen kann, wann und wie sie will.«

»Wenn du das so siehst, Robbie –«

»Ja«, unterbricht er mich. »Natürlich sehe ich das so.« Er klingt wütend und traurig. »Denn genau so ist es. Und ich sage mir immer wieder, dass sie schlecht ist, dass ich die Sache mit ihr beenden muss. Aber dann höre ich ihre Stimme oder sehe ihr Gesicht und ich …« Seine Stimme bricht, und er schweigt einen Moment, atmet, bringt seine Gefühle wieder unter Kontrolle. Er seufzt zittrig. »Weißt du was?«, flüstert er. »Soll ich dir mal was richtig Komisches erzählen?«

»Was denn?«

»Mein Dad hat eine Freundin. Er hat die Frau auf einer Party kennengelernt. Scheiße«, sagt er plötzlich, »und ob du's glaubst oder nicht, sie heißt Rachel.«

»Was ist denn daran so komisch? Den Namen gibt's doch oft. Ich hab schon einige Rachels kennengelernt, seit meine Schwester gestorben ist.«

»Nein, das meine ich nicht mit komisch. Das ist mir bloß gerade eingefallen. Was ich meine, ist, mein Dad ist glücklich, seit er mit ihr zusammen ist. Richtig glücklich. So glücklich, wie er mit meiner Mum war, bevor sie krank wurde.«

»Aber das ist doch toll, Robbie. Hast du sie kennengelernt? Ist sie nett?«

»Nein. Ich hab sie nicht kennengelernt. Ich will sie auch nicht kennenlernen. Ich will nichts von ihr wissen.«

»Oh.« Ich schweige einen Augenblick lang. »Hast du das Gefühl, er würde deine Mum irgendwie betrügen oder so?«

»Nein. Überhaupt nicht. Mum ist tot. Sie würde wollen, dass Dad glücklich ist.«

»Und?« Ich bin verwirrt. »Wieso freust du dich dann nicht für ihn? Wo liegt das Problem?«

»Ich bin neidisch.« Seine Stimme ist voller Selbstekel. »Dieser Neid ist so armselig. Ich weiß, ich sollte mich für ihn freuen, denn er würde sich ganz bestimmt für mich freuen. Aber mein einziger Gedanke ist: Wieso darf er sich verlieben und diese tolle Beziehung haben, während ich mir von Alice das Herz in Stücke reißen lasse? Wieso darf er so glücklich sein? Er ist ein alter Mann. Eigentlich müsste ich das tolle Liebesleben haben. Nicht er. Das ist beschämend. Ich ertrage es nicht, ihn anzusehen, mit diesem lächerlichen, verliebten Ausdruck im Gesicht.«

»Ach, Robbie.« Ich bin froh, dass er das Lächeln in meinem Gesicht nicht sehen kann.

»Siehst du? Ich bin ein mieses Arschloch. Ich bin schlecht. Ich habe alles verdient, was Alice mit mir macht.«

Und dann kann ich mich nicht mehr halten – ich pruste los. Robbie ist still, und sein Schweigen, das Gefühl, dass ich nicht lachen sollte, führt lediglich dazu, dass ich noch heftiger lache. Ich will aufhören und versuche, die Kicherlaute, die ich von mir gebe, zu dämpfen, aber dann ist es plötzlich egal, weil Robbie auch lachen muss. Und wir lachen so ausgelassen, dass das Bett zittert und wir die Decke wegstrampeln und uns herumwälzen. Wir lachen, bis uns der Bauch wehtut, wir können kaum atmen und ersticken fast vor Heiterkeit. Als wir uns wieder einkriegen, ist mein Gesicht tränennass.

»Jedenfalls«, flüstere ich vorsichtig, um nicht wieder loszulachen, »wer nicht schlecht ist, kann nicht gut sein.«

»Was? Man muss schlecht sein, um gut zu sein? Das ist Quatsch. Das klingt doch total unlogisch.«

»Ja.« Ich kichere leise. »Tut es auch, nicht? Ich wollte sagen, wenn du das Schlechte in dir erkennst und es ablehnst und versuchst, es nicht zu empfinden, dann ist das gut. Kein Mensch ist durch und durch gut. Glaub ich zumindest. Wahrscheinlich können wir nicht mehr tun, als zu versuchen, gut zu sein, oder zumindest zu versuchen, nicht schlecht zu sein.«

»Vielleicht hast du recht«, sagt er.

»Ja, vielleicht.«

Jetzt schweigen wir. Wir schweigen und liegen reglos da. Ich höre, wie Robbies Atem regelmäßiger wird. Ich schließe die Augen.

»Du bist nett, Katherine.« Robbies Stimme ist sanft und schläfrig.

»Du bist auch nett, Robbie.«

»Wenn ich dich doch bloß früher kennengelernt hätte. Vor Alice«, sagt er. Er nimmt im Dunkeln meine Hand und drückt sie ganz fest. »Dann wären wir … dann hätten wir vielleicht …« Er beendet den Satz nicht.

»Ja«, sage ich. »Ich weiß.«

19

»Die sind toll, nicht?« Philippa starrt nach oben zur Band ihres Bruders auf der Bühne. Sie strahlt vor Stolz und wippt im Takt der Musik.

»Die sind phantastisch.« Ich nicke und lächle mit so viel Begeisterung, wie ich aufbringen kann. Und es stimmt. Sie sind alle ausgezeichnete Musiker, die ihr Repertoire gut einstudiert haben und es reibungslos abspulen. Sie spielen eine solide, eingängige Rockmusik, wie ich sie normalerweise gern live höre, aber ich habe höllische Kopfschmerzen und möchte eigentlich nur nach Hause und ins Bett. Philippa hatte mich am frühen Abend abgeholt. Sie war so aufgeregt wegen des Konzerts, dass ich sie nicht enttäuschen wollte. Ich hatte gehofft, meine Kopfschmerzen würden irgendwann besser, aber sie sind nur noch schlimmer geworden. Und da Philippa einen Tisch ganz nahe vor der Bühne ergattert hat, ist die Musik viel zu laut, hämmernd und quälend.

Philippas Bruder Mick sitzt am Schlagzeug. Er sieht sehr gut aus, auf eine kühle, in sich gekehrte Art. Ich habe ihn den ganzen Abend nicht ein einziges Mal lächeln sehen. Er ist so blass wie Philippa und hat recht lange schwarze Haare, die ihm über die Augen hängen. Ab und zu sehe ich, dass er neugierig zu unserem Tisch rüberschielt, bestimmt weil er sich fragt, wer das unbekannte Mädchen neben Philippa ist.

Und obwohl mir die Musik gefällt, bin ich froh, als die Band eine Pause einlegt. Die plötzliche Stille tut meinem Kopf gut. Mick unterhält sich eine Weile mit den anderen aus der Band und kommt dann zu uns an den Tisch.

»Hey, Pip«, sagt er und berührt Philippa an der Schulter. Er sieht mich an, und sein Gesichtsausdruck ist vollkommen ausdruckslos. Unfreundlich. Ich lächle, doch er schaut weg und wendet sich wieder Philippa zu.

»Hey.« Philippa nimmt seine Hand. »Das ist Katherine. Ich hab dir von ihr erzählt, erinnerst du dich?«

»Ja.« Mick nickt, noch immer ohne zu lächeln, und sieht mich ganz kurz an. »Hi.«

Ich bin nicht in der Stimmung, mir eine solche Unfreundlichkeit bieten zu lassen. Ich habe auch keine Lust, nett zu ihm zu sein. »Hi«, sage ich ebenso unterkühlt und wende mich dann ab, um mich in der Kneipe umzuschauen.

»Katherine hat Kopfschmerzen«, sagt Philippa. Ich blicke sie an und runzele verwundert die Stirn. Ich frage mich, woher sie das weiß, und außerdem ärgert es mich ein wenig, dass sie meint, meine Unfreundlichkeit erklären zu müssen. Ihr Bruder ist schließlich derjenige, der sich rüpelig benimmt. Ich reagiere nur entsprechend. Philippa beugt sich vor und legt ihre Hand auf meine. »Mick kann sie vertreiben.«

»Vertreiben?«

»Deine Kopfschmerzen«, sagt Mick und sieht mich an. »Wenn du willst.«

»Was?« Ich schüttele den Kopf. Plötzlich bin ich sicher, dass er mir Drogen anbieten will. »Ach so, nein danke.« Ich hebe meine Glas Limo. »Ich muss morgen lernen. Abschlussklausuren.«

»Er meint doch keine Drogen, falls du das denkst«, lacht Philippa. Sie hat sofort verstanden, was ich meinte. »Er kann sie mit Massage vertreiben. Das funktioniert wirklich. Es ist echt absolut erstaunlich. Vertrau mir. Probier's mal.«

Ich male mir aus, wie dieser seltsam unfreundliche Mann mir die Schultern massiert, meine Haut berührt, und muss fast lachen, so absurd ist der Gedanke. Ich schüttele den Kopf. »Nein. Es geht schon. Danke trotzdem.«

Doch ehe ich weiß, wie mir geschieht, sitzt Mick auf dem Stuhl mir gegenüber und nimmt meine rechte Hand. Er hält sie ganz ruhig und drückt mit den Fingern seiner anderen Hand auf die weiche, fleischige Stelle zwischen Zeigefinger und Daumen, bewegt sie in kleinen Kreisen. Er fährt mit seinem Daumen über mein Handgelenk, dann wieder über die Handfläche und den Mittelfinger hoch.

Ich will schon lachen, meine Hand zurückziehen und eine zynische Bemerkung über derlei Methoden machen, als Mick meine Hand noch fester drückt und sagt: »Noch nicht. Hab Geduld.« Und dann lächelt er.

Sein Lächeln bewirkt eine Verwandlung, wie ich es noch nie bei einem Lächeln gesehen habe. Es belebt sein ganzes Gesicht. Was zuvor mürrisch, finster und verschlossen war, ist jetzt warm, offen und freundlich. Sein Grinsen ist breit, es bringt ebenmäßige und weiße Zähne zum Vorschein, und seine tiefliegenden braunen Augen sind umrahmt von wahnsinnig langen Wimpern. Er ist unglaublich attraktiv. Und ich bin mir mit einem Mal sicher, dass ich nie zuvor einen schöneren Mann gesehen habe.

Verblüffenderweise lässt die dumpfe Verspannung in meinen Schläfen nach. Es ist, als ob er mit jedem kleinen Kreis, den er mit den Fingern auf der Haut meiner Hand beschreibt, die Kopfschmerzen herauszieht und sie tilgt. Ich betrachte sein Gesicht. Er konzentriert sich voll auf das, was er da tut. Er sieht mich nicht mehr an, lächelt nicht mehr, sondern hat all seine Aufmerksamkeit auf meine Hand gerichtet.

Und dann kneift er mir so fest in die Haut zwischen Daumen und Zeigefinger, dass es wehtut.

»Au!« Er lässt meine Hand los, und ich ziehe sie rasch weg. »Das hat wehgetan.«

Er sieht mich bloß an, fragend, wartend.

»Sie sind weg.« Ich lege meine Hand an die Schläfe und schüttele ungläubig den Kopf. »Sie sind völlig verschwunden.«

»Wunderbar, was? Ich hab doch gesagt, es funktioniert, nicht? Mein schlauer kleiner Bruder.« Philippa schaut Mick stolz an, aber Mick wendet den Blick nicht von mir ab. Er lächelt noch immer nicht, aber in seinem Gesicht liegt jetzt unübersehbar ein warmer Ausdruck, ein Anflug von Belustigung. Er sieht mich so lange an, bis ich schließlich ein wenig verlegen werde. Ich spüre, wie mein Herz schneller schlägt und meine Wangen rot anlaufen.

»Ja. Ja, wirklich. Danke.« Ich reiße mich von seinem starrenden Blick los und wende mich an Philippa. »Ich hol uns noch was zu trinken«, sage ich, hebe mein Glas an die Lippen und kippe den Rest rasch herunter. Ich stehe auf. »Noch ein Glas, Philippa? Willst du auch was, Mick?«

»Nein danke.« Philippa schüttelt den Kopf.

»Ich nehm ein Bier«, sagt Mick.

»Kommt sofort«, sage ich und steuere auf die Bar zu.

»Moment«, ruft er mir nach. Ich drehe mich um. Er lächelt mich an, und ich bin froh, ihm nicht mehr so nah zu sein, sonst könnte er vielleicht mein Herz hämmern hören und spüren, dass mir jetzt die Hände zittern. »Sag einfach, es ist für die Band. Dann sind die Getränke gratis.«

»Okay«, erwidere ich.

»Moment«, sagt er wieder, und jetzt lacht er. »Ich nehme ein VB, ja?«

»Kein Problem«, sage ich. Und dann gehe ich zur Bar, mit schnellen Schritten, um seinem forschenden Blick zu entkommen.

Als ich die Getränke bestellt habe, drehe ich mich um und beobachte ihn. Philippa und er sitzen nah beieinander und unterhalten sich. Er nickt und deutet zur Bühne, bewegt energisch die Arme, tut so, als würde er Schlagzeug spielen. Ich bin erleichtert. Sie sprechen eindeutig über Musik und wundern sich nicht über mein sonderbares Verhalten.

Ich kenne dieses Gefühl in der Brust. Die Schmetterlinge im Bauch, dieses nervöse Kribbeln, wenn Mick mich ansieht, das alles ist mir nicht fremd. Es ist allerdings lange her, seit ich es auch nur ansatzweise gespürt habe. Es war nie mehr da seit Will. Seit dem Abend, an dem Rachel starb. Seitdem habe ich mir nicht mehr erlaubt, so an einen Jungen zu denken. Und ich bin völlig verblüfft über meine körperliche Reaktion auf diese Anziehung; das Herzrasen, die zitternden Hände, die Hitze in meinem Gesicht, die meine Gefühle bereits verrät, ehe ich sie mir selbst überhaupt eingestanden habe. Als würde mein Körper mich besser kennen als ich mich selbst.

Sobald ich mein Glas Limo bekomme, trinke ich es direkt an der Theke halb leer. Die eiskalte Flüssigkeit tut mir in der Kehle weh, aber ich bin durstig. Ich hole tief Luft, zwinge mich, ruhiger zu werden, nicht zu zittern oder zu erröten oder zu stammeln. Und dann, als ich einigermaßen gefasst bin, gehe ich zurück zum Tisch.

»Wir reden gerade über Musik.« Philippa sieht mich entschuldigend an, als ich Mick sein Bier reiche. »Tut mir leid.«

»Macht nichts.« Ich schüttele den Kopf und nehme Platz. »Ich rede gern über Musik. Meine Familie … ich meine, wir haben zu Hause früher oft über Musik gesprochen.« Und dann verstumme ich, plötzlich um Worte verlegen. Rachels Tod, meine Geschichte, ist zwar kein Geheimnis mehr, aber ich bringe es doch nicht fertig, ihren Tod beiläufig zur Sprache zu bringen, zu sagen: O ja. Wir haben zu Hause früher viel über Musik gesprochen. Bevor meine Schwester ermordet wurde, meine ich. Ihr Tod hat für uns alles zerstört – und wir reden seitdem kaum noch über Musik. Aber die Sprache ist mir vertraut, ich teile die Begeisterung. Na los. Redet ruhig weiter.

Philippa bemerkt mein plötzliches Unbehagen und wechselt netterweise das Thema. »Mensch, da fällt mir was ein«, sagt sie laut und legt eine Hand auf Micks Arm. »Rate mal, wen ich neulich gesehen habe!«

Mick sieht sie an und hebt fragend die Augenbrauen.

»Caroline«, sagt sie. »Caroline Handel. Und im Ernst, Mick, du würdest sie nicht wiedererkennen. Wenn du sie sehen würdest, wärst du vollkommen baff. Sie sieht aus wie ein anderer Mensch, aufgebrezelt und schick. Sie ist jetzt eine große Nummer in irgendeinem Konzern. Sieht aus wie ausgewechselt.«

»Ach ja?« Er zuckt gleichgültig die Achseln.

Und sosehr Philippa sich auch meinetwegen ins Zeug legt, um Mick auf andere Themen zu bringen, scheint ihn Philippas Begegnung mit dieser Caroline nicht die Bohne zu interessieren, und sobald Philippa mit ihrer Geschichte fertig ist, wendet er sich wieder mir zu.

»Ihr habt also bei euch zu Hause früher viel über Musik gesprochen. Wieso früher? Was hat sich verändert?«

»Mick!« Philippas Stimme klingt scharf. »Sei nicht so indiskret. Solche Fragen stellt man nicht.«

»Hä?« Mick blickt verdutzt drein. »Was für Fragen?« Er sieht mich an und hebt seine Bierflasche. »War das eine indiskrete Frage? Ich hoffe nicht. Wenn ja, entschuldige. Ich bin nicht mal betrunken oder so, ich hab erst einen Schluck getrunken.«

»Nein«, sage ich. »Philippa, keine Sorge. Ist schon gut.« Und in diesem Augenblick treffe ich eine Entscheidung. Ich werde ihnen von Rachel erzählen. Es ist vielleicht nicht der geeignetste Ort oder Zeitpunkt, von den Umständen ganz zu schweigen, aber es gibt nun mal keinen passenden Ort, um über den Tod zu sprechen. Doch dieses Ereignis gehört zu meiner Geschichte. Es ist ein ständiger Teil meines Lebens, der alles beeinflusst. Wenn ich nicht darüber spreche und es dadurch an seinen ihm gebührenden Platz in der Vergangenheit verweise, wird es für alle Zeit bei mir bleiben, ein Schatten, der mich verfolgt.

»Meine Schwester wurde ermordet«, sage ich.

Philippa nickt.

»Es ist vielleicht ein bisschen merkwürdig, dass ich euch das jetzt erzähle«, sage ich hastig, hebe mein Glas und stelle es wieder ab, sodass sich auf dem Tisch überlappende Wasserringe bilden. »Aber es kommt mir auf einmal ganz wichtig vor, darüber zu sprechen, es anderen zu erzählen. Ich habe nämlich viel zu lange versucht, es vor anderen zu verheimlichen. Genauer gesagt, seit ich aus Melbourne weg bin. Und jetzt, wo es raus ist, wo ihr es wisst, hab ich einfach das Gefühl, es erzählen zu müssen …« Ich schaue Philippa an und lächle. »Meinen Freunden, meine ich. Ich habe das Gefühl, ich muss meinen Freunden erzählen, was passiert ist. Weil es nicht bloß irgendwas ist. Ich will mich auch nicht total spinnert anhören, aber es war etwas sehr Prägendes. Es hat mich verändert. Völlig.«

Ich blicke Mick an. »Ich verstehe, wenn du das nicht hören willst. Aber ich würde es gern Philippa erzählen. Und du kannst gern bleiben und es dir auch anhören.«

Er nickt und sagt gar nichts.

»Wir waren auf einer Party.« Ich stelle mein Glas hin, lege die Hände auf den Schoß, hole tief Luft und fange an.

Und diesmal weine oder schluchze ich nicht. Ein paar Tränen treten mir in die Augen, aber ich wische sie ungeduldig weg. Philippa und Mick hören still zu, keiner von ihnen sagt ein Wort. Und als ich fertig bin, steht Philippa auf, kommt um den Tisch herum und umarmt mich fest.

»Danke, dass du es uns erzählt hast«, sagt sie.

Ich sehe Mick an. Ihm stehen die Tränen in den Augen. Er schaut mich an und lächelt – ein kleines Halblächeln, ein mitfühlendes und trauriges Lächeln, ein Lächeln, das zeigt, dass er erschüttert ist und unsicher und keine Ahnung hat, was er sagen soll. Es ist die beste Reaktion, die ich mir wünschen kann, und ich lächle schwach und dankbar zurück.

20

Stopp«, sagte ich. »Hör auf. Nicht jetzt, nicht hier. So will ich es nicht.«

»Okay.« Will rollte sich von mir runter und setzte sich auf. Er zog sachte mein T-Shirt nach unten und seufzte. »Ich doch auch nicht, Katie. Tut mir leid.«

Ich setzte mich ebenfalls auf, schlang einen Arm um seinen Hals und küsste ihn auf den Mund. »Es muss dir nicht leidtun. Dazu besteht kein Grund.« Ich sah mich um. Wir waren draußen unter einem Baum. Die Erde unter uns war hart und uneben, lauter alte Wurzeln und kleine Steinchen gab es hier. Ich fühlte mich schmutzig und müde von zu viel Alkohol. »Ich würde meine Unschuld lieber in einem Bett verlieren. Einem schönen, sauberen, weichen Bett. Und ich glaube, ich wäre lieber nüchtern.«

»Ich auch. Ehrlich.« Er lächelte. »Du machst mich verrückt, aber ich hätte es auch lieber schön. Und du hast recht, es wäre auch nicht schlecht, wenn wir beide nüchtern wären, damit wir uns später auch daran erinnern können.«

»Ach, du Schande. Wie spät ist es?« Ich nahm Wills Handgelenk und drehte es so, dass ich auf das Ziffernblatt seiner Uhr schauen konnte. Aber im Dunkeln konnte ich nichts erkennen. »Hat das Ding Licht?«

»Klar.« Er hob sein Handgelenk näher ans Gesicht und drückte ein Lämpchen an. »Kurz vor halb neun.«

»Scheiße.« Ich stand auf und klopfte mich ab. »Scheiße. Scheiße. Scheiße. Scheiße. Verdammt. Es ist viel zu spät. Wir wollten nur eine Stunde bleiben. Wir kriegen Riesenstress, wenn wir nach Hause kommen. Los.« Ich nahm Wills Hand und half ihm aufzustehen. »Ich muss Rachel holen. Wir müssen los. Sofort.«

Aber wir konnten sie in der Scheune nicht finden. Wir suchten sie unter den Tanzenden, aber da war sie auch nicht. Wir klapperten die Grüppchen ab, die entlang der Wände standen, wieder vergeblich. Wir entdeckten Carly und fragten sie, ob sie Rachel gesehen hätte, aber sie schüttelte den Kopf, zuckte die Achseln und sah sich mit leerem Blick in der Scheune um. Sie war offensichtlich sturzbetrunken und schmiegte sich an einen Jungen, den ich nicht kannte. Rachel zu finden, war für sie im Augenblick das Unwichtigste auf der Welt.

»Draußen.« Will nahm meinen Arm. »Irgendwo vor der Scheune. Vielleicht bei den Autos.«

»Okay. Ich suche vorn und du hinten. Das geht schneller. Wir treffen uns hier wieder.«

Ich machte mir langsam echte Sorgen. Es war spät, und Mum und Dad mussten inzwischen längst zu Hause sein. Sie würden sich fragen, wo wir waren, und waren bestimmt schon beunruhigt. Sie würden uns die Hölle heißmachen. Und wenn Rachel betrunken war, wenn sie ihre Fahne rochen oder ihr sonst irgendwie anmerkten, dass sie getrunken hatte, würden sie stinkwütend sein. Sie würden uns beide zu Hausarrest verdonnern.

Da viele von den Jugendlichen auf der Party schon einen Führerschein hatten, parkten jede Menge Autos vor der Scheune. Sie waren in Reihen abgestellt, sodass der ganze Bereich aussah wie ein echter Parkplatz.

Zuerst konnte ich gar nichts sehen noch hören, als ich mich zwischen den Autos auf die Suche machte. Doch dann hörte ich männliche Stimmen. Lachen. Das Klimpern von Gläsern. Ich ging auf die Geräusche zu und traf auf eine kleine Gruppe, die an einem Auto herumlungerte. Alle Türen waren geöffnet, sodass das Innenlicht nach draußen fiel. Zwei Typen lehnten an den Autotüren. Einer saß auf dem Fahrersitz, ein anderer auf der Rückbank, mit Rachel.

Rachel hatte ein Glas Bier in der Hand, und es sah so aus, als würde es ihr jeden Moment aus den Fingern rutschen, weil sie es so locker hielt. Sie hatte sich schlaff gegen das Polster gelehnt und die Augen halb geschlossen.

»Hallöchen«, sagte der Typ auf dem Fahrersitz, als er mich kommen sah. »Was können wir denn für dich tun?«

Ich lächelte. »Ich will nur meine Schwester holen.« Ich beugte mich in den Wagen und legte meine Hand auf ihr Knie. »Rach. Wir müssen gehen. Es ist schon ganz schön spät.«

»Katie.« Rachel öffnete die Augen und grinste. Als sie sich bewegte, schwappte etwas Bier aus dem Glas und lief ihr das Bein hinunter. Sie schien es gar nicht zu bemerken. »Katie, Katie. Es ist so toll hier. Ich hab allen erzählt von meiner … meiner … wie heißt das nochmal?« Sie kicherte und tat so, als klimpere sie mit den Fingern auf ihrem Bein herum. »Von meiner … meiner Musik! Genau! Von meiner Musik!« Sie lallte, ihre Gesten waren langsam und übertrieben. »Sie wollen alle zu meinem Konzert kommen. Wahnsinn, was?«

Ich sah mir die Typen an. Sie trugen offene Flanellhemden über Muscleshirts, ein Stil, der bei den Mädchen an unserer Schule als Proll-Look verschrien war. Der Einzige, der mich ansah, war der vorn im Auto. Er war deutlich älter als die anderen, mindestens zwanzig, und er sah markant aus, irgendwie attraktiv. Ein Mann, kein Junge. Ich glaubte keine Sekunde, dass er oder einer von den anderen sich für klassische Musik interessierte.

»Großartig«, sagte ich und nahm Rachels Bierglas. »Und deshalb müssen wie jetzt auch los. Es wird kein Konzert stattfinden, wenn wir jetzt nicht gehen.«

Ich nahm Rachels Hand und versuchte, sie aus dem Wagen zu ziehen. Aber es war schwierig, sie war schlaff wie ein nasser Sack, sie half nicht mit, und ich fürchtete, wenn ich fester zog, würde sie aus dem Wagen fallen, und ich müsste sie über die Erde schleifen.

»Wie willst du die denn nach Hause kriegen?«, fragte der Mann auf dem Fahrersitz. Er sah mich neugierig an, eine Zigarette zwischen den Lippen.

»Zu Fuß. Ist nicht weit«, log ich.

Der Mann lachte. »Ich bin Grant. Und doch, es ist verflucht weit. Von hier aus ist alles weit. Abends. Im Dunkeln.« Er deutete mit einem Nicken auf Rachel. »Wenn du hackevoll bist.«

Ich zuckte die Achseln. »Rachel«, sagte ich laut. »Komm. Wir müssen los. Es ist spät.«

Sie kicherte nur und rutschte ein wenig zur Seite, ohne sich ernsthaft Mühe zu geben. Dann lächelte sie verträumt und schloss die Augen, so als wolle sie schlafen.

»Verdammt«, sagte ich und blickte Grant vorwurfsvoll an, obwohl ich eigentlich wusste: Wenn hier einer Schuld hatte, dann ich. Ich hätte sie nicht mit hierher nehmen dürfen. Ich hätte sie nicht aus den Augen lassen dürfen. »Wie viel Bier hat sie getrunken?«

Grant schüttelte den Kopf und zog treuherzig die Augenbrauen hoch. »Keine Ahnung. Nicht mehr als ein Glas, nach dem, was ich mitgekriegt hab. Ist wahrscheinlich einfach nicht dran gewöhnt. Sean?« Er drehte den Kopf zur Rückbank, wo ein dicker Junge mit verschwitztem Gesicht neben Rachel saß. »Weißt du, wie viel sie getrunken hat?«

»Nee.« Sean lachte und machte dabei ein unangenehm pfeifendes Geräusch, bei dem sein Bauch sich hob. Er sah nur Grant an und drehte nicht mal den Kopf in meine Richtung. »Woher soll ich das wissen? Die war ja schon abgefüllt, bevor sie in den Wagen gestiegen ist.«

»Was für ein Albtraum.« Ich vergrub das Gesicht in den Händen. »Wie soll ich sie bloß nach Hause schaffen?«

Ich sprach eher mit mir als mit sonst wem, doch Grant antwortete trotzdem. »Deshalb hab ich dich doch vorhin gefragt, Mädchen«, sagte er. »Wir könnten euch fahren. Kein Problem.«

»O nein«, sagte ich. »Trotzdem danke.«

»Wie du willst«, sagte er. »Aber zu Fuß brauchst du mindestens 'ne Stunde in die Stadt. Und es ist schon verdammt dunkel. Und ein Taxi kostet dich mindestens hundert Dollar.« Er zuckte die Achseln. »Ich weiß, was ich täte, wenn ich du wäre.«

Ich starrte ihn an und dachte nach. Rachel zu Fuß nach Hause zu bringen, war völlig ausgeschlossen. Ich würde hier warten müssen, bis sie wieder nüchtern war – was Stunden dauern konnte –, und Mum und Dad würden mit Sicherheit Panik bekommen. Sie würden wahrscheinlich die Polizei verständigen. Ich konnte sie nicht so lange im Ungewissen lassen, ich würde mir von jemandem das Handy borgen und sie anrufen müssen, ihnen Bescheid geben, dass wir wohlauf waren. Aber sie würden jede Menge Fragen stellen, sie würden darauf bestehen, uns abzuholen. Und das wollte ich unbedingt vermeiden. Wenn sie sahen, wo wir waren, wenn sie die vielen betrunkenen Jugendlichen sahen, die heruntergekommene Scheune, die Unmengen an Alkohol und Zigaretten und Drogen, würden sie außer sich geraten. Und sie würden wahrscheinlich irgendetwas grauenvoll Peinliches machen, vielleicht die Party auflösen, den Leuten sagen, sie sollen nach Hause gehen. Wer weiß, vielleicht würden sie sogar die Polizei rufen, damit alle hopsgenommen würden.

Dass wir getrunken hatten, würden sie auf jeden Fall merken, aber es war besser, wenn wir die Suppe zu Hause auslöffelten und den Supergau verhinderten, der mit Sicherheit passieren würde, wenn sie herkamen.

»Okay«, sagte ich schließlich. »Das wäre super. Danke. Ich weiß echt nicht, was ich sonst tun soll. Wenn es euch nichts ausmacht. Wir wohnen in Toorak.«

»Toorak, he?«, schnaubte Grant. Er warf seine Zigarette aus dem Fenster, steckte sich eine neue in den Mund, zündete sie an und inhalierte tief. Er ließ den Rauch aus der Nase strömen, die Augen auf die Zigarette zwischen den Fingern gerichtet, und sagte: »Toorak. Ja. Hübsche Gegend. Echt. Richtig hübsche Gegend.« Er sah mich an und nickte. »Da seh ich kein Problem. Macht mir nichts aus, in die Richtung zu fahren. Wir wollten sowieso gerade los. Nicht, Sean?«

»Ja.« Sean lachte wieder, ein lautes, dümmliches Wiehern, das seinen Bauch erbeben ließ. »Wir wollten eh gerade von dieser Scheißparty abhauen.«

»Gut«, sagte ich. »Okay. Kann ich noch schnell meinem Freund Bescheid sagen?« Mir war eine Idee gekommen. »Kann er vielleicht mitfahren? Wenn ihr nichts dagegen habt? Ihr müsstet ihn auch nur bis zu uns mitnehmen. Von da kommt er allein nach Hause.«

»Nee. Tut mir leid. Geht leider nicht, Mädchen.« Grant schüttelte den Kopf. »Der passt nicht mehr ins Auto. Wir sind schon zu sechst: ich, Sean, Jerry und Chris. Und ihr zwei Mädels. Drei vorne und drei hinten. Kein Platz mehr frei.«

»Es sei denn, sie bleibt hier. Dann können wir ihren Freund und ihre Schwester natürlich mitnehmen«, sagte Sean lachend. Diesmal schaffte er es, meinem Blick auszuweichen und gleichzeitig über mich zu reden, als wäre ich gar nicht da.

»Schnauze, Sean. Alter Fettsack«, sagte Grant in einem so

schroffen und verächtlichen Tonfall, dass ich mit einer vehementen Gegenwehr von Sean rechnete. Doch der lächelte nur einfältig, legte seine Hand auf Grants Schulter und drückte sie. Es war eine merkwürdig liebevolle Geste.

»Lässt du mal 'ne Kippe rüberwachsen, Mann?«, sagte er.

Grant warf Sean eine Zigarettenpackung auf den Schoß.

»Ich sag ihm nur schnell Bescheid, dass wir fahren. Dauert nicht lange.« Ich schüttelte Rachels Bein. »Rach? Ich bin gleich wieder da. Die Jungs hier bringen uns nach Hause. Okay? Rach?«

»Nach Hause?« Sie öffnete die Augen und zog einen Schmollmund. Sie lallte jetzt noch stärker, und ihre Lider flatterten. »Müssen wir schon los? Schade. Ich find's so toll hier.«

»Okay?« Ich sah Grant an. »Bin gleich wieder da.«

»Keine Bange.« Er lächelte und zog wieder an seiner Zigarette. »Ohne dich rühren wir uns nicht von der Stelle.«

Ich lief zurück in die Scheune und entdeckte Will fast auf Anhieb. Er sprach mit ein paar Leuten am Hinterausgang.

»Nichts«, sagte er, als er mich sah. »Von den Jungs hier hat sie auch keiner gesehen.«

»Schon gut«, sagte ich. »Ich hab sie gefunden. Sie ist sturzbesoffen. Ich muss sie nach Hause bringen. Einer fährt uns hin.«

»Ja? Wer denn?«

»Ein Typ namens Grant. Ist in Ordnung. Wirklich. Sie ist bei ihm und seinen Kumpels im Auto, und ich krieg sie nicht raus. Sie kann sich nicht bewegen, so voll ist sie.« Ich wedelte ungeduldig mit der Hand und gab ihm einen Kuss auf die Wange. »Ich muss los. Ich hab Angst, sie kotzt alles voll oder kippt um oder so.«

»Ich komm noch mit raus.«

»Nein. Nein. Schon gut. Nicht nötig.« Ich lächelte, drückte seine Hand und stellte mich auf die Zehenspitzen, um ihn auf die Lippen zu küssen. »Bleib ruhig hier bei deinen Freunden. Trink noch was für mich.«

Ich drehte mich um und lief rasch zurück zum Auto.

Die Typen saßen schon drin und warteten, dass ich zurückkam. Ich stieg hinten ein, neben Rachel, und machte die Tür zu. Rachel hatte den Kopf in den Nacken gelegt, die Augen geschlossen. Ihr Mund stand leicht offen. Ich hob die Hand, schob ihn zu und berührte ihre Wange.

»Rach?«, sagte ich. »Wir fahren jetzt nach Hause.« Ich griff über sie nach ihrem Sicherheitsgurt und schnallte sie an.

Ihre Augen flatterten kurz auf, und sie versuchte zu lächeln. »-kay«, sagte sie.

»Ein Bier?« Sean hielt mir über Rachels Schoß hinweg eine geöffnete Dose VB hin. Er hatte die Augen gesenkt und vermied es, mich anzusehen.

»Oh, nein danke. Ich hab genug.«

»Scheiße«, sagte er und streckte mir die Dose noch weiter entgegen. »Los, trink schon, ja? Hab sie extra aufgemacht.«

Ich nahm die Dose und hob sie vorsichtig an den Mund, befeuchtete mit der Flüssigkeit die Lippen, ohne einen Schluck zu nehmen. Ich wollte keinen Alkohol mehr. Ich war durstig und müde und sehnte mich nach einem Glas Wasser und meinem behaglichen Bett. »Danke.« Ich wollte Sean anlächeln, doch er hatte sich bereits abgewandt.

»Vielen Dank fürs Mitnehmen«, sagte ich zu Grant.

»Schon gut. Ähm … ich weiß gar nicht –«

»Ach ja. Entschuldige. Wie unhöflich von mir. Ich heiße Katie. Katie Boydell.«

»Katie. Alles klar. Gut.«

Er stellte mich den anderen nicht vor, und ich überlegte kurz, ob ich ihnen auf die Schulter tippen und Hallo sagen oder ihnen die Hand schütteln sollte. Aber keiner von ihnen war mir gegenüber besonders freundlich. Sie saßen stocksteif da und blickten stur geradeaus, die ganze Atmosphäre war so beklommen, dass ich mir die Mühe sparte.

Stattdessen starrte ich aus dem Fenster und sah, wie die Landschaft undeutlich an mir vorbeizog. Dabei überlegte ich, was ich Mum und Dad erzählen sollte. Ich blieb am besten bei der Wahrheit. Sie würden ohnehin sofort sehen, dass Rachel betrunken war, wahrscheinlich würden sie sogar helfen müssen, sie ins Haus zu bugsieren. Sie würden den Wagen hören, sobald wir vorfuhren. Ich sah sie vor meinem geistigen Auge nach draußen hasten, Mum mit Sorgenfalten, die sich rasch in eine harte, strenge Zornesmiene verwandeln würden, ihr kaltes Schweigen, das vorwurfsvoller war als alle Worte. Und Dads fassungsloses Kopfschütteln. Aber Katherine, würde er sagen, wie konntest du? Wir haben uns doch auf dich verlassen.

Es würde furchtbar werden, wir würden alle ein trauriges Wochenende haben, und Rachel und ich würden ganz sicher für unser ungezogenes Verhalten bezahlen müssen. Und doch bereute ich es nicht. Selbst jetzt, wo das Vergnügen vorbei war und uns Vorwürfe und Strafpredigten bevorstanden, hegte ich tief in mir einen harten kleinen Kern Freude, den nichts und niemand mir nehmen konnte. Ich liebte Will. Er liebte mich. Und er war einfach wunderbar, so sanft und herzlich. Und dieses geheime Wissen, den Schatz meiner Liebe zu ihm, würde ich festhalten, und es würde mich wärmen und glücklich machen, was immer auch geschah. Wenn ich allein unter Hausarrest in meinem Zimmer wäre (denn den würde ich garantiert kriegen), würde der Gedanke an Will, die Erinnerung an die Zeit, die wir heute Abend gemeinsam verbracht hatten, die Verheißung dessen, was noch kommen würde, es für mich erträglich machen, ja, mir sogar das Gefühl geben, dass es das wert war.

Ich war so damit beschäftigt, an Will zu denken, mich an seine Berührung zu erinnern und an jedes einzelne Wort, das er gesagt hatte, dass ich erst nach einer ganzen Weile merkte, dass ich die Landschaft draußen vor dem Fenster noch nie gesehen hatte. Ich spähte in die Dunkelheit, sah die Silhouetten von Bäumen und Gebäuden, versuchte rauszufinden, wo wir waren, irgendetwas zu erkennen. Aber es nützte nichts. Alles war mir fremd.

»Ähm, Grant?«, sagte ich. »Wir wohnen in Toorak, weißt du noch? Die Gegend hier kenn ich gar nicht.«

»Wir wohnen in Toorak, weißt du noch?«

Ich brauchte einen Moment, um zu begreifen, dass er meine Stimme imitierte, dass er mich nachäffte. Ehe ich dazu kam, mich zu fragen, warum er plötzlich so unfreundlich war, lachte er und wiederholte es noch einmal.

»Wir wohnen in Toorak, weißt du noch?« Seine Stimme war lächerlich hoch, die Vokale klangen knapp und schneidend. »Manche sind echte Glückspilze, was? Andere haben nicht das Glück, in Toorak wohnen zu können.« Er lachte böse. »Aber irgendwer muss ja in den Dreckslöchern hausen, oder? Irgendwer muss ja in den miesesten Ecken hausen, nicht weit von der Müllkippe und der Kanalisation und vom Knast. Manche von uns dürfen Rosen riechen, während den anderen das Gesicht in die Scheiße gestoßen wird, was? So ist das nun mal. Hab ich recht, Sean? Das ist nun mal der Lauf der beschissenen Welt.«

Sean lachte, ein kurzes, nervöses und sehr künstliches Lachen. Ich sah ihn an und wollte ihm zulächeln, aber er weigerte sich, mir in die Augen zu schauen. Er starrte geradeaus und trank einen Schluck Bier. Eigentlich hatte er ein ganz attraktives Gesicht unter dem Fett – strahlend blaue Augen, schöne Haut. Er könnte gut aussehen, wenn er abnehmen würde. Und dann dachte ich, wie seltsam es war, dass seine Hand zitterte – so stark, dass er mit der Bierdose kaum seinen Mund traf und ihm das Bier am Kinn herabtropfte. Seine Stirn war schweißnass. Ich spürte plötzlich, was es war: Er hatte Angst. Und eine Sekunde lang tat er mir leid. Wovor er wohl Angst haben mochte?

Das war der Moment, in dem ich begriff, dass Rachel und ich in Gefahr waren.

Die Angst packte mich im selben Augenblick. Meine Kehle war so fest zugeschnürt, dass ich kaum schlucken konnte. Ich spürte, wie sich mein Magen schmerzhaft verkrampfte, spürte, dass meine Hände zitterten und mein Herz raste. Die Feindseligkeit, die die Jungs im Auto verströmten, war plötzlich fast greifbar. Sie schauten mich nicht an, sie antworteten nicht. Wieso war mir das nicht schon vorher aufgefallen? In meiner verzweifelten Hast, Rachel nach Hause zu bringen, war ich leichtsinnig gewesen. Ich hatte gedacht, diese Jungs seien einfach nur ungehobelt. Aber jetzt wurde mir klar, dass ihre Kälte unheilvoll war.

Ich wusste nicht, was sie geplant hatten oder wo sie mit uns hinwollten, aber sie hatten etwas vor, garantiert. Sie steckten alle unter einer Decke. Sie waren alle mit von der Partie. Und wir waren ihnen ausgeliefert.

Die haben Rachel mit Drogen betäubt, dachte ich. Und kaum war mir der Gedanke gekommen, da wusste ich, dass es stimmte. Und sie wollten mich auch unter Drogen setzen. Deshalb sollte ich von ihrem Bier trinken. Rohypnol. Ich hatte davon gehört, wir waren an der Schule davor gewarnt worden, von der Polizei. Holt euch eure Getränke immer selbst, hatten sie gesagt. Trinkt nie was, bei dem ihr euch nicht hundertprozentig sicher seid, woher es stammt.

Aber Rachel war so vertrauensselig, so naiv. Sie wäre nie auf die Idee gekommen, dass diese Jungs ihr etwas Böses wollen könnten.

Sie sahen mich nicht an, weil sie kein Mitgefühl empfinden wollten. Grant war eindeutig ihr Anführer. Er war entspannt und souverän, summte beim Fahren vor sich hin, einen Ellbogen lässig aufgestützt. Die anderen wirkten alle nervös, beinahe starr, aber Grant nicht. Vielleicht wussten sie, dass das, was sie machten, falsch war. Vielleicht konnte ich doch ihr Mitleid wecken.

»Bitte. Könnt ihr uns nicht einfach nach Hause bringen? Bitte?«, sagte ich und versuchte, das Zittern aus meiner Stimme zu halten.

»Ich bring euch schon noch nach Hause. Meine Fresse. Wie kann man nur so undankbar sein. Wir machen vorher nur einen kleinen Umweg. Müssen noch was erledigen.« Er warf einen Blick über die Schulter und lächelte und zwinkerte mir zu, die sadistische Parodie einer Beruhigung.

Vielleicht machte es Grant einfach Spaß, anderen Angst einzujagen, und diese Fahrt war so eine Art Spiel für ihn. Sobald er auf seine Kosten gekommen war, würde er uns vielleicht tatsächlich nach Hause bringen oder irgendwo absetzen – sicher und unversehrt. Das war das Beste, was ich mir erhoffte, das beste Szenario, das ich mir vorstellen konnte. Aber mir gingen auch andere Bilder durch den Kopf, furchterregendere Szenarien, die mir wahrscheinlicher erschienen – Vergewaltigung, Folter –, und plötzlich waren sie alle so grauenhaft und so im Bereich des Möglichen, dass ich anfing zu weinen, mit heftigen, würgenden Schluchzern, die meinen ganzen Körper schüttelten und mich laut röchelnd nach Luft schnappen ließen. Ich legte eine Hand vor den Mund, um die Geräusche zu dämpfen – ich wollte ihnen nicht auf die Nerven gehen und sie gegen mich aufbringen –, aber Grant drehte sich um und sah mich an, schüttelte den Kopf und schnalzte mit der Zunge, als wäre er enttäuscht.

»Was ist los, Prinzessin?«, sagte er. »Läuft irgendwas nicht nach Plan? Kriegt Daddys kleines Mädchen nicht seinen Willen wie sonst immer?«

»Entschuldigung«, stammelte ich, völlig irrational. Ich drückte mir die Hand fester auf den Mund und schaute wieder aus dem Fenster auf die unbekannte Landschaft. »Entschuldigung.«

Grant lachte zynisch und schlug mit der Hand klatschend aufs Lenkrad. »Entschuldigung?«, sagte er laut und aggressiv. »Was für perfekte Manieren sie doch hat!« Er drehte sich erneut nach mir um und grinste höhnisch. »Deine Mutter wäre stolz auf dich.«

Und als er sich wieder nach vorn zur Straße drehte, musste er das Steuer herumreißen, weil der Wagen auf die Gegenspur geraten war, und einen Moment lang erfüllten die Scheinwerfer eines entgegenkommenden Autos blendend die Windschutzscheibe. Als der Wagen vorbeizischte, ertönte ein langes und ohrenbetäubendes Hupen.

»Arschloch!«, schrie Grant und streckte den Mittelfinger nach draußen in die Dunkelheit. »Fick dich doch!«

Einen Moment lang wünschte ich, wir hätten einen Unfall gehabt. Die vorne Sitzenden wären am meisten in Gefahr gewesen. Und dann überlegte ich, ob ich Grant so sehr ablenken sollte, dass er einen Unfall baute. Bei einem Frontalzusammenstoß mit einem anderen Auto oder einem Baum hätten Rachel und ich eine gute Überlebenschance. Das wäre vielleicht immer noch besser, als diesem Grant, der eindeutig krank im Kopf war, auf Gedeih und Verderb ausgeliefert zu sein.

Aber nein, es wäre schwierig, das hinzukriegen. Viel zu riskant. Und wenn es misslang, was wahrscheinlich war, würde Rachel und mir nur noch Schlimmeres blühen.

Ich konnte nichts anderes tun, als abzuwarten. Abzuwarten, wohin sie uns brachten, und zu sehen, was sie vorhatten. Versuchen zu fliehen, falls sich eine Gelegenheit ergab. Und das wäre mir nicht ganz so schwierig, so beängstigend unmöglich vorgekommen, wenn Rachel wach gewesen wäre. Aber sie schlief tief und fest oder war bewusstlos, sie atmete langsam und schwer, und als ich meine Hand auf ihr Knie legte und es mit aller Kraft drückte, ihr richtig in die Haut kniff, rührte sie sich kein bisschen.

21

Mick spielt eine weitere Stunde, und während er auf der Bühne ist, nutze ich die Gelegenheit, ihn zu beobachten. Ich sehe, wie seine Schultern sich beim Trommeln rhythmisch bewegen, was für eine Kraft er in Händen und Handgelenken haben muss, um die Stöcke so fliegen zu lassen. Hin und wieder merkt er, dass ich ihn beobachte, und lächelt, aber er spielt ja nun mal, da ist es ganz normal, dass ich ihn anschaue, und so habe ich keine Scheu, offen zurückzugrinsen. Sobald das Konzert zu Ende ist, kommt er wieder zu uns an den Tisch.

»Was habt ihr zwei denn noch vor?«, fragt er.

»Nach Hause gehen«, sagt Philippa. »Ins Bett. Katherine hat morgen Schule.«

Es ist schon spät, und Philippa hat recht. Ich sollte wirklich nach Hause und ins Bett, aber ich habe keine Lust. »Oh.« Ich schüttele den Kopf. »Mach dir meinetwegen keine Gedanken. Mir geht's gut. Ich fühl mich echt viel besser, wie neugeboren, und außerdem –«

»Lasst uns doch noch was unternehmen«, fällt Mick mir ins Wort, wobei er mich direkt anschaut, und ich spüre, dass er sich genauso wenig wie ich schon verabschieden will. »Irgendwo was essen. Ich kenn ein paar gute Läden, wo man jetzt noch was kriegt.«

»Okay«, sage ich begeistert. »Klingt super. Ich sterbe vor Hunger.«

Philippa schaut auf die Uhr und dann mich an. Sie legt die Stirn in Falten. »Es ist kurz vor Mitternacht. Ich dachte, du wolltest früh ins Bett.«

»Nein.« Ich schüttele den Kopf. »Nicht unbedingt.«

»Tut mir leid, aber ich bin echt hundemüde.« Philippa hängt sich ihre Tasche über die Schulter. »Nächstes Mal. Ich muss wirklich nach Hause und schlafen. Sonst werde ich unausstehlich, glaubt mir.«

Sie steht auf, gibt ihrem Bruder einen Kuss auf die Wange und sagt gute Nacht. Und dann wartet sie. Sie erwartet offenbar, dass ich mich auch startklar mache, und einen verlegenen Augenblick lang weiß ich nicht, was ich sagen oder tun soll. Wie soll ich deutlich machen, dass ich nicht gehen will? Doch Mick bewahrt mich davor, überhaupt etwas sagen zu müssen.

»Wir beide könnten doch trotzdem noch was essen gehen«, sagt er direkt an mich gewandt, mit ernstem Gesicht, ohne jedes Lächeln. »Wenn du willst. Ich bring dich danach auch sicher nach Hause.«

»Okay, ja, gute Idee«, sage ich hastig, plötzlich nervös und verlegen, aus Angst davor, was Philippa denken könnte. Ich stehe auf und nehme meine Tasche. »Sehr gern.«

Philippa runzelt die Stirn. Sie wirkt verwundert und genervt zugleich.

»Was wollt …«, setzt sie an, und dann werden ihre Augen größer, und langsam breitet sich ein wissendes Grinsen auf ihrem Gesicht aus. Sie schaut erst Mick an und dann mich, und ich spüre, wie meine Wangen rot anlaufen. Dann lacht sie auf und wirft den Kopf in den Nacken. »Ich hab gewusst, dass ihr euch mögen würdet«, sagt sie. »Ich hab's gewusst.«

Ich halte den Atem an und rechne damit, dass Mick es abstreitet, dass er über die Unterstellung lacht, er könnte mich mögen, doch er sieht mir in die Augen und lächelt schüchtern, und ich lächle auch und weiß, dass es stimmt, und ich weiß, dass wir beide mit unserem Lächeln eine Million unsagbare Dinge sagen. Einen Moment lang stehen wir drei einfach da, schweigend und schmunzelnd, verlegen und glücklich zugleich.

»Na denn«, sagt Philippa schließlich. »Dann geh ich mal besser.« Sie wendet sich an Mick. »Bring sie mir ja sicher nach Hause. Sonst dreh ich dir den Hals um.«

»Klappe, Pip«, sagt er.

»Weißt du, dass er Motorrad fährt?«, sagt sie zu mir und hebt die Augenbrauen.

Das wusste ich nicht, aber es überrascht mich nicht. »Kein Problem«, sage ich munter und schiebe den Gedanken an meine Eltern – die Panik, die sie garantiert bei der Vorstellung erfassen würde, dass ich auf einem Motorrad mitfahre – ganz weit weg. »Ich finde Motorräder gut«, lüge ich.

Philippa umarmt erst Mick und dann mich. Sie drückt mich noch einmal besonders fest, bevor sie mich schließlich loslässt. Ich fasse es als Zeichen dafür auf, dass sie sich für mich freut, und ich spüre eine tiefe Zuneigung für sie in mir aufwallen. Sie ist so großmütig und warmherzig und offen. Eine richtig gute Freundin.

»Ich muss nur noch kurz mit abbauen«, sagt Mick, als sie gegangen ist. »Dauert nicht lange. Willst du hier warten?«

Ich biete meine Hilfe an. Er nimmt mich mit auf die Bühne und stellt mich den anderen aus der Band vor, und in den nächsten zehn Minuten helfe ich ihnen, wo ich kann. Ich rolle Elektrokabel zusammen und bringe leere Gläser zurück zur Bar. Als wir fertig sind, die Bühne leer ist und die Instrumente im Van des Leadsängers verstaut sind, geht Mick hinter die Bühne und kommt mit zwei Motorradhelmen und einer Lederjacke zurück.

Er streckt seine freie Hand aus, ergreift meine und drückt sie, und ich spüre seine Handfläche groß und fest und warm an meiner. Dann lächelt er, breit und glücklich und natürlich, und ich lache.

»Dann mal los«, sagt er.

Wir gehen, ohne ein Wort zu sagen. Ich weiß nicht, wohin er mit mir will, und es ist mir auch egal. Es ist seltsam, wie unbefangen ich mit ihm allein sein kann, mit diesem Mann, den ich gerade erst kennengelernt habe, aber es kommt mir ganz selbstverständlich vor, seine Hand zu halten. Es fühlt sich richtig an. Unsere Hände passen perfekt zusammen. Zwischen uns ist etwas Unangestrengtes, etwas beinahe Magisches, und wenn ich ihm in die Augen sehe, empfinde ich etwas, das ich nur als Vertrautheit beschreiben kann, ein Gefühl von Sicherheit. Als würde ich nach Hause kommen.

»Hier«, sagt er, als wir an seinem Motorrad angekommen sind. Er legt beide Helme auf den Sitz und hält mir seine Jacke hin. »Die kannst du anziehen.«

Die Jacke ist ein bisschen zu groß, aber sie ist weich und riecht gut, und ich fühle mich in ihr wie ein ganz anderes Mädchen, ein wildes und impulsives, ein mutiges Mädchen. Und als wir die Helme aufgesetzt haben und ich hinter Mick sitze, die Arme um seine Taille geschlungen, den Oberkörper fest an seinen Rücken gepresst, und er leicht und schnell durch die nächtlichen Straßen fährt, glaube ich, dass ich dieses Mädchen wirklich sein kann.

22

Grant bog von der Straße ab auf ein freies Gelände, gesäumt von Büschen.

»So«, sagte er, während er seinen Gurt öffnete und sich grinsend zu mir umdrehte. »Da wären wir. Jetzt wollen wir mal ein bisschen Spaß haben, was? Bist du dabei, Katie? Katie, Katie? Katie, mein Mädchen?«

Ich reagierte nicht, starrte ihn bloß wie versteinert an. Ich konnte nichts sagen, und vor lauter Panik und Hass auf Grant war ich kaum noch in der Lage zu sprechen. Alles an mir zitterte – Arme, Hände und Beine und sogar der Kopf. Mir klapperten die Zähne, und ich musste die Lippen zusammenpressen, die Zähne aufeinanderbeißen, damit sie nicht so ein grässliches Geräusch machten. Die Anstrengung, die mich das kostete, gab mir etwas, worauf ich mich konzentrieren, etwas, worauf ich meine Energie richten konnte, damit ich nicht schreien oder mich über den Sitz auf Grant stürzen musste. All das Adrenalin in meinem Körper drängte mich dazu, aber es würde alles garantiert nur noch viel schlimmer machen.

Und obwohl ich Rachel wieder und wieder angestoßen und gekniffen hatte, war sie, seit wir von der Scheune losgefahren waren, vollkommen reglos. Sie hatte nicht mal geblinzelt oder sonst irgendwie zu erkennen gegeben, dass sie noch lebte. Ich beneidete sie fast um ihre Bewusstlosigkeit.

»Na los.« Grant stieß dem Typen neben ihm den Ellbogen in

die Seite. Er verdrehte genervt die Augen, beugte sich dann über ihn und brüllte den Jungen, der an der Tür saß, an. »Aussteigen, Mann. Oder brauchst du ’ne schriftliche Einladung?«

»Ist ja gut.« Der Junge öffnete die Tür und stieg aus dem Auto, der andere folgte ihm.

Grant stieg aus und knallte seine Tür so fest zu, dass der Wagen von dem Aufprall wackelte. Und dann stieg auch Sean aus, so schwer und nervös, dass ich das Pfeifen seines Atems hören konnte, und schlug die Tür auf seiner Seite zu. Rachel und ich saßen allein im Auto. Gefangen, umzingelt.

»Rach.« Ich legte meine Hand auf ihr Knie und rüttelte daran, so fest ich konnte. »Wach auf, Rachel! Wach auf.« Ich hörte die Hysterie in meiner Stimme. »Bitte, Rach.« Ich sprach lauter, ohne mich darum zu kümmern, ob sie mich hörten. »Bitte.«

Die Tür neben mir ging auf, und ich spürte die kalte Abendluft hereinströmen. Grant grinste mich anzüglich an. »Sie kann dich nicht hören, Mädchen. Du vertust deine Zeit.« Er sah auf sein nacktes Handgelenk, als würde er auf eine Uhr schauen. »Oh. Noch mindestens eine Stunde, schätze ich, bis sie langsam wieder wach wird.« Dann legte er eine Hand auf mein Knie und drückte es, die Perversion einer netten Geste, von der ich Gänsehaut bekam und so angewidert war, als krabbelte eine giftige Spinne über mich hinweg. Ich hätte am liebsten geschrien und um mich getreten und ihm ins Gesicht geschlagen. Aber ich biss mir auf die Lippe und blickte nach unten auf meinen Schoß. Ich zwang meine Hände, sich nicht zu bewegen.

»Was willst du, Grant?«, sagte ich. Meine Stimme war leise und jetzt ganz ruhig. »Was willst du von uns?«

Er sah nachdenklich aus. Dann zog er an seiner Zigarette und blies mir den Rauch ins Gesicht. Ich drehte den Kopf weg und hustete in die Hand.

»Ach, du Scheiße. Entschuldigung, Mädchen. Rauchst du etwa nicht?«

»Nein.«

»Du solltest vielleicht damit anfangen. Ich steh nämlich auf Frauen, die rauchen. Find ich total sexy. Du nicht auch? Irgendwie schick.«

Er nahm wieder einen Zug von seiner Zigarette und blies mir den widerlichen Rauch aus seiner Lunge ins Gesicht.

Ich schloss die Augen und hielt die Luft an. Doch dann spürte ich den Filter seiner Zigarette am Mund. Seine Finger drückten sie mir grob zwischen die Lippen. Ich drehte mich weg.

Plötzlich schnellte mein Kopf brutal zurück, und ich spürte einen brennenden Schmerz auf der Kopfhaut. Er hatte mich an den Haaren so weit nach hinten gerissen, dass ich praktisch von unten zu ihm hochstarrte. »Pass auf, du Schlampe«, sagte er. Sein Gesicht war so dicht an meinem, dass ich seine kratzigen Bartstoppeln spürte. »Dreh dich nie mehr von mir weg, ist das klar? Das kann ich nämlich gar nicht leiden. Kapiert?« Er ließ los, und ich nickte. Dann brach ich in Tränen aus.

»Och nee«, sagte er seufzend. »Nicht schon wieder. Hör mal.« Er öffnete die Wagentür etwas weiter und setzte sich neben mich, ein Bein im Auto, das andere draußen auf der Erde. »Das geht hier alles erheblich leichter, wenn du schön mitmachst, okay? Wenn du einfach tust, was ich sage, wenn ich es sage. Okay?«

Diese selbstgefällige Arroganz, die er sich nur erlauben konnte, weil sie stärker und zu viert waren, diese Macht des Schlägertypen, weckte in mir das Verlangen, ihn auszulachen und ihm ins Gesicht zu spucken. Aber ich unterdrückte den Impuls, aus Angst, dass er mir wieder wehtun würde. Der Drang, am Leben und heil und möglichst unverletzt zu bleiben, war stärker als der Drang zurückzuschlagen.

»Okay«, sagte ich. »Okay.«

»Braves Mädchen. So, jetzt zieh mal an dieser Kippe. Schadet dir schon nicht. Da.« Er presste mir die Zigarette wieder zwischen die Lippen. »Los, zieh.«

Ich atmete ein, so flach ich konnte, sog Rauch in die Lunge und musste augenblicklich keuchen und husten. Grant lachte und schüttelte den Kopf, als lache er über die Späße eines Kindes. Dann klemmte er sich die Zigarette wieder zwischen die Lippen und stand auf.

»Los«, sagte er. »Aussteigen.«

»Wohin gehen wir?«, fragte ich mit einem ängstlichen Blick auf Rachel. »Und was ist mit meiner Schwester? Ich will sie nicht allein lassen.«

Grant spähte zurück in den Wagen und seufzte. Dabei ließ er die Zigarette gekonnt im Mundwinkel baumeln. »Was hab ich vorhin gesagt, Katie? Du hörst mir nicht zu, Mädchen. Tu, was ich sage, wenn ich es sage, und alles ist in Ordnung.« Und dann stockte er, nahm die Zigarette zwischen Daumen und Zeigefinger, drehte sie und blickte nachdenklich auf die rotglühende Spitze.

Ich begriff, was er vorhatte, noch in dem Augenblick, bevor er es tat. Und dann kreischte ich auf. Die Haut an meinem Bein, knapp über dem Knie, durchzuckte ein brennender Schmerz, als sich die Glut der Zigarette durch den Stoff sengte. Meine Arme bewegten sich unwillkürlich, schnellten vor, schlugen ihn weg, trafen ihn, wieder und wieder.

Er packte meine Arme mit beiden Händen und drückte sie so fest nach unten, dass es wehtat. Er war wesentlich stärker als ich, und ich konnte mich weder wehren noch mich losreißen. In seiner Umklammerung konnte ich kaum die Arme bewegen. »Schnauze«, zischte er bösartig, und die Spucke, die sich zwischen seinen Lippen gesammelt hatte, sprühte mir ins Gesicht.

»Hör auf zu fragen. Hör auf mit deinen beschissenen Fragen. Tu verdammt nochmal, was ich dir sage.«

Und vor lauter Angst und Wut und Hass – denn jetzt hasste ich ihn und hätte ihn umgebracht, wenn ich gekonnt hätte – vergaß ich sogar den Schmerz in meinem Bein. Ich wollte ihn anschreien, und ich spürte, wie sich meine Oberlippe verzog vor Ekel und von der Anstrengung, ihn im Zaum zu halten. Wie kannst du es wagen!, wollte ich sagen. Du saublödes mieses dreckiges Schwein. Wie kannst du es wagen! Das wird dir noch leidtun. Du wirst dafür bezahlen. Und wenn sich mir die Gelegenheit bietet, wenn du mir den Rücken zudrehst, wenn ich die Chance kriege, bring ich dich um. Ich schlag dir mit einem Stein den Schädel ein, schlag so lange zu, bis dein Hirn nur noch dünnflüssiger Brei ist. Ich schlag auf dich ein, bis nichts mehr übrig ist von deiner dämlichen, feigen Visage, deinem jämmerlichen, bösen, traurigen kleinen Kopf.

»Wird's bald!«, schrie er plötzlich, und ich zuckte vor Schreck zusammen und hob die Hände schützend vors Gesicht. »Raus aus der Scheißkarre! Sofort!«

Ich rutschte über den Sitz und stieg aus.

Sean und die anderen beiden standen nicht weit vom Wagen zusammen. Ich konnte sie murmeln und lachen hören. Ihr Gelächter klang gezwungen und unnatürlich. Sie waren nervös, das war offensichtlich, und die Großspurigkeit in ihren Stimmen war nur aufgesetzt. Alle drei rauchten, und wenn sie die Arme bewegten oder ihre Zigaretten an den Mund hoben, malte die Glut leuchtend orangefarbene Bögen.

Grant hielt meinen Unterarm fest gepackt und zerrte mich an den anderen vorbei.

Es war dunkel, und ich strauchelte. Jedes Mal, wenn ich zu fallen drohte, riss er jäh an meinem Arm und stieß ein genervtes Knurren aus. Ich bemühte mich verzweifelt, geradeaus zu gehen, schaffte es aber nicht, weil mir vor nackter Panik die Beine schlotterten. Es kostete mich eine gewaltige Anstrengung, nicht zusammenzubrechen und loszuschreien. Stattdessen schluchzte ich leise, und Tränen strömten mir über die Wangen, tropften auf meinen Kragen.

Dann tauchte vor uns ein kleines Gebäude auf, eine Art Schuppen. Im Widerschein von Grants Zigarette konnte ich Wellblechwände erkennen. Grant zog an der Tür, die sich mit einem laut jammernden Quietschen öffnete, und stieß mich hinein. Und dann ertönte das Klacken eines Riegels, und ich war eingesperrt.

Es war stockfinster um mich herum. Es roch nach Feuchtigkeit und Erde, ein Geruch, der mich an den Keller im Haus meines Großvaters erinnerte, wo ich mich immer gefürchtet hatte. Als ich Grant weggehen hörte, fiel ich auf die Knie und fing an, vor Entsetzen zu stöhnen.

»O Gott«, flüsterte ich in die Finsternis hinein. »Bitte, bitte, lass mich nicht hier allein. Bitte.«

Instinktiv wollte ich schreien und brüllen und mit den Fäusten gegen die Wand schlagen, um so laut und heftig zu protestieren, wie ich konnte. Aber ich wusste, dass es nichts nützen würde. Niemand konnte mich hören. Grant würde höchstens noch wütender werden und mir wieder wehtun. Oder er könnte seine Wut an Rachel auslassen. Es kostete mich all meine Kraft, all meine Energie und Selbstbeherrschung, meine Schluchzer zu dämpfen und so leise zu sein, wie ich konnte.

Ich legte die Hände auf den Boden und spürte Erde, feucht und kalt und festgetreten. Einen Moment verharrte ich auf allen vieren und ließ den Kopf hängen. Ich atmete regelmäßig ein und aus, ein und aus, um mich wieder zu beruhigen. Es wäre so leicht, wieder loszuschreien, so leicht, und in gewisser Weise auch eine große Erleichterung, mich blindwütiger Hysterie zu überlassen. Aber ich musste einen klaren Kopf bewahren, um nachdenken zu können. Immerhin war ich noch am Leben, Rachel war noch am Leben, es war noch nichts Unwiderrufliches passiert. Und die beste, nein, die einzige Verteidigung, die ich hatte, war mein Verstand. Grant und seine Freunde waren stärker, aber ich musste daran glauben, dass ich schlauer war und eine Chance hatte, sie zu überlisten und eine Fluchtmöglichkeit zu finden, wenn ich nur die Ruhe bewahrte.

Ich fuhr mit den Händen über den Boden, um die Seiten des Schuppens zu ertasten und herauszufinden, wie groß er war. Ich wollte ein Gespür dafür bekommen, wo sich die Wände befanden. Ich wollte sehen, ob es irgendeine Lichtquelle gab, irgendein Schlupfloch.

Mit einer Hand an der Wand kroch ich auf den Knien über den Boden, ganz langsam, aus Angst, mich in der Dunkelheit an irgendwas Scharfem zu verletzen oder mir den Kopf zu stoßen. Aber immerhin war ich in Bewegung. Ich tat etwas, und dadurch fühlte ich mich gleich besser. Ich hatte einen Plan, so dürftig und aussichtslos er auch sein mochte.

Der Schuppen war anscheinend größer, als er von außen gewirkt hatte. Als ich die Ecke der zweiten Wand erreichte, stießen meine Hände gegen etwas. Es war weich. Ich wich entsetzt zurück und hob die Hände vors Gesicht, um ein Schluchzen zu dämpfen.

Mein erster Gedanke war, ich hätte irgendein Tier berührt, aber ich hörte und spürte keinerlei Bewegung, kein Atemgeräusch. Also streckte ich die Hand erneut aus.

Die Oberfläche war weich, aber rau. Kein Tier, nein, sondern eine Art Sack. Ein Jutesack. Vermutlich mit Saatkörnern oder Getreide gefüllt. Ich kroch weiter und entdeckte noch mehr Säcke. Die ganze Wand war davon bedeckt.

Aber nirgends fand ich Löcher oder Lücken zwischen Wänden und Boden, nirgends gab es einen offensichtlichen Fluchtweg. Ich setzte mich und überlegte. Inzwischen hatten sich meine Augen an die Dunkelheit gewöhnt, und ich konnte erkennen, dass der Schuppen, abgesehen von den Säcken, völlig leer war. Die einzigen Lichtquellen waren die Ritzen um die Tür herum. Aber die Tür war fest verschlossen, das wusste ich, weil ich gehört hatte, wie Grant sie von außen verriegelte, bevor er ging.

Ich wusste, die Chance war minimal, aber vielleicht versteckte sich ja hinter den Säcken ein Loch, irgendeine Fluchtmöglichkeit. Wellblech ließ sich biegen. Schon eine kleine Lücke zwischen Wand und Boden würde genügen, und ich könnte mich hindurchzwängen.

Die Säcke waren schwer und kaum von der Stelle zu bewegen, aber Angst und Wut verliehen mir eine Kraft, die ich normalerweise nicht hatte. Mir taten zwar schon bald Arme und Rücken weh, aber der Wille, zu fliehen und am Leben zu bleiben, spornte mich an. Ich stapelte die Säcke einfach knapp einen Meter von der Wand entfernt auf. Ich hätte sie lieber rasch beiseitegestoßen, sie einfach irgendwohin geworfen, doch wenn Grant zurückkam, sollte er nicht sofort merken, dass sie bewegt worden waren.

Und ich wurde belohnt. Als ich endlich bei der letzten Reihe angekommen war, sah ich einen silbrigen Schein dicht am Boden. Licht. Ich arbeitete schneller, begieriger und auch ängstlicher. Mein Magen verkrampfte sich, und plötzlich musste ich dringend aufs Klo. Die Aussicht auf Flucht verstärkte meine Furcht nur noch. Sie machte mir bewusst, in welcher Gefahr ich mich befand, wie panisch ich eigentlich war. Doch ich riss mich zusammen und hielt durch, weil es jetzt auf jede Sekunde ankam.

Endlich hatte ich es geschafft. Ich ging zwischen den gestapelten Säcken und der Wand auf alle viere und sah mir die Lücke genauer an. Die Wand war am unteren Rand leicht nach oben und außen gebogen, wodurch eine gut zehn Zentimeter hohe und fast einen Meter breite Öffnung entstanden war. Falls es mir gelang, das Blech ein kleines bisschen weiter hochzubiegen, sodass erst mein Kopf und dann mein Körper hindurchpasste, könnte ich mich nach draußen schieben.

Ich stand auf, stellte den Fuß gegen das Blech und trat so fest ich konnte dagegen. Es rührte sich keinen Millimeter. Ich musste es mit meinem ganzen Körpergewicht versuchen, also legte ich mich auf den Rücken, mit dem Kopf gegen die Säcke gestützt, setzte beide Füße auf das Blech und stemmte mit aller Kraft. Das Blech bog sich nach oben. Ein wenig nur, aber immerhin.

Bei dem Gedanken, dass ich vielleicht doch entkommen könnte, schnürte mir blanke Hysterie die Kehle zu. Ich unterdrückte ein Schluchzen, schüttelte den Kopf und konzentrierte mich, um mich wieder dagegen zu stemmen. Ich drückte so fest, dass es wehtat. Die Wand bog sich weiter nach oben.

Jetzt war die Lücke groß genug. Ich legte mich flach auf den Bauch und schob zuerst den Kopf hindurch, seitlich, sodass meine Wange über die Erde schrammte und ich spitze Steinchen an meiner Haut spürte. Mit den Schultern blieb ich zunächst hängen, aber dann konnte ich sie doch nach draußen zwängen, indem ich mit den Händen zog und mich mit den Füßen an den Säcken abstieß. Der Rest des Körpers glitt leicht hinterher, und ich schob mich über den Boden, obwohl das Blech mir über den Rücken schabte, durch die Kleidung schnitt, mir die Haut zerschrammte, bis ich endlich ganz hindurch war und aufstehen konnte.

Jetzt, wo ich draußen war, fiel es mir noch schwerer, die aufsteigende Angst zu kontrollieren. Ich war frei, zumindest vorläufig, und aus Furcht, Grant könnte mich entdecken, blieb ich einen Augenblick lang von meinem eigenen Entsetzen gelähmt stehen. Doch ich zwang mich, zu atmen, zwang meine Beine, sich zu bewegen, schaffte es zur Ecke des Schuppens und spähte vorsichtig um sie herum.

Die Autotüren standen offen, und aus dem Wageninneren fiel genug Licht, um zu erkennen, dass Rachel daneben auf der Erde lag. Sie lag auf dem Rücken, ihr Rock war achtlos bis zur Taille hochgeschoben. Grant kniete zwischen ihren geöffneten Beinen. Er bewegte sich vor und zurück, er stieß in sie hinein. Rachel stöhnte jedes Mal leise. Die anderen lehnten am Wagen und sahen zu.

Die Schweine vergewaltigten sie. Sie vergewaltigten meine kleine Schwester.

Ich musste mich vornüberbeugen und mir die Hand auf den Mund pressen, um einen Schrei zu unterdrücken. Ich verspürte den unbändigen Drang, hinzurennen, ich wollte auf sie einschlagen, sie kratzen, töten, verstümmeln und verletzen. Aber ich musste mich zwingen, leise zu sein, nachzudenken. Ich konnte sie auf keinen Fall allein überwältigen.

Ein wütender Hass stieg mir in die Kehle, und er war so stark, dass ich ihn fast schmecken konnte, scharf und bitter. Ich ging in die Hocke, nahm einen Stein auf und presste ihn so fest in die Hand, dass mir seine Ränder in die Haut schnitten. Aber ich war froh über den Schmerz, froh darüber, ihn zu spüren, froh, dass er so scharfkantig war.

Ich blickte mich verzweifelt um. Ich weiß nicht, worauf ich hoffte, doch durch die Bäume hindurch sah ich in der Ferne Licht.

Gerade als ich wieder zu Rachel hinübersah, hob Sean den Kopf und blickte in meine Richtung. Er schien mich direkt anzustarren. Ich weiß nicht, ob er mich wirklich sah, ich werde es nie wissen. Vielleicht konnte er mich in der Dunkelheit nicht sehen, aber darauf wollte ich es nicht ankommen lassen. Panik erfasste mich.

Ich drehte mich um und lief. Auf das Licht zu.

23

Wir fahren Richtung Circular Quay und dann nach The Rocks, wo Mick einen Pub kennt, in dem man noch spätabends gut essen kann, wie er sagt. Wir haben beide Hunger, daher bestellen wir üppige Gerichte – Steak mit Pommes und Salat –, die wir mit großem Appetit essen, und jedes Mal, wenn unsere Blicke sich treffen, grinsen wir uns über den Tisch hinweg an.

Als wir aufgegessen haben, der Tisch abgeräumt ist und wir beide noch unsere Cola trinken, küsst Mick mich. Es geschieht überraschend und unerwartet, und es ist dennoch einfach wunderbar. Er steht auf, beugt sich über den Tisch und drückt seine Lippen auf meine. Es ist kein leidenschaftlicher Kuss, sein Mund bleibt dabei geschlossen, aber er ist zärtlich und sanft und dauert viel länger als ein brüderlicher Wangenkuss. Es ist ein Kuss, der alles klarer macht, ein Kuss, der mir zeigt, dass er sich zu mir genauso hingezogen fühlt wie ich mich zu ihm.

»Wieso hast du mich so böse angeguckt, als deine Schwester uns vorgestellt hat?«, frage ich. »Ich habe gedacht, du könntest mich nicht leiden. Ich hab gedacht, du wärst ein Scheusal, ehrlich gesagt. Unfreundlich und ungehobelt.«

»Weil ich so ein komisches Gefühl hatte. Sobald ich dich gesehen hatte, wusste ich, dass zwischen uns was passieren würde. Ich wusste es. Auf Anhieb.« Er lächelt und wirkt zum ersten Mal verlegen. »Du hast mich nervös gemacht.«

Wir sind beide in Hochstimmung, beide überrascht über das unerwartete Glück, einander begegnet zu sein, und als wir den Pub verlassen und zurück zu Micks Motorrad gehen, fragt er mich, wo ich wohne.

»Ich will aber nicht nach Hause«, sage ich.

»Nein?«

»Nein.«

Wir fahren zu Mick. Er wohnt mit einem Studenten namens Simon zusammen, der aber nicht da ist. Wir machen Tee und gehen mit unseren Tassen in Micks Zimmer. Sein Bett besteht aus einer Matratze auf dem Fußboden, aber es ist gemacht, die Bettdecke ist glatt gestrichen, die Kissen am Kopfende ordentlich arrangiert. An der Wand neben dem Bett sind Bücher gestapelt, und daneben lehnt eine Gitarre.

Wir setzen uns Seite an Seite aufs Bett, mit dem Rücken gegen die Kissen, im Schneidersitz, die Knie aneinander. Wir reden über Musik, unsere Lieblingsbands, unsere Lieblingssongs. Wir trinken jeder drei Tassen Tee und teilen uns einen Schokoladenriegel aus dem fast leeren Kühlschrank. Es ist kurz vor drei, Mick rutscht ein Stück tiefer, legt sich auf die Seite und schaut mich an, den Kopf auf einem Kissen.

»Leg dich hin«, sagt er. »Du musst doch hundemüde sein.«

Ich rutsche ebenfalls tiefer, bis wir nebeneinanderliegen, die Gesichter nah beieinander.

Mick berührt mein Gesicht mit einer Fingerspitze, zieht eine Linie über meine Wange, übers Kinn, den Hals hinunter.

»Du bist schön«, sagt er.

Wir küssen uns, pressen die Körper, die Münder fest aneinander. Und wir passen so gut zusammen, so selbstverständlich, und schon bald sind wir atemlos und angespannt vor Hitze und Verlangen.

Ich löse mich von ihm. Plötzlich bin ich von dem unwiderstehlichen Drang zu reden erfüllt. Ich will unbedingt meine Geschichte erzählen. »Ich hab so was schon lange nicht mehr … ich meine, das letzte Mal, dass ich jemanden geküsst hab …« Ich stocke und hole tief Luft. »Er hieß Will. William Holloway. Es war an dem Abend, als Rachel ermordet wurde.«

Mick ist ganz still. Er nickt und hört zu.

»Wir haben an dem Abend gar nichts gemacht«, sage ich, und ich erinnere mich an Wills Gesicht, daran, wie sehr ich ihn liebte und wie quälend und beklommen es war, als ich ihn danach wiedersah. »Wir wollten es aber. Wir haben es uns so wunderbar ausgemalt, wie wir unsere Unschuld gemeinsam verlieren würden. Aber nach diesem Abend war irgendwie alles kaputt. Wir fühlten uns nur noch unwohl miteinander. Ich glaube, wir waren verlegen. Eigentlich ein lächerliches Gefühl, wenn jemand ermordet worden ist. Aber wir konnten uns nicht mehr in die Augen sehen. Er kam mich weiter besuchen, und dann saß er jedes Mal stocksteif und unglücklich da, und ich hab die ganze Zeit nur geheult. Schließlich hab ich ihm gesagt, dass ich ihn nicht mehr sehen will. Er war total erleichtert.« Ich lache traurig. »Du hättest sein Gesicht sehen sollen. Er hat versucht, so zu tun, als wäre er traurig über unsere Trennung. Aber er konnte gar nicht schnell genug wegkommen.«

»Ich schätze, ein Sechzehnjähriger ist mit so einer Situation einfach überfordert.«

»Und ob«, sage ich. »Ich hab ihm auch gar keine Vorwürfe gemacht. Ich war selbst erleichtert. Es war so schrecklich, von ihm bemitleidet zu werden. Aber er war zu höflich und nett, um mit mir Schluss zu machen.«

»Und seitdem?«

»Nichts«, sage ich. »Niemand.«

»Dann bin ich ja ein Glückspilz.« Er lächelt und küsst mich auf die Stirn. »Aber wir können es langsam angehen lassen. Es hat keine Eile. Ich kann warten. Ich will dich nicht unter Druck setzen.«

Aber ich weiß, was ich will, und die Vorstellung, noch länger zu warten, ist dermaßen frustrierend, dass sie mich nur noch mehr in meinem Entschluss bestärkt. Ich schüttele den Kopf und lächle schüchtern, nehme seine Hand und lege seinen Arm um mich. Dann rücke ich näher, bis unsere Körper eng beieinanderliegen, und presse meine Lippen auf seine.

»Katherine«, sagt er anschließend. Wir atmen gegenseitig unsere Luft ein und liegen Seite an Seite, Gesicht an Gesicht.

»Mick«, sage ich.

»Ich liebe deinen Namen. Er passt perfekt zu dir. Katherine. Katherine. Katherine und Mick.«

Und als er meinen Namen so ausspricht, zusammen mit seinem, ist alles anders. Eigentlich hat es mir nie gefallen, Katherine genannt zu werden. Die ganze Zeit sehnte ich mich danach, Katie genannt zu werden, Katie zu sein.

Aber ich bin nicht mehr Katie, ich bin Katherine – und heute Nacht möchte ich auch zum allerersten Mal niemand anders sein.

24

Du läufst und läufst und läufst. Du läufst schnell, schneller als je in deinem Leben. Du strauchelst und stolperst, fällst auf Hände und Knie, stehst sofort wieder auf, läufst weiter. »Bitte, bitte«, schluchzt du. »Helft mir. Bitte. Helft mir doch.«

Du hast rasende Angst, dass sie hinter dir her sind, dich verfolgen, dass sie mit jedem Schritt näher kommen. Dein keuchender Atem klingt laut in deinen Ohren, betäubend laut, aber du meinst, sie hinter dir zu hören, und läufst noch schneller. Du blickst nicht nach hinten, um nachzusehen, ob du verfolgt wirst, du bist so panisch, dass du nichts anderes tun kannst, als zu laufen. Obwohl du Seitenstiche hast, keine Luft mehr bekommst, dir die Beine wehtun, zwingst du dich, nicht langsamer zu werden, dich nicht umzudrehen, nicht zu einem hysterischen Häuflein zusammenzubrechen.

Und als du dich dem Licht näherst, erkennst du, dass es von einem Haus kommt, genau wie du gehofft hast. Und als du noch näher kommst, siehst du, dass die Fenster geöffnet sind, um die Abendluft hereinzulassen, dass auf der Veranda Licht brennt und ein Auto in der Einfahrt parkt. Es ist jemand zu Hause.

Du läufst die Einfahrt hoch, fällst auf die Veranda, rappelst dich hoch und springst zur Tür. Du hämmerst wie wahnsinnig mit den Fäusten dagegen. Du trittst und schlägst um dich. Und du versuchst zu schreien.

Nach einem Moment wird die Tür aufgerissen. Eine Frau

steht da. Sie wirkt verärgert über die Ruhestörung. Doch als sie dich sieht, erkennt sie, dass du Angst hast, dass es ein Notfall ist. Ihr Gesichtsausdruck schlägt in Bestürzung und Sorge um. Ihr Mund klappt auf, sie hebt eine Hand vor die Brust, legt die andere auf deinen Arm.

»Was ist los?«, fragt sie. »Was ist passiert?«

Als die Polizei eintrifft und die Gegend absucht, sind die Typen längst verschwunden. Sie haben Rachel einfach liegengelassen, auf dem Rücken im Dreck, wie ein Tier. Einer der Polizisten versichert dir, dass sie friedlich aussieht, dass ihr kaltes, totes Gesicht einen gelassenen und ruhigen Ausdruck trägt. Das lässt hoffen, so sagt er, dass sie nicht mehr mitbekommen hat, was passiert ist. Sie wusste nicht, dass du sie da zurückgelassen hast. Allein mit ihnen.

Teil zwei

25

Alice sitzt schon an einem Tisch in der Ecke des Cafés, als ich komme. Sie nippt an einer Tasse Kaffee.

»Hallo.« Ich setze mich ihr gegenüber und lächle.

Alice verdreht die Augen. »Ich hab das ganze Wochenende versucht, dich anzurufen. Wieso hast du nie dein Handy dabei?« Sie ist gereizt, aber sie kann mir heute nicht die Laune vermiesen. Nichts kann das, dazu bin ich einfach zu glücklich.

»Was war denn los? Wolltest du irgendwas Besonderes?«, frage ich heiter, ohne auf ihre Stimmung einzugehen. Ich erkläre nicht, was passiert ist oder wo ich gewesen bin. Ich erwähne Mick mit keinem Wort. Das Ganze ist noch so neu für mich, so wunderbar, und ich will es für mich behalten.

»Ich wollte dir nur was erzählen. Ich hab jemand Neues kennengelernt.« Sie beugt sich vor, die Augenbrauen hochgezogen. Ihr Ärger ist offenbar schon wieder verflogen.

Mein erster Gedanke gilt Robbie. Wie unglücklich er sein muss.

»Oh.« Ich nehme die Speisekarte und starre blind auf die laminierte Pappe. »Ist es was Ernstes?«

»Was Ernstes? Also ehrlich, du könntest dich ruhig mal für mich freuen.«

Ich lege die Speisekarte hin und sehe Alice an. »Tut mir leid. Aber was ist mit Robbie? Weiß er es überhaupt schon? Das wird ihn umhauen. Er –«

»Robbie-Schmobbie«, fällt sie mir ins Wort. »Ich hab ihm schließlich nie irgendwas versprochen. Ehrlich, Katherine. Das hab ich nie. Niemals. Im Gegenteil, ich habe ihm klipp und klar zu verstehen gegeben, dass das mit uns nichts Ernstes ist. Er hat sich da irgendwas zusammengesponnen. Robbie wird sich damit abfinden müssen. Wohl oder übel. Ich gehöre ihm nicht.«

»Natürlich.« Und ich begreife, dass es wahrscheinlich auf lange Sicht so am besten ist. In gewisser Weise bin ich sogar froh für Robbie. Jetzt wird er der Wahrheit ins Auge sehen müssen, der Wahrheit, dass Alice sich einfach nichts aus ihm macht. Es wird wehtun, aber er muss sie vergessen und sich jemand anderen suchen – ein Mädchen, das zu schätzen weiß, wie toll er ist.

»Und?«, sage ich. »Wer ist dein Neuer? Wie ist er?«

»Er ist umwerfend. Er ist wunderbar, attraktiv, sexy. Ich schwebe wie auf Wolken. Ich denke jede Sekunde an ihn.«

Ich lächle. Ich kann ihre Gefühle sehr gut nachvollziehen.

»Wie heißt er?«

Aber Alice antwortet nicht, sondern hebt stattdessen ihre Tasse an den Mund und schaut mich über den Rand an. »Er ist älter.«

»Älter?«

»Ja. Deutlich älter.«

»Wie viel älter?«

»Rate. Rate, wie alt er ist.«

»Fünfunddreißig?«

»Nein. Älter.«

»Vierzig?«

»Älter.«

»Fünfundvierzig?«

»Älter.«

Ich starre sie an. »Machst du Witze?«

»Nein. Na los. Du bist ganz nah dran.«

»Fünfzig?«

»Achtundvierzig.«

»Ach, du Schande, Alice. Das ist Wahnsinn. Der ist doch steinalt. Stört ihn das nicht? Dass du erst achtzehn bist?«

Alice lächelt. »Vielleicht denkt er, dass ich siebenundzwanzig bin.«

»Du hast ihn angelogen?«

Sie zuckt die Achseln. »Nur ein bisschen übertrieben.«

»Aber er ist fast dreißig Jahre älter. Ist das nicht eigenartig?«

»Nein. Nein, überhaupt nicht. Du würdest dich wundern. Es ist toll. Er ist hochintelligent, Katherine, unglaublich klug. Es kommt mir so vor, als hätte ich schon die ganze Zeit nach einem älteren Mann gesucht, weißt du, es ist einfach alles zigmal besser. Er ist viel, viel reifer, viel offener und selbstsicherer und unabhängiger. Und er scharwenzelt nicht ständig um mich herum wie ein liebeskrankes Hündchen, was echt eine Wohltat ist.« Sie lacht. »Und er ist wahnsinnig gut im Bett, total erfahren. Er ist einfach unglaublich souverän.«

Ich habe Mühe, mich auf die Speisekarte zu konzentrieren, die ich wieder in die Hand genommen habe. Ich bin nicht hungrig, dazu bin ich viel zu verliebt, aber Alice soll mein Missfallen und meine Ablehnung nicht spüren. Wenn ich mit ihr zusammen bin, komme ich mir in letzter Zeit immer wie eine tadelnde und moralisierende ältere Schwester vor.

Ich bin nicht mal sicher, was genau mich an Alice' neuer Beziehung stört. Immerhin sind sie beide erwachsen, und solange niemand Schaden nimmt, sollte der Altersunterschied eigentlich keine Rolle spielen. Aber bei Alice sind die Dinge nun mal nie so einfach, wie es auf den ersten Blick scheint.

»Er ist doch nicht etwa verheiratet, oder?«, frage ich und kann einen misstrauischen Unterton nicht unterdrücken.

»Nein.« Alice streckt mir die Zunge raus. »Ist er nicht. Blöde Kuh.«

»Sorry. Okay. Er ist nicht verheiratet. Das ist gut.« Und dann grinse ich. »Also, was stimmt denn dann nicht mit ihm? Wieso ist er in seinem fortgeschrittenen Alter nicht verheiratet?«

»Er war verheiratet. Seine Frau ist gestorben.«

»O nein. Wirklich? Wie furchtbar.«

»Wahrscheinlich.« Alice zuckt die Achseln. »Aber nicht für mich.«

Die Kellnerin kommt an den Tisch, und ich bestelle mir einen Kaffee und ein Sandwich. Alice bestellt noch einen Kaffee.

»Du isst nichts?«, frage ich.

»Nein. Ich hab keinen Hunger.« Sie beugt sich vor, umschließt meine Hand mit ihrer und drückt sie. »Ich glaube, ich bin verliebt, Katherine. Ich habe so etwas noch nie erlebt. Noch nie. Ich kann nicht essen. Ich kann nicht schlafen. Ich bin ständig high vom Adrenalin. Ich hab keine Ahnung, wie ich in dem Zustand die Abschlussprüfungen bestehen soll. Ich kann kaum eine Illustrierte lesen, geschweige denn Shakespeare. Ich warte immer nur auf einen Anruf von ihm. Ich fühle mich, als wäre ich nur halb am Leben, wenn ich nicht mit ihm zusammen bin, in irgendeinem merkwürdigen Schwebezustand. Ehrlich, ich glaube, er könnte die große Liebe meines Lebens sein.«

Und obwohl es mir mit Mick fast genauso geht, habe ich seltsamerweise nicht das Verlangen, Alice einzuweihen. Ich will ihr gar nicht von all den wunderbaren neuen Gefühlen zu ihm erzählen, die durch meine Adern pulsieren. Wie sehr hat sich alles verändert, seit ich Alice zuletzt gesehen habe! Ich stelle sogar fest, und das schockiert mich fast, dass ich ihr die ganze Sache verheimlichen möchte. Ich will sie sicher aufbewahren, tief in mir verborgen, und sie für mich behalten.

Also lächle ich und höre zu, während sie mir alles erzählt: wo sie sich kennengelernt haben, wie sie zusammengekommen sind. Aber ich erzähle ihr nichts von Mick. Kein Wort.

26

Mir bleiben noch zehn Tage, um mich auf die Abschlussprüfungen vorzubereiten, die selbst nochmal zehn Tage dauern, bis ich die Highschool für immer hinter mir habe, und diese zwanzig Tage kommen mir vor wie die längsten meines Lebens. Doch weder die nervöse Wartezeit bis zu den Prüfungen noch die Prüfungen selbst machen mir zu schaffen, sondern die selbstauferlegte Trennung von Mick. Ich kann mich unmöglich aufs Lernen konzentrieren, wenn wir zusammen sind, und so haben wir einvernehmlich entschieden, dass wir uns in dieser Zeit am besten gar nicht sehen. Nur zwanzig Tage lang. Es kam uns beiden so vernünftig vor, sogar ganz leicht. Aber ihn nicht zu sehen, fällt mir schwerer, als ich gedacht habe, und die Sehnsucht nach ihm bereitet mir geradezu körperliche Schmerzen.

Ich habe mir den Schreibtisch zu Hause bequem zum Büffeln eingerichtet, mit sämtlichen Büchern und Unterlagen um mich herum. Vivien macht bald eine einmonatige Geschäftsreise nach Europa. Doch jetzt ist sie zu Hause. Sie hat ausnahmsweise mal ein paar reisefreie Wochen, und deshalb schmeißt sie den ganzen Haushalt, während ich lerne. Sie kocht für uns leckere, gesunde Mahlzeiten und besteht darauf, den Abwasch allein zu machen, damit ich gleich wieder zurück an den Schreibtisch kann. Ich lege jeden Tag gegen fünf eine längere Pause ein, in der ich einen Spaziergang mache, um wieder einen klaren Kopf zu bekommen, esse anschließend zu Abend und gehe wieder in mein Zimmer, um noch ein paar Stunden zu lernen.

Meistens bin ich zu müde und hirntot, um länger als bis neun Uhr zu arbeiten, und wenn ich geduscht und meinen Pyjama angezogen habe, hüpfe ich ins Bett und rufe Mick auf dem Handy an. Ich bin vor jedem Anruf ein bisschen nervös, weil ich Angst habe, ich könnte ihn stören, er könnte genervt oder unfreundlich reagieren oder aus irgendeinem Grund nicht überglücklich sein, dass ich mich melde. Aber jedes Mal, wenn ich anrufe, geht er fast augenblicklich dran und sagt meinen Namen, Katherine, und er klingt immer so erleichtert und freudig, als hätte er sich genauso danach gesehnt, meine Stimme zu hören, wie ich mich auf seine gefreut habe.

Er fragt mich jeden Abend, welchen Stoff ich gelernt habe und ob ich mich fit für die Prüfungen fühle. Er erzählt mir von seinem Tag und wie seine Bandprobe gelaufen ist. Wenn er am Abend einen Gig hat, klingt er immer aufgekratzter und ein winziges bisschen abgelenkt. Am liebsten telefoniere ich mit ihm, wenn er auch zu Hause ist, im Bett, und wir eine Stunde oder länger miteinander reden. Wir reden, bis unsere Stimmen leise und schläfrig werden, und sein zärtliches Gute Nacht ist das Letzte, was ich höre, ehe ich die Augen schließe.

Am Nachmittag meiner letzten Prüfungsklausur, Geschichte, wartet er auf mich, als ich aus dem Saal komme. Ich hatte nicht mit ihm gerechnet, und ich spüre, wie ich rot werde, als ich auf ihn zugehe. Ich komme mir in meiner Schuluniform albern vor, unattraktiv und kindlich, und ich spüre deutlich, dass uns die anderen Schüler anstarren. Aber Mick lächelt, fasst meine Hand, zieht mich an sich und schlingt seine Arme um mich. Und in Micks Armen ist mir auf einmal egal, was die anderen denken. Es ist mir schnurz, wie ich aussehe. Er liebt mich, und das allein zählt. Wir fahren schnurstracks zu Mick nach Hause, und als er mich in seinem Zimmer in die Arme schließt und küsst, vergesse ich alles um mich herum.

Stunden später, als es dunkel geworden ist und ich aus einem tiefen, zufriedenen Schlaf erwache, bringt Mick mir ein Sandwich und eine Tasse Tee ans Bett und schaut zu, wie ich esse. Ich bin hungrig und esse schnell, und anschließend legt Mick sich zu mir, und wir lieben uns erneut. Und als wir später eng aneinandergeschmiegt daliegen, kommen mir die Tränen.

»Was ist?« Mick legt die Stirn in Falten und stützt den Kopf auf die Hand. »Was hast du denn?«

»Das mit dir ist einfach zu schön. Zu viel. Ich bin zu glücklich. Es ist beängstigend.«

Er lacht und küsst mich. »Sei nicht albern. Du darfst doch glücklich sein, Katherine.«

»Darf ich das? Ich weiß es nicht, manchmal denke ich –«

»Nein.« Er schüttelt den Kopf und hindert mich mit einem weiteren Kuss am Sprechen. Seine Stimme ist eindringlich und klingt fast panisch. »Schsch. Sag nichts. Das bringt Unglück. Du bist glücklich. Ich bin glücklich. Das ist nicht zu schön, um wahr zu sein. Viele Menschen sind glücklich. Das ist normal. Das ist gut. Denk nicht über irgendwelche schlimmen Dinge nach. Tu's nicht.«

»Okay«, sage ich. »Okay.« Und angesichts von Micks Aberglauben, seiner offensichtlichen Angst, behalte ich meine Befürchtungen für mich und rede mir ein, dass ich es verdient habe, glücklich zu sein, genau wie alle anderen auch.

Am Abend fahre ich nach Hause und übernachte dort, weil Vivien am nächsten Morgen nach Europa abreist und ich mit ihr frühstücken und mich von ihr verabschieden möchte.

»Hattest du einen schönen Abend?«, fragt sie am nächsten Morgen. Ich habe darauf bestanden, für sie Rühreier zu machen, und sie langt kräftig zu.

»Ja. Es war superschön.« Und es liegt wohl irgendwas in meiner Stimme, ein besonderer Unterton von Glück oder Begeisterung, denn sie schaut mich fragend an, die Augenbrauen hochgezogen.

»Ach, so schön war's also?«

»Ja.« Ich starre meinen Teller an und hoffe, dass meine Wangen nicht so rot sind, wie sie sich anfühlen. »Es ist einfach ein tolles Gefühl, fertig zu sein. Frei zu sein.« Ich erzähle ihr nichts von Mick. Ich kann nicht. Ich fürchte, es könnte Unglück bringen und alles auseinanderbrechen lassen, wenn ich zu früh darüber rede. Und obwohl sie ganz sicher niemals mein Vertrauen enttäuschen würde, möchte ich noch nicht, dass meine Eltern es erfahren.

»Du wirkst in letzter Zeit viel fröhlicher«, sagt sie, als sie mich zum Abschied umarmt. »Richtig glücklich.«

»Ich glaube, das bin ich auch«, sage ich.

Mick hat am Abend einen Gig. Seine Band spielt von zehn bis eins in einem Pub in der Nähe. Wir sind tagsüber bei ihm zu Hause, und er fährt um acht los. Ich bleibe noch, um zu duschen und mich anzuziehen und auf Philippa zu warten. Sie kommt um halb zehn mit Danni, einer Freundin von der Uni. Sie bringen mir einen Strauß Blumen mit, als Glückwunschgeschenk für die überstandenen Prüfungen.

»Gratuliere«, sagt Philippa und gibt mir einen Kuss auf die Wange, »dass du die jahrelange Tortur hinter dir hast.«

»Nie wieder Schule«, sage ich. »Kaum zu glauben.«

»Und?«, fragt Danni. »Was denkst du, wie du abgeschnitten hast?«

»So einigermaßen, schätze ich.« Ich zucke die Achseln. »Ich bin einfach froh, dass es vorbei ist.«

»Ich wette, Mick ist auch froh.« Philippa grinst und stupst mich mit dem Ellbogen an. »Du hast ihm schrecklich gefehlt. Er hat regelrecht nach dir geschmachtet.«

Mick hat mir zwar erzählt, wie sehr er mich vermisst hat, aber es von Philippa zu hören, macht es für mich irgendwie noch realer und kostbarer.

Die Band spielt bereits, als wir eintreffen, und ich sitze an unserem Tisch, ein kaltes Getränk in der Hand, und starre Mick ungeniert hat. Er spielt konzentriert, das Gesicht so angespannt und verschlossen wie damals, als ich ihn das erste Mal auf der Bühne sah. Danni und Philippa unterhalten sich. Sie versuchen, mich ins Gespräch einzubeziehen, aber ich bin nicht bei der Sache, sondern warte darauf, dass Mick mich bemerkt. Danni und Philippa lachen. Philippa tätschelt kurz mein Bein, sie freut sich für mich und ihren Bruder.

Schließlich schaut Mick in unsere Richtung. Er grinst, als er mich sieht, sein kolossales Lächeln, dieses Lächeln, das sein Gesicht völlig verwandelt, und das Herz pocht mir vor dankbarer Liebe in der Brust. Ich würde am liebsten auf die Bühne springen und ihn küssen, ihn umarmen, ihn an mich drücken. Aber es ist fast genauso schön, ihn spielen zu sehen und dabei zu wissen, dass ich diejenige bin, an die er denkt, die sein Gesicht zum Strahlen gebracht hat, zu der er in der Pause kommen wird.

Die Band spielt jetzt das letzte Stück des ersten Sets, und Mick lässt mich nicht mehr aus den Augen. Kaum ist es zu Ende, eilt er von der Bühne zu unserem Tisch. Erst begrüßt er Philippa und Danni, dann greift er meine Hand und zieht mich hinter die Bühne, wo es dunkel ist.

Er drückt mich gegen die Wand, presst seinen Körper gegen meinen, legt eine Hand an meinen Kopf und vergräbt seine Finger in meinem Haar.

»Du bist da«, sagt er.

»Ja«, sage ich mit einer Stimme, die federleicht ist, atemlos vor Liebe und Verlangen und vor unglaublicher Freude.

»Ich hab dich vermisst.« Und ich höre es auch in seiner Stimme, dieses wahnsinnige Glück.

»Ja.« Und mehr gibt es nicht zu sagen, bloß ja. Ja.

Und dann ist sein Mund auf meinem, seine Zunge forschend, seine Lippen weich, der saubere, süße Geruch seines Atems inzwischen vertraut. Und ich kann ihn an mir spüren, sein Verlangen, und ich will ihn auch, und ich schmiege mich an ihn, zeige ihm, dass ich dasselbe empfinde. Und doch ist es nicht mein dringendster Wunsch, dass der Abend zu Ende geht. Ich werde ihn genießen, jeden Augenblick, die Vorfreude auskosten, dass wir später zusammen sein werden. Die Verheißung von etwas noch Besserem.

Auf einmal spielt die Jukebox einen bekannten Song.

Ich rücke ein bisschen von ihm ab und sage: »Den hat Rachel immer gehört.« Ich muss lachen und bewege meinen Körper im Takt der Musik. Es ist ein ansteckender, fröhlicher Song, den man unmöglich ignorieren kann. »Sie fand ihn ganz toll. Sie hat immer dazu getanzt.«

Mick nimmt meine Hand. »Dann komm.«

Wir gehen zurück über die Bühne und springen auf die überfüllte Tanzfläche. Unsere Hände sind fest ineinander verschlungen, und wir bewegen uns aufeinander zu und wieder voneinander weg. Dazwischen treffen sich unsere Lippen immer wieder, und wir schmecken einander, salzig, süß, die Körper aneinandergepresst. Wir trennen uns, und Mick wirbelt mich herum, bis mir schwindelig wird und er mich stützen muss. Ich lache. Wir tanzen zu einem Song nach dem anderen, bis wir beide heiß und verschwitzt sind und uns die Handflächen kleben. Aber es macht uns nichts aus, wir wollen nicht aufhören, wir haben beide dieses Lächeln im Gesicht.

Bei der lauten Musik höre ich mein Handy nicht, spüre aber die Vibration in der Tasche. Eine Nachricht. Ich ignoriere es und nehme mir vor, die Mailbox später abzuhören, doch wenige Minuten später surrt es wieder. Ich hole das Handy aus der Tasche und halte es hoch, damit Mick es sieht. Er küsst mich. Ich gehe zur Toilette, um die Nachrichten abzuhören.

Es ist Alice.

Katherine. Ruf mich an. Sie klingt irgendwie verweint. Wo bist du? In letzter Zeit kann ich dich gar nicht mehr erreichen. Bitte ruf mich an. Bitte. Ich muss dich dringend sehen.

Ich rufe ihr Handy an.

»Katherine. Gott sei Dank«, meldet sie sich.

»Was ist los? Ist alles in Ordnung?«

»Nein. Nicht wirklich.«

»Was ist denn? Was ist passiert?«

»Ich langweile mich. Ich weiß nicht, was ich machen soll. Mein Freund hat zu tun und kann sich heute Abend nicht mit mir treffen.«

Ich verdrehe die Augen. Nur Alice schafft es, Langeweile wie die größte Katastrophe der Welt klingen zu lassen. Und obwohl ich ganz und gar keine Lust habe, Mick allein zu lassen, sage ich: »Willst du, dass ich vorbeikomme? Schokolade mitbringe?«

»Ich weiß nicht, was ich will.« Sie seufzt. »Wo steckst du? Hört sich komisch an. Es hallt irgendwie.«

»Ich bin unterwegs. In einem Pub. Hotel William. Gerade sitze ich auf dem Klo, um dich anzurufen. Vorne ist die Musik zu laut.«

»Ach so.« Sie schweigt kurz. Dann: »Mit wem bist du denn da?«

»Philippa. Und einer Freundin von ihr, Danni. Und mit Philippas Bruder.« Ich benutze bewusst nicht Micks Namen. »Aber ich kann zu dir nach Hause kommen. Ich bring irgendwas mit, was dich aufheitert.«

»Nein. Nein. Ich will dir nicht den Abend verderben. Ich komm in den Pub. Wir sehen uns dort.«

»Aber es ist tierisch laut hier.« Und während ich rede, merke ich, dass ich sie nicht dabeihaben will. Ich will Mick und Philippa, meine neue Liebe und meine neue Freundin, unbedingt von Alice fernhalten. Irgendwie habe ich Angst, dass sie alles zerstört oder es irgendwie vergiftet. »Wir werden gar nicht miteinander reden können.«

»Macht nichts«, sagt sie. »Ich will auch gar nicht reden. Ich will mich nur amüsieren.«

Ich kehre zurück zu unserem Tisch. Die Band ist wieder auf der Bühne, Mick sitzt an seinem Schlagzeug, und er zwinkert mir zu. Philippa und Danni lauschen der Musik, wippen mit den Füßen im Takt und lächeln mich an. Ich lächle zurück. Doch ich fühle mich jetzt anders, meine unbeschwerte Hochstimmung ist wie weggeblasen. Der Gedanke, dass Alice kommt, hat mich müde gemacht, und auch ängstlich.

Alice trägt das kürzeste Kleid, das ich je gesehen habe. Es ist mit silbernen Pailletten verziert und bedeckt kaum ihre Unterwäsche, wenn sie überhaupt welche trägt. Sie trägt Stiefel, die ihr bis zu den Knien reichen. Sie sieht phantastisch aus, sexy, hinreißend, und ich bemerke, dass sie alle Blicke auf sich zieht, als sie auf unseren Tisch zusteuert.

Sie rückt einen Stuhl neben meinen. Dabei würdigt sie weder Philippa noch Danni eines Blickes, sondern setzt sich seitlich zu ihnen, sodass sie mich direkt ansieht.

»Hi«, sagt sie und beugt sich näher zu mir, damit ich sie hören kann. Ihr Gesicht ist geschminkt und strahlend schön. »Ganz schöne Spelunke hier, was? Los, lass uns woandershin gehen. Nur wir zwei.«

Ehe ich antworten kann, beugt Philippa sich über den Tisch und stupst Alice an.

»Willst du gar nicht Hallo sagen?« Sie muss gegen die laute Musik der Band anschreien.

»Hi, Philippa.«

»Das ist Danni«, sagt Philippa.

»Hi«, ruft Danni. »Dein Kleid ist der Wahnsinn. Du siehst super aus. Und deine Stiefel! Wo gehst du einkaufen?«

Dannis Schmeicheleien scheinen Alice zu gefallen, denn ihre Körpersprache verändert sich augenblicklich und dramatisch. Sie wendet sich Danni zu und lächelt. Zwischen den beiden entspinnt sich ein Gespräch über Klamotten, und Alice vergisst anscheinend, dass sie vorhin noch wegwollte. Sie rückt ihren Stuhl an Dannis heran und beugt sich zu ihr. Philippa schaut mich an und verdreht die Augen.

Alice und Danni quatschen und quatschen, Philippa und ich sitzen nebeneinander und hören uns die Musik an. Wir reden nicht miteinander, aber wir tauschen dann und wann einen Blick aus und lächeln uns an. Philippas Lächeln strotzt nur so vor schwesterlichem Stolz.

Als das Set zu Ende ist, kommt Mick direkt wieder zu uns an den Tisch. Er bleibt hinter mir stehen, beugt sich vor und küsst mich auf den Hals.

»Ich hol mir was zu trinken«, sagt er. »Kommst du mit?«

Er nimmt meine Hand, und als ich aufstehe und meinen Stuhl zurückschiebe, merke ich, dass Alice neugierig zu uns hochsieht. Sie hört auf zu reden und starrt uns mit großen Augen an, aber ich wende mich schon zum Gehen.

Als wir zum Tisch zurückkommen, sitzt Alice zurückgelehnt auf ihrem Stuhl, die Arme vor der Brust verschränkt. Sie lächelt.

»Soso. Du und Mick?« Sie schaut mich bohrend an. »Philippa war so nett, mich aufzuklären.«

Ich versuche, mich so natürlich wie möglich zu geben, obwohl ich weiß, dass Alice wahrscheinlich irritiert und sauer und gekränkt ist, weil ich ihr das verschwiegen habe. Ich spüre, wie sich meine Wangen verfärben.

»Alice, das ist Mick«, sage ich. »Mick, Alice.«

Mick lächelt. »Tag.«

»Du spielst Schlagzeug?«, fragt Alice.

»Genau.«

»Ich find Schlagzeug ein tolles Instrument, echt super. Aber wie du gespielt hast, kann ich eigentlich gar nicht sagen. Du bist mir da oben nicht mal aufgefallen. Tut mir leid. Aber es hat mir ja auch keiner verraten, dass du Katherine kennst. Ich wusste nicht mal, dass du Philippas Bruder bist.«

Mick antwortet nicht, stattdessen schaut er mich an und fragt sich anscheinend, wer die seltsame Frau ist und warum sie so unterschwellig aggressiv wirkt. Er greift nach seinem Glas und trinkt erst einmal einen kräftigen Schluck Bier. Dann nimmt er meine Hand, steht auf, zieht mich hoch und schleift mich mit auf die Tanzfläche.

Er presst mich an sich und vergräbt sein Gesicht an meinem Hals. Wir wiegen uns mit der Musik, unsere Körper bewegen sich perfekt im Rhythmus. Ich atme Micks Geruch ein und berausche mich an seiner Nähe und am Takt der Musik.

Wir tanzen, bis Mick für das letzte Set wieder auf die Bühne muss. Als ich zurückkomme, sitzt Alice woanders. Sie hat sich am Tisch hinter uns zu zwei Männern gesellt. Sie plaudert angeregt, gestikuliert lebhaft und energisch. Beide Männer sind von ihr hingerissen und lauschen wie gebannt. Sie haben sich beide zu ihr vorgebeugt und buhlen um ihre Aufmerksamkeit. Ich wundere mich, wie leicht sie ihren Freund vergessen kann, die große Liebe ihres Lebens, doch ich bin viel zu glücklich, um mir wegen Alice Gedanken zu machen. Jetzt muss ich nur über sie lächeln. Ich versuche, ihren Blick aufzufangen, aber sie schaut gar nicht in meine Richtung. So beschäftigt ist sie mit ihren neuen Eroberungen.

Als der Pub schließt, brechen wir alle zusammen auf. Alice

hat sich bei den beiden Männern vom Nachbartisch eingehakt. Die drei gehen vor uns her. Alice klingt laut und fröhlich. Sie dreht sich um und sieht mich an.

»Ich geh noch mit Simon und Felix woandershin«, ruft sie so laut, dass alle um uns herum es hören können.

»Okay«, erwidere ich lachend.

Alice und Felix und Simon steuern auf die Warteschlange am Taxistand zu und stellen sich hinten an. Mick hat sein Motorrad ein Stück weiter die Straße hoch abgestellt, und wir müssen auf dem Weg dorthin an den Wartenden vorbei.

»Oooh, seht mal, eine richtig schöne Reihe, um Cancan zu tanzen«, sagt Alice laut. Es ertönen ein paar Lacher, und irgendwer knurrt müde: »Ach, halt doch die Klappe.«

Und dann fängt sie an, die Beine hochzuwerfen und die bekannte Cancan-Melodie zu singen. Die beiden Männer neben ihr stützen sie, während sie ihre Beine höher und höher in die Luft wirft. Jeder Kick offenbart mehr von ihren wohlgeformten Schenkeln, ihrem Slip. »Nah nah, na-na-na-na, nah nah, na-na-na-na, nah nah«, singt sie laut und genießt sichtlich die Aufmerksamkeit der Männer, ohne sich durch die gereizten und missbilligenden Blicke einiger Wartender stören zu lassen.

Als endlich ein Taxi für sie anhält, springen Alice und ihre beiden neuen Freunde hinein.

»Bye-bye, ihr Lieben«, ruft sie den Leuten zu, als das Taxi losfährt. »Viel Spaß noch. Bye-bye.«

»Wer ist denn die?«, fragt Mick. Er schüttelt verwundert den Kopf.

»Eine Freundin von mir«, sage ich. Und ich frage mich, warum ich das Gefühl habe, dass das eine Lüge ist.

27

Das hat aber Spaß gemacht, Mummy. Einen Riesenspaß.« Sarah schaut zu mir hoch. Wangen und Nase sind rot vor Kälte, aber ihre Augen strahlen. »Darf ich nochmal? Diesmal ganz allein?«

»Na klar«, sage ich. Und dann sehe ich zu, wie sie mit einer Hand den Schlitten nimmt und langsam den Hügel hinaufstapft. Der Hügel ist nicht besonders steil, aber das Gefälle ist lang enug, um einigermaßen in Fahrt zu kommen und ein ganz ordentliches Tempo zu erreichen. Beim ersten Mal hat Sarah die ganze Zeit gekreischt, und ich dachte schon, sie hätte Angst, aber wie sich herausstellte, war es nur die pure Freude.

Ich hatte vergessen, wie schwer und behäbig ich mich fühle, wenn ich Winterkleidung trage. Ich kann der Kälte nicht viel abgewinnen und konnte sie eigentlich nie besonders ausstehen. Ich bevorzuge die Leichtigkeit des Sommers, das Gefühl von Freiheit und Freude und Lebendigkeit, das er in mir weckt. Der Winter macht mich trübsinnig und erinnert mich an den Tod. Aber ich will nicht, dass Sarah dadurch beeinflusst wird, was ich mag oder nicht mag. Sie soll sich ihre eigenen Meinungen bilden und eigene Entscheidungen treffen können. Durch ihre Begeisterung vermittelt sie mir etwas von dem Zauber und Wunder dieser weißen, eiskalten Welt.

Bei ihrer vierten oder fünften Fahrt den Hügel hinunter, gerade als mir allmählich das Gesicht einfriert, gerade als ich mit dem Gedanken spiele, Sarah mit der Aussicht auf eine heiße Schokolade zu einer Pause im Warmen zu überreden, sehe ich ihn.

Robbie.

Er steht unten an der Skipiste und trägt die leuchtend blaue Jacke, die alle Lehrer tragen. Gerade führt er seinen Schülern einen Bremsschwung vor. Er sieht unverändert aus, noch genauso gut wie früher. Er lacht und wirft den Kopf in den Nacken, eine Bewegung, die mir sofort vertraut vorkommt.

Ich kann die Atemwolken sehen, die aus seinem Mund kommen, als er lacht. Ich kann das Weiß seiner Zähne sehen, die Adern auf seinen nackten Handrücken.

Ich bin so erschrocken, ihn hier plötzlich zu sehen, dass ich nichts anderes tun kann, als einfach nur dazustehen, reglos, mit hämmerndem Herzen, die Augen gesenkt und um Fassung ringend. Ich weiß nicht, ob ich seinen Namen rufen und winken soll, um ihn auf mich aufmerksam zu machen. Kurz überlege ich, ob ich rasch verschwinden und so tun soll, als hätte ich ihn nicht gesehen. Soll ich ihn in Ruhe lassen?

Dann beschließe ich, einfach normal weiterzugehen und ihn nicht gezielt anzusprechen. Sollte ich ihm wieder über den Weg laufen, werde ich ihn selbst entscheiden lassen, wie er mit unserem zufälligen Treffen umgehen will. Ich wende mich ab und rufe Sarah, und sie überredet mich, noch einmal mit ihr zusammen rodeln zu gehen. Und als ich ihre Hand fasse und wieder den Hügel hinaufsteige, merke ich, dass Robbie mich gesehen hat. Er steht ganz still da und starrt, stocksteif vor Schock, genau wie ich nur wenige Augenblicke zuvor.

28

Bleib doch noch hier.« Mick ergreift meine Hand und zieht mich wieder aufs Bett.

Ich setze mich neben ihn auf die Matratze, beuge mich nach unten und küsse seinen Mund, die stoppelige Wange, den Hals.

»Ich muss los«, sage ich. »Robbie hat Geburtstag. Ich hab versprochen, dass ich ihn zum Essen einlade. Und vorher muss ich noch nach Hause und aufräumen. Die Wohnung ist das reinste Chaos. Ich kann das unmöglich so lassen. Vivien würde mich umbringen.«

»Aber sie ist in Europa, oder? Also kriegt sie es doch gar nicht mit.«

»Ja, aber ich weiß es, und ich hab ein schlechtes Gewissen.«

»Aber was soll ich dann machen?« Er zieht eine komische Schnute. »Ohne dich?«

»Schlafen.« Ich lache. »Du musst schlafen.« Wir haben beide in der Nacht zuvor kaum ein Auge zugetan, und Mick hat später am Abend noch einen Gig.

»Das geht nicht. Nicht ohne dich.«

»Klar kannst du das ohne mich. Du hast früher auch ohne mich geschlafen. Fast dein ganzes bisheriges Leben lang.«

»Im Ernst? Weiß ich gar nicht mehr. Außerdem kannte ich da den Unterschied noch nicht.« Er zieht mich nach unten und auf sich drauf, nur die Bettdecke ist noch zwischen unseren Körpern.

»Mick«, sage ich. »Bitte. Es fällt mir schon schwer genug zu gehen. Und du machst es unmöglich. Wir sehen uns später beim Gig. Nach dem Essen. Ich lass es nicht allzu spät werden.«

»Versprochen?«

»Versprochen.«

»Also gut.«

»Okay.« Aber als ich mich hinabbeuge, um ihn zu küssen, schlingt er seine Arme um mich und hält mich so fest, dass ich mich nicht bewegen kann.

»Es ist wahr, weißt du, was ich gesagt habe. Ich weiß nicht, wie ich vorher gelebt habe. Ohne dich. Ich kann mich nicht erinnern, was mir wichtig war oder worauf ich mich gefreut habe. Und egal was es war, es spielt jetzt keine Rolle mehr. Das Einzige, was jetzt für mich zählt, bist du. Es ist irre, eigentlich, und irgendwie blöd. Aber ich hab vorher noch nie so viel für jemanden empfunden. Nicht mal annähernd.«

Und mir geht vor Seligkeit und Freude das Herz auf, als ich höre, dass all meine verrückten Gefühle erwidert werden. Ich drücke das Gesicht an seine Brust, um die Tränen zu verbergen, die mir plötzlich in den Augen brennen.

»Ich auch nicht«, sage ich. »Ich auch nicht.«

Zu Hause starte ich eine Putzorgie. Ich arbeite flink, haste von Zimmer zu Zimmer, räume auf, wische und sauge Staub. Ich brauche einige Stunden. Als ich fertig bin, höre ich den Anrufbeantworter ab. Die erste Nachricht ist von Vivien, sie ist gut in Rom angekommen und begeistert von der Stadt. Die zweite ist von meiner Mutter, die nur kurz Hallo sagt, und die letzte von Robbie, der wissen will, ob meine Einladung zum Essen noch steht.

Ich rufe zuerst meine Eltern an. Am Nachmittag nach meiner letzten Prüfung habe ich nur ganz kurz mit ihnen gesprochen, und obwohl sie mir bereits gratuliert haben, weiß ich, dass sie darauf brennen, mehr Einzelheiten zu erfahren, und länger mit mir reden wollen. Ich plaudere zuerst mit Mum und dann mit Dad, und es dauert fast eine halbe Stunde, ihnen ausführlich zu erzählen, wie die Prüfungen gelaufen sind. Sie fragen, wann ich sie wieder besuchen kommen kann, und ich sage: Bald. Ich erwähne Mick mit keinem Wort.

Nach dem Telefonat mit meinen Eltern rufe ich Robbie auf seinem Handy an.

»Klar steht die Einladung noch«, sage ich, sobald er sich meldet. »Das ist schließlich mein Geburtstagsgeschenk für dich, schon vergessen?«

»Okay.« Er lacht. »Cool. Aber wir sind wahrscheinlich nur zu zweit. Ich hab noch nichts von Alice gehört.«

»Dann hab ich dich eben ganz für mich allein. Ich Glückspilz.« Ich sage es nicht, aber ich bin wirklich froh, dass sie nicht mitkommt. Ich könnte es nicht ertragen, Robbie und Alice zusammen zu sehen, jetzt, da ich weiß, dass sie einen anderen hat. Ich hätte das Gefühl, bei ihrem Betrug mitzumachen, und ich würde mir herzlos und verlogen vorkommen. Die ganze Situation wäre für Robbie grenzenlos beschämend. Ich bin mir noch nicht sicher, ob ich ihm das mit Alice erzählen soll oder nicht. Heute Abend jedenfalls nicht, so viel steht fest. Nicht an seinem Geburtstag.

»Und mein Dad gibt Samstagabend eine Party für mich. Könnt ihr kommen? Du und Mick?«

»Klar. Aber wahrscheinlich erst später. Mick hat ein Konzert. Aber das wird nett. Dann lernt ihr euch endlich kennen.«

»Ich freu mich drauf«, sagt er. Aber in seiner Stimme liegt keine große Begeisterung. Er klingt lustlos. Unglücklich. Ich vermute, dass seine Niedergeschlagenheit etwas mit Alice zu tun hat, und wieder einmal wünschte ich, er könnte sie endlich vergessen und sich selbst die Chance geben, jemand Neues kennenzulernen.

Wir verabreden uns für sieben Uhr im Restaurant und legen auf. Ich suche die Sachen heraus, die ich anziehen will – Jeans, Stiefel, rosa Bluse –, und lasse mir ein heißes Vollbad einlaufen. Lange liege ich einfach so in der Wanne. Ich schließe die Augen und denke an Mick und daran, was für ein Glück das ist, dass unsere Gefühle füreinander gleich stark sind, was für ein Glück es ist, dass keiner von uns beiden auch nur ansatzweise so ist wie Alice.

Als ich im Restaurant ankomme, sitzt Robbie bereits an einem Tisch an der Wand und hat ein schon fast leeres Glas vor sich stehen. Er studiert konzentriert die Speisekarte und erschrickt, als ich mich ihm gegenübersetze.

»Hi«, sage ich. »Warst du zu früh da?«

»Ja.« Er lächelt. »Der Hunger hat mich hergetrieben.«

Wir unterhalten uns kurz darüber, was wir gemacht haben, und ich erzähle von Mick und meiner neuen Freundschaft zu Philippa und wie glücklich ich damit bin. Er lächelt und wirkt aufrichtig froh für mich. Er sagt, dass er mir all das gönnt und dass ich etwas Gutes verdient habe. Und dabei ist er locker und gut aufgelegt. Vielleicht wird er das mit Alice doch ganz gut verkraften. Vielleicht wird ihre neue Affäre womöglich am Ende doch zu etwas gut sein. Denn jetzt wird er der Wahrheit endlich ins Gesicht sehen müssen.

Robbie bestellt das Essen, und als es serviert wird, sind die Portionen viel größer, als wir erwartet haben. Wir kämpfen uns regelrecht durch die Essensberge und zwingen uns, auch dann noch weiterzuessen, als wir satt sind. Wir kichern albern, als Robbie die Backen aufbläst.

»Das ist absurd«, sagt er und schüttelt den Kopf angesichts der Unmengen an Essen, die sich immer noch unangetastet auf dem Tisch türmen. »Das reicht doch locker für zehn Leute.«

»Ich weiß.« Ich nehme noch ein Scheibchen Hühnerbrust mit

den Fingern und schiebe es mir in den Mund. »O Gott, Robbie. Ich bin pappsatt, aber ich kann nicht aufhören. Wenn die nicht endlich kommen und den Tisch abräumen, platze ich noch. Ich kann mich die nächste Stunde bestimmt nicht vom Fleck rühren. Es macht dir doch hoffentlich nichts aus, den ganzen restlichen Abend hier zu verbringen, oder?«

Ich schaue zu Robbie hoch und erwarte, dass er lacht und wieder etwas Witziges entgegnet, aber er starrt an mir vorbei, auf irgendetwas oder irgendwen hinter mir. In seinen Augen ist kein Funken Humor mehr. Stattdessen wirkt sein Gesicht wie versteinert. Es ist nur noch eine seltsam verzerrte Maske aus Verwirrung und Furcht.

Ich schaue mich um, sehe an den übrigen Tischen aber nur unbekannte Gesichter. Also wende ich mich wieder Robbie zu. »Was ist?« Ich beuge mich vor und lege meine Hand auf seine. »Robbie? Was hast du denn?«

Aber er nimmt mich gar nicht mehr wahr. Er zieht seine Hand unter meiner weg und steht auf. Schwerfällig schiebt er seinen Stuhl zurück, stützt sich auf den Tisch, als wollte er Kraft sammeln, und geht dann auf das zu, was er gesehen hat.

»Robbie? Wo willst du ... Robbie!« Ich stehe auf und folge ihm, komme mir in dem vollbesetzten Restaurant aber blöd und auffällig vor. Ich weiß nicht, was los ist. Robbie scheint mich plötzlich weder sehen noch hören zu können, und ich fürchte, dass er vielleicht so was wie einen Anfall hat, eine Art psychischen Kollaps.

Doch dann bleibt er direkt vor einem Mann an der Bar stehen. Und der Mann lächelt erfreut und streckt den Arm zur Begrüßung aus. Robbies Gesicht bleibt kalt, sein Körper stocksteif, er wirkt seltsam aggressiv.

»Was machst du hier?«, faucht Robbie. »Was soll das? Was hast du mit ihr zu tun? Wo steckt sie? Wo ist sie hin?«

Die Augen des Mann weiten sich vor Verblüffung. »Wo soll wer hin sein, Robs?«, sagt er. »Was ist los mit dir? Wovon redest du?«

»Ich hab euch gerade zusammen gesehen, Dad!«, schreit Robbie, und jetzt sehe ich mir den Mann genauer an und erkenne die Augen, die Wangenpartie. Es ist Robbies Vater! »Ihr habt euch geküsst! Ich hab sie gerade hier gesehen. Mit dir zusammen. Ich hab euch zusammen gesehen, verdammt nochmal.«

»Robbie.« Ich lege meine Hand auf seinen Arm, versuche, ihn zu beruhigen. »Was …?«

Aber er schüttelt mich ab und beugt sich drohend zu seinem Vater. »Ich hab dich mit ihr gesehen. Ich hab euch gesehen.« Und obwohl er nicht mehr schreit, ist seine Stimme voller Zorn. Er ist so verstört und aufgewühlt, dass er zittert und beinahe weint.

Sein Vater bleibt ganz beherrscht und sieht Robbie freundlich an. »Junge, beruhige dich doch. Sie ist nur mal eben zur Toilette. Sie kommt gleich wieder, dann lernst du sie ja kennen. Das muss doch kein Problem sein. Du wirst sie bestimmt mögen.«

Und da begreife ich, was passiert ist. Robbie hat seinen Vater mit einer Frau gesehen, zum ersten Mal mit seiner neuen Freundin. Sein Zorn ist eine unangebrachte und unangemessene Loyalität gegenüber seiner Mutter.

Robbie lacht hämisch – ein unnatürlicher und freudloser Laut, der von irgendwo tief in seiner Kehle kommt, und starrt seinen Vater verächtlich an. »Sie kennenlernen? Was soll das heißen, sie kennenlernen? Soll das etwa so was wie ein perverses Geburtstagsgeschenk sein oder was?«

Ich lege meine Hand auf Robbies Rücken. »Komm, Robbie. Sei nicht so. Bitte. Los, wir gehen wieder an unseren Tisch, ja? Lass deinen Dad in Frieden.« Und Robbies Vater lächelt mich dankbar an.

Dann sehe ich sie. Alice. Sie kommt von den Toiletten. Sie geht mit raschen Schritten direkt auf uns zu, den Kopf gesenkt, ein schwaches Lächeln im Gesicht, und einen kurzen, verblendeten Moment lang bilde ich mir ein, dass sie wegen Robbie gekommen ist, dass sie doch noch beschlossen hat, ihn zu seinem Geburtstag hier zu überraschen. Einen Moment lang bin ich sogar froh, sie zu sehen, und hoffe, dass ihr Auftauchen ihn von seiner Wut auf seinen Vater ablenkt.

Dann sehen Robbie und sein Vater sie auch.

»Aha«, sagt Robbies Vater, und in seiner Stimme liegt jetzt bemühte Begeisterung. »Da kommt Rachel ja. Ich stelle euch vor.«

Rachel?, denke ich. Rachel? Und obwohl ich kaum einen klaren Gedanken fassen oder mir erklären kann, was hier vorgeht, nimmt mir mein Unterbewusstsein anscheinend die Arbeit ab. Plötzlich weiß ich genau, was sie hier macht, wer ihr geheimnisvoller älterer Freund ist und was Robbie vorhin gesehen hat.

In diesem Moment schaut Alice hoch. Sie bleibt stehen, und ihr Blick huscht zwischen Robbie und seinem Vater hin und her. Das Lächeln weicht aus ihrem Gesicht. Eine Sekunde lang wirkt sie erschrocken und ängstlich, so als überlegte sie, kehrtzumachen und das Weite zu suchen. Doch sie zögert nur kurz, und dann wirft sie die Haare nach hinten aus dem Gesicht, verzieht die Lippen zu etwas, das einem Lächeln ähnelt, und kommt zu uns herüber.

Robbies Vater legt seine Hand auf Alice' Arm und zieht sie an seine Seite. Alice' Ausdruck ist völlig unergründlich, und obwohl sie bei unserem Anblick schockiert schien, sieht sie jetzt absolut entspannt aus, sogar leicht belustigt, als wäre die ganze Situation bloß ein Spiel und wir ihr Spielzeug.

»Robs, das ist Rachel. Rachel, das ist mein Sohn, Robbie.« Robbies Vater bemüht sich, so zu tun, als wäre alles ganz normal, aber ich sehe ihm an, dass ihn Robbies Verhalten, das ihm äußerst merkwürdig vorkommen muss, verwirrt und verärgert hat. Er hat offensichtlich keine Ahnung, wer Alice in Wirklichkeit ist.

Robbie sagt kein Wort und reagiert überhaupt nicht auf die Worte seine Vaters. Er starrt einfach nur Alice an. Sein Gesicht ist vor Wut und Schmerz fast bis zur Unkenntlichkeit verzerrt.

»Ach, komm, Robbie«, sagt Alice. »Nun guck nicht so ernst. Wo ist dein Sinn für Humor geblieben?«

Robbies Vater starrt Alice an und dann Robbie und wieder Alice. Der vertrauliche Ton von Alice' Stimme verwirrt ihn offenbar. »Was? Kennt ihr beiden …?«

Er hat keine Zeit, die Frage zu beenden. Robbie gibt einen schrecklichen schluchzenden Laut von sich, dreht sich um und stürmt aus dem Restaurant.

»Robbie! Warte!« Ich laufe ein paar Schritte hinter ihm her, merke aber gleich, dass er viel zu schnell ist. Außerdem steht meine Tasche an unserem Tisch, und bezahlt haben wir auch noch nicht. Ich sehe ihm nach, drehe mich dann widerwillig um und gehe zurück zu Alice und Robbies Vater. Ich will nicht hierbleiben und mich mit dieser grässlichen Situation auseinandersetzen. Am liebsten würde ich einfach meine Tasche holen, bezahlen und gehen, schnurstracks zu Mick nach Hause. Ich will nicht mit Alice reden. Ich will ihr Gesicht nicht sehen und ihre Stimme nicht hören. Ich will nicht hören, wie Robbies Vater sie Rachel nennt.

Robbies Vater sieht verstört aus. Sein Gesicht ist bleich, seine Augen groß und feucht.

»Was hat das alles zu bedeuten«, fragt er, als ich näher komme. »Können Sie sich das erklären?«

Ich blicke zu Boden und schweige.

»Verzeihen Sie«, sagt er seufzend, und ich kann das Beben in seiner Stimme hören. »Wie unhöflich von mir. Ich habe mich noch gar nicht vorgestellt. Sie müssen Katherine sein. Robbie hat mir schon viel von Ihnen erzählt. Ich bin Greg. Und das ist Rachel.«

Greg und ich geben uns die Hand, aber ich weigere mich, Alice anzuschauen oder sonst irgendwie auf sie zu reagieren. Und als sie etwas sagt, wende ich mich ab.

»Ich glaube, ich geh lieber«, sagt sie.

»Was bin ich bloß für ein Idiot«, sagt Greg. »Ich hab gedacht, das wäre eine nette Gelegenheit, euch beide einander vorzustellen. Ich wusste, dass Robbie heute Abend hierher wollte. Ich hab dir absichtlich nichts gesagt. Ich hab auch Robbie nichts gesagt. Ich dachte, es wäre nett … keine Ahnung, einfach so zu tun, als würden wir uns ganz zufällig treffen, damit ihr euch kennenlernt, ganz unverkrampft. Ich konnte doch nicht ahnen, dass er so reagieren würde, er ist normalerweise ein so toller Junge, ich … Es tut mir leid, Rachel, ich hätte es dir sagen sollen.«

»Nein. Bitte. Entschuldige dich nicht«, sagt sie, und ihre Stimme klingt anders als sonst. Sie hört sich älter an, beherrschter, und ich staune über ihre raffinierte Täuschung. Doch trotz der gespielten Reife nehme ich in ihrer Stimme einen gehetzten und ungeduldigen Unterton wahr. Sie will so schnell wie möglich weg hier. Sie hat dieses Chaos angerichtet, und jetzt will sie die Flucht ergreifen und mir das Aufräumen überlassen. Und am liebsten würde ich die Wahrheit ausspucken, ehe Alice sich aus dem Staub machen kann, ich möchte sie zwingen, hierzubleiben und alles zu gestehen und die Konsequenzen zu tragen. Aber ich rechne nicht damit, dass sie ehrlich oder fair zu Greg sein wird, und er kann schließlich nichts dafür. Er ist belogen worden, manipuliert. Er hat eine Erklärung verdient.

»Ich komme mit«, sagt er.

»Nein, nein«, sagt sie. »Ich würde lieber einfach gehen, ehrlich gesagt. Eine Weile allein sein.«

Und als sie sich voneinander verabschieden, muss ich mich abwenden. Ich kann Gregs arglose Zärtlichkeit ihr gegenüber, seinen reumütigen Versuch, alles wiedergutzumachen, nicht mit ansehen. Und als ich höre, wie er sie Rachel nennt, würde ich am liebsten losschreien.

Als sie gegangen ist, überrede ich Greg, noch für einen Augenblick mit mir an den Tisch zu kommen. Wir setzen uns einander gegenüber. Ich bin still und blicke auf meine Hände. Ich weiß nicht, womit ich beginnen soll. Wie bricht man jemand anderem das Herz?

»Ich kann es nicht fassen«, fängt er schließlich an. »Ausgerechnet jetzt, wo sich alles so gut anließ. Es war wahrscheinlich eine idiotische Idee, dieses Treffen einzufädeln, aber Robbie kann doch nicht ernsthaft erwarten, dass ich nie wieder …« Er verstummt und wirft einen sehnsüchtigen Blick zur Tür, durch die Alice eben geflüchtet ist. Er seufzt. »Ich sehe Rachel vermutlich nie wieder. Nicht nach dieser Sache hier.«

Ich schaue zu ihm hoch. »Sie heißt nicht Rachel.« Obwohl mir vor Nervosität fast schlecht ist, klingt meine Stimme fest und viel kräftiger, als ich gedacht hatte.

»Was?« Er lehnt sich auf seinem Stuhl zurück und verschränkt abwehrend die Arme vor der Brust. »Was haben Sie gesagt?«

Und dann erzähle ich, soviel ich kann, so rasch ich kann und so zusammenhängend ich kann. Er glaubt mir zunächst nicht. Er schüttelt immer wieder den Kopf und sagt: »Ausgeschlossen, das kann gar nicht sein«, doch schließlich protestiert er nicht mehr und wird immer stiller und trauriger.

»Ich habe von Alice gewusst, natürlich«, sagt er. »Aber nicht viel. Robbie hat sie mir nie vorgestellt. Ich hatte immer das Gefühl, das zwischen den beiden wäre eine eher lockere Geschichte.

Hätte ich sie doch bloß vorher kennengelernt. Das ist alles meine Schuld. Ich hätte darauf bestehen müssen. Ich hätte mehr Interesse zeigen müssen. Aber ich hab gedacht, ich tue das Richtige, wenn ich seine Privatsphäre respektiere.« Er vergräbt das Gesicht in den Händen. »Das hätte nicht passieren dürfen. Das hätte niemals passieren dürfen.«

»Es ist nicht Ihre Schuld. Wirklich nicht. Es ist Alice' Schuld. Sie macht so was.«

»Aber warum?«, fragt er. »Warum?«

Ich schweige. Ich habe keine Antwort darauf.

»Sie hat gesagt, sie wäre siebenundzwanzig«, sagt er leise, fast flüsternd. »Und ich habe ihr geglaubt. Sie hat so selbstsicher gewirkt, so reif. Ich fass es nicht … achtzehn? Großer Gott. Ich hab ihr geglaubt, ich hab alles geglaubt. Ich war drauf und dran, mich in sie zu verlieben.«

29

Ich erzähle Mick nicht sofort von der Sache mit Alice. Ich will die Zeit mit ihm nicht damit vergiften, dass ich über sie nachdenke oder über sie rede, also warte ich, bis er am Abend danach zu einem Auftritt gefahren ist, ehe ich Robbie anrufe. So besteht keine Gefahr, dass er von unserem Gespräch irgendwas aufschnappt.

Greg geht ans Telefon.

»Er ist weg, Katherine.« Er klingt müde und niedergeschmettert.

»Weg? Wohin?«

»Nach Europa. In die Schweiz. Er ist heute Nachmittag geflogen. Er will sich dort Arbeit suchen. Als Skilehrer. Wir haben Verwandte da.«

»Was ist mit der Party?«, frage ich albernerweise, als wäre eine Party jetzt noch wichtig. »Was ist mit seinem Job?«

Greg lacht traurig. »Die Party fällt aus. Und das Restaurant kommt ganz sicher auch ohne ihn klar. Die haben ja reichlich Personal.«

Greg beruhigt mich, dass Robbie schon drüber wegkommen wird, dass er stark ist und widerstandsfähig. Er schlägt vor, ihm ein bisschen Zeit zu lassen, um seine Wunden zu lecken, um die Demütigung zu verkraften, die die ganze Sache für ihn bedeutet, und ihm dann eine E-Mail zu schicken. Ehe er auflegt, sagt er noch, ich solle mir keine Sorgen machen, es werde schon alles gut.

Und obwohl ich immer noch entsetzt bin über Alice' Verhalten und sich mir immer noch der Magen umdreht, wenn ich an den Abend zuvor denke, bin ich insgeheim froh, dass Robbie endlich die Wahrheit erkannt hat. Jetzt wird er sich mit Sicherheit nie wieder auf Alice einlassen. Und er ist weit weg in Europa. Auf der anderen Seite des Globus. Er ist in Sicherheit. Frei.

Ich schalte mein Handy aus und beschließe, es auch eine Weile ausgeschaltet zu lassen, damit Alice mich nicht erreichen kann. Ich will nicht an sie denken und schon gar nicht mit ihr reden. Ich will ihre Erklärungen und Entschuldigungen gar nicht hören.

Eine Woche lang lasse ich das Handy ausgeschaltet, und die Zeit vergeht in einem glücklichen Rausch aus Gigs am späten Abend und verschlafenen Vormittagen. Aber der Gedanke an Alice geht mir nicht aus dem Kopf, und so unangenehm es mir auch ist, weiß ich doch, dass ich irgendwann mit ihr werde sprechen müssen. Es wäre so leicht, ihr einfach aus dem Weg zu gehen, bis sie ihre Kontaktversuche aufgibt, so leicht, kein Wort mehr mit ihr zu reden. Aber ich muss ihr meine Meinung sagen, meinen Zorn zum Ausdruck bringen, und ich muss Robbies Partei ergreifen. Außerdem bin ich mir ziemlich sicher, dass sie weiter versuchen wird, mich zu erreichen, und zwar so lange, bis sie Erfolg hat, und ich will es einfach hinter mich bringen.

Als Mick irgendwann nachmittags Bier holen geht, nehme ich mein Handy und schalte es ein.

Da ich die ganze Woche lang nicht einmal nachgesehen habe, wer angerufen hat, sind inzwischen vierzehn Nachrichten auf der Mailbox, und ich habe zahlreiche SMS bekommen. Ich bin sicher, dass die meisten von Alice sind und dass sie wahrscheinlich wütend oder empört ist, weil ich mich nicht bei ihr gemeldet habe. Aber mich interessiert nicht, was sie zu sagen hat. Ich will sie bloß ein letztes Mal anrufen, um sie wissen zu lassen, wie angewidert ich bin. Ich tippe rasch ihre Nummer ein, ehe mich der Mut verlässt.

Sie geht fast augenblicklich ran. »Ah, die geheimnisvolle Fremde. Endlich. Ehrlich gesagt, ich hätte dich nie für eine von diesen Frauen gehalten, die eine Freundin in den Wind schießen, sobald sie einen Typen an Land gezogen haben. Aber stille Wasser sind ja bekanntlich tief.« Sie lacht. »Immer für eine Überraschung gut, was?«

Ich verdrehe die Augen. Nur Alice kann so unverschämt sein, die Situation derart zu verdrehen. Dabei hat sie den ganzen Schaden angerichtet.

»Tut mir leid, Alice. Aber ich bin einigermaßen verärgert. Über dich. Deshalb hab ich mich nicht gemeldet.«

»Verärgert?« Sie klingt gereizt und spöttisch. »Herr im Himmel. Doch wohl nicht wegen Robbie und seinem Dad, oder?«

»Ich habe an dem Abend mit Greg gesprochen«, sage ich. »Nachdem du gegangen warst.«

»Klar. Hab ich mir gedacht.«

»Hab ich wirklich getan.«

»Ja, hast du. Ist ja gut. Super. Das hätten wir ja dann geklärt. Auch egal. Weshalb rufst du denn jetzt an?«

Ich weiß nicht, ob sie sich absichtlich begriffsstutzig stellt, aber ich komme mir plötzlich etwas lächerlich vor und fühle mich in meiner Selbstgerechtigkeit verunsichert. »Was du gemacht hast, war unglaublich grausam, Alice.«

»Mann, Katherine, ich hatte keine Ahnung, dass ihr zwei da sein würdet, ja? Keinen Schimmer. Das war doch Gregs geniale Idee«, sagt sie. Ihre Stimme klingt ungeduldig und schroff, so als ob sie das Thema bereits anödet und sie keine Lust hat, sich erklären zu müssen. »Woher hätte ich wissen sollen, was Greg sich da ausgedacht hat?«

»Ich rede nicht von der Sache im Restaurant, Alice. Du

kannst doch nicht ernsthaft glauben, das wäre eine Rechtfertigung. Die ganze Beziehung zu Greg war grausam. Nicht bloß dieser Abend, nicht bloß die Tatsache, dass du erwischt worden bist. Ich komme nicht darüber hinweg, dass du das tun konntest. Ich komme wirklich nicht darüber hinweg, dass du dich so beschissen verhalten kannst – dabei war Robbie immer nur gut zu dir.«

Sie schweigt einen Moment. Sie seufzt. »Okay. In Ordnung. Ich verstehe deinen Standpunkt. Ende der Strafpredigt?«

»Nein, eigentlich nicht, aber es bringt offenbar nichts, noch mehr dazu zu sagen, oder? Es interessiert dich nämlich nicht die Bohne. Aber die Sache ist echt furchtbar, Alice. Völlig inakzeptabel.«

Alice lacht. Ein gehässiges, kaltes, humorloses Lachen. »Ich kapier das nicht«, sagt sie schließlich. »Ich verstehe nicht, was dich das eigentlich angeht. Wieso regst du dich dermaßen über meine Beziehung zu Greg oder über meine Beziehung zu Robbie auf?«

Und für einen kurzen Moment gehe ich ihr tatsächlich auf den Leim und denke verwirrt, dass ich überreagiert habe und mich um meinen eigenen Kram kümmern sollte. Aber nein, sage ich mir, es ist richtig, ein solches Verhalten bei Freunden nicht hinzunehmen.

»Weil das, was du getan hast, vorsätzlich grausam war, Alice. Destruktiv und widerwärtig. Robbie ist am Boden zerstört. Er ist nach Europa geflohen. Wusstest du das? Nur deinetwegen. Und du hast sein Verhältnis zu seinem Vater zerstört«, sage ich. »Robbie ist einer meiner besten Freunde. Es wundert mich, dass du findest, ich sollte mich nicht aufregen.«

»Ach, Schwachsinn. Ich hab ihr Verhältnis nicht zerstört. Die kriegen sich schon wieder ein. Keiner von den beiden wusste Bescheid, also haben sie sich doch eigentlich nichts vorzuwerfen. Die Sache bringt sie einander wahrscheinlich sogar näher, auf lange Sicht. Und die Zeit in Europa wird Robbie guttun. Er muss wirklich mal ein paar Dinge für sich auf die Reihe kriegen. Der Junge steckt voller Wut. Und er ist lächerlich besitzergreifend. Und überhaupt, die beiden sollten froh sein, dass sie mich los sind, zumal ich doch so ein schlechter Mensch bin, wie du anscheinend glaubst.«

»Egal, wie es mit Robbie und seinem Vater weitergeht, es ändert nichts an dem, was du getan hast. Das war einfach falsch, Alice, und es war richtig böse. Und wieso hast du Greg eigentlich erzählt, dass du Rachel heißt? Wieso dieser Name? Es fällt mir schwer, da bloß an einen Zufall zu glauben.«

»Mir passt dein Standpaukenton nicht. Du bist nicht meine Mutter, du bist nicht besser als ich, ich brauche deine Billigung nicht.« Ihre Stimme ist plötzlich ganz tief und kalt und ernst, ein deutlicher Gegensatz zu dem trägen, gleichgültigen Ton, den sie noch Augenblicke zuvor angeschlagen hat. »Ich möchte wirklich nicht mehr über die Sache reden, Katherine. Ich find's allmählich langweilig, total langweilig. Willst du Freitagabend weggehen oder nicht? Sag mir Bescheid. Ich reserviere einen Tisch im Giovanni's.«

»Nein«, sage ich, und obwohl ich empört und fassungslos bin über ihre fehlende Reue und ihre Kaltschnäuzigkeit, klingt meine Stimme überraschend normal. »Nein danke.«

»Wie wär's dann mit Samstagabend?«

»Nein. Ja. Ich meine, nein, Alice, ich will keine Zeit mehr mit dir verbringen. Ich bin wütend. Ich bin schockiert. Begreifst du nicht, wie ernst die Sache ist? Ich bin echt aufgebracht, richtig angewidert. Bitte hör auf mich zu fragen, ob ich mit dir weggehen will.«

»Angewidert? Du bist angewidert?«

»Ja, allerdings. Ich bin angewidert und ich schäme mich.«

»Oh.« Sie lacht. »Schämen tust du dich auch? Schämst du dich etwa für mich?«

»Wegen dir. Ja.« Meine Stimme ist schwach.

»Meinst du nicht, du hättest schon genug Gründe, dich zu schämen, Katherine? Auch ohne mich?«

Und ich weiß genau, was sie sagen wird, noch bevor sie es wirklich tut. Aber ich lege nicht auf, ich halte das Handy fest ans Ohr gepresst und lausche. Ich kann nicht anders, als es mir anzuhören.

»Mag sein, dass ich schon ein paar schlimme Sachen gemacht habe, aber wenigstens hab ich nicht tatenlos zugesehen, wie meine Schwester vergewaltigt wurde. Oder? Wenigstens bin ich nicht die feige Memme, die weggelaufen ist und zugelassen hat, dass ihre kleine Schwester ermordet wird.«

30

Am Abend bestellen Mick und Philippa und ich uns Pizza. Als wir uns zum Essen an den Tisch setzen, fragt Philippa, ob ich Alice in letzter Zeit gesehen hätte.

»Nein. Aber ich hab heute mit ihr telefoniert.«

»Und?«

Und so erzähle ich ihnen beim Essen, was sie sich mit Robbie und Greg geleistet hat, und von meinem Telefonat mit ihr am Nachmittag.

»Das gibt's doch nicht.« Mick legt sein Stück Pizza hin und wischt sich die Hände an seiner Jeans ab. »Das ist perfide. Unglaublich. Was für ein Mensch macht denn so was?«

»Ein kranker«, sagt Philippa. »Ein sehr gestörter, sehr unglücklicher Mensch.«

»Und was ist mit diesem Robbie? Wieso war er mit ihr zusammen? Ist der auch verrückt?«

»Absolut nicht«, sagt Philippa.

»Robbie ist total nett«, sage ich. »Einer der liebenswertesten Menschen, die man sich vorstellen kann. Ein feiner Kerl. Ein toller Freund.«

»Wieso ist er dann –«

»Weil er verliebt in sie war«, unterbreche ich ihn. »Um zu begreifen, wie charmant sie sein kann, müsstest du sie kennen.« Ich spreche mit Nachdruck, damit Mick es versteht, damit er mich nicht für idiotisch hält oder hart über Robbie urteilt. »Ich war ehrlich froh, als sie sich mit mir anfreundete. Ich fühlte mich geschmeichelt, denn sie ist total unterhaltsam, und es macht einfach Spaß, mit ihr zusammen zu sein. Sie könnte sich mit jedem anfreunden. Und nach Rachels Tod war ich viel zu lange immer nur allein. Ich war einfach einsam, glaube ich. Alice war wie ein frischer Wind in meinem Leben. Sie war witzig und spritzig. Es war toll, etwas mit ihr zu unternehmen.«

Mick und Philippa schauen mich beide mitfühlend an, und ich merke viel zu spät, dass ich vom Kurs abgekommen bin. Ich habe angefangen, nicht Robbies, sondern meine Freundschaft zu Alice zu rechtfertigen. Aber im Grunde läuft es auf ein und dasselbe hinaus. Ich, Robbie – wir waren beide verhext.

»Wieso hast du mir nichts davon erzählt?« Mick sieht gekränkt aus. »Als du das alles rausgefunden hast? Wieso hast du nichts gesagt?«

»Ich weiß nicht.« Ich zucke die Achseln. »Ich wollte einfach nicht darüber nachdenken. Wir sind so glücklich. Ich wollte das nicht kaputt machen.«

»Damit hättest du doch gar nichts kaputt machen können. Ich kenne die beiden ja nicht mal.« Mick blickt finster drein. Er wirkt ein bisschen verstimmt. Er ist beleidigt, dass ich ihm die ganze Geschichte verschwiegen habe, und ich will es gerade erklären, als Philippa sich einschaltet.

»Stell dich nicht so an.« Sie verpasst ihm spielerisch einen Stoß mit dem Ellbogen. »Sie erzählt es dir doch jetzt, oder? Und du hast recht, du kennst die beiden nicht, also halt die Klappe.« Aber dann blickt sie mich an und sagt mit gespielt böser Stimme: »Aber ich kenne sie. Wieso hast du es *mir* nicht erzählt? Das war so was von gemein. Ich bin zutiefst und für alle Zeit beleidigt. Wo ich doch so gern gesagt hätte: Ich habe dich gewarnt.«

»Ja, nicht?« Ich lächle. »Aber du kannst es ja immer noch sagen. Du hattest recht. Ich hatte unrecht.«

»Recht womit?« Mick ist völlig verwirrt.

»Recht mit Alice«, sage ich. »Deine schlaue Schwester hat mich schon vor Monaten vor ihr gewarnt. Sie hat damals schon gesagt, Alice sei verrückt.«

»Ich habe sie übrigens doch kennengelernt«, sagt Mick nachdenklich. »Das ist doch die von neulich, im Hotel William, stimmt's? Die mit dem kurzen Rock?«

»Ja, die, die so umwerfend ausgesehen hat«, sagt Philippa. »Die mit ihrem kurzen Rock alle Männerblicke auf sich gezogen hat.«

»So umwerfend nun auch wieder nicht.« Mick verzieht das Gesicht und schüttelt den Kopf, was mich kindischerweise ungeheuer freut. »Jedenfalls nicht für mich. Zu schrill, zu selbstverliebt. Überhaupt nicht mein Typ.«

»Na. Wie auch immer.« Philippa verdreht die Augen in Micks Richtung und sieht dann mich an. »Ich hoffe, du hast ihr klargemacht, dass du nicht mehr mit ihr spielen willst. Ich hoffe, du hast ihr klargemacht, dass sie sich verziehen und dich endgültig in Ruhe lassen soll.«

»Hab ich, ja«, sage ich. »Das heißt, ich hab's versucht. Sie ist Expertin darin, alles zu ignorieren, was sie nicht hören will.«

»Wenigstens hast du's ihr gesagt«, sagt Philippa lächelnd. »Endlich bist du zur Vernunft gekommen und siehst die Dinge so wie ich. Ich muss zugeben, ich bin unverhohlen und grenzenlos froh darüber. Sie hat es einfach nicht verdient, deine Freundin zu sein. Und ich werde nichts über den guten armen Robbie sagen. Aber der Bruch mit Alice tut dir doch hoffentlich nicht leid? Du glaubst doch nicht, dass sie dir fehlen wird, oder?«

»Nein.« Ich lege mir erschöpft die Hände auf die Augen. »Ständig diese Anspannung. Ich hätte das einfach nicht länger ertragen. Sie ist so verdammt anstrengend. Es klingt gemein, aber ich wäre froh, wenn ich sie nie wiedersehe. Ich will nichts mehr von ihr hören, ich will sie nicht sehen und nicht sprechen. Ich habe mein Handy wieder abgeschaltet und lass es erst mal eine Weile aus.«

»Sie war ja wohl hundsgemein am Telefon«, sagt Mick empört. »Sie scheint eine einzige Katastrophe zu sein.«

»Ist sie auch.« Philippa nickt und nimmt sich noch ein Stück Pizza. »Eine Katastrophe. Genau.« Und dann schaut sie auf meinen Teller. »Du isst ja gar nichts. Schmeckt's dir nicht?«

»Doch, doch«, sage ich, aber durch das ganze Gerede über Alice fühle ich mich komisch, und die Pizza tut ihr Übriges. Sie ist viel zu fettig und zu scharf. »Ich fühl mich furchtbar. Mir wird richtig schlecht, wenn ich daran denke, was Alice mit Robbie gemacht hat. Ihr hättet Robbies Gesicht sehen sollen. Es war einfach unerträglich.« Ich schiebe meinen noch vollen Teller über den Tisch. »Ich glaube, ich brauche jetzt ein Glas Wasser.«

»Ich hol's dir.« Mick springt auf und blickt stirnrunzelnd zu mir runter. »Lass dir von der bloß kein schlechtes Gewissen machen. Sie ist es nicht wert. Vergiss sie. Du bist ihr gar nichts schuldig.«

Philippa schaut Mick hinterher, als er in die Küche geht. Sie beugt sich lächelnd vor und flüstert mir zu: »Er liebt dich wirklich.«

»Ich weiß«, sage ich, und ich lächle zurück, doch ich bin plötzlich so müde, und mir ist so schlecht, dass ich gegen den überwältigenden Drang ankämpfen muss, den Kopf auf den Tisch zu legen und die Augen zu schließen.

»So hab ich ihn noch bei keiner Frau erlebt. Niemals. Er ist sonst ganz anders. Immer zuvorkommend, aber gleichgültig, wenn du verstehst, was ich meine. Und wenn ich das über meinen eigenen Bruder sagen darf: Er war immer ein kleiner Herzensbrecher. Viele Mädels haben ihn angeschwärmt.«

Ich bin ehrlich fasziniert von dem, was Philippa da erzählt, denn im Augenblick könnte mich kein Thema brennender interessieren, aber es fällt mir unsäglich schwer, mich zu konzentrieren.

»Kann ich mir denken«, sage ich. Ich spüre, wie Galle in der Kehle aufsteigt.

»Alles in Ordnung mit dir?«, sagte Philippa. »Du bist weiß wie ein Gespenst.«

»Nein.« Und plötzlich muss ich vom Tisch aufstehen. Ich stürze ins Bad und schaffe es gerade noch rechtzeitig zum Klo, wo ich das bisschen, was ich von der Pizza gegessen habe, wieder erbreche.

31

Mick hat fünf Tage frei, und wir verbringen praktisch jede Minute zusammen. Er übt seine Musik, und wir gehen zusammen einkaufen, aber sonst verkriechen wir uns bei ihm. Wir reden viel. Mick erzählt mir von seiner Kindheit, von seinen Zukunftsträumen, von seiner Begeisterung für Musik. Ich erzähle ihm von meiner Kindheit, von dem Leben vor Rachels Tod und von dem Leben danach. Wir sind beide ungeheuer neugierig aufeinander, und obwohl ich Micks Zimmer kaum verlasse, kommt es in den ganzen fünf Tagen nicht ein einziges Mal vor, dass ich mich langweile oder unruhig werde oder lieber woanders wäre.

An Micks letztem freien Tag rufen wir Philippa an und verabreden uns zum Frühstück in einem Café nicht weit von uns. Als wir eintreffen, sitzt sie bereits an einem der Tische. Sie trägt ein gelbes Kleid und hat die Haare zu einem Pferdeschwanz gebunden. Sie sieht hübsch aus und frisch, und ich komme mir in meinem zerknautschten T-Shirt und der Jeans im Vergleich zu ihr furchtbar schmuddelig vor.

Sie ist fröhlich und redselig, und durch ihre Energie wird mir bewusst, wie unwohl ich mich körperlich fühle, und das schon seit mehreren Tagen. Normalerweise finde ich Philippas übersprudelndes Temperament erfrischend, aber heute kostet es mich all meine Energie, ihrer Flut von Neuigkeiten zu lauschen und mit dem erforderlichen Maß an Interesse oder Begeisterung zu reagieren. Insgeheim wünsche ich mir nichts sehnlicher, als zurück zu Mick nach Hause zu gehen und mich gleich wieder schlafen zu legen.

Als unser Essen kommt – wir haben French Toast und Kaffee bestellt –, habe ich wieder dieses unverkennbare Gefühl. Der Speichel läuft mir im Mund zusammen, und der Geschmack von Galle breitet sich in meiner Kehle aus.

»O nein.« Ich springe auf und presse mir die Hand vor den Mund. »Entschuldigt, Leute.« Ich haste zur Toilette, beuge mich über die Kloschüssel und würge. Doch weil ich nichts gegessen habe, kommt nur ein dünner Schwall Galle.

»Katherine. Alles in Ordnung?«, höre ich Philippas Stimme direkt hinter mir. Ich spüre ihre Hand auf dem Rücken. »Du Ärmste.«

Ich stehe auf, gehe zum Waschbecken, spüle mir den Mund aus und wasche mir das Gesicht. Ich schaue mich im Spiegel an und bin schockiert, wie blass und abgespannt ich neben Philippa aussehe, und ich frage mich einen Moment lang, ob ich vielleicht todkrank bin. Vielleicht ist es mein Schicksal, jung zu sterben, genau wie Rachel.

»Neulich hast du dich auch schon übergeben«, sagt Philippa. »Hast du eine Lebensmittelvergiftung? Oder irgendein Virus?«

»Keine Ahnung.« Ich zucke die Achseln, schöpfe mir Wasser in den Mund und schlucke es herunter. Hoffentlich kann ich es bei mir behalten.

»Du solltest wirklich mal zum Arzt gehen.«

Ich nicke.

»Vielleicht bist du ja auch schwanger.« Sie lacht.

Schwanger. Philippa wollte bloß einen Scherz machen. Aber als sie das Wort ausgesprochen hat, bin ich mir ganz sicher, dass genau das mit mir los ist. Es würde eine Menge erklären – die Übelkeit, die kommt und geht, die lähmende Müdigkeit, meine empfindlichen, geschwollenen Brüste. Und ich kann mich beim besten Willen nicht erinnern, wann ich zuletzt meine Tage hatte.

»Ach, du Schande«, sage ich.

»Ach, du Schande was?« Wir blicken einander im Spiegel an, und dann werden Philippas Augen größer, als sie den Ausdruck auf meinem Gesicht sieht. »Was? O Gott. Schwanger? Im Ernst? Echt? Ist das möglich?«

»Scheiße. Scheiße.« Ich schüttele den Kopf. »Ich weiß nicht. Aber ich …«

»Wann hattest du zuletzt deine Tage?«

»Das ist es ja. Ich kann mich nicht erinnern. O Gott, Philippa. Ich kann mich nicht erinnern, überhaupt jemals meine Tage gehabt zu haben. Ich meine, seit ich mit Mick zusammen bin. Ich würde mich doch dran erinnern, oder? Ich meine, weil er es mitbekommen hätte. Wir hätten in der Zeit nicht …« Ich überlege krampfhaft. Aber ich bin sicher, meine Periode seit Monaten nicht bekommen zu haben. Ich hätte es Mick erklären müssen, wenn er währenddessen mit mir hätte schlafen wollen. Es wäre mir bestimmt ein wenig unangenehm gewesen, und daran würde ich mich erinnern. »Wieso hab ich das nicht gemerkt? Wie konnte ich nur so blöd sein?«

Philippa zieht mich an sich und schlingt ihre Arme um mich. »Keine Sorge. Es wird alles gut. Und vielleicht bist du ja auch gar nicht schwanger, vielleicht ist es bloß falscher Alarm. Bei Stress kann die Periode auch schon mal ausbleiben. Das hab ich gelesen. Irgendwo.«

»Aber ich war nicht sonderlich gestresst.«

»Und die Sache mit Alice? Die Abschlussprüfungen?«

»O Gott, schön wär's. Aber ich glaube nicht. Ich bin die ganze Zeit glücklich gewesen, Philippa, nicht gestresst«, sage ich. Und plötzlich muss ich an die seltsamen Veränderungen denken, die ich in letzter Zeit an meinem Körper wahrgenommen habe, und daran, wie komisch ich mich gefühlt habe. »Deshalb sind meine BHs auf einmal zu klein. Sogar meine Jeans sitzen enger.«

»Vielleicht hast du einfach zugenommen?«

»Nein.« Ich schüttele den Kopf. »Was soll ich bloß machen? Ach, Philippa, der arme Mick, was wird der nur dazu sagen?«

»Der arme Mick? Sei nicht albern. Er ist doch kein Kind mehr. Er weiß Bescheid über die Sache mit den Bienchen und den Blümchen. Arm dran bist du, du hast schließlich die Melonenbrüste zu tragen.« Ihre Augen weiten sich, als sie meinen Körper mustert. Sie legt die Hand vor den Mund, um ihr Grinsen zu verbergen. »Die sind wirklich ganz schön riesig geworden. Fällt mir jetzt erst auf.«

Ich schaue an mir herunter, nehme eine Brust in jede Hand und hebe sie an. Sie sind schwer, prall und empfindlich. »Ja, wirklich, nicht? Wieso hab ich bloß nichts gemerkt?«

»Zu sehr mit Bumsen beschäftigt gewesen?«

»Offensichtlich.«

Ich beuge mich über das Waschbecken und starre mich im Spiegel an. Meine Haut ist blass, aber ansonsten sehe ich kein bisschen anders aus. Die Form meines Gesichts, meine Augen, es sieht alles aus wie immer. Es kommt mir unmöglich vor, dass in mir tatsächlich ein neues Leben heranwächst, ohne dass sich das in meinem Gesicht zeigt, ohne dass ich etwas davon weiß. Ohne dass ich mein Einverständnis gegeben habe.

»Ein Baby«, sage ich kopfschüttelnd. »Philippa. Das ist einfach … wie soll denn … ich bin nicht mal achtzehn.«

Sie nickt. »Du bist noch ein Teenager.«

»Was mach ich jetzt bloß?«

»Ich weiß es nicht.« Sie zuckt die Achseln, und ihr Blick ist ernst. »Ich weiß es nicht, Katherine.«

Ich schaue nach unten auf meinen Bauch und lege meine Hand darauf. Es ist unvorstellbar. Ein neues Leben. In mir drin.

Plötzlich packt Philippa meinen Arm und redet aufgeregt auf – mich ein. »Glaubst du, du könntest es behalten? Wenn ja, dann wäre das echt cool. Denk doch mal drüber nach. Das Kind wäre sicher super-, supersüß, und das wäre doch superschön und toll. Und Mick wäre ein phantastischer Dad. Und ich wäre Tante. Ich würde für euch babysitten. Ehrlich. Ich würde alles tun für euch, ich würde helfen, wo ich kann. Ich wäre die absolut beste Tante der Welt. Du könntest zur Uni gehen. Mum und Dad würden helfen, sie sind ganz vernarrt in kleine Babys. Und deine Mum und dein Dad würden doch sicher auch helfen, oder?«

Bei dem Gedanken an meine Eltern stöhne ich auf. Ich schlage die Hände vors Gesicht. »Philippa! Hör auf. Bitte. Red nicht so. Ich weiß es ja noch nicht mal mit Sicherheit. Und ich muss doch erst mal mit Mick reden. Ich kann solche Entscheidungen jetzt noch nicht treffen.«

»Nein. Natürlich nicht. Sorry.« Sie schweigt einen Moment und sagt dann: »Komm, wir kaufen einen Test. Auf dem Weg zu Micks Wohnung ist eine Drogerie.«

Ich nicke und drehe mich wieder zum Waschbecken um. Philippa hat natürlich recht, ich sollte auf dem Weg nach Hause einen Test kaufen, mir so schnell wie möglich Gewissheit verschaffen und dann mit Mick reden. Aber ich würde das alles gern allein machen. Nicht im Beisein von anderen, nicht vor Publikum. Ich halte die Augen auf meine Hände gerichtet, während ich sie wasche, und überlege, wie ich Philippa schonend beibringen kann, dass ich das mit dem Test gern allein erledigen würde. Doch als ich seufze und aufblicke, scheint sie meine Gedanken schon erraten zu haben.

»Hör mal«, sagt sie. »Am besten gehst du allein zurück zu Micks Wohnung und kaufst dir unterwegs einen Test. Ich halte Mick hier auf und frühstücke mit ihm zu Ende. Du machst den Test, und wenn er nach Hause kommt, kannst du mit ihm drüber reden. Falls nötig.« Sie lächelt. »Ich komme nicht mit. Ich denke, ihr braucht mich dabei nicht.«

»Okay.« Ich lächle dankbar. »Das wäre gut. Danke.«

»Aber du gibst mir Bescheid, ja?«, sagt sie. »Bald? Morgen?«

Wir kehren zum Tisch zurück und sagen Mick, dass mir schlecht ist und ich nach Hause möchte. Er springt sofort auf und will mich begleiten. Aber Philippa und ich überreden ihn, zu bleiben und zu Ende zu frühstücken.

»Es sind nur drei Minuten zu Fuß«, sage ich lachend. »Keine Bange. Das schaff ich auch allein.«

Er sieht besorgt aus, als ich ihm von draußen durch die Tür noch einmal zuwinke. Ich lächle so beruhigend ich kann und gehe los. Es tut gut, an der frischen Luft zu sein, raus aus der stickigen, engen Atmosphäre des Cafés zu kommen, wo es viel zu stark nach Kaffee und gebratenem Speck gerochen hat. Normalerweise machen solche Gerüche mich hungrig, aber heute sind sie einfach nur überstark und erregen Übelkeit.

Ich habe wenig Zweifel daran, dass ich schwanger bin. Es passt alles zu gut zusammen – die Übelkeit, die seltsame Müdigkeit in letzter Zeit, die geschwollenen Brüste. Und ich bin mir jetzt sicher, dass ich meine Tage nicht mehr hatte, seit ich das erste Mal mit Mick geschlafen habe. Und obwohl wir ziemlich vorsichtig waren und die meiste Zeit Kondome benutzt haben, sind wir ein- oder zweimal nachlässig gewesen und haben uns gedacht, es wird schon nichts passieren, wenn Mick aufpasst. Offenbar haben wir uns getäuscht.

Ich gehe in die Drogerie und suche nach dem Regal mit den Tests. Ich habe bisher noch nie einen kaufen müssen, und ich bin nicht ganz sicher, wo sie aufbewahrt werden oder worauf ich achten muss, daher schlendere ich eine Weile blindlings umher, bis eine junge Frau auf mich zukommt und fragt, ob sie mir behilflich sein kann.

»Ja. Äh, Schwangerschaftstests?«

Ein Teil von mir rechnet damit, dass sie schockiert ist und mir gleich einen Vortrag über Safer Sex und Verhütung hält, aber sie stutzt weder, noch zeigt sie sonst irgendeine Reaktion auf meine Frage. »Natürlich«, sagt sie. »Die haben wir hier drüben.« Und dann erklärt sie mir höflich und neutral die Unterschiede zwischen den einzelnen Marken und begleitet mich zur Kasse, wo sie die Packung in eine Papiertüte packt. Aber trotzdem frage ich mich, was sie wohl denkt. Wir sind etwa im gleichen Alter, und ich stelle mir vor, dass sie froh ist, nicht an meiner Stelle zu sein, froh, nicht dieses Problem zu haben, selbstgefällig und überlegen und sicher wie sie da steht in ihrem zweckmäßigen weißen Kittel.

Ich will gerade wieder nach draußen gehen, als mir jemand auf die Schulter tippt.

»Tz-tz-tz, Katherine«, ertönt laut eine Stimme hinter mir, und ich spüre, wie mir die Farbe aus dem Gesicht weicht, als ich sehe, wer es ist. Alice. »Na, was würde Helen jetzt wohl denken?«, sagt sie.

Ich presse mir die Tüte mit der Packung schützend vor den Bauch. Ich bin seltsam eingeschüchtert, sogar ängstlich, und ich muss den Impuls unterdrücken, Reißaus zu nehmen. In Alice' Miene liegt kein Funken Wärme, und als ich ihr so gegenüberstehe, ist es mir schier unvorstellbar, dass wir mal Freundinnen waren.

Alice beäugt die Tüte und deutet mit dem Kinn darauf. »Warst wohl ein unartiges Mädchen, was?«

Ich will gerade etwas sagen, um zu leugnen, zu erklären, mich zu rechtfertigen, entscheide mich dann aber dagegen. Ich bin Alice keine Rechenschaft schuldig. Mein Privatleben geht sie nichts mehr an. Ich zucke die Achseln und will an ihr vorbei, doch ehe ich einen Schritt machen kann, legt sie eine Hand auf meine Schulter und beugt sich zu mir. Ihr Gesicht ist jetzt unangenehm dicht vor meinem.

»Bilde dir bloß nicht ein, du kämst damit durch«, sagt sie. Ihre Stimme ist jetzt ein bösartiges, tiefes Knurren. »Ich weiß, dass Leute wie du Leute wie mich für überflüssig halten. Das weiß ich. Aber so schnell wirst du mich nicht los.«

»Dich loswerden?« Ich versuche zu lachen, doch es klingt hohl und wenig überzeugend. »Soll das eine Drohung sein? Verfolgst du mich etwa?«

Sie lächelt bloß.

»Lass mich in Ruhe, Alice«, sage ich. Ich zwinge mich, ihr dabei in die Augen zu sehen. »Lass mich in Ruhe, sonst –«

»Sonst was?« Sie zieht die Augenbrauen hoch und schaut gespielt überrascht. »Sonst rufst du die Polizei? Was? Meinst du das? Hast du das vor?«

»Ja, das werde ich tun. Wenn du dich wie eine Geisteskranke aufführst, dann behandle ich dich auch wie eine.«

»Ach ja, natürlich. Aber das weiß ich ja schon. Ich kenne dich nämlich. Ich kenne dich besser, als du denkst. Aber ich hab ja eigentlich gar nichts getan, oder? Du kannst der Polizei also gar nichts erzählen. Diesmal kannst du die Schuld nicht auf andere abwälzen.« Und dann lächelt sie süßlich, legt den Kopf auf die Seite und sagt mit gekünstelt argloser Stimme: »Und wir sind doch trotzdem Freundinnen, nicht? Freundinnen für immer?«

Ich schüttele den Kopf und dränge mich an ihr vorbei. »Verschwinde, Alice«, sage ich. »Verschwinde einfach. Ich hab keine Ahnung, wovon du redest. Du brauchst Hilfe. Du brauchst eine Therapie. Du bist krank.«

»Vielleicht bin ich das«, sagt sie lachend, als ich mich mit raschen Schritten entferne. »Aber vielleicht bist du ja auch die Kranke, Katherine. Ist dir das schon mal in den Sinn gekommen? Vielleicht bist du krank!«

Ich marschiere weiter und zwinge mich, nicht über die Schulter zu sehen, bis ich fast an der Ecke von Micks Straße angekommen bin. Jetzt bleibe ich stehen und werfe einen Blick hinter mich. Ich kann sie zunächst nicht sehen und spüre, wie ich panisch werde. Hat sie sich versteckt und folgt mir? Aber dann entdecke ich sie. Sie unterhält sich mit einem großen, gutaussehenden Mann. Garantiert flirtet sie, und sie wirkt völlig auf ihr Gegenüber konzentriert.

Es ist wahrscheinlich eine alberne Vorsichtsmaßnahme, aber sie soll nicht wissen, wo ich zurzeit wohne, deshalb biege ich in die Straße und laufe so schnell ich kann das letzte Stück zu Micks Haus. Ich stecke mit zitternden Händen den Schlüssel ins Schloss und knalle die Tür hinter mir zu. Sobald ich in der Wohnung bin, beruhige ich mich wieder. Hier ist alles so vertraut und normal, verwohnt und gemütlich und auf sichere Art überschaubar, und ich muss unwillkürlich kichern über die Hysterie, die mich eben noch befallen hat. Sie erinnert mich an die Angst, die ich als Kind allein im Dunkeln hatte. Ich war immer panisch und verstört zurück zu meinen Eltern gerannt, zurück ins Licht, in die Wärme, in die Geborgenheit, wo ich mich augenblicklich getröstet fühlte. Wie die Dunkelheit kann auch Alice mir nichts anhaben. Nicht, wenn ich sie nicht lasse. Sie mag voller Schatten und Geheimnisse und verborgener Tiefen sein, aber sie hat keine echte Macht. Nicht wirklich.

Ich gehe ins Bad und stelle mich vor den Spiegel. Vom Laufen geht mein Atem schnell, und mein Gesicht ist ganz blass. Ich sehe schlimm aus. Mein Magen hat sich vor lauter Angst verkrampft, und es dauert einen Moment, bis mir wieder einfällt, dass Alice im Augenblick gar nicht mein größtes Problem ist. Sondern etwas Reales. Etwas Ernstes. Etwas, das sowohl mein Leben als auch Micks entscheidend verändern kann, unwiderruflich. Und es hat nicht das Geringste mit Alice zu tun.

Ich öffne die Packung und pinkele auf das Teststäbchen, wie es in der Gebrauchsanweisung beschrieben ist. Dann lege ich das Stäbchen auf die Ablage über dem Waschbecken. Ich gehe ins Wohnzimmer und tigere dort auf und ab, bis ich denke, dass genug Zeit verstrichen ist. Ich gehe zurück ins Bad und nehme das weiße Plastikstäbchen auf. Es sind zwei sehr deutliche parallele rosa Streifen zu sehen.

Ich schaue nochmal in die Gebrauchsanweisung. Zwei Streifen sind ein positives Ergebnis. Eindeutig. Ich bin schwanger.

Ich werfe das Teststäbchen weit von mir weg, als wäre es glühend heiß oder gefährlich, und sehe zu, wie es klappernd über den Boden rutscht. Es bleibt mit der Vorderseite nach oben liegen, und mir ist, als würden mich die zwei kräftigen und eindeutigen rosa Streifen höhnisch auslachen. Auch wenn ich fast sicher damit gerechnet habe, dass der Test positiv ausfallen würde, ist es erschreckend und unglaublich, dass es tatsächlich wahr ist. Ich spüre, wie mir das Herz in der Brust rast, ich schmecke förmlich den Schock und die Angst im Mund. Plötzlich kann ich mich nicht mehr bewegen und auch nicht mehr stehen, also sinke ich zu Boden, bis ich sitze, die Beine angezogen, die Stirn auf die Knie gelegt. Ich sitze nur so da, reglos, den Kopf voller Visionen einer ruinierten Zukunft, bis ich Micks Schlüssel im Schloss höre, seine Schritte, seine Stimme, die meinen Namen ruft. Und gleich darauf ist er im Bad, hat die Arme um mich gelegt und fragt, ob alles in Ordnung ist.

Ich blicke nicht auf und sage kein Wort. Ich kann jetzt nicht sprechen, kann Mick nicht in die Augen schauen, sondern strecke die Hand aus und zeige auf das Teststäbchen.

»Was?«, fragt er. Ich höre, wie er es vom Boden aufhebt. Und dann ist er wieder bei mir.

»Du bist schwanger?« Er klingt überrascht und schockiert,

aber nicht so entsetzt, wie ich es mir ausgemalt hatte. Und überhaupt nicht wütend.

Ich blicke auf und nicke mechanisch.

»Wow.« Er reibt sich das Gesicht. Ich kann das Knistern der Bartstoppeln unter seinen Fingern hören. »Ich weiß gar nicht, was ich sagen soll.«

»Nein.«

Er schweigt einen Moment und starrt auf den Test. Dann sieht er mich an. »Also, ähm, ist das denn so schlimm?«

»Ja. Natürlich ist es das. Ich bin schwanger, Mick. Ich bin siebzehn.« Und jetzt richte ich mich auf, kreuze die Beine, sodass unsere Knie sich berühren, und sehe ihn an. »Ich bin siebzehn, Mick. Siebzehn.«

Er legt eine Hand auf mein Knie und spricht bedächtig und ruhig, als hätte er Angst, mich noch mehr aufzuregen. »Okay. Es ist ein Schock. Aber es ist kein Weltuntergang. Ich meine, wir können was unternehmen. Es lässt sich was machen. Wenn du willst.«

»Abtreibung. Ich weiß. Sprich das verdammte Wort ruhig aus. Ich bin ja nicht blöd.«

»Okay. Abtreibung. Das wäre eine Möglichkeit. Wenn du willst.«

Ich nicke und zucke die Achseln. Hilflos lasse ich den Blick durch den Raum schweifen, schaue auf die gefliesten Wände, den Duschvorhang, überallhin, bloß nicht in sein ernstes, liebes Gesicht.

»Aber du musst es nicht tun«, sagt er, und er beugt sich vor, sodass ich gezwungen bin, ihn anzusehen. »Du musst nicht abtreiben, Katherine. Das will ich damit nicht sagen.«

»Was wäre denn die Alternative, Mick? Ein Baby zu kriegen? Mit siebzehn? Soll das ein Witz sein?«

»Du wärst schließlich nicht die Erste, der das passiert. So was ist schon mal vorgekommen, weißt du.«

»Klar weiß ich das, ich bin ja kein Vollidiot. Ich bin schwanger, Mick, nicht plötzlich schwachsinnig.«

Er seufzt. »Hör auf, so wütend zu sein. Ich bin nicht dein Feind.«

»Sorry.« Ich strecke den Arm aus und nehme seine Hand. »Ich bin bloß … Ich begreife nicht, wie uns das passieren konnte.«

»Ich begreif's auch nicht so richtig.«

»Scheiße.« Ich drücke seine Hand. Fest. »Mädchen wie ich kriegen kein Baby, Mick. Mädchen wie ich gehen auf die Uni und machen Karriere. Meine Eltern trifft der Schlag. Sie werden völlig ausflippen.«

»Du könntest immer noch zur Uni. Das ist inzwischen normal. Außerdem wärst du keine alleinerziehende Mutter.« Er drückt ebenfalls meine Hand, noch fester, und lächelt. »Hör mal, vergiss jetzt mal kurz deine Eltern. Vergiss jetzt mal, was andere Leute denken könnten. Du kannst so eine Entscheidung nicht von anderen Leuten abhängig machen. Das ist doch bescheuert.«

Und er hat recht. Mein Entsetzen bei dem Gedanken an diese Schwangerschaft beruht zum großen Teil darauf, was andere Leute denken könnten. Meine Eltern, meine Schulfreunde, meine Lehrer. Ich sehe mich vor meinem geistigen Auge schon mit einem riesigen Bauch und dann mit einem kreischenden Baby, und ich stelle mir die Blicke, das Getuschel, das Mitleid der Leute vor. Bei der ganzen vorweggenommenen Ablehnung, die mir durch den Kopf geht, kann ich gar nicht mehr genau sagen, was ich wirklich denke und was ich wirklich möchte.

»Ich mach uns einen Tee«, sagt Mick, und als er aufsteht, zieht er mich auf die Beine. »Leg dich doch nochmal ein Weilchen hin.«

Ich beherzige seinen Vorschlag, und irgendwie gelingt es mir trotz des ganzen Chaos in meinem Kopf, tief und fest einzuschlafen. Als ich wach werde, sitzt Mick neben mir auf dem Bett und blättert in einer Musikzeitschrift.

»Hi.«

»Hi.«

»Fühlst du dich besser?« Er legt eine Hand auf meine Stirn, und ich muss lachen.

»Ich hab kein Fieber, du Blödmann.«

»Ich weiß. Ich weiß. Aber hat deine Mum das nicht auch immer bei dir gemacht, wenn du krank warst? Und war das nicht immer ein gutes Gefühl? So als hättest du was richtig Ernstes und müsstest die ganze Woche nicht in die Schule oder so?«

»Ich bin aber nicht krank. Ich bin schwanger.«

»Stimmt. Aber du bist traurig.«

Ich setze mich auf. »Bin ich das?«

»Ich weiß nicht. Bist du's?

»Ich weiß nicht. Bist du's?«

Er lacht. »Ich bin's, wenn du's bist. Ich bin's nicht, wenn du's nicht bist.«

»Ich weiß nicht genau. Aus irgendeinem Grund kommt es mir gar nicht mehr so schlimm vor.« Ich zucke die Achseln und lächle verlegen. »Vielleicht träume ich ja noch oder so.«

Er kneift mir in den Arm. »Spürst du das?«

»Ja.«

»Dann träumst du nicht.«

»Aber im Ernst«, sage ich, »was denkst du? Ist es so schlimm? Schwanger zu sein?«

»Mensch, Katherine. Ich weiß es nicht. Ich hab ja schon gesagt, es ist kein Weltuntergang.« Er lächelt – sanft, zaghaft, bedächtig. Er sieht mich an und erforscht mein Gesicht. »Aber es ist auf jeden Fall eine große Sache.«

»O ja.« Und ich weiß nicht, wieso ein paar Stunden Schlaf meine Sichtweise so drastisch verändern konnten, aber mit einem Mal ist diese Schwangerschaft gar keine schockierende Katastrophe mehr, sondern etwas, was ich tatsächlich will. Ich lache. Hoffnungsvolle Erregung steigt wie eine Luftblase in meinem Bauch auf und drängt durch meine Kehle. »Sogar eine Riesensache.«

»Mein Gott. Ein Baby.«

»Ja«, sage ich. »Ein Baby.«

»Unser Baby.«

»Ja.«

»Wir können doch unmöglich etwas töten, das wir zusammen gemacht haben. Es ist unser Baby. Unseres. Ein bisschen von dir und ein bisschen von mir«, sagt er.

»Nein.«

»Ich meine, es sei denn, du willst es wirklich. Aber du willst es nicht? Abtreiben? Oder?«

»Nein. Nein, will ich nicht.« Ich erlaube mir zu lächeln. »Ich glaube, ich könnte es wollen. Ich glaube, ich könnte es wirklich behalten wollen.«

Den Rest des Tages verbringen wir in einem halbhysterischen Schockzustand. Am nächsten Morgen erzählen wir es Philippa, und sie ist derart aus dem Häuschen, derart begeistert und so voller Ideen und Pläne für die Zukunft, dass wir vor verlegener Freude lachen müssen. Die Übelkeit plagt mich noch immer, aber jetzt, wo ich die Ursache kenne, komme ich deutlich besser damit klar. Und da ich nun weiß, dass ich nicht krank bin, sehe ich die übermächtige Erschöpfung, meine Fähigkeit, zu jeder Tages- und Nachtzeit zu schlafen, einfach nur als ein mildes und sogar angenehmes Symptom dafür an, dass mein Körper damit beschäftigt ist, ein anderes Menschenwesen zu erschaffen.

Wir gehen in die Stadtbibliothek und leihen uns einen Haufen Bücher über Schwangerschaft aus. Die Bücher enthalten

Glanzfotos von Embryos in diversen Entwicklungsstadien. Wir versuchen auszurechnen, wie viele Wochen genau unser Baby alt ist, und suchen dazu das entsprechende Foto. Es ist ein erstaunlicher Gedanke, dass es vermutlich schon Arme und Beine hat, Augen, einen Mund, eine Nase. Einen Herzschlag.

Mick meint, wir sollten uns eine gemeinsame Wohnung suchen. »Im Ernst«, sagt er, »ich hab mein ganzes Leben von einer Frau wie dir geträumt. Ich muss nicht noch länger warten, ich muss dich nicht noch besser kennenlernen. Ich will einfach nur mit dir zusammen sein.« Und als ich mich laut frage, ob wir damit nicht eine zu große Verpflichtung eingehen, ob wir es nicht überstürzen, lacht er und schüttelt den Kopf. »Wir kriegen ein Baby, Katherine. Eine größere Verpflichtung kann man gar nicht eingehen. Es ist jetzt zu spät, es langsam angehen zu lassen. Es ist zu spät, alles vernünftig zu planen.« Und dann umarmt und küsst er mich. »Keine Angst. Es wird alles gut. Keine Angst.«

Mitten in der Nacht flüstert er mir zu: »Lass uns heiraten. Standesamtlich. Gleich morgen.« Ich lache und sage: »Nichts da, ich bin erst siebzehn, du spinnst wohl«, aber insgeheim begeistern mich seine romantischen Ideen. Ich finde es prickelnd, dass er genauso verliebt ist wie ich. Dass er mich sogar heiraten würde.

Aber eine gemeinsame Wohnung zu mieten, ist gar keine so verrückte Idee. Es ist sogar sinnvoll. Mick könnte unmöglich auch noch bei Vivien einziehen, und seine jetzige Wohnung ist viel zu klein. Und wir könnten seinem Mitbewohner wohl kaum ein Baby zumuten.

Am nächsten Morgen werde ich früh wach, noch vor Mick. Ich stehe auf und koche eine Kanne Tee. Dann gehe ich mit dem Tee und der Zeitung vom Vortag zurück in Micks Zimmer, krieche wieder ins Bett, schlage die Zeitung auf und fange an, die Wohnungsanzeigen durchzusehen.

»Das wäre vielleicht was«, sage ich nach einer Weile. »Zwei Zimmer, Dielenboden, neue Küche. Nicht weit vom Bondi Beach. Dreihundertfünfzig die Woche.«

Mick schlägt die Augen auf und lächelt, als er begreift, was ich soeben gesagt habe.

»Lies nochmal vor«, sagt er. »Hab's nicht richtig gehört.«

»Zwei Zimmer, Dielenboden, neue Küche«, sage ich, doch im selben Moment dämpfen nicht ganz so angenehme Gedanken meinen Enthusiasmus. Ich seufze. »Ich muss meine Eltern anrufen. Sie werden dich kennenlernen wollen. Wir können das erst planen, wenn ich ihnen von dir erzählt habe. Sie bezahlen meine Miete, mein Auto, sie geben mir Geld zum Leben, sie finanzieren mich.«

»Klar.« Mick setzt sich auf und legt eine Hand auf mein Bein. »Aber wir schaffen das schon. Selbst wenn sie uns die Wohnung nicht bezahlen wollen. Wir kommen schon über die Runden. Ich suche mir einen regelmäßigen Job.«

»Das musst du bestimmt nicht. So sind sie nicht. Sie würden mir nie das Geld streichen. Sie würden alles für mich tun.«

»Das ist verständlich.«

»Aber, na ja, eine Sache würden sie ganz sicher nicht akzeptieren. Niemals. Nicht in einer Million Jahren.«

»Was?«

»Dein Motorrad. Sie wären stinksauer, wenn sie wüssten, dass ich schon mit dir mitgefahren bin.«

»Ja.« Er zuckt die Achseln. »Meine Eltern sind auch dagegen. Die Dinger sind ja auch gefährlich.«

»Wieso fährst du denn dann Motorrad? Wenn du es so gefährlich findest?«

»Weil es Spaß macht.« Er grinst. »Weil es schnell ist. Du kannst nicht dein Leben lang vor allem Angst haben.«

»Ich habe nicht vor allem Angst«, sage ich, plötzlich verärgert.

»Das ist nicht fair, und überhaupt, ich bin schon x-mal auf deiner blöden Maschine mitgefahren. Und ich –«

»Ich habe nicht gesagt, dass du vor allem Angst hast«, fällt er mir ins Wort. Ich habe dich gar nicht gemeint. Ich meinte ›du‹ im Sinne von ›man‹.« Er zieht ein finsteres Gesicht, und seine Stimme klingt nicht sehr freundlich. »Keine Sorge, ich hatte sowieso vor, sie zu verkaufen.«

»Gut. Vernünftig. Wir haben ja mein Auto«, sage ich. Ich bin genauso brüsk. »Das bisschen Spaß ist es nicht wert, dafür zu sterben. Und überhaupt, was ist schon dabei? Du stellst es so dar, als wäre es so ein Riesenopfer, dich davon zu trennen.«

»Es ist ein Opfer. Es ist meine Maschine. Ich liebe sie.«

Ich starre ihn an. Ungläubig. »Du liebst sie?«

»Ja.«

»Es ist ein lebloser Gegenstand. Du kannst doch kein Ding lieben, so einen blöden Haufen Metall.«

»Tu ich aber. Es macht mich traurig, sie zu verkaufen. Ich werde sie vermissen.«

Ich werfe die Zeitung beiseite, stehe auf und stemme die Hände in die Hüften. »Du wirst sie vermissen?«, sage ich, den Tränen nahe. Ich überreagiere völlig, das weiß ich, aber ich kann nicht anders. »Es macht dich traurig, sie zu verkaufen?« Ich deute wütend auf meinen noch flachen Bauch. »Und was ist mit mir? Was ist mit all den Opfern, die ich werde bringen müssen? Was ist mit all den Dingen, derentwegen ich traurig sein werde?«

Aber er beißt nicht an. Stattdessen streckt er eine Hand aus. »Komm wieder ins Bett.«

»Nein.«

»Bitte.«

»Nein.«

»Ich hasse die Maschine«, sagt er. »Sie ist hässlich und sie ist rot, und ich hasse Rot. Du bist viel hübscher. Und du riechst besser.«

Ich versuche, wütend zu bleiben und weiter ein ernstes Gesicht zu machen, aber dann muss ich doch lachen. »Du bist ein Idiot«, sage ich. Dann krieche ich wieder zu ihm unter die Decke und schmiege mich an ihn. »Ich mag die Maschine ja auch. Ich weiß nicht, warum ich mich so biestig aufführe. Ich werde auch traurig sein, wenn sie nicht mehr da ist.«

»Ich weiß.«

»Aber wenn Mum und Dad davon wüssten –«

»Ich weiß. Keine Sorge. Ich mag dich lieber als meine Maschine. Zumindest ein klitzekleines bisschen.«

»Du wirst sie jedenfalls kennenlernen müssen«, sage ich. »Bald.«

»Ja. Und du wirst auch meine Eltern kennenlernen müssen. Wir machen alles ganz offiziell.«

»Ich weiß.« Ich seufze und drücke das Gesicht an seine Brust. »Macht dich das nicht ein bisschen nervös? Dass sie uns für verrückt halten werden? Weil wir ein Baby kriegen und schon nach einer Wohnung suchen? Dass wir zusammenziehen wollen?«

»Sie halten uns bestimmt für verrückt. Jedenfalls am Anfang. Wir müssen ihnen eben beweisen, dass sie sich irren. Und wenn meine Eltern dich erst einmal kennenlernen, werden sie dich lieben.«

»Und meine werden dich lieben«, sage ich.

Doch ich wünschte, ich könnte mir so sicher sein, wie ich mich anhöre. Ich glaube absolut nicht, dass Mum und Dad über die Situation glücklich sein werden. Ich kann mir ihre Gesichter vorstellen, wenn ich es ihnen sage, Mums stumme Missbilligung und Dads Schockiertheit. Sie werden nicht viel sagen oder schimpfen, sie würden mir gegenüber niemals laut werden oder mich anschreien, aber sie werden die Sache zweifellos für eine

Tragödie halten, ein Desaster, und der gequälte Ausdruck auf ihren Gesichtern wird tausendmal schwerer zu ertragen sein als jeder Wutausbruch. Mir wäre es viel lieber, sie würden zetern und toben.

Mich bedrückt nicht nur der Gedanke an ihre mögliche Reaktion auf meine Schwangerschaft, sondern ich empfinde auch Schuldgefühle wegen Rachel. Mein Leben entfaltet sich, geht weiter, schlägt neue und unerwartete Bahnen ein. Ich schaue nach vorn, wie mein Therapeut beifällig gesagt hätte. Rachels Tod nimmt nicht mehr seine zentrale Rolle ein, er definiert mich nicht länger, und ich sehe jetzt, dass ihr Leben und ihr Tod unweigerlich umso stärker in den Hintergrund treten werden, je länger ich lebe, je mehr sich mein Leben entwickelt. Ich werde vergessen. Ich werde sie nicht mehr jeden Tag rund um die Uhr vermissen. Irgendwie kommt mir das wie Verrat vor, wie ein weiteres Beispiel dafür, dass ich weglaufe und sie allein zurücklasse.

Und das muss auch meinen Eltern wehtun. Jedes Mal, wenn sich irgendwas Wichtiges in meinem Leben ereignet, ob ich den Schulabschluss mache, mich verliebe oder schwanger werde, es kann ihnen nur auf grausame Weise vor Augen führen, was Rachel alles nie haben und nie tun wird.

Ich schließe die Augen und versuche, nicht zu denken – nicht an Rachel und nicht an meine Eltern. Ich kuschle mich an Mick an, atme den inzwischen so vertrauten Duft seiner Haut ein. Und obwohl ich erst eine Stunde wach bin, überkommt mich schon wieder die Müdigkeit, und ich lasse mich erneut in einen süßen Schlaf des Vergessens sinken.

32

»Sehr schön«, sage ich und schaue mich noch einmal in dem sonnendurchfluteten Wohnraum um. »Ein bisschen klein, aber schön sonnig. Wird Mick gefallen, meinst du nicht?«

Die Wohnung ist klein, aber hell, hat einen Holzfußboden und weißgestrichene Wände. Von dem kleinen Schlafzimmer geht ein noch kleinerer Raum ab, der in der Annonce als Arbeitszimmer bezeichnet worden war und ideal für ein Baby wäre. Die winzige Einbauküche im Wohnraum besteht gerade mal aus Spüle, Herd und Schrank. Aber alles ist sauber und freundlich. Philippa tritt neben mich und legt einen Arm um meine Schultern.

»Er wird die Wohnung lieben«, sagt sie. »Weil du mit ihm hier wohnen wirst.«

»Findest du sie nicht zu klein?«

»Sie ist gemütlich.«

»Wir passen alle rein, nicht? Ich und Mick und das Baby.«

»Klar. Wie viel Platz braucht ein Baby schon?«

»Sollen wir uns bewerben?«

»Unbedingt. Und frag, ob du sie dir morgen nochmal anschauen kannst. Mit Mick. Aber keine Sorge, ich bin sicher, er wird begeistert sein.« Und dann schlendert sie lächelnd in dem kleinen Raum umher. »Ich seh euch schon vor mir. Eure kleine Familie. Es wird wunderbar sein. Genau wie im Märchen. Ihr werdet hier glücklich leben bis an euer seliges Ende. Und du bist die Prinzessin, die Prinzessin in ihrem Schloss.«

»Ein winzig kleines Schloss. Ein Einzimmerschloss«, sage ich lachend. Aber mir gefällt Philippas Bild von meiner Zukunft. Mir gefallen ihr Optimismus und ihre Überzeugung, dass wir wirklich glücklich sein können.

Ich fülle die Bewerbungsformulare aus und gebe sie dem Makler, und dann gehen Philippa und ich durchs Treppenhaus nach unten auf die Straße.

»Lass uns irgendwo zu Mittag essen«, sagt sie. »Oder hast du keinen Hunger?«

»Doch. Ich hab immer Hunger. Das Blöde ist nur, dass mir jetzt von so vielen Sachen schlecht wird, die ich normalerweise gern esse.«

Und während Philippa und ich überlegen, wohin wir zum Lunch gehen sollen, sehe ich Alice. Sie steht auf der anderen Straßenseite, aber es ist zu spät, um mich zu verstecken, um mit Philippa rasch in den nächsten Laden zu verschwinden, denn sie hat uns bereits entdeckt. Sie steht ganz reglos da, starrt zu uns rüber und hat ein seltsames Lächeln im Gesicht. Mein Herzschlag beschleunigt sich. Das kann kein Zufall mehr sein. Sie verfolgt mich.

»Was ist? Was hast du?« Philippa dreht sich in die Richtung, in die ich schaue. »Scheiße. Alice.«

Alice winkt. »Katherine! Moment! Warte mal.« Und ehe wir weitergehen können, überquert sie auch schon die Straße und kommt auf uns zu.

»Wie geht's dir? Was hat dein kleiner Test ergeben? War es das Ergebnis, das du erwartet hast?« Sie spricht mich direkt an, ohne Philippa eines Blickes zu würdigen.

Und obwohl ich weiß, dass ich einfach weitergehen sollte, stehe ich da wie gelähmt.

»Ich wette, Helen ist überglücklich, dass sie Großmutter wird.« Sie verschränkt die Arme und schaut mich gehässig an. »Oder hast du's ihr etwa noch gar nicht erzählt? Was? Du hast gern deine schmutzigen kleinen Geheimnisse, oder, Katherine? Miss Tugendhaftigkeit? Ach, übrigens, mir geht's super, danke, ganz phantastisch, danke der Nachfrage.« Sie lächelt, ein jähes unnatürliches Verziehen der Lippen, und runzelt dann genauso abrupt die Stirn. »Obwohl ich, wie ich zugeben muss, auch ein bisschen enttäuscht bin, weißt du, fast verärgert, wo ich dich doch für meine Freundin gehalten habe.«

»Alice, wir sind in Eile«, sagt Philippa. »Wir müssen weiter.«

Alice beachtet sie gar nicht. »Obwohl ich eigentlich gar nicht überrascht sein sollte. Bei allem, was ich über dich weiß, nicht? Es kann eben keiner aus seiner Haut. Ein Feigling ist ein Feigling ist ein Feigling. Stimmt doch, Katherine, oder?« Und dann lacht sie boshaft und legt dabei den Kopf in den Nacken. Plötzlich erstarrt sie und blickt mich eindringlich an. »Aber du bist mehr als bloß ein Feigling, nicht wahr, Katherine? Du bist weggelaufen und hast zugelassen, dass deine Schwester ermordet wurde. Und wenn man richtig darüber nachdenkt, wurde sie wahrscheinlich ermordet, *weil* du weggelaufen bist. Hast du die Möglichkeit schon mal in Betracht gezogen? Diese Jungs hätten euch beide wahrscheinlich nur vergewaltigt. Wahrscheinlich haben sie es mit der Angst zu tun bekommen, als sie gesehen haben, dass du weg warst. Sie haben es mit der Angst zu tun bekommen und die arme kleine Rachel getötet. Du bist also mehr als bloß ein Feigling, Katherine, nicht wahr? Du bist eher eine Komplizin. Ich meine, es ist auch irgendwie deine Schuld, dass deine Schwester gestorben ist, oder? Du hast deine eigene Haut gerettet. Auf Rachels Kosten. Du hast deine eigene kostbare Haut gerettet.«

»Halt die Fresse, Alice«, schaltet Philippa sich ein, leise und kalt und todernst. Sie fasst meinen Arm und zieht mich an sich.

»Halt deine verdammte Fresse, du blöde Fotze, oder ich hau dir dermaßen eine rein, dass du eine Woche nicht mehr aufstehst.«

Ich bin so verblüfft über Philippas Wut und ihre Ausdrucksweise, dass ich wie angewurzelt nur so dastehe und sie mit offenem Mund anstarre.

»Aha. Alles klar.« Alice mustert Philippa von oben bis unten und grinst höhnisch. Doch ihre arrogante Souveränität ist verschwunden, und in ihrer Stimme schwingt auf einmal ein Hauch von Unsicherheit mit. »Mit solchen Leuten verbringst du also jetzt deine Zeit, Katherine? Prollvolk? Tja, ist ja irgendwie einleuchtend. Gleich und Gleich gesellt sich gern.«

Philippa legt einen Arm um meine Schultern und dreht mich von Alice weg. Wir gehen rasch in die andere Richtung.

»Macht's gut, Mädels«, ruft Alice mit falsch-freundlicher Stimme hinter uns her. »War echt nett, euch zu treffen. Bis bald, hoffentlich.«

»Ich kann nicht glauben, dass du das eben wirklich gesagt hast«, sage ich. Ich schüttele den Kopf, sowohl vor Entsetzen über Alice als auch vor verblüfftem Vergnügen über Philippas unerwarteten Mut.

»Ich weiß. Ich konnte nicht anders, sie hat mich so wütend gemacht.« Sie seufzt. »Meine Mutter würde sich schämen.«

»Ich fand's toll. Als würde Queen Elizabeth jemandem plötzlich Prügel androhen. Einfach toll.«

Philippa wirft einen Blick über die Schulter. »Wir können wieder langsamer gehen. Sie verzieht sich in die andere Richtung. Diese Frau ist einfach furchtbar, Katherine. Völlig durchgeknallt. Kann einem richtig Angst machen.«

»Ich weiß. Meinst du, sie verfolgt mich? Ich begegne ihr andauernd, wenn ich es am wenigsten erwarte. Das kann doch kein Zufall sein.«

»Zuzutrauen wär's ihr. Ich schätze, sie verkraftet es nicht, dass du nicht mehr mit ihr befreundet sein willst. Damit kommt sie einfach nicht klar. Sie ist wahrscheinlich gekränkt, und ihr gewaltiges Ego hat einen Knacks bekommen.« Philippa bleibt stehen und sieht mich an. »Aber du nimmst das doch nicht ernst, oder? Was sie sagt? Dieses ganze gemeine Zeug über Rachel? Du weißt, dass das Schwachsinn ist.«

»Es ist schwer, einfach drüber hinwegzugehen«, sage ich. Ich schaue nach unten auf den Gehweg und spreche leise. »Weil sie nämlich recht hat. Ich habe Rachel im Stich gelassen. Ich bin tatsächlich weggelaufen. Das haben sogar die Verteidiger im Prozess angeführt. Sie haben gesagt, diese Typen hätten nicht vorgehabt, uns zu töten. Es sei bloß passiert, weil sie ausgeflippt sind und Panik gekriegt haben, als ich abgehauen bin.«

»Na und? Ist doch klar, dass die so was sagen. Natürlich können sie nicht zugeben, dass ihre Mandanten von vornherein geplant hatten, Rachel zu töten. Das war bloß ihre letzte Chance, eine milderes Urteil rauszuschlagen. Deshalb muss es noch lange nicht stimmen.«

Ich schaue mich um und sehe Alice mit forschen Schritten in die andere Richtung gehen. »Aber woher weiß sie, dass sie mich genau damit treffen kann? Wie kommt es, dass sie immer den Finger in die Wunde legt, in der es am meisten wehtut? Wie kann jemand, der so selbstbezogen ist, gleichzeitig so scharfsichtig sein?«

»Weil sie durch und durch niederträchtig ist. Sie ist ein verdorbenes Aas. Sie hat einen Instinkt für alles, was in dieser Welt hässlich und gemein ist. Und außerdem hat sie vermutlich die Zeitungen durchforstet und gründlich recherchiert. Nach irgendwas gesucht, womit sie dir richtig wehtun kann. Würde mich nicht überraschen.«

»Ja. Kann sein. Aber das ändert nichts daran, dass sie recht haben könnte. Ich bin nun mal weggelaufen.« Ich schaue ihr direkt in die Augen. »Ich bin weggelaufen, Philippa.«

»Natürlich bist du weggelaufen.« Sie hält meinem Blick stand. »Was hättest du denn sonst machen können?«

»Ich hätte besser auf sie aufpassen können. Ich hätte dafür sorgen können, dass sie sich nicht so sinnlos betrinkt, dass sie nicht mehr gehen konnte. Ich hätte sie verdammt nochmal nach Hause schicken können, statt sie mit auf die Party zu nehmen.«

»Ja, das hättest du tun können. Aber du hast es nicht getan. Und –«

»Genau. Ich habe es nicht getan«, falle ich ihr ins Wort. »Aber ich hätte es tun müssen. Ich hätte so vieles tun müssen. Und weißt du was? Da ist noch was. Etwas, das ich noch nie jemandem gestanden habe.«

»Was denn?«

»Ich war an dem Abend sauer auf Rachel. Ich war wütend, weil sie mit auf die Party gekommen ist. Ich wollte sie nicht dabeihaben. Ich war böse auf sie. Es waren meine Freunde, und sie ging noch nicht mal gern auf Partys.« Und zu meiner eigenen Verblüffung breche ich in verzweifeltes Schluchzen aus. »Sie hatte da doch gar nichts zu suchen!«

Philippa nimmt meinen Arm und führt mich über die Straße zu einem kleinen Park, wo wir uns auf eine Bank setzen. Ich vergrabe das Gesicht in den Händen und weine. Philippa legt mir einen Arm um die Schultern und wartet einfach ab.

»Tut mir leid«, sage ich, als ich mich einigermaßen wieder beruhigt habe. »Ich muss in letzter Zeit andauernd heulen. Einfach jämmerlich.«

»Sag so was nicht. Weinen ist nicht jämmerlich.«

»Nein. Wohl nicht«, sage ich. »Bloß, es hört einfach nie auf. Diese ganze Geschichte mit Rachel. Soll ich mich denn ewig mies fühlen? Mein ganzes Leben? Ist das meine Strafe dafür, dass ich lebe?«

»Natürlich nicht.« Sie schüttelt den Kopf. »Aber weshalb genau fühlst du dich mies? Vielleicht solltest du es mir erzählen. Es mir erklären. Ich meine, ich weiß es im Großen und Ganzen natürlich, klar, aber vielleicht solltest du versuchen, etwas konkreter zu sein. Vielleicht solltest du versuchen, es in Worte zu fassen, es dir von der Seele reden oder so.«

Und obwohl ich ernsthaft bezweifele, dass Reden wirklich etwas bringt, spüre ich plötzlich den Drang, alles rauszulassen, meine dunkelsten Gedanken zu beichten. »Ich war so wütend auf Rachel, weil sie mit auf die Party gekommen war«, sage ich. »Sie mochte Partys doch gar nicht, jedenfalls bis dahin. Normalerweise hätten sie keine zehn Pferde auf eine Party gebracht. Aber auf einmal hatte sie sich irgendwie verändert. Peu à peu. Sie wurde immer geselliger. Ging mehr aus sich raus. Und das gefiel mir nicht. Sie sollte doch die Schüchterne sein. Die Brave. Das Genie. Das Partygirl war ich, nicht sie. Ich war die Beliebte … Ich hatte das Gefühl, dass sie mir das wegnehmen würde. Sie war so talentiert, so perfekt. Wenn sie auch noch kontaktfreudig wurde, dann hätte sie … ich weiß nicht, dann hätte sie alles gehabt. Alle hätten sie noch toller gefunden. Ich wäre unsichtbar geworden.« Meine Stimme ist jetzt schwach und voller Scham. »Ich hab sie dafür gehasst.«

Philippa schweigt einen Moment nachdenklich, und ich frage mich, ob ich es mir mit ihr mit meinem Geständnis verdorben habe.

»Als Mick klein war«, sagt sie schließlich, »war er in der Schule eine absolute Niete. Er war in allem schlecht. Lesen. Mathe. In jedem Fach. Ohne Nachhilfe wäre er glatt sitzengeblieben. Die Gescheite war ich, und ich hab immer so getan, als tue er mir leid. Aber insgeheim hab ich es genossen. Ich hab's genossen, in der Schule so viel besser zu sein als er, weil er in allem anderen besser war. Er war gut in Sport und er war witzig, und er sah gut aus, und er hatte jede Menge Freunde. Ich dagegen war die klassische Streberin mit scheußlichen roten Haaren und Sommersprossen, wovon Mick völlig verschont geblieben ist, was absolut unfair ist, aber hey …« Sie blickt nach unten auf meinen Bauch. »Die Gene hat er allemal, also mach dich bei eurem Baby auf was gefasst. Jedenfalls, als Mick in der Elften war, fing er an, sich zu verändern. Er nahm die Schule plötzlich richtig ernst und hat nur noch gebüffelt. Und auf einmal gehörte er zu den Überfliegern, hat fast nur noch Bestnoten kassiert.« Sie schüttelt den Kopf. »Ich war so was von sauer. So was von lächerlich eifersüchtig … und dabei hatte ich die Schule längst hinter mir. Ich konnte es nicht ertragen. Obwohl …« Und jetzt schmunzelt sie. »Zum Schulsprecher hat er es nie gebracht, im Gegensatz zu mir.«

Ich lache.

»Aber weißt du was?«, fährt sie fort. »Heute bin ich heilfroh, dass er was auf dem Kasten hat. Ich fände es furchtbar, wenn er mit Büchern nichts anfangen könnte, wenn er nicht lesen und nachdenken würde. Es wäre ätzend, wenn er ein Armleuchter wäre. Wir hätten nichts mehr gemeinsam. Das wäre tragisch.«

»Wirklich tragisch«, stimme ich zu.

»Siehst du? Jetzt hab ich mit meinem sinnlosen Geschwafel doch alles besser gemacht, oder? Du wirst wahrscheinlich nie wieder eine Träne vergießen.« Philippa drückt mich fester und wird wieder ernst. »Du warst also nicht die perfekte Schwester. Na und? Du hast niemanden umgebracht. Was passiert ist, war nicht deine Schuld. Du hast genau das getan, was jeder andere halbwegs vernünftige Mensch in deiner Situation auch getan hätte. Hör mal, was glaubst du, wie es deinen Eltern gehen würde, wenn ihr beide umgebracht worden wärt? Beide Töchter tot? Ware das besser gewesen? Denn das wäre passiert, wenn du nicht weggelaufen wärst, wenn du versucht hättest zu kämpfen. Du hättest alles nur noch schlimmer gemacht.«

»Vielleicht«, sage ich. »Vielleicht auch nicht. Wir werden es nie wissen, oder? Aber ich habe sie mit auf die Party genommen. Und wer weiß, wenn ich einfach geblieben wäre, wo ich war, da in dem dunklen Schuppen, dann hätten sie Rachel vielleicht vergewaltigt und wären abgehauen. Vielleicht hätten sie sie nicht umgebracht, wenn ich nicht weggelaufen wäre. Vielleicht wäre sie noch am Leben.«

»Aber wenn du das so sehen willst, wenn du dir Vorwürfe machen willst, weil du weggelaufen bist oder weil du Rachel mit auf die Party genommen hast, was ist dann mit deinen Eltern? Sie müssten sich Vorwürfe machen, weil sie nicht zu Hause waren. Sie müssten sich Vorwürfe machen, weil sie dir überhaupt erst die Verantwortung für deine Schwester überlassen haben. Und was ist mit dem Jungen, deinem damaligen Freund, der dich in das Auto hat einsteigen lassen? Der müsste sich auch Vorwürfe machen. Die Schuldgefühle könnten sich auf alle ausbreiten, wie Gift. Ja, vielleicht hat jeder, der irgendwie von der Sache betroffen ist, Grund zur Reue und fragt sich, ob alles anders gekommen wäre, wenn er doch nur dies oder jenes gemacht hätte. Aber eine unkluge Entscheidung macht dich nicht zur Mörderin. Du warst ein fünfzehnjähriges Mädchen, und du bist auf eine Party gegangen. Du hast gegen ein Verbot verstoßen. Na und? Du hast nichts getan, was nicht jede andere Fünfzehnjährige auf der Welt auch schon getan hat. Du hättest unmöglich wissen können, was passieren würde. Du musst aufhören, so zu denken, denn das ist verrückt. Die Einzigen, die für Rachels Tod verantwortlich sind, sind ihre Mörder. Du warst ein Opfer, Katherine. Du und Rachel und eure Eltern, ihr alle wart Opfer. Du bist in eine grauenhafte, unerwartete Situation gebracht worden, in der du so gehandelt hast, wie du es für das Beste hieltest.«

Ich nicke artig und lächle, damit Philippa glaubt, dass ich mich jetzt besser fühle, dass sie etwas gesagt hat, was ich nie zuvor gehört habe. Aber das Problem mit Worten ist, dass sie nicht verändern können, was du tief in dir empfindest, so einleuchtend sie auch klingen mögen. Und allmählich wird mir klar, dass die Sache nie wirklich aufhören wird, dass es keine vollständige Absolution geben kann. Ich werde mit Rachels Tod und mit meiner Rolle dabei leben müssen. Ich kann höchstens hoffen, dass ich irgendwann lerne, mir selbst dafür zu verzeihen, dass ich keine vollkommene Schwester war.

33

Als ich später am Nachmittag nach Hause komme, wartet Mick bereits auf mich. Er reißt mit einem glücklichen Lächeln die Tür auf, ehe ich dazu komme zu klopfen, und umarmt mich, sobald ich eintrete. »Wir haben eben einen Anruf bekommen«, sagt er lachend. »Wir haben die Wohnung. Wir können nächste Woche einziehen.«

Er nimmt meine Hand und zieht mich in die Küche, stellt mir einen Hocker hin und reicht mir ein Glas mit frischgepresstem Orangensaft. Er ist gerade dabei zu kochen. Auf einem Teller häuft sich kleingeschnittenes Gemüse – Paprika, Pilze, Bohnen –, und die winzige Küche, in der normalerweise ein heilloses Chaos herrscht, ist ganz aufgeräumt.

»Ich dachte, wir essen zur Feier des Tages was Gesundes. Eine Gemüsepfanne.«

»Klingt toll.«

»Kann auch schiefgehen, aber ich geb mir alle Mühe. Übrigens, Philippa hat gesagt, ihr seid Alice über den Weg gelaufen?« Er schaut mich besorgt an. »Geht's dir gut?«

»Ja«, sage ich. »Alles in Ordnung.« Ich setze mich schwerfällig auf den Hocker und stütze die Ellbogen auf die Arbeitsplatte.

»Philippa hat gesagt, Alice soll ein paar ziemlich gemeine Sachen gesagt haben. Sie hat gesagt, du warst ganz schön verstört.«

»War ich auch, ja. Aber eigentlich nicht wegen dem, was Alice gesagt hat. Nein. Ich … na ja, sie hat nichts gesagt, was ich selbst nicht auch schon tausendmal gedacht habe. Es war wohl gar nicht Alice, die mich so durcheinandergebracht hat.«

»Wie meinst du das?«

»Na ja. Natürlich ist sie ein schlechter Mensch, keine Frage. Und sie ist vorsätzlich gemein zu mir, das weiß ich. Und ihre Bosheit ist beängstigend, genau wie die Art, wie sie mich verletzen will. Aber was sie gesagt hat, geht mir ohnehin immer wieder durch den Kopf. Es ist schon die ganze Zeit da. Ich bin schließlich wirklich weggelaufen, und ich habe Rachel wirklich ihren Mördern überlassen.« Ich hebe die Hand und spreche extra lauter, als ich sehe, dass Mick etwas einwenden will. »Das ist alles wahr. Das sind unbestreitbare Tatsachen. Und ich habe sie mit auf die Party genommen und Alkohol trinken lassen. Ich hatte die Verantwortung für sie. Das sind Gedanken, die ich immer schon hatte. Sie sind ein Teil von mir. Alice hat sie mir nicht in den Kopf gesetzt. Ich hab sogar das Gefühl, dass Alice als Einzige absolut ehrlich zu mir ist. Sie ist die Einzige, die sich traut, all das auszusprechen, was jeder irgendwann mal gedacht haben muss.«

»Aber du konntest doch nicht –«

»Bitte, Mick«, unterbreche ich ihn. »Hör einfach zu. Ich bin noch nicht fertig.«

»Okay«, sagt er ergeben. »Sprich weiter.«

»Sorry. Aber mir ist heute einfach was klargeworden. Etwas Gutes, glaube ich.«

Er nickt.

»Ich habe immer gedacht, es würde irgendwann eine Zeit kommen, wo ich mich besser fühle. Wie durch Zauberhand. Ich habe gedacht, ich würde eines schönen Tages aufwachen und nicht mehr traurig sein. Mich nicht mehr schuldig fühlen. Ich wäre drüber weg. Und auf den Tag habe ich die ganze Zeit gewartet. Ich habe gedacht, wenn dieser Tag kommt, würde es mir schlagartig bessergehen, und ich würde mein Leben wieder richtig leben und genießen können.« Ich lache, weil mich die Rührung ein wenig verlegen macht. »Aber heute ist mir endlich klargeworden, dass das nicht passieren wird. Es wird immer bei mir bleiben. Für alle Zeit. Und das ist in Ordnung. Es ist gut. Ich kann es akzeptieren.«

»Das ist toll, Katherine, aber du glaubst doch nicht –«

Ich erfahre nicht mehr, was er sagen will, weil es plötzlich sehr laut an der Tür klopft.

»Hey?« Mick blickt mich an und schüttelt den Kopf. »Wer zum –«

»Katherine! Katherine! Bist du da drin?«, ruft ein Mann verzweifelt durch die Tür und klopft jetzt so fest, dass die Wände wackeln. »Katherine! Mach auf!«

»O Gott.« Ich fahre kerzengerade hoch und spüre, wie mir die Farbe aus dem Gesicht weicht. »Ich glaube, das ist mein Dad!«

»Was? Wieso?«

»Keine Ahnung«, sage ich, springe auf, laufe zur Tür und reiße sie genau in dem Moment auf, als mein Vater wieder meinen Namen ruft.

Mum und Dad stehen vor mir. Sie wirken überrascht, als sie mich sehen, so als hätten sie eigentlich gar nicht mit mir gerechnet. Sie sehen erst einander an, dann wieder mich. Sie wirken seltsam angespannt, irgendwie wie in Habtachtstellung.

»Dad! Mum! Was ist denn los? Was macht ihr hier?«

»Oh, Katherine.« Mum stürzt zu mir und reißt mich an ihre Brust. »Ist alles in Ordnung? Geht's dir gut?«

»Ja.« Ich drücke sie und schiebe sie dann weg. »Mir geht's gut. Alles bestens. Aber wieso seid ihr hier? Was ist los?«

Und dann hat Dad seine Hand unter meinem Kinn, hebt mein Gesicht und blickt mir forschend in die Augen. »Ist auch wirklich alles in Ordnung?«, fragt er. »Ganz bestimmt?«

Ich weiche einen Schritt zurück und runzele die Stirn. »Was habt ihr denn?«, frage ich und schaue zwischen ihnen hin und her. »Ihr macht mir Angst. Wieso seid ihr hergekommen?«

Einen Moment später steht Mick neben mir, ergreift meine Hand und streckt die andere meinen Eltern hin, um sie zu begrüßen. »Hi. Ich bin Mick. Möchten Sie nicht hereinkommen?«

Dad ignoriert Micks ausgestreckte Hand und starrt ihn an, mustert ihn von oben bis unten, anmaßend und so unverfroren abschätzig, wie ich das noch nie bei ihm erlebt habe.

Mum tritt einen Schritt näher und lächelt. Es ist ein gezwungenes, unnatürliches Lächeln, das ihre Augen unberührt lässt. Dann schüttelt sie Mick die Hand. »Mick. Ich bin Helen. Das ist mein Mann Richard. Und ja, wir würden gern reinkommen. Danke.«

Mick und ich treten beiseite, um Mum und Dad vorbeizulassen. Wir folgen ihnen, und Mick wirft mir hinter ihrem Rücken einen fragenden Blick zu. Aber ich kann nur ratlos mit den Schultern zucken. Ich bin über ihr Verhalten genauso verwundert wie er.

Wir gehen in die Küche, wo es hell und freundlich und sauber ist und alles nach den Vorbereitungen fürs Abendessen aussieht. Ich bemerke, wie Mum und Dad Blicke wechseln. Sie wirken fast so verwirrt, wie ich es bin.

Mum dreht sich zu uns um.

»Wir wollen nicht um den heißen Brei herumreden«, sagt sie. »Alice hat uns angerufen.«

»Ach«, sage ich und fühle mich augenblicklich unendlich müde. »Wieso? Was wollte sie?«

»Sie war deinetwegen so besorgt, Schatz«, fängt Mum an, doch Dad fällt ihr barsch ins Wort.

»Sie hat gesagt, du nimmst Drogen. Sie hat gesagt, du wohnst bei einem …«, er macht eine Kopfbewegung in Richtung Mick, »also, um es mit Alice' Worten auszudrücken, bei einem verwahrlosten, Motorrad fahrenden Musiker und Drogendealer.« Und dann sieht er mich an, und er wirkt so klein und traurig und ängstlich, dass ich es kaum ertragen kann. »Sie hat auch gesagt, du seist schwanger.«

Ich könnte mich mühelos verteidigen. Schließlich nehme ich keine Drogen, und Mick ist weiß Gott nicht verwahrlost, wie hier leicht zu erkennen ist. Die Wohnung ist sauber, er kocht gesundes Essen, die Gläser sind mit Orangensaft gefüllt. Aber die Sache mit der Schwangerschaft schnürt mir die Kehle zu und macht mich stumm und verlegen.

»Alice lügt«, sagt Mick, und ich schaue ihn dankbar an. Er ist von Grund auf anständig und vernünftig und ehrlich, das müssen sie doch sehen. »Katherine nimmt keine Drogen. Das ist lächerlich.« Er sieht meinem Vater direkt in die Augen, offen und unverwandt. »Und ich auch nicht.«

Einen Moment lang sagt keiner etwas, doch als Mum und Dad einander anschauen, steht ihnen die Erleichterung ins Gesicht geschrieben. Sie möchten Mick glauben, das ist unübersehbar.

»Aber warum in aller Welt sollte Alice so etwas behaupten?«, fragt Mum, und ich höre bereits die leise Erleichterung in ihrer Stimme, die Hoffnung.

»Weil sie Probleme hat«, sagt Mick. »Ernsthafte psychische Probleme.«

»Wirklich?« Dad blickt mich mit hochgezogenen Augenbrauen an. Die ganze Anspannung, die sein Gesicht noch Augenblicke zuvor starr und unfreundlich und einschüchternd hat wirken lassen, ist verflogen. »Katherine? Ehrlich? Kannst du mir das versprechen? Nimmst du wirklich keine Drogen?«

»Nein, Dad.« Ich schüttele den Kopf. »Natürlich nicht. Ehrenwort. Ich verstehe gar nicht, dass du das auch nur eine Sekunde lang glauben konntest.«

»Wir haben nichts von dir gehört«, sagt Mum. »Du bist bei Viv nicht ans Telefon gegangen, und auf dem Handy konnten wir dich nicht erreichen. Wir haben dir auf die Mailbox gesprochen, Schatz. Mindestens zehnmal. Wir … na ja, wir waren schon völlig aufgewühlt, ehe Alice anrief.«

»O Gott. Entschuldige, Mum. Mein Handy ist abgeschaltet. Ich habe es ausgemacht, weil ich nicht mit Alice reden wollte. Ich hatte ja keine Ahnung, dass sie euch anrufen und faustdicke Lügen auftischen würde. Das ist alles so verrückt. Es tut mir leid. Es ist meine Schuld. Ich hätte anrufen sollen, ich hätte euch sagen sollen, wo ich bin.«

»Ist ja nicht so schlimm.« Mum schüttelt den Kopf, und ehe sie sie wegblinzeln kann, sehe ich die Tränen in ihren Augen. »Hauptsache, es geht dir gut.«

Und dann treten Mum und Dad fast gleichzeitig vor und umarmen mich. Sie küssen mich auf den Kopf, die Wangen und lachen vor Erleichterung und Freude. Als sie mich losgelassen und die Fassung wiedergewonnen haben, stehen wir drei leicht verlegen da, bis Mick Stühle unter dem Tisch hervorzieht, uns bittet, dass wir doch alle Platz nehmen sollen, und auch meinen Eltern Orangensaft einschenkt.

»Jetzt komme ich mir aber richtig albern vor«, sagt Mum, streckt den Arm aus und legt ihre Hand auf meine. Sie schaut Mick an. »Sie müssen uns ja furchtbar finden, dass wir hier einfach so reingeplatzt kommen. Mit derart verrückten Beschuldigungen.«

»Nein. Sie haben sich einfach Sorgen gemacht. Ist doch normal bei Eltern.« Er schüttelt den Kopf und lächelt sein wunderbares Lächeln – und ich merke an ihrer Reaktion, dass sie entzückt von ihm ist.

»Wahrscheinlich.« Dann sieht sie mich an, lacht und drückt kurz meine Hand. »Ich bin so froh, dass es dir gut geht, Schatz. Wir waren so besorgt und hatten solche Angst. Das kannst du dir gar nicht vorstellen.«

Und in der nächsten Stunde herrscht trotz der bizarren Umstände, die uns vier zusammengeführt haben, eine fast fröhliche Feierstimmung zwischen uns. Mick besteht darauf, dass Mum und Dad zum Essen bleiben. Wir sitzen zusammen am Tisch und lassen uns Micks Gemüsepfanne schmecken, und Dad erzählt uns von dem Telefonat mit Alice. Ich bin fassungslos, dass sie zu solch dreisten Lügen imstande ist, und finde ihre Boshaftigkeit mir gegenüber leicht beunruhigend. Dennoch bin ich ihr gegenüber einigermaßen milde gestimmt. Ihr Verhalten hat meine Eltern und mich einander wieder nähergebracht, und obwohl ich nie an ihrer Liebe zu mir gezweifelt habe, rührt mich ihre offensichtliche Sorge und Angst um mich. Ich fühle mich geliebt und angenommen.

Meine Eltern fragen nicht, ob ich schwanger bin oder nicht. Entweder gehen sie davon aus, dass alles, was Alice gesagt hat, gelogen war, oder sie trauen sich nicht zu fragen, und weder ich noch Mick sprechen das Thema an. Während wir essen und plaudern und lachen, überlege ich mir die ganze Zeit, wie ich es ihnen am besten beibringen soll – Ach, übrigens, Mum und Dad, in einem Punkt hat Alice die Wahrheit gesagt. Ich bin wirklich schwanger! Stellt euch vor, ihr werdet Großeltern! Eine solche Neuigkeit ist doch einfach zu gewaltig, zu schwerwiegend, ernst und von zu großer Tragweite, um sie so en passant fallenzulassen, daher sage ich lieber nichts. Jedes Mal, wenn Mick das Wort ergreift, stelle ich mir vor, dass er es meinen Eltern sagen will, und mein Herzschlag beschleunigt sich, doch er tut es nicht, und so reden wir die ganze Zeit nur über Alice und über Musik. Und darüber, wie und wann Mick und ich uns kennengelernt haben.

Als wir mit dem Essen fertig sind, besteht Mick darauf, den Abwasch zu machen. Er sieht mich vielsagend an, als meine Eltern uns den Rücken zudrehen, und macht hektische Handbewegungen, um mir zu signalisieren, dass ich mit ihnen ins Wohnzimmer gehen soll. Ich weiß, was er beabsichtigt. Er will mich mit ihnen allein lassen, damit ich ihnen von der Schwangerschaft erzählen kann.

Doch als ich vorschlage, dass wir uns zusammen rübersetzen, unter dem Vorwand, ihnen ein paar Fotos von den letzten Wochen an der Schule zeigen zu wollen, sagt Dad nein, er wolle Mick beim Spülen helfen. Mum zuckt die Achseln und schmunzelt und nimmt meine Hand.

»Lass ihn«, flüstert sie. »Wahrscheinlich will er deinem jungen Mann ein bisschen auf den Zahn fühlen.«

Und obschon ich verschiedene Möglichkeiten durchgespielt habe, wie ich es ihnen schonend und taktvoll beibringen kann, platze ich einfach damit heraus, sobald mein Vater und Mick außer Sichtweite sind.

»Ich bin schwanger.«

»Was? Was hast du gesagt?« Mum bleibt stehen und dreht sich zu mir um. Sie zieht die Stirn kraus. »Wie bitte?«

»Ich bin schwanger.«

»Schwanger? Ach, du meine Güte. Na, das stimmte dann also.« Sie wendet sich ab, doch ich kann gerade noch die verräterischen Anzeichen erkennen: feuchte Augen, bebendes Kinn.

»Bitte, Mum. Bitte. Ich weiß, dass du jetzt enttäuscht bist. Ich weiß, das hast du nicht erwartet oder dir für mich erhofft. Das weiß ich. Ich hab das auch nicht gewollt. Aber ich verspreche dir, Mum, wir kriegen das hin. Das verspreche ich. Mach dir keine Sorgen. Mick ist großartig. Er wird nicht davor weglaufen oder so. Wir schaffen das. Bestimmt. Es wird gut. Ich kann trotzdem studieren. Ich mache trotzdem eine Ausbildung, das verspreche ich. Es wird gut, Mum. Alles wird gut.«

»Schwanger?« Sie spricht das Wort aus, als hätte sie Mühe, es zu begreifen. Sie geht zur Couch und nimmt schwerfällig Platz. »Schwanger.«

Ich setze mich neben sie, halte die Augen gesenkt, schaue auf meine Hände und zupfe nervös am Stoff meiner Jeans. »Du bist enttäuscht von mir, nicht?«

»Nein«, sagt sie. »Nein.«

»Du schämst dich.«

»Nein«, sagt sie. »Tu ich nicht.« Jetzt ist ihre Stimme fest und fast ein bisschen ungehalten. »Katie. Du verstehst das nicht. Ich bin nicht enttäuscht, darum geht's nicht. Überhaupt nicht. Und ehrlich, Schatz, das Wort schämen gehört nicht mal zu meinem Wortschatz. Es ist ein kleiner Schock, dass du tatsächlich schwanger bist, natürlich, und das muss ich erst mal verdauen. Aber Herrgott nochmal, Katherine, vor ein paar Stunden haben wir noch befürchtet, du würdest Drogen nehmen. Wir haben ernsthaft gedacht, wir könnten dich verlieren.« Sie seufzt und schüttelt den Kopf. »Ich habe schon eine Tochter verloren. Ich bin längst nicht mehr … ich denke nicht mal mehr so.«

Ich sehe sie an und bin völlig durcheinander. Ich habe keine Ahnung, was sie denkt, und weiß nicht, was ich sagen soll.

»Katie. Liebes.« Sie lächelt. »Ich sollte das wahrscheinlich nicht sagen, und ich glaube nicht, dass das im Handbuch für gute Kindererziehung steht, aber weißt du was? Ich halte das gar nicht für eine Katastrophe.«

»Nein?«, sage ich. »Wie siehst du es denn dann?«

Und sie legt einen Finger an die Lippen, starrt einen Moment lang mit großen Augen zur Decke, schaut mich dann wieder an und grinst. Es ist ein vergnügtes, schelmisches, schuldbewusstes

Grinsen. »Ich glaube, ich freue mich richtig. Ehrlich gesagt, bin ich total aus dem Häuschen.«

Anscheinend sehe ich genauso schockiert aus, wie ich mich fühle, denn sie lacht, rutscht auf der Couch ein Stück näher zu mir und legt den Arm um mich.

Sie spricht leise und eindringlich. »Vielleicht ist es ja falsch von mir oder auch egoistisch, aber ich finde es einfach nur wunderbar. Du erweiterst unsere Familie, du setzt einen neuen Menschen in die Welt, einen Menschen, den wir alle lieben können. Du erschaffst Leben, Schatz, du … du lebst das Leben. Ich finde das richtig wundervoll, wenn ich ehrlich bin. Ich bekomme ein kleines Enkelkind, das ich liebhaben kann … wie könnte ich das schlimm finden? Und ich finde, dein Freund ist einfach zauberhaft, wirklich, ein richtiger Gentleman. Und man kann sich so gut mit ihm unterhalten, er ist so intelligent.« Und dann holt sie ein Taschentuch hervor, wischt sich die Augen und putzt sich die Nase. »Ich weiß noch ganz genau, wie ich mit dir schwanger war. Diese wunderbare, unschuldige Hoffnung, diese Vorfreude.«

»Dann bist du wirklich nicht enttäuscht? Du bist nicht böse?«

»Nein. Nein, wirklich nicht.«

»Du denkst auch nicht, wir sind verrückt, weil wir es behalten wollen, obwohl wir uns doch gerade erst kennengelernt haben?«

»Vielleicht. Das weiß ich wirklich nicht. Aber ich glaube, ihr habt eine ebenso große Chance, zusammenzubleiben, wie alle anderen auch. Manche Leute heiraten, nachdem sie sich schon jahrelang kennen, und lassen sich dann doch irgendwann wieder scheiden. Es gibt im Leben keine Garantien.«

»Aber ich bin noch so jung.« Und ich weiß nicht, warum, aber auf einmal kann ich über all die Zweifel und Ängste sprechen, die ich mir bisher kaum eingestanden habe. Ich möchte noch mehr Bestärkung von meiner Mutter, es tut gut, sie so schöne

Dinge sagen zu hören. Ich kann gar nicht genug davon bekommen. Ich möchte von ihr hören, dass alles gut wird. »Ich kenne niemanden in meinem Alter mit einem Baby. Niemanden.«

»Normalerweise machst du dir doch auch nicht so viel daraus, was andere tun oder nicht.«

»Stimmt. Aber das meine ich nicht. Ich –«

»Ich weiß, was du meinst, Schatz. Ja, es ist eine Riesenentscheidung, ja, du wirst viele Freiheiten verlieren, die andere in deinem Alter haben. Und das wird dir schwerer fallen, als du es dir vorstellen kannst. Aber es wird dir auch eine andere Welt eröffnen. Es wird deinem Leben eine herrliche, wundervolle, völlig neue Dimension geben. So ist das mit dem Muttersein.« Sie legt mir eine Hand an die Wange. »Und dein Vater und ich sind ja auch noch da. Wir werden dir helfen, wo wir können. Sogar sehr gerne.«

»Ich bin echt froh, dass du nicht böse bist oder enttäuscht.«

»Du meine Güte, nein.« Wieder grinst sie. »Ehrlich, ich freue mich riesig. Ich freue mich für dich und Mick. Und für deinen Dad und mich. Und ich bin aufgeregt. Und begeistert. Und ich möchte es gern deinem Vater erzählen. Einverstanden?«

»Gern.«

Ich bin es nicht gewohnt, sie so zu erleben, so offen und freimütig mit ihren Gefühlen, und meine Verwunderung steht mir wohl ins Gesicht geschrieben.

»Was ist, Schatz?«, fragt sie. »Stimmt was nicht? Du guckst so komisch.«

»Sorry. Ihr … ihr wirkt so ganz anders auf mich. Richtig glücklich. Du und Dad. Das ist toll, ehrlich, bloß … ich bin das wohl einfach nicht mehr gewohnt.«

»Ich weiß, Schatz.« Sie legt mir eine Hand auf den Kopf und zieht mich an sich, sodass meine Wange an ihrer Brust liegt. Während sie redet, spüre ich das beruhigende Vibrieren ihrer

Stimme, den regelmäßigen Rhythmus ihres Herzschlags. »Ich weiß. Wir waren nicht fair, oder? Und soll ich dir mal was sagen? Deine dumme Freundin hat uns im Grunde einen großen Gefallen getan. Wir waren so besorgt, ich und Dad, als sie anrief und all diese verrückten Sachen über dich erzählte. Wir waren so aufgebracht und hatten solche Angst, dich zu verlieren. Als wir sahen, dass es dir gutgeht«, sie holt tief Luft und seufzt, »da war das so, als hätten wir eine zweite Chance bekommen. Und ich weiß, Schatz, ich weiß, wie du dich wegen Rachel gefühlt hast. Ich weiß, dass du Schuldgefühle hast wegen damals, dass du Schuldgefühle hast, weil du noch lebst und Rachel tot ist. Ich hoffe, du kannst mir verzeihen, dass ich das nie angesprochen habe, dass ich nie klar und deutlich gesagt habe, dass du absolut keinen Grund hast, dich schuldig zu fühlen, sondern dass du dein Leben unbedingt leben musst. Es muss irgendeinen Schlusspunkt geben, eine Art von … ach, ich weiß nicht … wie heißt das schreckliche neumodische Wort noch gleich?«

Ich lehne mich zurück und schaue sie an. »Neuorientierung?«

»Ja. Genau. Neuorientierung. Es muss eine Neuorientierung geben. Zumindest für dich, mein Schatz. Sie war deine Schwester, nicht deine Tochter. Es wäre nicht richtig, wenn du ewig unter ihrem Tod leidest. Es wäre nicht richtig, wenn dein Leben dadurch zerstört würde.«

»Aber –« Ich will ihr von meinen neuen Erkenntnissen erzählen und erklären, warum sie mir das alles nicht sagen muss.

»Nein«, fällt sie mir ins Wort und legt mir eine Hand unters Kinn. Sie sieht mich zärtlich an. »Ich war unfair. Ich habe gewusst, dass du leidest, und ich war so in meinem eigenen Schmerz gefangen, dass ich nicht die Kraft hatte, irgendetwas dagegen zu tun. Ich weiß schon lange, dass ich dir hätte helfen können, wenn ich mich nur dazu aufgerafft hätte, dir ein paar einfache Dinge zu sagen. Das habe ich nicht getan, und es tut mir entsetzlich leid. Aber ich kann es ja jetzt sagen, mein Schatz.« Sie räuspert sich und spricht weiter. »Dein Vater und ich geben dir keine Schuld an dem, was mit Rachel passiert ist. Das haben wir nie getan, niemals. Wir geben höchstens uns selbst die Schuld. Und denk bitte nicht, nicht mal für eine Sekunde, dass wir wünschten, es wäre dir passiert statt Rachel. Wir haben euch immer beide gleich liebgehabt. Von Anfang an.«

Ich nicke, kann aber nicht sprechen. Ich habe Angst, in Tränen auszubrechen, zu schluchzen wie ein kleines Kind.

»Und so unerhört das vielleicht auch ist, ich möchte dich um zweierlei bitten«, sagt sie.

»Klar, Mum, was immer du willst.«

»Erstens möchte ich dich bitten, mir meinen Egoismus zu verzeihen. Dass ich dir in den letzten Jahren keine richtige Mutter war, dass ich dich in dem Glauben gelassen habe, dein Vater und ich könnten dir irgendeine Mitschuld geben. Denn das tun wir absolut nicht. Das haben wir nie getan.«

Und dann heule ich doch los. Ich kann nicht anders. Alles, wovon ich nur Augenblicke zuvor noch fest überzeugt war, kommt mir mit einem Mal ganz weit weg und unwichtig vor. Zu wissen, dass sie mir keine Schuld gibt, ist wie eine unverhoffte und wunderbare Erlösung und macht mich glücklicher, als ich es je für möglich gehalten hätte. Ich klammere mich an meine Mutter und schluchze haltlos an ihrer Brust. Sie umarmt mich fest, spricht aber weiter.

»Und das Zweite, worum ich dich bitte, ist, dein Leben zu leben. Lebe so gut und glücklich, wie du kannst. Und du darfst niemals, nicht eine Sekunde lang, ein schlechtes Gewissen haben, weil du glücklich bist. Untersteh dich. Und wenn du das nicht für dich selbst tun kannst, dann tu es für uns. Für mich und für deinen Vater. Wenn du nämlich nicht glücklich bist, mein Schatz, wenn du dein Leben nicht lebst, dann haben wir alles verloren. Dann haben wir euch beide verloren.«

Ich erzähle meinem Vater also nichts von meiner Schwangerschaft. Meine Mutter möchte es ihm sagen, wenn sie allein sind, um ihm die Möglichkeit zu geben, es erst mal in Ruhe zu verdauen. Sie glaubt, dass er erst einmal entsetzt und außer sich sein wird. »Völlig normal für einen Vater«, sagt sie, »schließlich bist und bleibst du für ihn sein unschuldiges kleines Mädchen. Aber er beruhigt sich schon wieder, er wird sich an den Gedanken gewöhnen und sich am Ende genauso freuen.«

Und wie nicht anders zu erwarten, kriegen wir von meinem Vater auch noch einen Vortrag über das Motorrad zu hören. Er ist erleichtert, als wir ihm sagen, dass es verkauft werden soll. Ich muss ihm versprechen, dass ich mich nicht noch einmal draufsetze, und Mick muss ihm versprechen, vorsichtig zu fahren, wenn er unbedingt damit fahren muss.

Als meine Eltern weg sind, machen Mick und ich das Licht aus und gehen ins Bett. Mick ist so sanft und zärtlich. Er sagt mir immer wieder, dass er mich liebt, und wir kuscheln uns aneinander, sodass mein Kopf auf seiner Brust liegt.

»Du hast das Thema Alice bestimmt satt«, sagt er. »Aber geht's dir gut? Macht sie dir keine Angst?«

»Nein«, sage ich. »Ich bin viel zu glücklich, um mir ihretwegen Gedanken zu machen.« Und obwohl Alice weiß Gott andere Absichten mit ihrem Anruf hatte, bin ich heilfroh über den Abend mit meinen Eltern. Mum war seit Jahren nicht mehr so offen, ihre überschwängliche und herzliche Art hat mir wahnsinnig gutgetan, und ihre Worte, nicht über das Baby, sondern auch die über Rachels Tod, freuen mich unglaublich. »Ich meine, Alice ist eindeutig nicht ganz dicht«, fahre ich fort, »und ich bin froh, dass wir nicht mehr befreundet sind. Aber im Grunde schadet sie sich nur selbst. Sie macht sich total lächerlich. Sie tut mir leid.«

»Ja.« Mick gähnt. »Mir auch. Sie muss ganz schön traurig sein. Richtig verzweifelt.«

»Genau. Und überhaupt, was kann sie schon machen? Wenn wir umziehen, weiß sie nicht mal, wo wir wohnen. Und ich lasse meine Handynummer ändern. Dann kann sie mich nicht mehr anrufen. Was kann sie mir jetzt noch tun?«

»Nichts«, sagt er. Und dann knipst er die Lampe neben dem Bett aus und gibt mir im Dunkeln einen Kuss auf den Mund. »Du bist absolut sicher. Sie kann dir nicht das Geringste anhaben.«

34

Am nächsten Tag erhält Mick ein Päckchen. Es wird geliefert, während er bei der Bandprobe ist, und als er am späten Abend nach Hause kommt, zeige ich es ihm gleich. Er reißt es nicht sofort auf, so wie ich es machen würde, sondern wirft bloß einen gleichgültigen Blick darauf und legt es auf den Couchtisch.

»Mach es doch auf«, sage ich und nehme es wieder hoch. »Könnte doch was Aufregendes drin sein. Ein Geschenk oder so.«

»Wohl kaum. Bis zu meinem Geburtstag ist es noch eine Ewigkeit hin.«

»Ach, komm. Ich weiß nicht, wie du das aushältst. Nicht zu wissen, was drin ist. Mach es auf. Ich warte schon den ganzen Tag.« Ich drücke ihm das Päckchen in die Hände und kommandiere: »Aufmachen.«

Mick zuckt die Achseln und dreht es um. Es ist in Packpapier eingeschlagen, ohne Absender. »Bestimmt irgend so ein langweiliger Kram. Eine Broschüre vom Finanzamt oder so. Es sei denn …«, sagt er und beginnt zu schmunzeln. »Es sei denn, du hast es geschickt. Es ist von dir, nicht? Deshalb kannst du es kaum erwarten, dass ich es öffne, weil du sehen willst, wie ich reagiere!«

»Nein«, sage ich. »Es ist nicht von mir, ehrlich nicht.«

Er glaubt mir offensichtlich nicht. Er schüttelt den Kopf und lächelt, als er das Päckchen öffnet. Zum Vorschein kommt eine Art Buch oder Fotoalbum. Vorne auf dem Umschlag klebt ein Schwarz-Weiß-Foto, und irgendwas ist daruntergeschrieben. Mick hält es von mir weg.

»Weißt du wirklich, mit wem du zusammen bist?«, liest er laut, und sein Lächeln wird ein bisschen unsicher. Er blättert es durch, hält es dabei aber so hoch, dass ich nicht reinschauen kann.

»Mick«, sage ich lachend. »Ich hab das nicht geschickt. Es ist nicht von mir. Ich weiß nicht, wer …« Doch ich verstumme, als ich seinen Gesichtsausdruck sehe. Sein Lächeln ist wie weggewischt, sein Gesicht ist kalkweiß. »Was?«, frage ich. »Mick? Was ist denn? Was?«

»Großer Gott«, sagt er. Und in diesem Moment weiß ich, von wem das Päckchen ist.

Alice.

»Zeig her«, sage ich und strecke den Arm aus. »Ich will es sehen.«

»Nein. Lieber nicht. Bitte. Erspar dir das.«

»Sei nicht albern, Mick. Lass mich das blöde Buch sehen.« Meine Stimme ist schneidender als beabsichtigt. »Entschuldige«, sage ich. »Bitte. Lass es mich einfach sehen. Es bringt nichts, es vor mir zu verstecken.«

Er reicht es mir widerwillig. »Katherine«, sagt er kopfschüttelnd. »Das ist Dreck. Es … Sie ist wahnsinnig. Lass es nicht –«

»Okay«, sage ich. »Okay. Ich weiß. Das weiß ich alles.«

Auf der Vorderseite klebt ein altes Zeitungsfoto, ein Foto von Rachel und mir, das unsere Eltern mal von uns gemacht haben und das nach Rachels Tod irgendwie an die Presse gelangt war. Wir stehen nebeneinander am Strand, beide mit einem strahlenden Lächeln im Gesicht, unsere Haare windzerzaust und feucht. Wir haben die Arme umeinandergelegt. Wir sehen so glücklich aus, so unschuldig …

Das Foto ist in der Mitte durchgerissen, mit absichtlich ausgezackten Rändern. Über dem Foto hat sie Buchstaben aus einer Zeitung ausgeschnitten, kleine und große willkürlich durcheinander, und sie sind so aneinandergereiht, dass sie einen Satz ergeben: »WeißT du wirkLicH mIt wEm dU zuSaMmen biSt?«

Die nächste Seite ist bedeckt mit einer willkürlichen Auswahl von Zeitungsausschnitten aus den Tagen nach Rachels Ermordung. Und obwohl sie offensichtlich aus verschiedenen Artikeln stammen, hat Alice sie zu einem einzigen langen und weitschweifigen Machwerk zusammengeklebt. Außerdem hat sie sich dazu eine verstörende Schlagzeile ausgedacht.

dIe fAlscHeN verURTeilt? dIe sCHulDige blEibt freI?

Aber wer ist hier wirklich verantwortlich? In unseren vermeintlich aufgeklärten Zeiten können wir doch wohl nicht erwarten, dass eine Gruppe benachteiligter und unterprivilegierter Jugendlicher die alleinige Verantwortung für eine Tat übernimmt, die ein trauriges Schlaglicht auf die mangelhafte Auffassung von Fürsorgepflicht gegenüber unseren jüngeren Mitmenschen wirft, wie sie die Gesellschaft des 21. Jahrhunderts vertritt.

Grant Frazer wurde als Kind misshandelt. Sein alkoholsüchtiger Vater schlug ihn regelmäßig grün und blau, und seine drogenabhängige Mutter verwehrte ihm jede Liebe. Kein Wunder also, dass er nie ein soziales Gewissen entwickeln konnte.

Die Boydell-Schwestern sind Wohlstand und Privilegien gewohnt. Ihr Elternhaus ist riesig und doch dezent elegant, ihr Garten der Traum eines jeden Kindes, mit allem, was dazugehört, kleine Innenhöfe, Tennisplatz und Swimmingpool.

Ihre teure Ausbildung hinderte Katie Boydell jedoch nicht daran, ihre vierzehn Jahre alte Schwester mit auf eine illegale und unbeaufsichtigte Party zu nehmen und zuzulassen, dass sie sich sinnlos betrank.

Wer ist wirklich verantwortlich? Wer trägt hier wirklich die Schuld?

Und obwohl schon so viel Zeit vergangen ist, merke ich zu meiner Verblüffung, wie hart mich diese Worte noch immer treffen. Noch immer habe ich das übermächtige Verlangen, meinen Protest hinauszuschreien, mich zu verteidigen, mich zu erklären und zu rechtfertigen.

Die folgenden Seiten sind ein Sammelsurium von Fotos und Artikeln aus diversen Zeitungen. Sie wurden rausgerissen und rausgeschnitten und kreuz und quer aufgeklebt, offenbar ohne besondere Ordnung. Am auffälligsten sind die großen Lettern über den Fotos und Artikeln – »FEIGLING, KILLER, GESCHWISTERRIVALITÄT, VERRAT, UNVERANTWORTLICH, EIFERSUCHT«.

Auf der vorletzten Seite finde ich ein Farbfoto von mir. Es ist ein richtiges Foto, das erst vor kurzem aufgenommen wurde – das einzige, das nicht aus einer Zeitung stammt. Darauf habe ich lachend den Kopf nach hinten geworfen. Ich sehe überglücklich aus.

»**KatHeriNE PatTerSon HeUtE. Das LeBEn oHne ihRE SchWesTEr**« lautet die Schlagzeile darüber.

Auf der letzten Seite steht lediglich – »**kAtherInE paTteRsOn / KatiE bOydeLL – opFeR oDer MöRderIN?**«.

»Weg mit dem Scheiß.« Mick reißt mir das Album aus den Händen, klappt es zu und schmeißt es quer durch den Raum. Es knallt gegen die Wand und fällt zu Boden. »Guck dir das nicht länger an. Das ist doch krank.«

Ich sage nichts. Ich kann nicht sprechen. Ich kann nur schmecken, wie mir die Galle in die Kehle steigt. Ich wende mich ab und gehe zum Bett, lege mich auf die Seite und rolle mich ganz klein zusammen.

Mick setzt sich neben mich. Er legt mir eine Hand auf die Schulter. »Vielleicht sollten wir die Polizei einschalten«, sagt er sanft. »Sie geht zu weit. Das ist ja schon Stalking.«

»Nein.«

»Aber wir müssen sie dazu bringen, dass sie aufhört.«

»Ich will die Polizei da raushalten.« Ich habe Angst, dass alles wieder ans Tageslicht gezerrt wird, dass die Vergangenheit ausgebuddelt wird wie eine stinkende Leiche, aus der die Aasgeier der Presse die verwesten Fleischfetzen reißen, während der Polizei wie immer die Hände gebunden sind. »Die können nichts machen. Gar nichts.«

Er legt sich neben mich und umarmt mich.

Irgendwann schlafen wir ein, eng aneinandergeschmiegt. Als ich am nächsten Morgen aufstehe, ist das Album verschwunden.

35

In den nächsten Tagen verbringe ich jeden Abend, wenn Mick arbeitet, ein paar Stunden mit Umzugsvorbereitungen in Viviens Wohnung und packe meine Sachen ein. Ich bin nicht mehr so müde wie in der ersten Zeit der Schwangerschaft. Es macht mir Spaß, alles zu organisieren und von meinem neuen Leben mit Mick zu träumen. Die Zweifel, die ich hatte, sind größtenteils zerstreut, seit ich weiß, dass meine Eltern Mick nett finden und Mum sich überraschenderweise auf das Baby freut. Wir tun das Richtige. Wir lieben uns. Es wird wunderschön werden.

Ich teile Vivien per E-Mail mit, dass ich ausziehe. Ich verspreche ihr, mich um ihre Post zu kümmern und nach dem Rechten zu sehen, bis sie wiederkommt. Zum Schluss entschuldige ich mich dafür, dass ich ihr so kurzfristig Bescheid sage.

Sie antwortet:

Du musst dich nicht entschuldigen! Ich wusste, dass es einen Grund dafür gibt, dass du in letzter Zeit so glücklich gewirkt hast, und ich finde es ganz wunderbar, dass du jemanden kennengelernt hast, der dich so glücklich macht. Kann es kaum erwarten, dich wiederzusehen (und deinen Mick kennenzulernen!!), sobald ich wieder zu Hause bin.

Pass auf dich auf. Ganz liebe Grüße.

Küsschen, dein Tantchen Viv

Ich brauche drei Abende, um meine Sachen zu packen und sämtliche Spuren von mir in der Wohnung zu tilgen. Ich möchte, dass alles pieksauber und ordentlich ist, als Dank an Vivien, dass ich bei ihr wohnen durfte. Am Freitagabend bin ich um halb elf fertig und überlege, ob noch genug Zeit ist, um das Ende von Micks Gig mitzukriegen. Er wollte mich hinterher anrufen und sich vom Leadsänger bei Viv absetzen lassen, um mir zu helfen, falls ich noch nicht fertig wäre. Aber da er sich noch nicht gemeldet hat, nehme ich an, dass das Konzert gut besucht ist und er noch spielt. Ich beschließe, ihn abzuholen, um ihn zu überraschen.

Es regnet, und die dunklen Straßen sind nass, daher fahre ich langsam und bin erst um elf da. Im Pub ist es still, fast leer, die Bühne ist abgeräumt.

Mick wartet nicht an der Bar, also gehe ich hinter die Bühne. Ich höre seine Stimme und steuere auf eine Tür zu, hinter der ich Licht erkenne. Ich bleibe stehen und weiche einen Schritt zurück, als ich sie in dem Raum sehe. Alice.

Sie lehnt an einem Tisch, die langen Beine vor sich gekreuzt. »Ach, Mann«, sagt sie, lallend und träge, offensichtlich betrunken. »Stell dich nicht so an. Wer soll es denn erfahren?«

Mick hat ihr den Rücken zugewandt und rollt irgendwelche Kabel auf. Er schüttelt den Kopf.

»Du bist irre. Lass mich in Ruhe. Verzieh dich.«

»Ach. Komm schon.« Sie lacht und wirft ihre Haare aufreizend nach hinten. Es ist eine vergeudete Geste. Mick schaut sie nicht mal an. »Gratissex. Wenn das kein Angebot ist. Bedingungsloser toller Sex. Wie kannst du da Nein sagen? Was bist du für ein Mann?«

Mick lacht auf. »Die Frage ist eher, was bist du für ein Mensch?

Was bist du für eine Freundin?« Und dann dreht er sich zu ihr um, sieht mich und verharrt. »Katherine.«

Alice blickt in meine Richtung. Einen winzigen Augenblick lang wirkt sie erschrocken, aber sie fängt sich gleich wieder, lächelt und streckt einen Arm aus. »Katherine!«

Ich bleibe in der Tür stehen und starre Alice an. »Was machst du hier?«

»Och, ich hab die Ankündigung in der Zeitung gesehen. Und da hab ich gedacht, es wäre eine nette Geste, wenn ich herkomme und zuhöre, wie dein Freund spielt.« Sie hebt den Arm in Micks Richtung. »Ich hab eigentlich gedacht, du wärst auch da, Katherine. Hatte gehofft, wir könnten endlich mal wieder ein bisschen quatschen. Du bist ja in letzter Zeit ziemlich untergetaucht.«

Einen Moment lang bin ich versucht, sie zur Rede zu stellen, zu fragen, warum sie so versessen darauf ist, mir wehzutun. Aber ich entscheide mich rasch dagegen. Es bringt nichts. Ich will ihre Erklärung gar nicht hören. Was sie getan hat, lässt sich weder rational erklären noch verzeihen, und ich habe keine Lust auf eine ihrer verlogenen Entschuldigungen. Ich will einfach nur weg.

»Können wir gehen?« Ich sehe Mick eindringlich an.

»Ja.« Er lässt die Kabel liegen und schiebt sie mit dem Fuß auf einen Haufen. Er ist normalerweise eher pingelig, aber anscheinend will er genauso schnell von Alice weg wie ich.

»Prima.« Alice klatscht in die Hände, richtet sich auf und wankt ein wenig. »Wo gehen wir hin?«

»Ich weiß nicht, wo DU hingehst.« Micks Stimme ist eiskalt. Er legt einen Arm um meine Schultern. »Wir gehen nach Hause.«

»Dann komm ich mit. Könnte doch ganz lustig werden. Mit uns dreien.« Sie bleibt dicht hinter uns, als wir den Pub verlassen und die Straße hoch zu meinem Wagen gehen. »Drei ist besser als zwei. Findest du nicht auch, Katherine? Was?«

Als wir am Wagen sind, öffnet Mick für mich die Beifahrertür, doch ehe ich einsteige, drehe ich mich zu Alice um. »Geh nach Haus. Verschwinde. Und lass mich in Zukunft einfach in Ruhe. Halt dich aus meinem Leben raus. Du bist krank. Du tust mir leid. Du solltest dir Hilfe suchen.«

Sie schüttelt den Kopf und verzieht die Oberlippe zu einem höhnischen Grinsen. »Ich bin krank? Ich? Echt komisch. Ich hab gedacht, wenn eine von uns beiden ein Problem hat, dann wärst du das, Katie. Ich hab gedacht, du wärst das, schließlich hast du deine Schwester ja im Stich –«

»Katherine!«, ruft Mick mit beschwörender Stimme. Er sitzt bereits hinterm Lenkrad und hat den Motor angelassen. »Steig einfach ein. Steig ein und mach die Tür zu.«

Und das tue ich auch. Mick verriegelt die Türen, setzt den Blinker, beobachtet im Rückspiegel den fließenden Verkehr und wartet auf eine Lücke, in die er einscheren kann. Alice blickt mir durch die Windschutzscheibe direkt in die Augen, und ich kann einfach nicht den Blick von ihr lösen. Und genau in dem Moment, als Mick vom Bordstein losfährt, lächelt Alice – es ist mehr ein kaltes und leeres Verziehen der Lippen – und macht einen Schritt nach vorne, direkt auf die Straße.

Ich schreie: »Mick! Stopp! Halt!« Doch es ist zu spät, und ich höre einen grässlichen, dumpfen Schlag, als Alice auf die Motorhaube prallt.

»Scheiße! Gottverdammt!« Mick tritt voll auf die Bremse und springt eine Sekunde später auch schon aus dem Wagen.

Ich kann mich nicht bewegen. Ich kann einfach nicht hinschauen. Das Herz hämmert mir in der Brust, und ich starre blicklos durch die Frontscheibe auf den entgegenkommenden Verkehr. Es ist vorbei, denke ich. Sie hat bekommen, was sie wollte. Alles kaputt gemacht. Es ist vorbei. Es ist vorbei.

»Alice!« Ich höre Mick schreien, höre die Panik in seiner Stimme. »Ist alles in Ordnung? Bist du verletzt? Alice!«

Und dann höre ich es, ihr Lachen. Schrill und hysterisch.

36

Ich packe gerade Kisten in unserer neuen Küche aus, als es passiert. Ich stehe auf und spüre ein wenig Flüssigkeit zwischen den Beinen. Im ersten Moment weiß ich nicht, was das sein könnte, und frage mich sogar, ob ich mir in die Hose gemacht habe. Ich eile ins Bad und ziehe die Hose runter. Blut.

Ich trockne mich so gut es geht mit Klopapier ab und laufe zu Mick. Er kniet auf dem Boden und räumt Bücher in unsere provisorischen Regale ein. Er summt vor sich hin und nickt im Takt zu seiner eigenen Melodie. Er lächelt, als er aufschaut und mich sieht.

»Ich blute.«

»Was?« Er springt erschrocken auf. »Verdammt. Ist das schlimm? Es ist schlimm, nicht?«

»Ich weiß nicht. Ich glaube ja.«

»Komm, wir fahren ins Krankenhaus.«

Ich wickele mir ein altes Handtuch um die Hüfte. Mick schnappt sich die Autoschlüssel, und wir gehen vorsichtig nach unten zum Wagen.

In der Notaufnahme herrscht Hochbetrieb, und die Schwester am Empfang warnt uns, dass wir uns auf eine lange Wartezeit gefasst machen müssen.

»Aber sie könnte das Baby verlieren«, sagt Mick. »Sie muss sofort untersucht werden.«

»Tut mir leid. Wir behandeln Patienten nach Dringlichkeit.

Und falls Sie in dieser frühen Phase Ihrer Schwangerschaft eine Fehlgeburt haben, können wir leider ohnehin nicht viel für Sie tun. Wir würden Sie nur beobachten.« Sie lächelt freundlich. »Aber das muss ja nicht sein. Viele Frauen haben während der Schwangerschaft Blutungen und bringen dann völlig gesunde Babys zur Welt. Nehmen Sie Platz und versuchen Sie, sich keine Sorgen zu machen.«

Mick und ich schlurfen vorsichtig zum Wartebereich herüber. Es sind keine zwei Plätze nebeneinander frei, aber als eine Frau ohne Begleitung uns gemeinsam sieht, rückt sie einen Stuhl weiter, damit wir nebeneinander sitzen können. Mick bedankt sich, und obwohl sie meinen Blick sucht und mitfühlend lächelt, schaue ich weg. Ich will von fremden Leuten weder Mitgefühl noch Freundlichkeit. Wenn ich schon trauern muss, dann möchte ich das ganz für mich allein tun. Die vielen Wartenden haben unser Gespräch mit der Schwester bestimmt gehört. Mit dem Handtuch um die Hüfte fühle ich mich auffällig und beobachtet.

Ich nehme Platz und schließe die Augen. Dann lege ich den Kopf auf Micks Schulter.

Vierzig Minuten später ruft eine Krankenschwester meinen Namen. Sie bittet Mick zu warten, doch als ich in Tränen ausbreche und mich an seinem Arm festklammere, lässt sie ihn mitkommen. Sie führt uns zu einer Untersuchungsliege und bittet mich, darauf Platz zu nehmen.

»Wie stark war die Blutung?«

»Ich weiß nicht genau. Kam mir stark vor.«

»Eine Monatsbinde voll? Mehr?«

»Vielleicht. Ja. Bloß eine Binde voll.«

Sie macht sich Notizen auf einem Blatt Papier. »Bluten Sie noch immer? Im Augenblick?«

»Ich glaube nicht. Ich weiß nicht. Ich spüre jedenfalls nichts.«

»Gut. Wenn Sie nichts spüren, dann hat die Blutung vermutlich aufgehört.«

Sie notiert sich wieder etwas und misst meinen Blutdruck und meine Temperatur.

»Das ist alles in Ordnung. Die Ärztin kommt gleich. Legen Sie sich doch hin. Ruhen Sie sich aus.«

Sie breitet eine Decke über meine Beine und zieht die Vorhänge ringsherum zu, als sie geht.

Mick setzt sich auf den Stuhl neben der Liege und nimmt meine Hand.

»Ich hätte dich keine Kisten auspacken lassen sollen, nicht?«, sagt er. Er sieht ganz elend aus.

»Nein. Das hat nichts damit zu tun. Ich hab doch gar nichts Schweres gehoben. Schwangere muss man nicht behandeln, als wären sie krank.« Ich drücke tröstend seine Hand. »Überhaupt. Lass uns nicht gleich vom Schlimmsten ausgehen. Noch nicht.«

»Tut mir leid. Nein. Natürlich nicht. Ich will bloß so sehr, dass alles in Ordnung ist. Ich will nicht …«

»Ich doch auch nicht.« Ich beiße mir auf die Lippe und versuche, nicht zu weinen.

Und dann öffnet sich der Vorhang, und eine große, dünne Frau kommt herein. Sie hat krauses rotes Haar und erinnert mich irgendwie an Philippa, wodurch ich mich absurderweise gleich besser fühle. Sie schiebt einen großen Apparat herein und sieht, dass ich das Ding erschrocken anstarre.

»Ultraschall.« Sie stellt sich neben die Liege und tätschelt mein Bein. »Ich bin Dr. King. So, dann wollen wir uns das Baby mal anschauen, was?«

Als sie die Sonde über meinen Bauch bewegt, starre ich ängstlich auf den Bildschirm, sehe aber nur eine Ansammlung von verschwommenen Klecksen und Schatten, aus denen ich nicht schlau werde.

»Aha.« Dr. King hält die Sonde still, deutet auf den Bildschirm und lächelt. »Herzschlag. Sehen Sie? Schön kräftig. Und die Größe des Babys ist absolut richtig in dieser Phase der Schwangerschaft.«

Ich sehe, wie das Herz meines Babys pulsiert, und ich höre, wie ich einen seltsamen, erstickten Laut von mir gebe, halb Lachen, halb Schluchzen.

Mick drückt meine Hand. »Wow.«

Die Ärztin beruhigt uns. Es ist alles in Ordnung, vermutlich bloß eine einmalige, unerklärliche Blutung, wie sie schon mal vorkommen kann. Sie weist Mick an, er soll mich nach Hause fahren, in den nächsten Tagen gut auf mich aufpassen und mich unverzüglich wieder herbringen, falls es noch einmal passiert. »Machen Sie sich keine unnötigen Sorgen, ich glaube nicht, dass es was Ernstes war«, sagt sie zu mir. »Aber lassen Sie es ein paar Tage lang eher ruhig angehen«, fügt sie mit einem Lächeln hinzu, »nur vorsichtshalber.«

Ich bleibe in den nächsten drei Tagen im Bett. Ich nehme mir den Stapel Bücher über Schwangerschaft aus der Stadtbibliothek vor und studiere sie von vorn bis hinten. Zum Glück ist das Wetter bestens dafür geeignet, denn es ist stürmisch und kalt, und ich habe es mir in unserem Bett so richtig gemütlich gemacht. Hier fühle ich mich sicher und geborgen. Mick übt an seinem digitalen Schlagzeug, an dem er den Ton so leise gedreht hat, dass ich kaum was höre, und bringt mir morgens, mittags und abends Essen ans Bett. Wenn ich keine Lust habe zu lesen, holt er den Fernseher ins Zimmer, und wir gucken uns zusammen Seifenopern an und lachen über die absurden Handlungen und die Schauspieler, die so hölzern agieren. Ich habe keine Blutung mehr.

Als ich am vierten Morgen wach werde, fühle ich mich großartig und so energiegeladen wie schon seit Wochen nicht mehr. Ich lasse Mick schlafen, stehe auf und mache mir eine Tasse Tee.

Die vier Wohnungen in unserem Haus haben einen gemeinsamen Garten, und so nehme ich meinen Tee, gehe nach unten und setze mich auf die Stufen, die in den Garten führen.

Es ist noch früh, aber die Sonne wärmt schon, und der Himmel ist weit und hoch und strahlt in einem prächtigen satten Blau. Ein Himmel, der für mich typisch australisch ist, ein Himmel, wie ich ihn noch nie in Griechenland oder Indonesien oder in irgendeinem der Länder gesehen habe, in die wir gereist sind, bevor Rachel ermordet wurde. Und plötzlich überkommt mich ein so gewaltiges Glücksgefühl und eine so unermessliche Dankbarkeit, am Leben zu sein, dass ich lächle. Ein breites, spontanes Grinsen, nur für mich. Die Holzstufen sind warm unter meinen Füßen, der Tee ist süß und köstlich, die Sonne liegt sanft auf meiner Haut und küsst mich wach.

Ich habe es mir viel zu lange verboten, diese Art von Glück zu empfinden, diese simple, sinnliche Freude, am Leben zu sein. Ich hatte gedacht, es wäre unfair Rachel gegenüber, ein egoistischer Genuss, eine Art Verrat, weil sie diese Augenblicke nie wieder erleben wird. Aber ich denke daran, was Mum gesagt hat: Wie wichtig es ist, dass ich mein Leben lebe, und deshalb erlaube ich es mir, und mit einem Mal weiß ich aus tiefster Überzeugung, dass auch Rachel gewollt hätte, dass ich glücklich bin. Sie hätte mir niemals mein Glück missgönnt. Und plötzlich wird mir etwas glasklar: Ich kann selbst entscheiden, wie ich mich fühle, und wenn ich mich dafür entscheide, unglücklich zu sein, lasse ich zu, dass Rachels Mörder mein Leben genauso zerstören, wie sie ihres zerstört haben.

»Ich bin glücklich, Rachel!«, sage ich laut, und es klingt wie eine Art Gebet. »Richtig glücklich.«

Aber die Sonne scheint nicht lange an diesem Morgen, und schon bald ziehen Gewitterwolken auf und verfinstern den Himmel. Also verbringe ich einen weiteren Tag in der Wohnung mit Lesen, während Mick zu seiner Bandprobe geht. Als er um sechs endlich nach Hause kommt, bin ich unruhig und gelangweilt und kann es kaum erwarten, ihn zu sehen.

Ich laufe zur Tür, sobald ich seinen Schlüssel im Schloss höre, und falle ihm um den Hals.

Er lacht, erwidert meine Umarmung aber nicht. Irgendwas versteckt er hinter seinem Rücken. »Überraschung!«, sagt er. Und reicht mir ein großes weißes Kuvert.

In dem Kuvert ist ein dicker Packen Hundert-Dollar-Scheine. Ich sehe ihn fragend an. »Was?«

»Verkauft. Das Motorrad. Dreitausend Mäuse.«

»Oh, Mick.« Ich schlinge die Arme um ihn. »Bist du traurig?«

»Spinnst du?« Er drückt mich ganz fest und küsst mich auf den Hals. »Dein Dad hat mir wirklich Angst eingejagt. Ich hatte das Gefühl, ich würde auf der Stelle tot umfallen, wenn ich das verdammte Ding je wieder anfasse. Und ich will nicht sterben. Weißt du was? Heute sind wir reich, lass uns feiern, lass uns was Leckeres vom Imbiss holen.«

»Nein. Nein. Lass uns essen gehen, in dem Restaurant am Strand. Ich dreh durch, wenn ich noch länger hier eingesperrt bin.«

»Meinst du wirklich? Meinst du, das geht schon?«

»Ja klar.« Ich fange schon an, mich auszuziehen und in Richtung Dusche zu gehen. »Die Ärztin hat gesagt, ich soll es ein paar Tage ruhig angehen lassen. Sie hat nicht gesagt, dass ich die nächsten sechs Monate im Bett bleiben soll. Ich hab mich kaum bewegt. Ich werde wirklich wahnsinnig, wenn ich nicht bald mal vor die Tür komme.«

»Dann fahren wir aber zum Strand.«

»Sei nicht albern. Wir kriegen da nie einen Parkplatz.«

»Stimmt.« Er seufzt. »Bist du wirklich sicher, dass das geht? Wie gesagt, ich kann auch was vom Imbiss holen.«

»Ja doch. Wir gehen einfach schön langsam.« Ich lache. »Wie ein sehr altes Ehepaar.«

Bis zu dem Restaurant ist es nicht weit, und wir nehmen den Weg, der parallel zum Strand verläuft. Es regnet zwar nicht, aber der Himmel ist dunkel verhangen, und das Meer brandet gischtend hoch. Es sieht atemberaubend aus. Wir lassen uns Zeit und schlendern gemächlich, die Arme eingehakt. Wir sind beide froh, aus der Wohnung raus zu sein, und genießen die frische Luft und die Schönheit des Meeres.

Auch beim Essen lassen wir uns Zeit. Mick erzählt von der Band, von seinen Plänen, neue Songs zu komponieren. Wir malen uns eine Tournee um die Welt aus – Geld, Ruhm, Tausende kreischender Fans. Ich lache und sage, dass ich ihm dann die Mädchen vom Leib halten muss.

»Irgendwann werde ich zu Hause hocken und auf dich warten, zickig, eifersüchtig und fett. Mit sechs Kindern.«

»Au ja«, frotzelt er. »Das kann ich mir bei dir gut vorstellen.«

Wir überlegen, für den Rückweg ein Taxi zu nehmen, weil es nach Regen aussieht, entscheiden uns aber dagegen. Es ist schön, draußen zu sein, und es ist ja nur ein Katzensprung. Und ein bisschen Regen wird uns schon nicht umbringen.

37

Du hörst Schritte hinter dir – das durchdringende Klack-Klack-Klack von Absätzen auf Asphalt –, aber du denkst dir nichts dabei. Als die Schritte lauter werden, näher kommen, tretet ihr zur Seite, um die Frau vorbeizulassen. Doch sie bleibt ebenfalls stehen, stemmt die Hände in die Hüften und schaut euch an. Es dämmert schon, daher dauert es einen Moment, bis du erkennst, wer die Frau ist.

Alice.

Sie legt den Kopf schief und lächelt. »Katherine«, sagt sie. Und daran, wie sie deinen Namen ausspricht, langsam und vorsichtig, merkst du, dass sie betrunken ist. Sie beugt sich vor. »Ich hab gewusst, dass ich dich hier finde. Ich hab gewusst, wenn ich nur lange genug warte, lauf ich dir und dem guten alten Micky über den Weg.«

Er hält deine Hand fest und zieht dich weiter. Ihr beschleunigt eure Schritte.

»Was für ein wunderschöner, stürmischer Abend für einen Spaziergang, findest du nicht?« Sie folgt euch dicht auf den Fersen. Ihre Stimme klingt gekünstelt und unecht. »Bin ich froh, dich getroffen zu haben! Das heißt euch beide. Wir haben schließlich noch so einiges zu besprechen.«

Ihr geht noch schneller und dreht euch nicht um. Ihr antwortet nicht.

»Ach, kommt schon, ihr zwei. Wollt ihr euch nicht unterhalten?«

Er drückt deine Hand. Ihr geht unbeirrt weiter.

»Na schön. Ihr wollt also nicht reden. Kann ich verstehen. Aber ich will reden. Ich muss sogar reden. Es ist noch so vieles ungesagt, Katherine, so vieles, was du nicht weißt über den Abend damals.« Sie lacht hämisch. »Und ich weiß, dass du weißt, welchen Abend ich meine. Nämlich genau den Abend damals.«

Du bleibst stehen.

Sie lacht hinter dir. »Oh, da ist aber jemand hellhörig geworden, was? Kannst eben nicht ewig weglaufen, was, Katie? Irgendwann musst du dich der Wahrheit stellen.«

Du drehst dich zu ihr um. »Wovon redest du? Was soll das?«

Wieder stemmt sie die Hände in die Hüften und mustert dich von oben bis unten. »Wie ist das so, das perfekte Leben zu haben, Katherine? Die perfekte Familie? Muss schön sein, so verwöhnt zu werden, so gar nichts vom Leid anderer Leute mitzubekommen.«

»Die perfekte Familie? Kein Leid mitzubekommen?«, sagst du ungläubig. »Soll das ein Witz sein, Alice? Meine kleine Schwester wurde ermordet. Meine Familie ist alles andere als glücklich, alles andere als perfekt.«

»Aber deine Eltern lieben ihr kleines übriggebliebenes Mädchen, oder?«, sagt sie höhnisch. »Ich weiß es. Ich hab es mit eigenen Augen gesehen. Du bist ihre kleine Prinzessin. Sie vergöttern dich. Deshalb bist du auch so arrogant und gleichgültig.«

»Gleichgültig? Wem gegenüber? Du spinnst, Alice. Und du sprichst in Rätseln.«

»Du bist gleichgültig gegenüber Leuten wie uns.«

»Leuten wie uns?« Du blickst sie betont fest an. »Wer ist uns, Alice? Von wem redest du?«

»Von mir und meinem Bruder. Ich rede von uns. Von mir und meinem kleinen Bruder.«

Du schüttelst verwirrt den Kopf. »Ich kapier kein –«

»Für Leute wie dich ist alles immer so einfach, Katherine. Deine Eltern lieben dich. Die Welt liebt dich. Du musstest nie irgendwem irgendwas beweisen. Und wenn deine Schwester ermordet wird, dann steht ganz selbstverständlich jeder auf deiner Seite, dann geht jeder ganz einfach davon aus, dass du nichts dafür konntest, dass es nicht deine Schuld war.«

»Aber es war nicht meine Schuld.« Und trotz der Hysterie, die in dir hochsteigt, und obwohl du sie vor Wut am liebsten anschreien und ohrfeigen würdest, sagst du mit ruhiger, fast normal klingender Stimme: »Wie kannst du es wagen, so etwas zu sagen? Und es stimmt auch gar nicht. Die Leute waren schrecklich nach dem Mord an Rachel. Es war schrecklich. Das hab ich dir doch erzählt.«

»Schrecklich? Was für ein herzergreifendes Wort. So schrecklich, wie du sagst, kann es ja wohl kaum gewesen sein. Du wurdest schließlich nicht in den Knast gesteckt, oder? Du wurdest nicht wegen Mordes angeklagt, oder?«

Mick zieht an deinem Arm und sagt, du sollst es gut sein lassen und weitergehen, aber dafür bist du schon zu wütend, dafür hast du dich schon zu sehr auf das Thema eingelassen. Du schiebst seine Hand weg und bleibst, wo du bist.

»Natürlich nicht!« Und trotz der Zweifel, die dich noch immer quälen, trotz der Fehler, die du an dem Abend von Rachels Ermordung gemacht hast, spürst du plötzlich eine brennende Wut in dir – auf Alice, auf die Presse und auf die Mörder selbst. Diese Wut ist in deiner Stimme unüberhörbar. »Ich hab schließlich nichts verbrochen!«

»O doch, das hast du!« Und jetzt lächelt sie, und ihre Stimme klingt verlogen-vertraulich. »Oberflächlich betrachtet, kann es wirklich so aussehen, als wärst du unschuldig. Für jemanden, der es nicht besser weiß. Aber wir zwei beide, wir wissen es besser, nicht wahr?«

»Nein, Alice. Nein. Wissen wir nicht.« Und obwohl du im Grunde weißt, dass dieses Gespräch sinnlos ist, fühlst du dich gezwungen, dich zu verteidigen und zu wehren. »Du irrst dich. Was du da sagst, ist widerlich. Es ist unfair. Unwahr. Ich habe einfach Panik gekriegt. Ich habe Licht gesehen und bin darauf zugerannt, um Hilfe zu holen. Ich hatte panische Angst. Ich hatte keine andere Wahl.«

»Doch, du hattest eine andere Wahl, Katherine. Du hattest an dem Abend sehr oft die Wahl. Und du hast jedes Mal die falsche getroffen. Jedes. Einzelne. Mal.«

»Nein.« Du schüttelst den Kopf und unterdrückst die Tränen. »Nein. Das stimmt nicht.«

Sie beugt sich näher zu dir und spricht jetzt ganz leise. »Du hättest nicht weglaufen dürfen, Katherine.«

»Doch«, sagst du. »Ich hatte keine andere Wahl.«

»Nein.« Sie richtet sich kerzengerade auf, verschränkt die Arme vor dem Körper und spricht im Brustton der Überzeugung. »Du hast ihnen keine andere Wahl gelassen, als du weggelaufen bist. Du hast sie gezwungen, etwas zu tun, was sie nicht tun wollten.«

»Wieso sagst du das?« Und jetzt schreist du. Du packst ihren Arm und hältst ihn fest. »Wieso? Wieso sagst du, ich hätte eine Wahl gehabt? Sie haben uns gegen unseren Willen festgehalten. Sie allein hatten die Wahl. Nicht ich. Nicht meine Schwester. Wir waren die Opfer. Wieso verteidigst du solche Bestien?«

»Bestien?« Sie schüttelt den Kopf. »Bestien nennst du sie, Katherine? Nicht gerade nett, oder? Nicht gerade fair!«

»Es sind aber Bestien.« Du spuckst die Worte förmlich aus. »Sie haben meine Schwester umgebracht. Ich hoffe, sie verfaulen in der Hölle.«

»Mein Bruder ist keine Bestie.« Und ihr Gesicht verzerrt sich zu einer derart verbitterten Fratze, dass sie einen Moment lang richtig hässlich aussieht. »Er ist keine Bestie.«

»Dein Bruder?« Du schüttelst den Kopf. »Von wem redest du?«

Wieder verändert sich ihr Gesicht, und plötzlich weint sie, und ihre Stimme klingt ganz hoch und zittrig. »Keiner hat ihn je geliebt. Keiner. Unsere richtige Mutter nicht. Und auch nicht die Schweine, die uns getrennt haben. Keiner. Meinst du nicht, dass ihn das verletzt hat? Meinst du nicht, dass dich so was kaputt macht, wenn deine eigene Mutter dich nicht will? Meinst du nicht, dass man Verständnis haben müsste, wenn so ein Junge Mist baut und die Orientierung verliert?«

»Alice.« Du hältst ihren Arm noch immer fest. Du willst, dass sie dich ansieht, sich beruhigt und aufhört, so einen Unsinn zu reden. Ihr Verhalten ist beängstigend, irrational, irre. Du überlegst, ob du sie zu einem Arzt bringen sollst. »Ich weiß nicht, wovon du da redest. Ich versteh überhaupt nichts mehr.«

Sie reißt sich los und starrt dich an. Ihre Miene ist voller Hass.

»Du hast meinen kleinen Bruder zum Mörder gemacht«, sagt sie. »Du hast ihn in den Knast gebracht.«

»So ein Schwachsinn.«

»Du hast ihn in den Knast gebracht«, sagt sie wieder und betont jedes einzelne Wort langsam und deutlich. Dann lächelt sie – ein kaltes und gehässiges Lächeln, das dir das Herz gefrieren lässt. »Soll ich mich noch klarer ausdrücken? Sean. Mein kleiner Bruder. Du hast ihn in den Knast gebracht.«

»Ich kenne deinen kleinen Bruder gar nicht. Wie soll ich –«

»Sean«, fällt sie dir ins Wort. »Sean Enright.«

»Aber er … er ist nicht …«

»Doch. Ist er.«

Und plötzlich begreifst du. Du begreifst alles. Ihre Freundschaft zu dir. Ihre Boshaftigkeit. Es ging die ganze Zeit immer nur darum. Um ihren Bruder. Deine Schwester. Um das hier.

Sean. Der Junge auf der Rückbank des Wagens. Der übergewichtige Junge mit dem netten Gesicht. Er war so nervös gewesen und hatte so verängstigt gewirkt …

Dennoch. Er hat deiner Schwester Gewalt angetan. Vorsätzlich und unbarmherzig. Er hat seine Wahl getroffen.

Du stehst da, reglos und stumm wie ein Pfahl, und starrst sie an. Und du möchtest sie schlagen und hast gleichzeitig den Drang, dich zu entschuldigen. Sie erwidert deinen Blick, lächelt triumphierend und hämisch, und du bist drauf und dran auszuholen, um sie zu ohrfeigen, doch Mick zieht an deinem Arm und drängt dich, weiterzugehen.

»Katherine. Komm. Lass uns gehen.« Er legt seinen Arm um deine Schultern und dreht dich mit sanfter Gewalt von ihr weg. Er zwingt dich weiterzugehen, nach Hause. Es hat angefangen zu regnen, und Wasser spritzt dir ins Gesicht und auf die Haare. Ihr werdet klatschnass zu Hause ankommen.

Sie folgt euch. »Gute Idee, Mick. Bei dem Regen hier rumzustehen, ist ungemütlich, nicht? Gehen wir zu euch und reden da weiter.«

Er bleibt stehen. Du spürst seine Wut an der Art, wie er deine Schulter fester umfasst, und du hörst sie im Ton seiner Stimme. »Verschwinde, Alice. Mach, dass du wegkommst. Lass uns in Ruhe, sonst rufe ich die Polizei. Im Ernst. Verzieh dich. Sofort.«

»Die Polizei? Na, was kann die schon nützen? Meinem kleinen Bruder hat sie jedenfalls nichts genützt.« Sie neigt den Kopf zur Seite und zieht einen Schmollmund. »Aber Polizisten mögen so Leute wie euch, was? So privilegierte Mittelschichtarschlöcher wie euch. Die sind immer auf eurer Seite, nicht?«

Sie wettert weiter gegen die Polizei, während ihr euch abwendet und weggeht, doch plötzlich schlägt der Ton in ihrer Stimme um.

»Ach, wir wollen uns nicht streiten. Hey. Ich hab eine Idee. Wir ziehen uns alle drei aus und gehen nackt schwimmen. Lernen uns ein bisschen intimer kennen.«

Und schon rennt sie los, den grasbewachsenen Hang hinunter und zum Strand. Sie bückt sich, streift die Schuhe ab und wirft sie in den Sand. Sie lässt ihre Strickjacke fallen und zieht sich in einer fließenden Bewegung das Kleid über den Kopf.

»Komm schon, Katherine!«, ruft sie, ihr Gesicht wild von Haaren umflattert. »Hör auf, so eine Memme zu sein. Jetzt kannst du mal Mut beweisen. Na los!«

Sie läuft schnurstracks ins Meer durch die tosenden Brecher, bis ihr das Wasser bis zu den Oberschenkeln reicht, und dann taucht sie unter und verschwindet.

Mick starrt dich an, das Gesicht voller Angst. »Scheiße«, sagt er. Und dann rennt er den Hang runter zum Strand. Du folgst ihm.

Ihr steht zusammen am Strand und schreit ihren Namen. »Alice! Alice!«

»Alice! Wo bist du? Alice!«

Ihr beide platscht durch den nassen Sand, mit Schuhen, und ihr schreit beide so laut ihr könnt, die Hände als Schalltrichter um den Mund gelegt.

»Die ertrinkt, verdammt. Alice!«, schreit er.

Und dann hörst du es. »Hilfe!« Es ist ganz schwach und kommt von ganz weit entfernt. Es ist windig hier am Wasser, kalt und so nass, und die Wellen krachen so unerbittlich. Doch dann hörst du es wieder. »Hilfe!«

»Da hinten. Alice! Alice! Ich glaub, ich seh sie.«

Du weißt, was du tun musst. Du weißt aus Erfahrung, was richtig ist. Diesmal wirst du nicht feige kneifen. Du wirst nicht weglaufen, du wirst den gleichen Fehler nicht noch einmal machen. Diesmal wirst du Mut beweisen. Du streifst dir die Schuhe von den Füßen, wirfst sie beiseite, läufst tiefer ins Wasser hinein und auf die Stimme zu.

»Katherine!« Er zieht dich zurück, schreit dich an. »Was soll der Scheiß?«

»Sie ertrinkt«, sagst du. »Sie ertrinkt.«

Er zerrt dich aus dem Wasser und drückt dich nach unten, sodass du auf dem Sand sitzt. »Warte hier!«, ruft er. »Warte!« Und dann zieht er sich das T-Shirt über den Kopf, Schuhe und Socken aus und stolpert ins Wasser hinein.

»Nein«, sagst du. »Nein. Warte.« Aber es ist zu spät, er läuft weiter, und ehe du ihm noch zurufen kannst, dass er die Jeans ausziehen soll, ist er auch schon weg.

Du springst auf und läufst hinterher, doch es ist so dunkel und das Wasser ist so laut, und er ist auf der Stelle verschwunden. Du gehst ins Wasser, langsam, rufst wieder und wieder seinen Namen, weil du nicht weißt, wo er ist und wie du ihn finden sollst. Du gehst weiter, bis dir das Wasser an den Oberschenkeln zerrt und du spürst, wie die starke Strömung dich von den Füßen reißen will. Du gibst nach und lässt dich in die pechschwarze Tiefe sinken. Und das Wasser ist in deinem Gesicht, deiner Nase, deinem Mund. Im Kopf schreist du seinen Namen, wieder und wieder, doch es nützt nichts, denn du kannst ihn nicht finden. Er ist nicht zu finden.

Und dann packt dich jemand und schleift dich mit, tut dir weh, zieht an deinen Haaren. Plötzlich Lichter und Stimmen. Schreie.

Plötzlich Luft.

Die Nacht verbringst du im Krankenhaus. Deine Brust ist wie zugeschnürt, deine Kehle und die Augen sind wund und schmerzen.

»Es wird Ihnen bald wieder gutgehen«, sagen sie. »Ganz bestimmt. Hundertprozentig.«

Doch als du seinen Namen rufst, wenden sie sich ab. »Sie waren sehr tapfer«, lautet ihre Antwort.

Es wird dir nie wieder gutgehen. Nichts wird je wieder gut werden.

Du berührst seine Wange und ziehst die Hand rasch wieder weg.

Die Haut der Toten fühlt sich nicht mehr wie Haut an. Sie fühlt sich überhaupt nicht mehr menschlich an. Sie ist kalt und hart und leblos. Er ist nicht mehr da. Dieses steife, reglose graue Etwas auf dem Bett ist bloß ein leerer Behälter, eine Hülle. Und du hast kein Verlangen, diese bläulichen Lippen zu küssen oder die eiskalte Wange zu berühren. In diesem trostlosen Krankenhauszimmer findest du bloß eine kalte und hohle Leere, die nichts erklärt und den Lebenden weder Frieden schenken noch Trost geben kann.

38

Mum und Dad und Micks Eltern räumen zusammen die Wohnung aus. Ich wohne bei Mum und Dad und bleibe dort. Ich liege im Bett, tief vergraben unter der Decke. Ich hätte es niemals fertiggebracht, beim Zusammenpacken unseres Lebens, unserer Zukunft, unserer Träume mitzuhelfen, und das erwartet auch niemand von mir. Sie arbeiten so zügig, dass sie nicht mal einen Tag brauchen. Als meine Eltern wieder zu Hause eintreffen, kommt Mum nach oben und setzt sich zu mir ans Bett.

»Wir haben Micks Schlagzeug mitgebracht. Und seine Platten. Seine Eltern dachten, du würdest die Sachen vielleicht gern behalten.«

Ich ertrage den Gedanken an Micks schweigendes Schlagzeug nicht, an all die Musik, die für immer ungespielt sein wird, aber ich nicke dankbar, drehe mich dann weg und presse die Hand auf den Mund.

Mum legt eine Hand auf meinen Oberschenkel und streicht mir tröstend übers Bein. »Und wir haben ihnen natürlich auch von dem Baby erzählt«, sagt sie.

»Oh«, sage ich und versuche, höflich zu sein, einen Hauch Interesse zu zeigen, aber ich will bloß, dass sie geht und mich allein lässt. Ich möchte mich ungestört ausheulen. Seltsam, noch vor wenigen Tagen hatte ich solchen Wert auf die Meinung anderer zu meiner Schwangerschaft gelegt. Jetzt erscheint mir das alles völlig unwichtig. Das Baby selbst ist eine Unmöglichkeit geworden.

»Zuerst war es natürlich ein ganz schöner Schock für sie. Aber ich glaube, dann haben sie sich doch gefreut. Es ist schließlich Micks Baby. Das ist immerhin ein kleiner Trost«, sagt sie. Ich nicke und warte darauf, dass sie endlich geht. Aber sie rührt sich nicht, und ich spüre am Druck ihrer Hand, an der Art, wie sie seufzt, dass sie noch etwas sagen will. Ich drehe mich um, blicke sie an und versuche ein Lächeln.

»Ich soll dir von ihnen sagen, wie dankbar sie dir sind«, sagt sie. »Weil du versucht hast, ihm zu helfen, und dabei dein Leben riskiert hast.«

Ich wende mich ab.

»Du hast alles getan, was du konntest.«

Aber es war nicht genug, denke ich, nicht mal annähernd.

Auf Micks Beerdigung begegne ich ihnen zum ersten Mal. Micks Vater sieht aus wie Philippa, seine Mutter hat unheimliche Ähnlichkeit mit Mick, und sie zieht mich an sich und drückt mich fest. Und ich klammere mich an sie und atme sie ein, und schließlich muss man mich mit sanfter Gewalt zwingen, sie loszulassen.

Die folgenden sechs Monate durchlebe ich wie ein Roboter. Ich mache alles, was richtig ist. Ich ernähre mich gut und verschaffe mir viel Bewegung durch Spaziergänge in der näheren Umgebung, aber ich fühle mich wie losgelöst von allem und habe keinerlei Interesse an dem Baby. Micks Eltern kommen ein paarmal zu Besuch, auch Philippa ist da, und nur wenn ich mit ihnen zusammen bin, wenn ich eine gewisse Verbindung zu Mick spüre, fühle ich mich halbwegs wieder lebendig. Die übrige Zeit komme ich mir vor wie eine Art Zombie. Eine wandelnde Tote.

Die Wehen setzen einen Tag vor dem errechneten Geburtstermin ein, und zunächst bin ich froh über den Schmerz. Er ist nur körperlich und wesentlich leichter zu ertragen als emotionaler Schmerz. Und je schlimmer er wird, desto mehr empfinde ich eine Art perverse Genugtuung.

Doch dann dauert der Schmerz zwei Tage und zwei Nächte an und wird schließlich so gewaltig und unerträglich, dass ich die Götter anflehe, er möge aufhören, und die Hebammen lauthals um Hilfe anbettele, doch die nicken nur und lächeln und sagen, ich soll die Beine anziehen, und schließlich presse ich und presse und presse das Universum zwischen meinen Beinen hervor, und dann ist sie da. Sarah. Micks Tochter. Meine Kleine.

Und ich weiß nicht, ob es an der herrlichen Schmerzlosigkeit liegt, die sofort einsetzt, oder ob ich eine Art Hormonrausch habe, aber ich empfinde eine tiefe und überwältigende Liebe und Dankbarkeit. Gegenüber meiner kleinen Tochter, gegenüber Mum und Philippa, die mir geholfen haben, sie auf die Welt zu bringen, gegenüber den Hebammen, gegenüber der ganzen Welt. Ich *empfinde* wieder – zum ersten Mal seit Micks Tod. Und ich nehme meine Tochter, die noch ganz schleimig und nass von der Geburt ist, und halte sie an meine Brust, und ich flüstere ein leises Gebet an Mick, ein feierliches Versprechen, sie immer zu beschützen und zu lieben. Sie gut zu behüten.

39

Robbie lächelt. Zunächst zögerlich und fast ängstlich, doch als ich ebenfalls lächle und nicke, strahlt er, schüttelt den Kopf und lacht. Und im nächsten Augenblick steht er vor mir, seine Hände in meinen.

»Mein Gott, Katherine. Du bist es. Ich kann's nicht fassen. Du bist es wirklich.«

Aus der Nähe wirkt er älter. Natürlich, es sind fünf Jahre vergangen, und es steht ihm gut. Sein Gesicht ist viel männlicher geworden, auch kantiger und irgendwie markanter.

»Mummy, Mummy, wer ist der Mann?« Sarah zieht an meinem Bein und blickt neugierig zu Robbie hoch. Er geht in die Hocke, sodass sein Gesicht auf gleicher Höhe mit ihrem ist.

»Hallo. Ich bin Robbie. Ich bin ein alter Freund von deiner Mummy.«

Sarah legt den Kopf schief und guckt Robbie mitfühlend an. »Aber du siehst gar nicht so alt aus. Du siehst gar nicht so aus wie Nan und Pop.«

Robbie lacht, und Sarah, die der Verlockung des Rodelbergs nicht länger widerstehen kann, nimmt ihren Schlitten und zieht ihn wieder den Hang hoch.

Robbie und ich stehen nebeneinander und schauen ihr nach. »Sie ist goldig«, sagt er. »Bezaubernd.«

»Ja. Sie sieht aus wie ihr Vater.«

»Und wie du.«

Ich würde ihm gern so unendlich vieles sagen, es gibt Stoff für ein stundenlanges Gespräch. Aber hier und jetzt will mir einfach nichts einfallen, nicht ein Wort. Und so stehen wir beide schweigend da, bis er die Hand auf meinen Arm legt.

»Ich muss wieder an die Arbeit. Tut mir leid.« Er wirft einen Blick auf die Gruppe von Leuten hinter uns. »Die warten alle auf mich.«

»Klar«, sage ich, ohne ihm in die Augen zu schauen. »Versteh ich.«

»Es war toll, dich zu sehen«, sagt er. »Ein kleiner Schock.«

»Völlig unerwartet.« Jetzt, wo ich weiß, dass er geht und ich in Sicherheit bin, kann ich ihm direkt in die Augen schauen. »Aber ein guter Schock. Ich fand's auch toll, dich zu sehen.«

Er drückt meinen Arm, nickt und wendet sich ab. Ich will schon gehen und Sarah den Hang hinauf folgen, als er meinen Namen ruft.

»Ja?« Ich drehe mich zu ihm um.

»Hast du später Zeit? Heute Abend? Sollen wir was zusammen essen?«

Wir vereinbaren, bei uns in der Hütte etwas zu kochen, damit Sarah nicht aus ihrem gewohnten Rhythmus gerissen wird.

Robbie kommt um halb sieben und bringt die Zutaten fürs Essen mit. Sarah hat schon gegessen und gebadet. Sie sitzt mit angezogenen Beinen im Pyjama auf dem Sofa und guckt eine DVD.

Robbie setzt sich neben sie und unterhält sich mit ihr über die Figuren in dem Film, während ich eine Flasche Wein aufmache. Dann gesellt er sich zu mir, und wir setzen uns einander gegenüber an den kleinen runden Esstisch.

Zuerst sind wir verlegen und übertrieben höflich, und unser Gespräch verläuft irgendwie verkrampft. Wir reden übers Wetter, über die Arbeit, über Dinge, die uns eigentlich gar nicht interessieren, doch irgendwann erwähnt Robbie Alice.

»Hast du sie vermisst? In dem ersten Jahr, als du in Europa warst?«, frage ich.

»Ja.« Er nickt. »Das hab ich, trotz allem, was sie getan hat. Ich hab sie sehr vermisst. Am Anfang, bevor sie starb, wäre ich fast wieder nach Hause gekommen. Ich wollte die ganze Zeit einfach nur mit ihr zusammen sein, egal, was sie getan hatte. Und dann sah ich auf einmal keinen Sinn mehr darin. Ich bin nicht mal zu ihrer Beerdigung zurückgekommen. Ich hab's nicht über mich gebracht.«

»Nein. Ich weiß. Ich bin auch nicht hingegangen.« Ich senke den Blick und schaue auf meine Hände, die ich im Schoß fest gefaltet habe. Ich schäme mich jetzt für all meine Gehässigkeit und Wut. »Ich hab sie damals so gehasst, dass es scheinheilig gewesen wäre. Ich war froh, dass sie gestorben ist. Ich konnte einfach nicht auf ihre Beerdigung gehen und die Trauernde mimen. Ich habe sie zu sehr gehasst.«

»Katherine«, sagt Robbie, und ich blicke zu ihm auf. Er schüttelt den Kopf und lächelt sanft. »Natürlich hast du sie gehasst. Das war doch wohl normal. Sie war schuld an Micks Tod, das wussten doch alle. Du warst schwanger und zum ersten Mal seit Jahren glücklich, und sie hat all das zerstört. Ist doch klar, dass du sie gehasst hast. Ich habe sie dafür auch gehasst.«

»Hast du überhaupt darüber nachgedacht, zu ihrer Beerdigung zurückzukommen?«, frage ich ihn.

»Nein. Eigentlich nicht. Mein Dad hat mich angerufen und mir erzählt, dass sie ertrunken war. Er hatte es in der Zeitung gelesen und dann deine Mutter angerufen. Sie hat ihm alles erzählt – von Mick, von Alice' Bruder Sean und der Verbindung zu Rachel, und ich war total geschockt, richtig angewidert. Ich konnte mich nicht damit auseinandersetzen. Es hat für mich alles in Frage gestellt, meine ganze Beziehung zu Alice, die ganze Zeit, die wir drei befreundet waren. War das alles bloß irgend so ein krankes Spiel für sie? War überhaupt irgendwas daran real? Ich war stockwütend auf sie. Ich hätte gar nicht kommen können.«

»Ich habe mich das auch gefragt. Ob irgendwas davon real war. Die ganze Freundschaft. Ich meine, hat sie mich die ganze Zeit insgeheim nur gehasst? Hat sie bloß darauf gewartet, sich irgendwann zu rächen?« Ich zucke mit den Schultern und lächle verbittert. »Da hab ich mir echt die falsche Schule ausgesucht, was? Von allen Schulen in Sydney entscheide ich mich ausgerechnet für die Drummond High. Auf die Alice ging.«

»Aber woher kannte sie dich überhaupt? Woher wusste sie, wer du bist?«

»Sie muss mich wiedererkannt haben. Auf einem Foto, schätze ich. Nach ihrem Tod haben ihre Eltern jede Menge Kram in ihrer Wohnung gefunden. Eine ganze Akte über den Gerichtsprozess. Zeitungsausschnitte, Gerichtsprotokolle und so weiter. Die Zeitungen hatten Fotos von mir und Rachel abgedruckt. Als sie mich dann an der Drummond High gesehen hat, muss sie gedacht haben, dass alle ihre Träume wahr werden. Sie hat die ganze Zeit gewusst, wer ich bin und was passiert war.«

»Gott. Das ist ja gruselig. Richtig widerwärtig.«

»Allerdings.«

»Es tut mir so leid«, sagt er, beugt sich vor und schaut mich eindringlich an. »Heute tut es mir leid, dass ich nicht zurückgekommen bin. Ich hätte zurückkommen und dir helfen müssen. Ich hätte ein besserer Freund sein müssen. Ich hätte deinetwegen zurückkommen sollen.«

»Nein.« Ich schüttele den Kopf. »Du hättest nichts machen können. Du hättest nicht helfen können. Es hätte nichts geändert.«

Robbie schlägt die Augen nieder. Er ist still, und ich fürchte schon, seine Gefühle verletzt zu haben.

»Robbie?«, sage ich. »Alles in Ordnung?«

»Ja. Ich denke bloß, wie viel Zeit ich ihretwegen vergeudet habe. Wie viel Zeit ich damit vergeudet habe, sie zu vermissen, sie zu wollen, wo doch nichts, absolut nichts an ihren Gefühlen real war. Ich hätte mehr davon gehabt, einen Stein zu lieben.«

Ich lache. »Von einem Stein hättest du zumindest nichts erwartet. Er hätte dich nicht enttäuschen können.«

»Stimmt.« Und obwohl er lächelt, sind seine Augen tränennass. »Und mein Dad erst. Ich hab ein Jahr lang nicht mit ihm gesprochen, ihretwegen. Das war bescheuert, vollkommen sinnlos. Das mit Alice war doch gar nicht seine Schuld, sie hat ihn reingelegt, genau wie uns alle. Und ich war die ganze Zeit so wütend auf ihn, selbst dann noch, als ich von Alice' Tod erfahren hatte. Heute kann ich nicht mal mehr sagen, warum. Es macht mich immer noch sauer, dass wir ein ganzes Jahr keinen Kontakt hatten. Nur ihretwegen.«

»Aber weißt du was?«, sage ich und werfe einen Blick zu Sarah hinüber, die auf der Couch eingeschlafen ist, mit dem Daumen im Mund. »Ich bedauere so vieles aus dieser Zeit, und ich wünsche fast jeden Tag, dass alles anders gekommen wäre. Aber ich kann es nicht so richtig bedauern, Alice kennengelernt zu haben. Wenn ich sie nicht kennengelernt hätte, hätte ich Mick nicht kennengelernt. Ich hätte Sarah nicht bekommen. Wie kann ich das bedauern? Du kannst unmöglich dein eigenes Kind wegwünschen.«

»Ja. Ich verstehe, was du meinst. Du bedauerst natürlich, dass Mick gestorben ist. Er war unschuldig und vollkommen unbeteiligt. Aber du kannst nicht bedauern, Sarah bekommen zu haben. Das ist bizarr, nicht? Alles, was mit Alice zu tun hat, war bizarr«, sagt er, und ich kann Verbitterung in seiner Stimme hören. »Es war alles so verkorkst.«

»Bist du noch wütend?«, frage ich. »Hasst du sie noch?«

»Ein bisschen«, sagt er. Er lächelt wehmütig. »Aber nur, wenn ich an sie denke. Was nicht mehr so oft vorkommt. Und du? Bist du noch wütend?«

Ich denke nach, befrage mich selbst, nehme die wunden Punkte in meinem Inneren in Augenschein und suche nach dem tiefen, heißen Kern meiner Wut, die so lange gelodert hat. Da merke ich, dass sie erloschen ist. »Nicht mehr. Ich glaube, sie tut mir jetzt einfach nur noch furchtbar leid.«

Robbie zieht die Augenbrauen hoch. »Ehrlich?«

»Ich weiß, es klingt vielleicht total unaufrichtig. Irgendwie nach New-Age-Psychologie. Aber sie konnte sich nur für sich selbst interessieren, für niemanden sonst. Sie hat nie gelernt zu lieben. Ihr eigene Mutter hat sie nicht geliebt. Stell dir nur mal vor, wie das sein muss.« Ich schaue zu Sarah hinüber, die ich über alles liebe. »Sie war innen drin ganz leer. Herzlos. Was für ein unglückliches Leben!«

Robbie nickt, wirkt aber nicht sehr überzeugt.

»Ich sehe das bei Sarah«, fahre ich fort. »Sie beobachtet mich und kopiert mich. Wenn ich freundlich bin, ist sie freundlich. Wenn ich liebevoll bin, ist sie es auch. Stell dir vor, es hat niemand so einen Einfluss auf dich ausgeübt. Stell dir vor, es bringt dir niemand bei, andere Menschen zu lieben. Wie sehr muss dich das beschädigen.«

»Mag sein«, sagt Robbie achselzuckend. »Mag sein, dass das so einiges erklärt. Aber das erteilt ihr nicht die Absolution. Nicht in meinen Augen. Andere haben es noch schwerer, und es werden trotzdem anständige Menschen aus ihnen.«

Wir schweigen eine Weile, beide in unsere Gedanken vertieft.

»Jedenfalls hast du mir gefehlt«, sage ich schließlich. »Wie sehr, das habe ich erst heute Abend gemerkt. Aber du hast mir wirklich gefehlt. Sehr.«

»Und du mir auch«, sagt er. »Der einzige Unterschied ist, dass ich gewusst habe, wie sehr du mir fehlst. Vom Tag meiner Abreise an.«

»Aber du hast dich trotzdem nicht gemeldet.«

»Nein.« Er zuckt die Achseln. »Vor Alice' Tod hab ich mich ganz bewusst nicht bei dir gemeldet. Ich hab irgendwie gedacht, dann würde es mir zu schwerfallen, wegzubleiben. Wenn ich mit dir rede und dich vermisse. Und dann, als ich von Alice' Tod erfuhr, stand ich unter Schock. Ich glaube, ich war deprimiert. Ein bisschen. Und nach einer Weile war ich mir dann einfach nicht sicher, ob du überhaupt noch was von mir hören wolltest. Aber ich hätte dir so unglaublich viel zu sagen gehabt. Ich hab dir zig lange E-Mails geschrieben, die ich am Ende alle wieder gelöscht habe.«

»Ich wünschte, du hättest sie abgeschickt«, sage ich und lächle.

»Ich auch.«

Und dann lächeln wir beide, halten uns an den Händen und trinken unseren Wein.

Robbie kocht uns was zu essen, und dann reden wir noch lange, bis es so spät ist, dass ich ihm vorschlage, bei uns in der Hütte zu übernachten. Er schläft neben mir in dem breiten Bett. Es hat absolut nichts Sexuelles. Robbie trägt ein T-Shirt und eine Pyjamahose von mir. Ich trage ein züchtiges Winternachthemd. Aber wir halten uns an den Händen, ehe wir einschlafen, und es ist schön, einen warmen, erwachsenen Körper neben mir im Bett zu haben. Es ist wunderbar, ein wenig umsorgt zu werden. Und als Sarah mitten in der Nacht hereinkommt und ihn da liegen sieht, lacht sie froh und möchte sich unbedingt zwischen uns kuscheln.

Ich sehe, wie Robbie, die Augen noch halb geschlossen, für Sarah das Kopfkissen zurechtrückt und sie zudeckt.

Am nächsten Morgen macht Robbie Rühreier und Toast, und wir drei frühstücken in munterer Runde am Tisch.

»Wirst du mein neuer Daddy?«, fragt Sarah aus heiterem Himmel und mit vollem Mund.

»Sarah!« Ich versuche, mit einem Lachen darüber hinwegzugehen. »Sei nicht albern.«

Aber Robbie reagiert gar nicht schockiert. Er widerspricht Sarah auch nicht, sondern lächelt bloß. Und ich bin froh, dass er mich nicht anschaut, weil ich spüre, dass mein Gesicht glüht.

Als es Zeit für ihn wird, bringe ich ihn nach draußen zu seinem Wagen. Sarah klammert sich an sein Bein und bettelt, dass er bleiben soll.

»Ich kann nicht«, sagt er lachend. »Ich muss ein paar Leuten Skilaufen beibringen. Damit ihnen auf dem Berg nichts passiert.«

»Wann kommst du denn wieder?«, fragt sie. »Ich lass nur los, wenn du mir sagst, wann.«

Er sieht mich an, und in seinem Blick liegt eine Frage, ein Angebot, aber ich habe mich bereits entschieden, an dem Tag, an dem Mick starb. Und ich werde mir von der Welt nicht noch einmal wehtun lassen.

Ich wende mich ab, hebe Sarah hoch und vergrabe mein Gesicht in ihrem Haar, um ihm nicht in die Augen sehen zu müssen. »Robbie muss sehr viel arbeiten, mein Schatz«, sage ich. »Er hat keine Zeit, nochmal wiederzukommen.«

»Tante Pip, Tante Pip!« Sarah stürmt durch die Tür und lässt sie hinter sich zuknallen, um dann die Einfahrt hinunter und Philippa in die Arme zu laufen. Philippa hebt sie strahlend hoch und drückt sie ganz fest.

»Schätzchen«, sagt sie. »Du hast mir so gefehlt.«

Philippa will mit Sarah einen Ausflug in den Zoo machen, damit ich in Ruhe die Bewerbungsunterlagen für die Uni ausfüllen kann. Sarah kommt nächstes Jahr in die Schule, und dann habe ich endlich Zeit fürs Studium.

Philippa kommt die Einfahrt hoch, und wir umarmen uns. Wir gehen hinein. Sie sucht Sarahs Sachen zusammen – ihre Wasserflasche, ihre Mütze, ihre Lieblingspuppe.

»Ich bring sie gegen drei zurück. Vielleicht essen wir vorher noch was bei McDonald's oder so. Als krönenden Abschluss«, sagt sie.

»McDonald's?« Sarah hüpft vor Begeisterung auf und ab. »Au ja. Dürfen wir, Mummy? Dürfen wir?«

»Eine gute Idee«, sage ich. »Heute ist dein Glückstag.«

Wir gehen mit Sarah zu Philippas Wagen und schnallen sie im Kindersitz an, der extra für sie da ist. Als ich mich von Sarah verabschiedet und die Autotür geschlossen habe, hält Philippa mir einen Zettel hin.

»Das hier ist von Robbie«, sagt sie. »Es ist seine Telefonnummer. Er bittet dich, ihn anzurufen.«

»Oh.« Ich nehme den Zettel nicht. Stattdessen schiebe ich die Hände in die Jackentasche. »Ihr habt euch getroffen?«

»Er hat angerufen. Er würde dich gern sehen. Er würde dich wirklich sehr gern sehen, Katherine.«

»Nein.« Ich schüttele den Kopf. »Nein. Ich will nicht. Ich kann nicht.«

»Wieso nicht?«

»Ich … ich will einfach nicht.«

»Willst du nicht? Oder hast du Angst?«

»Ich weiß nicht.« Ich zucke die Achseln. »Angst, schätz ich.«

»Warum?« Philippa zieht die Augenbrauen hoch. »Weil er sterben könnte?«

»Nein. Natürlich nicht. Nein.« Ich schüttele den Kopf und reibe mir die Augen. Ich wünschte bloß, sie würde endlich einsteigen, losfahren und mich in Ruhe lassen. »Vielleicht. Kann sein. Ja. Keine Ahnung.«

Dann kommt sie einen Schritt näher, nimmt meine Hand und spricht ganz leise und sanft.

»Hast du schon mal darüber nachgedacht, was du Sarah damit vorlebst?«

»Wie meinst du das?«

»Wenn du nie irgendwelche Risiken eingehst und die ganze Zeit übervorsichtig und ängstlich bist.«

»Ängstlich? Im Ernst?« Ich drehe mich um und betrachte meine Sarah im Auto. Sie plappert auf ihre Puppe ein und frisiert ihr die Haare. »Meinst du, sie sieht mich so?«

»Noch nicht, aber das wird sie, wenn sie älter ist.« Philippa drückt meine Hand. »Wenn du nicht versuchst, glücklich zu sein, wenn du dein Leben nicht mit ein wenig Mut lebst.«

Und das Wort gibt den Ausschlag. Mut. Ich nehme ihr den Zettel aus der Hand und stopfe ihn tief in meine Tasche. Dann beuge ich mich vor und gebe Sarah durchs Fenster noch einen Abschiedskuss.

Mut.

»Hallo?« Er meldet sich fast augenblicklich. Aber ich bekomme kein Wort heraus, weil mich plötzlich Panik erfasst. Ich lege die Hand auf die Sprechmuschel und brauche meine ganze Energie, nur um zu atmen.

»Hallo?«, sagt er wieder, und dann: »Katherine? Bist du das? Katherine?«

Ich brauche noch eine Sekunde länger, um meine Stimme zu finden, doch dann klingt sie beherrschter, kräftiger, als ich erwartet hatte. »Kannst du herkommen, Robbie?«, frage ich. »Heute?«

»Ja«, sagt er. »Ich komme sofort. Ich komme so schnell ich kann.« Und er versucht nicht, cool zu tun oder seine Begeisterung zu verbergen, und ich erinnere mich wieder, wie gern ich ihn habe, wie lustig und liebenswert und gut und großherzig er ist. Und ich weiß, ohne den Hauch eines Zweifels, dass ich das Richtige getan habe.

Danksagung

Ein herzliches Dankeschön an Jo Unwin, die nicht nur eine großartige und unermüdliche Literaturagentin ist, sondern auch eine fähige Lektorin und ein anregender, warmherziger und rundum toller Mensch.

An meine Lektorinnen – Sarah Brenan in Australien, Kate Miciak in den USA und Julia Heydon-Wells in Großbritannien – danke, danke und nochmals danke, dass ihr mir geholfen habt, mein Buch deutlich besser zu machen.

An Erica Wagner bei Allen & Unwin – danke für ihren Mut, als erste Lektorin auf der Welt die Rechte an *Beautiful Malice* zu erwerben. Es war bestimmt keine leichte Entscheidung, auf eine unbekannte Autorin zu setzen.

Tausend Dank auch an meine Schwester Wendy James für ihre großzügige Bereitschaft, alles zu lesen, was ich je geschrieben habe, und dafür, dass sie mir als Allererste gesagt hat, ich könne schreiben.

Und an die Menschen, die so nett waren, mein Buch in der Entwurffassung zu lesen: Mum und Dad, Prue James, Haidee Hudson, Sam Ackling und Kath Harris: vielen, vielen Dank! Euer Zuspruch war und ist unbezahlbar.

Ein besonderes Dankeschön geht an Jake Smith-Bosanquet für die Schwerstarbeit, die er geleistet hat, um das Buch rund um den Globus zu verkaufen, und ein weiteres besonderes Dankeschön geht an Agentin Sally Harding für ihren Zuspruch und ihr

Vertrauen. Außerdem danke ich meiner kleinen Schwester Emma James fürs Lesen und dafür, dass sie immer so unglaublich optimistisch war.

Natürlich abertausend Dank und eine Million Küsse für den wunderbaren Mann, mit dem ich zusammenlebe, Hilary Hudson. Er hätte einen Orden verdient, weil er meine verrückte Besessenheit in den letzten paar Jahren ausgehalten hat und mich noch dazu mit so vielen perfekt aufgebrühten Tassen Tee versorgt hat.

Und unseren Söhnen Charlie, Oscar, Jack und Jimmy – danke für das fröhliche Chaos.